LAS PUERTAS DEL INFIERNO

TITANIA

Argentina • Chile • Colombia • España
Estados Unidos • México • Perú • Uruguay

1.ª edición Julio 2024

Plaza de los Reyes Magos, 8, piso 1.º C y D – 28007 Madrid
www.titania.org
atencion@titania.org

ISBN: 978-84-19131-59-1
E-ISBN: 978-84-19936-84-4
Depósito legal: M-9.878-2024

Fotocomposición: Urano World Spain, S.A.U.

Impreso por: Romanyà-Valls – Verdaguer, 1 – 08786 Capellades (Barcelona)

Impreso en España – *Printed in Spain*

Te sigo echando de menos. Esta también va por ti, papá.
Y para todas las lectoras que no han dudado en regresar
a Ravenswood.

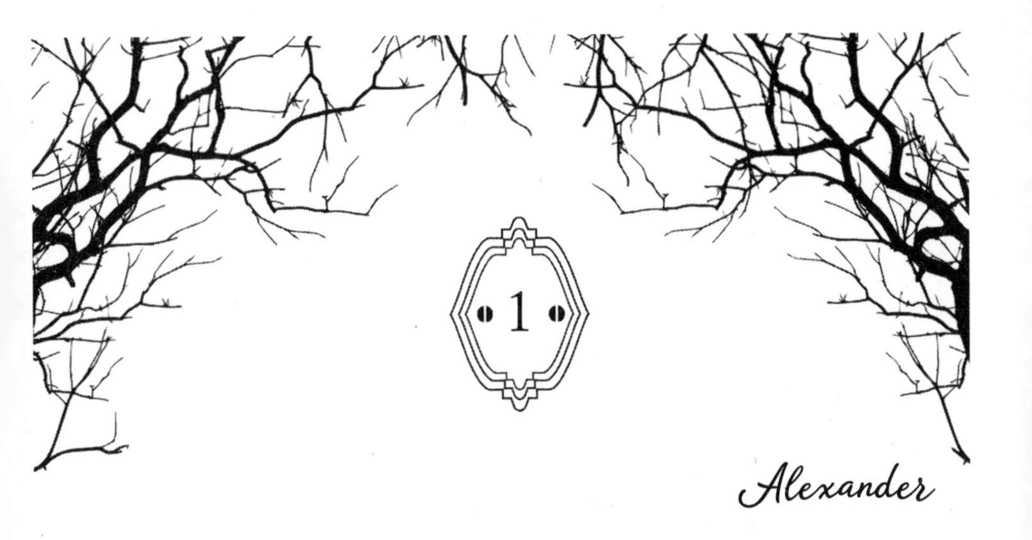

Alexander

Había sido inevitable. Daba igual lo que hubiéramos intentado hacer, nada había salido como esperábamos. Mercy Good-Ravenswood estaba muerta, pero eso no había detenido la profecía, porque así era como *tenía* que ser. Porque así había querido el destino que fuera. Porque su papel real en aquella historia nunca había sido reinar, invocar demonios o desatar un infierno en la tierra, sino que su sangre —la sangre combinada de tres linajes de brujos: Good, Ravenswood y Bradbury— le había dado el poder a Elijah Ravenswood para transmutarse y regresar al mundo de los vivos. Él era el mal. Él era la muerte. Él era la oscuridad que estaba por venir. O, más bien, la que ya había llegado.

No había modo de deshacer lo que estaba hecho. De burlar nuestro destino. Y ese mismo destino oscuro y maldito nos había llevado hasta aquel momento. Uno en el que Danielle Good tenía que encontrar la muerte a mis manos solo para que pudiésemos enmendar nuestros errores y los de nuestros antepasados. Para que el equilibrio por fin se restableciera. Y, sobre todo, para evitar que la oscuridad pudiese extenderse más allá de los límites de Ravenswood.

Por todo eso, yo la estaba drenando.

Todo lo que había hecho hasta este momento para mantener mi *don* lejos de Danielle parecía ahora inútil. La brillante luz de su magia iluminaba también mis dedos y su canción me llenaba los oídos mientras el dulce sabor de su poder cubría mi lengua conforme le arrebataba la vida poco a poco. Mientras, gota a gota, la esencia de lo que ella era pasaba de su cuerpo al mío.

Aquello no se parecía en nada a lo que había sucedido con mi madre. Dolía y sanaba al mismo tiempo. Revitalizaba mis músculos cansados, mis huesos e incluso mi corazón, pero a la vez sentía como si este estuviera también quebrándose muy lentamente; como si se marchitara de forma irreversible. No importaba que el poder se alzase ahora en mi interior con una fuerza aún mayor que al principio de esa fatídica noche. Era como caer y volar al mismo tiempo. Como morir y revivir al segundo siguiente, y me pregunté qué quedaría de mí cuando Danielle exhalase su último aliento.

Fueron unos segundos infinitos. Un instante mortal que parecía no terminar nunca. No había tiempo que perder. No sabía qué había sido de los demás, quién vivía o quién podría estar muriendo. Quién estaría ya muerto. Algunos de los alumnos que Mercy había tomado como rehenes estaban poniéndose en pie. No quedaba ningún demonio en la sala, pero Elijah muy pronto no necesitaría ningún refuerzo para enfrentarnos a todos. Para enfrentarse a mí. El poder de tres linajes de brujos corría por sus venas, la marca de los malditos palpitaba también sobre su piel y más de tres siglos de conocimiento se acumulaban en su mirada sombría y en su corazón aún más oscuro y podrido.

Y Danielle Good, la bruja terca e irresponsable de la que yo no había podido evitar enamorarme, continuaba muriendo entre mis brazos. Sacrificándose por un mundo del que solo había recibido mentiras y dolor. La misma bruja que jamás me había temido a pesar de que fuera yo, precisamente, quien estaba dándole muerte...

«No te tengo miedo, Alexander Ravenswood», había dicho una vez.

«Te veo, Danielle Good, y yo tampoco te tengo miedo», había sido mi réplica tiempo después.

Tal vez ambos habíamos estado ciegos y equivocados. No había una manera en la que yo pudiese temer su poder o a ella misma, pero quizás Danielle sí debería haber estado asustada. Fuera como fuese, ya no había nada que hacer al respecto.

Sus párpados revolotearon mientras trataba de enfocar la vista sobre mi rostro. Incluso ahora, no había rastro de miedo o recelo en su expresión; más bien, compasión. Como si fuese yo quien estuviese muriendo y ella la que lamentara tener que acabar con mi vida. Su fortaleza no dejaba de sorprenderme.

Continué absorbiendo la ira de sus mismas venas. Ella exhaló un jadeo y su cuerpo se sacudió.

—Shhh, tranquila —murmuré muy bajito, mientras la sostenía contra mi pecho—. Está bien. Todo está bien, ángel.

Esa fue otra mentira que se sumó a las que ya le habían contado a lo largo de su vida; sin embargo, no sabía qué más podía decirle. Parpadeé con rapidez para hacer frente a las lágrimas que en algún momento habían empezado a brotar de mis ojos y resbalar por mis mejillas, y un aullido desgarrador se elevó entonces desde uno de los laterales de la sala: Wood. Terror y alivio se entremezclaron en mi interior; mi familiar estaba vivo, pero Danielle...

—Alexander —dijo Dith, de pie junto a mí.

Aunque solo pronunció mi nombre, su voz sonó rota y herida. No había tratado de detenerme, pero deseé que lo hiciese. De una forma totalmente egoísta, anhelé en silencio que alguien lo hiciera, incluso cuando eso supusiera que el poder de Elijah se alzara por completo y el mundo entero terminara sucumbiendo a la oscuridad. Y fue en ese momento cuando comprendí que no podía seguir adelante. No había en mí la voluntad suficiente para drenar a Danielle hasta la muerte. Una vez había pensado que podría permitir que las sombras creciesen y se apoderasen de todo si eso mantenía a mis seres queridos a salvo. Y, aunque ese mero pensamiento me convirtiese en una persona mezquina y terrible, quizás, después de todo, lo fuese.

«No puedes dejarla morir. No puedes...».

Mi mano continuaba sobre el estómago de Danielle. Su piel estaba helada; tal vez ya fuera demasiado tarde para ella, pero el flujo de su magia se ralentizó a mi voluntad. Un instante después, cesó por completo. Rocé su frente con los labios y aspiré su aroma una última vez, y luego coloqué su cuerpo sobre el suelo con todo el cuidado posible. Me obligué a apartar la mirada de su rostro y apreté los dientes, invocando hasta la última sombra de mi oscuridad. Dejé no solo que me cubriera, sino que mi carne, mis huesos, mi corazón y mi mente se inundaron de poder, se *convirtieron* en el poder mismo. Mis pensamientos se tornaron siniestros, y quizás mi alma también cediera por fin a lo que fuera que me poseía... A lo que fuera que yo fuese.

Si Danielle era un ángel, yo sería el mismísimo diablo.

—¡Elijah! —grité, y mi voz retumbó a lo largo de la sala como un trueno en plena tempestad. Los pocos cristales que quedaban intactos se sacudieron, también las paredes y los cimientos del edificio.

No esperé su respuesta. Me erguí por completo, furioso. La ira de Danielle y su dolor, el sufrimiento al que se había negado a hacer frente en las últimas semanas y que había dejado salir por fin solo para que yo pudiera emplearlo contra mi antepasado, eran ahora míos; su magia me corría por las venas y alimentaba mi propio poder oscuro.

Apenas podía respirar. Apenas podía evitar vibrar bajo su influjo. Me dolía la piel, ahora gris y dura, y el sabor de la sangre me llenó la boca cuando mis afilados dientes me rasgaron los labios. Un manto de llamas me rodeaba y la niebla oscura que manaba de mi cuerpo cubría el suelo a varios metros de mí.

Elijah era un monstruo, pero yo sería uno aún peor, aunque eso me convirtiese en todo cuanto había luchado por evitar. Al igual que había sucedido con la profecía, quizás eso fuese lo que siempre había estado destinado a ser.

—¡Elijah Ravenswood! Hijo de William y Lydia Ravenswood, miembro del linaje Ravenswood —proclamé, y empecé a avanzar hacia él, dejando que los alumnos que ya se habían recuperado y estaban en pie me rodeasen.

Mi antepasado se centró en mí. Sus ojos velados de negro me atravesaron y su labio superior se retrajo en una mueca de disgusto feroz. La oscuridad rodeaba ya su garganta. Su poder continuaba elevándose de un modo siniestro, pero no permitiría que fuese más terrible que el mío. No lo dejaría ganar.

El suelo volvió a temblar bajo mis pies y las paredes se sacudieron. Los hechizos de los antiguos directores de la academia que mantenían el lugar protegido presionaron y la potente energía que emanaban restalló en el aire. Envié mi magia contra ellos con un solo pensamiento. Rabia, ira, furia. Odio. Dolor. Y, uno a uno, dichos hechizos se quebraron para luego deshacerse en la nada de mi propia oscuridad. Tragados de tal manera que bien podrían no haber existido nunca.

Si Ravenswood entero tenía que caer, que así fuera.

—Luke, detente. ¡Ahora! —exigió él, y fue la primera vez que aprecié un ligero pánico en su voz.

Puede que escuchara el aullido de un lobo, un llanto dolorido que era al mismo tiempo advertencia y rendición, como si Wood supiera que no había nada que pudiera hacer para evitar lo que fuera a ocurrir a continuación, pero que de todas formas tratase de alertarme acerca de las consecuencias, del precio que iba a tener que pagar.

No importaba, nada importaba ya.

Otras voces se elevaron y llegaron a unos oídos que eran los míos aunque no me pertenecieran. Voces de gente que alguna vez había conocido. Voces que gritaban, que tropezaban con su propia respiración y con las palabras que pronunciaban. Magia que latía temerosa. Otros brujos. Brujos blancos, brujos oscuros. Otras canciones, débiles en comparación con la de ella.

Ella.

«Danielle».

Volví la vista para mirarla, inerte sobre el suelo, apenas viva. Pálida como la misma muerte a la que yo la había empujado. Mis ojos tropezaron a continuación con la melena turquesa de una chica, una piel oscura, un tipo alto de hombros anchos y un tercer chico, uno humillado y despreciado por sus orígenes: Annabeth, Aaron, Gabriel, Robert… Y más. Había otros. Una parte pequeña y ridícula de mí se alegró de que alguien hubiese acudido finalmente en nuestra ayuda. Pero ya era tarde. Demasiado tarde. El poder del infierno rugía a través de mi cuerpo. La marca dolía y me quemaba el pecho. Porque yo era el mal. Yo era la muerte. Yo era la oscuridad.

Sin embargo, fue solo la minúscula parte de mi corazón ahora marchito que continuaba resistiendo la que impulsó mi mirada hacia los miembros del aquelarre de Robert y me obligó a decir:

—Lo siento.

«Lo siento mucho», repetí para mí mismo. Luego, volví la vista al frente y extendí las manos hacia delante.

Rodeado como estaba ya por los estudiantes hechizados de Ravenswood, ni siquiera tuve que tocarlos. Solo lo deseé y, cuando quise darme cuenta, ocurrió... Comencé a drenar a aquellos niños; su poder fluyó hacia mí desde sus mismos corazones. Desde sus almas.

Y a pesar de que deseé encontrar aunque fuera un pequeño atisbo de remordimiento en mi interior, supuse que de verdad era tarde, porque no logré hallarlo por ningún lado.

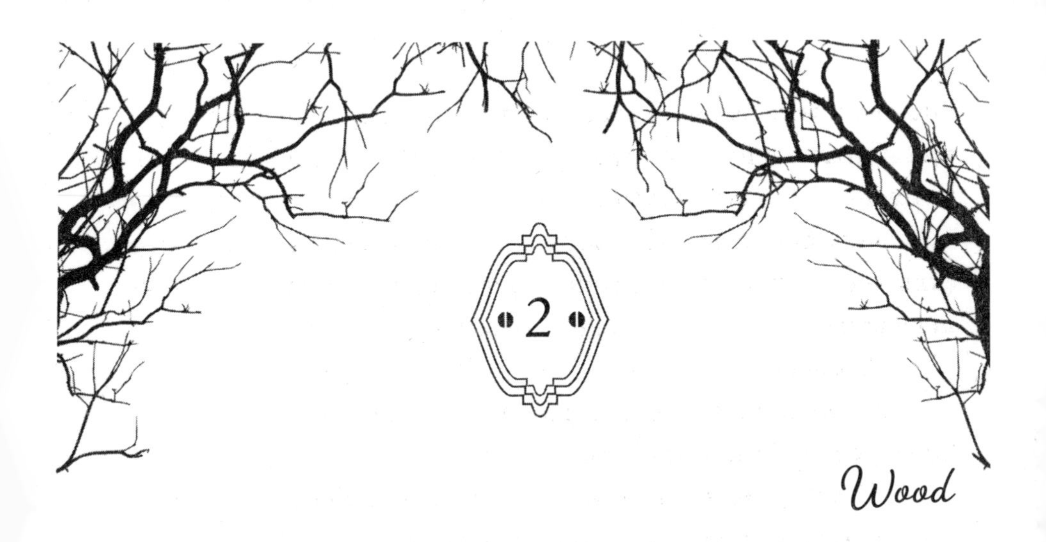

2

Wood

Dith estaba gritando, incluso cuando solo era una aparición, una que todos podían ver gracias a la magia de la Noche de Difuntos, aunque anhelaba que fuera más que eso. También yo quería gritar, pero ningún sonido salía de mi boca abierta y no sabía qué palabras hubieran brotado de mis labios si hubiera logrado encontrar mi voz. Mi grito era en realidad un alarido silencioso de puro horror que se elevó en mi mente, y el miedo que me embargó en ese momento fue solo comparable al que había sentido en el instante en el que había comprendido que Meredith estaba muerta semanas atrás.

Alex había comenzado a drenar a los alumnos de Ravenswood. Había cedido a la oscuridad, y lo había hecho de tal manera que no estaba seguro de que, ni siquiera rompiéndole todos y cada uno de los huesos del cuerpo, fuese a ser capaz de regresar. Tiempo atrás, el dolor lo había traído de vuelta más veces de las que podía o quería recordar, pero ahora...

—Alex —farfullé a duras penas, incapaz de incorporarme.

El golpe recibido me había quebrado de tal modo que moverme resultaba casi imposible. Me sentía completamente impotente; un triste espectador en un espectáculo de mierda sin posibilidad alguna de proteger a Alexander no ya de una amenaza externa, sino de sí mismo. No había podido salvar a Dith y ahora tampoco podría salvarlo a él.

—Yo... soy... la... oscuridad —dijo, sin apartar la vista de Elijah y puntuando cada palabra con un golpe de su poder siniestro.

A su espalda, las sombras se agruparon y tomaron forma. Decenas de cuervos salidos de la mismísima noche desplegaron las alas y alzaron el vuelo sobre él. Pájaros hechos de magia y tinieblas que se lanzaron a través del gran salón. Cuando creí que se estrellarían contra Elijah, viraron hasta la zona donde yacían Raven y Cam y los rodearon hasta formar una espesa nube de picos, plumas y ojos vidriosos carentes de vida.

Una chispa de esperanza brotó entonces en mí. ¿Alexander estaba protegiéndolos? ¿Protegía a Raven a pesar de todo? ¿A pesar de lo que lo poseía, de lo que ahora era?

Dith apareció a mi lado, sólida y a la vez inalcanzable. El corazón se me disparó en el pecho, como lo hacía cada vez que volvía a verla.

Cada maldita vez.

—Mi amor —gemí, sin importar que jamás me hubiera dirigido a ella así si no estábamos completamente solos. Nada importaba ya, no cuando la había perdido y el infierno parecía estar cada vez más cerca.

Se arrodilló y estiró la mano. Por un segundo sentí la suavidad de la yema de sus dedos contra la mejilla. Fuera cual fuese la magia de esa noche le permitió tocarme, y yo creí morir al percibir la ternura de esa breve caricia sobre la piel. Algo en mi interior se quebró y la humedad inundó mis ojos. Exhalé un suspiro tembloroso, un ruego y un agradecimiento al mismo tiempo, justo cuando ella habló.

—Tienes que traer de vuelta a Alexander antes de que sea demasiado tarde. Levántate.

—No puedo.

—Sí puedes. Tú nunca te rindes —dijo, con el fantasma de las lágrimas apropiándose también de sus ojos—. No te rendiste conmigo cuando nos conocimos. No te rendiste durante décadas, durante siglos, estuviésemos juntos o separados. Y no vas a rendirte ahora. No con él.

—Pero Danielle...

—Danielle aún respira, y mientras lo haga hay una posibilidad de salvarla. Ella no está destinada a morir aquí. No *puede* morir aquí.

La súplica en sus ojos resultó... dolorosa, más que cualquier otra cosa que hubiera podido decir. Ella no suplicaba nunca; Meredith Good exigía, y yo la había amado de forma feroz por ello y la seguiría amando hasta el final de mi existencia maldita. Y también cuando esta acabase.

—Si ella muere o él mata a esos alumnos... —Negó con la cabeza, sobrecogida.

Ambos sabíamos lo que ocurriría: Alex se perdería a sí mismo de forma irrevocable. Todos perderíamos, y el mundo se llenaría de muerte y oscuridad.

—¡Detente, Luke! —gritó Elijah, con los brazos alzados y las manos extendidas frente a él.

El aquelarre de Robert había atravesado la entrada un momento antes y sentí deseos de reír. Habían acudido en nuestra ayuda; sin embargo, no sería suficiente. No si de lo que se trataba era de detener a un Alexander que hubiera perdido cualquier rastro de esperanza.

Los cuervos de sombras continuaron girando y girando en torno a Raven y Cam mientras forzaba mi cuerpo a obedecerme. Luché para ponerme de rodillas. El dolor era demasiado; lo que fuera que se hubiera roto dentro de mí, la magia tardaría en recomponerlo. Pero Dith tenía razón y, aunque no hubiese sido así, yo hubiera hecho cualquier cosa que ella me hubiese pedido. Así que apreté los dientes, empujé con las manos sobre el suelo y me erguí.

—Yo... soy... la... oscuridad —repitió Alex, con esa voz tan antigua como el mismísimo mundo. Letal. Horrenda.

—¡Alexander, no! —grité.

Traté de ponerme de pie y... fallé, pero alguien apareció a mi lado: Annabeth Putnam. Me agarró del brazo y tiró de mí hasta que quedé por fin sobre dos piernas. Creí que lo conseguiría, que sería capaz de llegar hasta mi protegido, hasta Danielle, hasta mi gemelo y el resto de nuestros amigos. Creí, durante un segundo, que podría salvarlos a todos. Pero entonces Elijah se adelantó y, como si eso fuese todo lo que necesitaba para reaccionar, Alex se arrodilló y golpeó con ambos puños las baldosas que conformaban el escudo de nuestro linaje. Una oleada de poder devastador brotó de su cuerpo y la oscuridad misma explotó a través de la sala. El techo crujió, las paredes se desmoronaron, el suelo se deshizo y el aire se llenó de sombras y llamas en un único instante, impregnándose de cosas que se retorcían y gemían y gritaban; cosas hambrientas.

Y en ese momento supe, sin ningún asomo de incertidumbre, que Ravenswood acababa de caer.

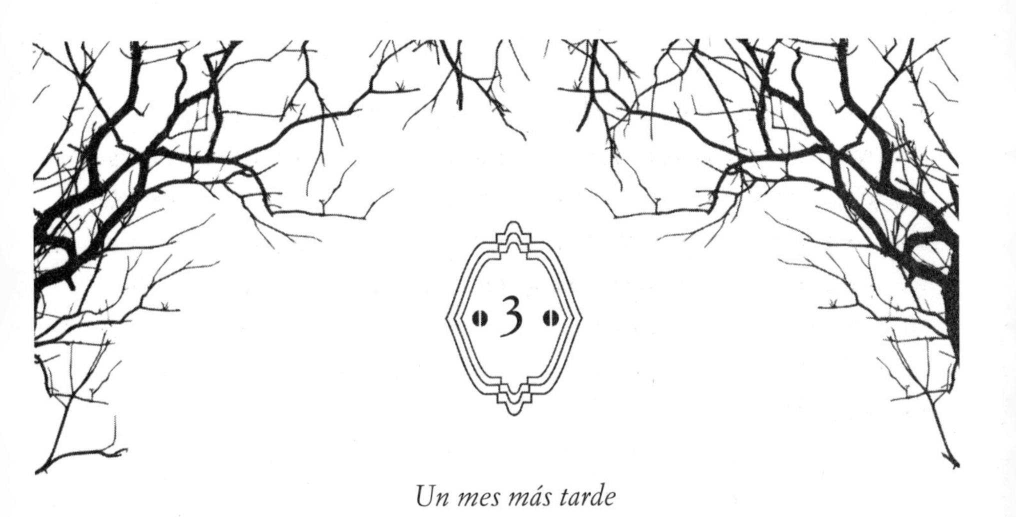

Un mes más tarde

Alexander

—Ese será el tercero que destroce si continúa golpeándolo así —escuché comentar a alguien desde la puerta; Annabeth Putnam, tal vez.

Wood hizo un ruidito mostrando su acuerdo; sin embargo, no me molesté en reconocer la presencia de ninguno de los dos. En esos momentos, pocas cosas conseguían captar mi atención y menos aún mantenerla. Continué golpeando el saco de boxeo colgado a un lado de la sala sin pausa. Una y otra y otra vez, a pesar del dolor en mis nudillos y de lo pesados que sentía mis brazos. No había manera de que esas molestias compitieran en modo alguno con ese otro dolor que se extendía desde el centro de mi pecho, casi como si fuera mi propia oscuridad la que irradiaba en todas direcciones, arañando la carne a su paso.

Pero no había rastro de sombra en mis venas ni había llamas en torno a mis hombros. Mis ojos mantenían su tono dispar y los mechones de pelo que se me pegaban a la frente y la nuca a causa del sudor exhibían su color dorado habitual. La marca de mi pecho no arrojaba nada más allá de un leve picor. Y a pesar de que podía percibir la magia de cada uno de los brujos distribuidos por todo el edificio y los alrededores, ninguna canción se alzaba en mis oídos con la suficiente fuerza como para tentarme en lo más mínimo.

Era yo mismo y a la vez no lo era. O no lo había sido durante el tiempo que llevábamos allí. La oscuridad se mantenía recluida en mi interior y, sin embargo, la sentía en torno a mí. Sobre mi boca y mi piel. Aislándome. Asfixiándome. Como si todavía me hallara sumergido en ella. Como si aún continuase en el auditorio de Ravenswood. Como si aquella maldita Noche de Difuntos no hubiera terminado y nunca fuese a hacerlo.

Golpeé, golpeé y volví a golpear. Mis dedos crujieron al impactar con el cuero y el saco se balanceó. Golpeé de nuevo.

Frustrado.

Herido.

Roto.

Furioso.

—Alex —me llamó Wood.

Su voz sonaba lejana en mis oídos, incluso cuando me di cuenta de que había accedido a la sala y estaba ahora mucho más cerca. Dijo algo más, pero mi mente se negó a procesarlo. Seguí lanzando golpes y más golpes, y nuevas palabras salieron de la boca de mi familiar. Ruido, solo era ruido.

Continué golpeando.

El saco se movió hacia un lado al recibir un golpe que no provenía de mí y mi siguiente puñetazo encontró solo aire. Lo había lanzado con tanta fuerza que trastabillé hacia delante y, de regreso, fue el saco el que me golpeó en el costado.

—¡Maldita sea, Alex! ¡Para de una vez!

—¡No! —rugí, porque no quería detenerme.

Traté de situarme de nuevo frente al saco, pero Wood me empujó hacia atrás, llevándome lejos de él.

—¿Quieres pelear? Pues pelea conmigo entonces.

Me lanzó un puñetazo antes siquiera de haber acabado de hablar. Aun así, lo esquivé a tiempo. No quería pelear con él, sino conmigo mismo. Con la neblina difusa que me rodeaba. Con la culpa. Con la rabia.

Con la ira.

—Danielle... —suspiré sin siquiera darme cuenta de que lo hacía en voz alta.

—No la metas en esto. No va de ella, sino de ti.

Wood amagó con la derecha y me golpeó en el mentón con la izquierda. Toda mi mandíbula vibró con el puñetazo, pero no sentí dolor. Apenas sentía nada en realidad.

—Hiciste lo que tenías que hacer —agregó—. Todos lo saben.

Sí, por supuesto. Todos en aquel sitio sabían lo que había hecho. Todos conocían el relato de cómo Luke Alexander Ravenswood se había erigido como algo salido del mismísimo infierno y había drenado a un montón de brujos que no eran más que niños hechizados y luego había derrumbado un edificio sobre ellos quebrando los mismísimos cimientos de una escuela que llevaba más de tres siglos en pie. Después de escapar de allí, nadie se había acercado lo suficiente como para comprobar lo que fuera que vivía ahora en aquellos terrenos. Ni siquiera estábamos seguros de lo que le había hecho al lugar, aunque yo tenía mis sospechas. Y por si eso fuera poco, Elijah había conseguido escapar.

Todo había sido en vano.

—No —repetí, porque parecía que era lo único capaz de decir en ese momento.

—Se están recuperando. —«Los que viven», pensé yo, aunque no fui capaz de hablar en voz alta—. Y Danielle...

Mi puño salió disparado y se hundió en su estómago. Wood soltó el aire de golpe, retrocedió un par de pasos, tambaleándose, y se llevó la mano al punto en el que lo había golpeado. Pero el muy estúpido se limitó a sonreírme como si el hecho de que le pegase fuese lo más divertido que le había sucedido en todo el día.

Tal vez lo fuera; con Wood nunca se podía estar seguro de nada.

—¡Le arranqué su magia! ¡¿Es que no lo entiendes?! —grité finalmente, perdiendo cualquier atisbo de control que hubiera podido mantener—. ¡Se estaba muriendo en mis brazos mientras yo me alimentaba de su sufrimiento! ¡Y luego hice lo mismo con esos críos!

Él se cruzó de brazos y suspiró. Me obligué a apartar la vista. Si descubría siquiera la más mínima compasión en sus ojos... me volvería loco, si es que no lo estaba ya.

—Escúchame bien. Fue ella quien te pidió que empleases su poder. Y, aun así, a pesar de que te rogó que lo tomases todo, no fuiste capaz. Sé que suena egoísta y probablemente lo sea, no te mentiré sobre eso, pero no soy un santo, Alexander; no voy a decirte que yo no habría hecho lo mismo si se hubiera tratado de Dith. Lo habría hecho sin siquiera pensármelo dos veces. Habría sacrificado casi a cualquiera por ella, así que no voy a culparte por tus actos ni por las decisiones que has tenido que tomar. No cuando, además, intentaste usar tan solo un poco de cada uno de ellos...

—Nada de eso lo hace mejor.

—¿Eso crees? Porque te aseguro que yo no hubiera tenido tantas contemplaciones.

Mentía. Conocía a mi familiar. Wood hubiera muerto por Dith y también habría matado por ella, no tenía ninguna duda sobre eso; sin embargo, no a un puñado de niños inocentes. En el pasado le hubiera agradecido que tratase de hacerme sentir mejor, pero no ahora. No con aquello. No cuando finalmente me había convertido en todo lo que una vez había luchado para no ser. No cuando le había dado la razón a mi padre. No cuando me parecía seguir percibiendo la muerte a mi alrededor. Y no cuando todo había sido para nada.

Ravenswood había caído en las sombras. Abbot estaba medio derruida. Elijah había escapado a un mundo que no estaba ni mucho menos preparado para hacer frente a la oscuridad del monstruo en el que mi antepasado se había convertido, y tampoco para lo que yo era.

—Wood tiene razón.

Me giré hacia la puerta y encontré a Annabeth apoyada contra el marco. La melena turquesa le caía sobre el hombro y hasta la cintura en forma de una larga trenza. Vestía un uniforme similar al de los Ibis, ropa negra y ceñida que no entorpecía sus movimientos en una pelea, aunque no había armas a la vista.

Sabía que se estaban organizando patrullas para inspeccionar el desastre que era ahora Ravenswood, pero no estaba al tanto de mucho más. Mi atención en esos días se centraba en una única cosa; al margen de ello, tan solo me permitía unas cuantas horas en el gimnasio para liberar la tensión a la que estaba sometido mi cuerpo ahora que reprimía de forma constante la oscuridad, lo cual apenas servía de nada en realidad. Aunque había funcionado en el pasado, en aquel momento el ejercicio físico no era más que un parche muy débil para todo lo que había en mi interior, y yo lo sabía.

—Wood tiene razón —repitió Annabeth.

Negué.

—Soy un peligro para todos, ni siquiera debería estar aquí —repliqué, a pesar de que no pensaba marcharme.

No había puesto un pie en el exterior del edificio después de que atravesásemos las puertas un mes atrás. La aparición tardía del aquelarre de Robert en Ravenswood había permitido que fuésemos rescatados tras mi estallido final. Habían tenido que remover y rebuscar entre los escombros, y solo la ausencia de las protecciones que una vez había tenido la academia les permitió emplear la magia para conseguir salvarnos y sacar a la mayoría de allí. El golpe de poder había sido tal que durante un instante llegamos a creer que Elijah había sido vencido y devuelto al infierno del que había escapado. Sin embargo, no habíamos encontrado su cadáver ni señal alguna que indicara tal cosa. Pero sí que habíamos descubierto otros cuerpos...

Se había traslado a los heridos al edificio en el que ahora nos encontrábamos, en el que, con el paso de los días, habían ido refugiándose cada vez más y más brujos; algunos oscuros, otros blancos. Una academia, eso era aquel lugar. Robert y su aquelarre no se habían limitado a ofrecer refugio a algunos brujos *descarriados* en Nueva York, sino que, mientras lo hacían, habían estado planeando otras muchas cosas, tales como la fundación de un centro en el que no se distinguía entre los linajes de sus alumnos; donde la magia era simplemente... magia, y lo importante era lo que hacías con ella.

De no haber estado tan aturdido por todo lo sucedido, tan furioso y tan repleto de amargura, me habría maravillado todo lo que habían conseguido hacer a espaldas de ambas comunidades, lo mucho que se habían jugado. Si alguno de los dos consejos se hubiese enterado de sus planes, lo más probable era que hubieran acabado malditos y convertidos en familiares. Pero eso había sido antes de que la oscuridad llamase a nuestra puerta. Por ahora, los consejos estaban demasiado dispersos y desestabilizados por las pérdidas como para reclamar que se cumpliesen sus normas obsoletas.

Wood se plantó frente a mí una vez más. No había ni rastro de las heridas que había recibido la Noche de Difuntos a pesar de lo mal que estaba cuando lo sacaron de allí, pero las sombras que se apreciaban bajo su mirada hubieran podido competir con las que yo acumulaba en mi interior.

—Te estás reprimiendo, Alex, y eso... —Agitó la cabeza de un lado a otro—. Vas a tener que dejarlo salir en algún momento o te consumirá hasta matarte.

Sentí deseos de reír. Ya estaba consumido, ya me estaba matando. Me moría un poco más cada vez que cerraba los ojos y me veía a mí mismo drenando a Danielle. Veía con claridad mi mano sobre su estómago; la súplica en sus ojos, alentándome a hacerlo incluso cuando sabía que eso la mataría; las palabras que no había llegado a decirle y las que ella no había podido pronunciar. Veía las venas negras en mis brazos extendidos hacia los jóvenes brujos cuya magia había robado a continuación. Veía, y sentía, el poder ingobernable que me había controlado por completo.

Veía...veía un monstruo.

Así que procuraba no cerrar los ojos el tiempo suficiente como para perderme en esas imágenes, lo cual seguramente me convertía en alguien aún más cobarde.

Annabeth se adelantó desde el lugar junto a la puerta que había estado ocupando.

—Necesitamos tu ayuda, Alexander. Los informes que han llegado no son...

Levanté la mano para interrumpir su discurso, aunque esta vez no fue porque me negara a escucharla. Había algo. Un sonido... Ladeé la cabeza y, a riesgo de que las pesadillas que me torturaban tanto dormido como despierto cobraran vida una vez más, cerré los ojos para concentrarme. Un edificio lleno de brujos oscuros y blancos no era el mejor lugar para mí teniendo en cuenta lo que mi poder podía hacerles, pero después de los días que llevaba allí ya me había acostumbrado al ruido de fondo en mi mente que provocaba la magia de estos. Solo que ahora...

Abrí los ojos de golpe.

Se me aflojaron las rodillas en cuanto comprendí lo que estaba escuchando. Durante un momento, el tiempo pareció quedar suspendido en un segundo infinito; un instante más tarde, la oscuridad rugió en mi interior.

—¿Qué es? ¿Qué pasa, Alex? —preguntó Wood al percatarse de que algo estaba sucediendo.

No le respondí. Cuando por fin reaccioné, eché a correr hacia la puerta, y luego seguí corriendo por los pasillos.

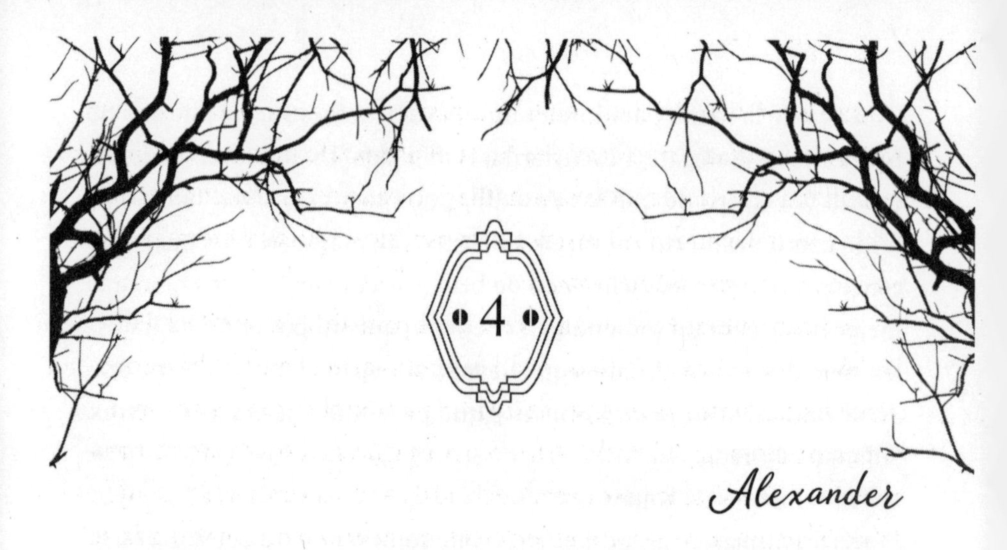

4

Alexander

Aquella academia no se parecía en nada a Ravenswood y tampoco a Abbot. No era ostentosa y decadente como la primera, ni fría y aséptica como la segunda. Era un sitio moderno y a la vez acogedor; más como las universidades a las que asistían los mortales. Había grandes cristaleras por todas partes y la luz natural entraba a raudales para iluminar cada rincón. De las paredes no colgaban retratos de miembros de linajes distinguidos o familias de brujos, sino que habían colocado fotografías de paisajes cuyo autor, fuera quien fuese, contaba con un talento considerable para captar la belleza del mundo exterior. Había representaciones de los cuatro elementos en cada esquina: fuentes rodeadas de plantas frondosas y de un verdor resplandeciente que hundían sus raíces en enormes macetones de tierra, pequeños cuencos con velas flotantes e incluso una serie de agujeros en las paredes que formaban una red de corrientes para renovar el aire continuamente. En realidad, el edificio al completo rezumaba magia, una magia fresca y joven; sin embargo, no presté atención a nada de eso mientras me forzaba a ir más y más rápido por los amplios corredores que llevaban al ala en la que se encontraban los dormitorios.

Los pocos brujos con los que me cruzaba me iban abriendo paso antes de que llegara a su altura, como si mi propio poder oscuro fuera apartándolos del camino. O tal vez fuera solo su temor hacia mí lo que los hacía retirarse y evitar cualquier contacto. No estaba seguro del aspecto que tenía; sin duda, sudoroso por las horas pasadas en el gimnasio, y apostaba a que también lucía el asomo de un cardenal en la mandíbula, allí donde Wood me había golpeado. Pero al menos no me había transformado, por mucho que la oscuridad pulsara en mi pecho rogando para que la dejara salir.

Apenas me detuve el tiempo suficiente para abrir la puerta del dormitorio en el que había pasado todas las horas que no empleaba en agotarme físicamente. Irrumpí en la estancia a trompicones y sin aliento, con un nudo en la garganta —fruto a partes iguales de la esperanza y el miedo— que se había ido apretando cada vez más con cada paso que daba. Dicho nudo se cerró del todo en el momento en que mi mirada se posó sobre la cama que presidía la habitación. Sobre su ocupante.

Durante unos pocos segundos infinitos no me moví, no respiré; y mi corazón dejó de latir. Luego, mis pies avanzaron por propia iniciativa hasta que me topé con el borde del colchón. Mis rodillas cedieron finalmente y se clavaron en el suelo duro. Ni siquiera acusé el golpe. Parpadeé, y el aire entró de golpe por mi boca y mi pecho se expandió de forma brusca. Fue como tomar aire por primera vez en mucho tiempo y, de alguna manera, un trozo de los muchos que ahora conformaban mi corazón destrozado encontró su sitio de nuevo.

—Tienes un aspecto de mierda, Alex —dijo Danielle.

Aunque la voz le salió tan áspera que apenas si parecía la suya, la humedad me llenó los ojos al escucharla. Se había incorporado hasta quedar sentada, apoyándose contra la multitud de almohadas que alguien —posiblemente Annabeth— había colocado en la cama cuando la había preparado para ella semanas atrás.

Treinta días. Danielle llevaba un mes completo inconsciente, desde la Noche de Difuntos. Desde que yo la había drenado prácticamente hasta la muerte. En un primer momento, había sido Aaron Proctor quien le había curado las heridas externas, pero fue tras nuestro traslado allí cuando Laila, otra de las brujas del aquelarre de Robert, se había encargado de reforzar su magia. Del ataque le había quedado una leve cicatriz entre el hombro y el cuello, producto del mordisco que había recibido de un demonio y que no hubo conjuro que pudiera eliminar del todo, y una especie de manchas un poco más oscuras en la piel que sospechaba que eran el resultado de la oscuridad que Danielle había drenado de Mercy. Me había sentido tentado de cederle parte de mi magia, tal y como ya había hecho alguna vez en Ravenswood, pero me había aterrado la posibilidad de que, ahora que mi poder se había desatado por completo, le hiciera más mal que bien. Así que no había hecho nada mientras Aaron y Laila empleaban todos sus conocimientos, humanos y mágicos, para hacerla despertar.

Nada había dado resultado.

A pesar del alivio que me invadió al comprobar que parecía ser la misma Danielle de siempre, dado que aún contaba con la energía necesaria para meterse conmigo, no logré encontrar ánimo para darle una réplica mordaz a su comentario y continuar con nuestro habitual tira y afloja. Todo lo que pude hacer fue cerrar los ojos e inspirar, hasta que no existió nada más que su dulce aroma y el sonido exquisito de su magia, ese que había permanecido en un amargo silencio durante aquellas largas semanas.

—Ey, no lo decía en serio.

Abrí los ojos y levanté la vista para encontrármela a su vez observándome; sus ojos muy abiertos y repletos de burla, y esa sonrisita que, aunque cansada, resultaba extremadamente exasperante.

—Sigues siendo una mentirosa terrible —dije por fin, lo cual era una mierda como primera cosa que decir después de lo mucho que había deseado que se despertase y poder hablar con ella.

Dios, necesitaba contarle —confesarle— tantas cosas...

Danielle extendió el brazo y una descarga me recorrió de pies a cabeza cuando apoyó la palma de la mano en mi mejilla. De ser una persona menos egoísta, no le habría permitido que me tocase a riesgo de volver a hacerle daño, pero había anhelado tanto sentirla de nuevo que no me retiré. Nuestras miradas se enredaron y el resto de la habitación se desdibujó. Ninguno de los dos habló durante un momento; sin embargo, me sentí como si estuviera volviéndome del revés y le mostrase hasta el último rincón oscuro de mi interior. Como si ella pudiera verlo todo, incluso aquello que yo estaba desesperado por ocultarle. Todo cuanto me avergonzaba.

—Hola.

—Hola —susurré de vuelta, tan bajito que no estaba seguro de que ella lo hubiera escuchado.

Las comisuras de sus labios volvieron a arquearse y esbozó una sonrisa más sincera, tan preciosa y luminosa que amenazó con destruirme por completo. Había temido tanto que no llegara a despertarse nunca como que lo hiciera y no fuera ella misma; que, junto con su magia, yo le hubiera robado parte de su ser. A pesar de que Laila me había asegurado que podía percibir el poder rehaciéndose en su interior con el paso de los días, y de que yo mismo también lo notaba, había pasado aterrado todo ese tiempo. No era su poder lo que yo más temía haberle arrebatado, sino la propia esencia de lo que ella era. Su ferocidad, su lealtad, la chispa de ese humor provocador que tanto me sacaba de quicio. Su descaro. Su fuerza. Su luz.

—Lo de verte arrodillado frente a mí es muy... estimulante —continuó burlándose.

Cedí al deseo de estar más cerca de ella. Trepé por la cama y me coloqué a su lado. Inclinándome, apreté la frente contra la suya y dejé ir el aire que había estado conteniendo. La mano de Danielle aún acunaba mi rostro y yo no quería que dejara de hacerlo jamás.

—Danielle, yo...

Me silenció con dos dedos.

—No vamos a hacer esto de nuevo, Alex.

—¿Hacer qué?

Se echó a reír y ese sonido... Joder, ese sonido era incluso más delicioso que la canción de su magia. Retumbó por todo mi cuerpo y se me clavó en el pecho. Y deseé oírla reír cada día de mi vida, tan larga o tan corta como esta fuese.

Retiró los dedos para, a continuación, ocupar su lugar con los labios. Fue un beso suave, un roce tentativo que ni por asomo duró lo suficiente.

No fue apenas nada, pero se sintió como todo. Con una mano en su nuca, le permití que se retirase, pero no alejarse más allá de unos pocos centímetros.

—Esto —dijo, señalando entre nosotros, y tuve un momento de pánico en el que creí que por fin había entrado en razón y me apartaría de ella—. Lo de la culpa. Lo creas o no, te conozco y sé que vas a hacer un drama de lo que sucedió... Tienes tendencia a cargar sobre tus hombros mucho más de lo que te corresponde. Apuesto a que, si mañana nos cayese un meteorito, encontrarías la manera de culparte por ello.

Que estuviera despierta y de tan buen humor resultaba maravilloso, pero Danielle no era consciente de cómo habían acabado las cosas en Ravenswood ni del tiempo que había pasado inconsciente. Como tampoco del hecho de que Elijah era ahora un problema aún mayor de lo que lo había sido. La profecía se había cumplido. Aun así, en ese momento lo único en lo que yo podía pensar era en que ella estaba bien, y todo lo que podía desear era que no me odiase por lo que le había hecho. *Esto* —la culpa— era algo que no podía evitar sentir.

Danielle

No estaba segura de dónde me encontraba, lo único que sabía era que estaba viva. Durante un instante, al despertar, había creído que había muerto en el auditorio de Ravenswood y me había convertido en un fantasma. Solo cuando Alexander había atravesado la puerta de un dormitorio que no era capaz de reconocer y nuestras miradas se habían encontrado, solo cuando había visto esos ojos dispares aterrorizados y al mismo tiempo anhelantes, aliviados y temerosos —esos preciosos ojos que había pensado que jamás volvería a contemplar—, solo entonces me había dado cuenta de que, de alguna forma, había sobrevivido al desastre de la Noche de Difuntos.

Alexander había avanzado y había caído de rodillas junto a la cama, y las imágenes de nuestros últimos minutos juntos habían regresado desde el fondo de mi mente. Él sosteniéndome y su rostro cubierto de lágrimas, odiándose a sí mismo incluso antes de que hubiera empezado a drenar la magia de mis venas. El dolor, la impotencia. Tiempo atrás, yo había sido incapaz de descifrar sus emociones, incluso había pensado que no las tenía, más allá de gruñir y mostrar una arrogancia a juego con su enorme ego, pero aquella noche en el auditorio dichas emociones habían estado por toda su cara. Tal y como lo estaban ahora.

Había sabido que Alexander no se perdonaría jamás por drenarme hasta la muerte, pero al parecer tampoco lo haría aunque estuviese viva.

La puerta que había dejado entreabierta se abrió del todo y un Wood jadeante se asomó al interior. La sorpresa inundó su expresión al vernos allí. Al verme despierta, supuse.

—¡Joder! —Fue todo lo que dijo.

Esa única palabra salió de sus labios cargada no solo de incredulidad, sino de un profundo alivio. Un alivio idéntico al que sentí yo al verlo de pie y completamente ileso.

—Oh, Dios —gemí, conteniendo un sollozo de pura alegría—. Estás bien...

Alguien más apareció tras él, y me bastó captar el destello de una llamativa melena turquesa para comprender que se trataba de Annabeth Putnam. ¿Cómo es que estaba allí, dondequiera que fuese allí? ¿Y sabrían ya Gabriel y ella que su abuelo había fallecido en Abbot?

Madre mía, tenía tantas preguntas.

—Espera. —De repente, me faltaba el aliento—. ¿Dónde está Raven? ¿Y Cam?

Me llevé la mano al pecho, como si tanteando mi piel pudiera alcanzar la conexión que se había establecido entre Raven y yo al convertirse este en mi familiar; como si pudiera tocar ese cordón anaranjado que había visto una sola vez, pero que estaba segura de que era con el lobo negro con quien me unía. Prácticamente me arañé el pecho, no sé si tratando de llegar hasta él o por la falta de aire.

Mientras Alexander tiraba de mi brazo para detenerme, un músculo palpitó en su mandíbula, y juro que sentí su poder oscuro latir con la misma cadencia. La canción de su magia llegó a mis oídos, aunque me dio la sensación de que, en cierto modo, estaba *desacompasada.* La suave nana que me había acostumbrado a escuchar proveniente de él parecía ahora carente de ritmo, o más bien desafinada. No sabría describirlo de manera adecuada, pero algo andaba mal con su poder; o con él mismo.

Al no obtener una respuesta de Alex, miré a Wood.

—Rav está bien, ¿verdad?

No podía contemplar otra opción; no podía perder a nadie más. Pero las palabras de Elijah retumbaron en mi mente: «Estás destinada a perder». Entré en pánico.

«No, no, no...».

—Está bien —dijo Wood por fin.

Mi mano resbaló hasta mi regazo, ya libre del agarre de Alexander. Este continuaba en silencio, aunque juraría que se había separado un poco de mí.

—¿Y Cam?

Esta vez, Wood tardó aún más en contestar.

—Cameron está vivo.

Me desplomé contra el cabecero, tan aliviada que en ese momento no me di cuenta de que Wood había escogido las palabras con un cuidado deliberado. En realidad, había una gran diferencia entre estar vivo y estar bien.

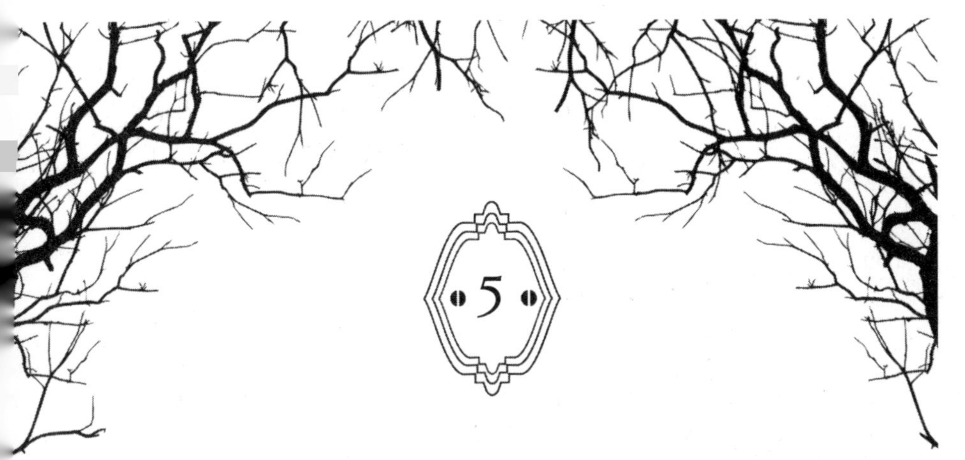

5

Después de que Alexander y Wood intercambiaran una larga mirada que solo ellos dos sabrían qué significaba, este último y Annabeth se retiraron y nos dejaron a solas. Aún apoyada en una pila desproporcionada de almohadas y con los ojos cerrados, me permití unos pocos segundos para que mi mente se pusiera al día. No sabía lo que había sucedido con Elijah y una parte de mí tenía miedo de preguntar. Dado el estado de ánimo en el que se encontraba Alex, parecía seguro que las cosas no habían acabado como habíamos esperado. La verdad era que nada había sido como deseábamos. Nada en absoluto.

—¿Qué pasó? —pregunté finalmente. No tenía sentido retrasarlo.

Abrí los ojos y lo encontré contemplándome con una mirada repleta de agonía. Llevó la mano hasta mi rostro y trazó la línea de mi mandíbula con la yema de los dedos. El gesto estaba cargado de ternura y fue tan delicado que no pude evitar estremecerme.

—Pensé... que habías... muerto —dijo entonces, atragantándose con cada palabra—. Pensé que yo te había... matado.

Mi primer impulso fue hacer alguna broma al respecto; sin embargo, por mucho que sacarnos mutuamente de quicio se hubiera convertido en un juego para ambos, me daba la sensación de que aquel era un momento importante, una especie de muro a derribar entre nosotros. No estaba segura de las horas que había pasado inconsciente —unas cuantas, supuse, si me habían trasladado a dondequiera que estuviésemos—, pero aún tenía en la punta de la lengua las palabras que no había llegado a decirle, esas que había callado primero y luego me hubiera gustado gritar. Y ahora me ahogaba con ellas del mismo modo en que Alexander lo había hecho al señalar algo que no había llegado a suceder: no me había matado.

—No lo hiciste —atiné a decir, aunque una vocecita me animaba a confesarle mis sentimientos de inmediato, antes de que él me lo contestase todo y el mundo real invadiera nuestra pequeña burbuja—. Estoy viva.

«Y enamorada de ti», pensé, pero se me hizo un nudo en la garganta. ¿Cómo de ridícula podía parecer si le decía algo así justo en ese momento? Pero ¿y si luego tampoco había tiempo? ¿Y si cometía de nuevo el error de callar?

—No gracias a mí —señaló, y me di cuenta de que empezaba a moverse aún más atrás sobre el colchón.

Lo agarré de la camiseta y tiré de él para obligarlo a acercarse. Lo tomé tan desprevenido que no opuso ningún tipo de resistencia. Nuestros rostros quedaron a tan solo unos centímetros. Un suspiro de distancia, ese era el espacio entre nuestras bocas. Aun así, él continuaba estando demasiado lejos.

—¿Sabes qué fue lo último que pensé antes de desmayarme? —pregunté, y el horror que reflejó su expresión fue indicación suficiente de lo erradas que debían de ser sus suposiciones sobre aquel instante—. Eres digno Alexander Ravenswood. Digno de un poder que nunca has querido y que llevas toda tu vida luchando por controlar. Y puede que dicho poder sea oscuro, pero tú no lo eres. No eres malo. No eres un monstruo. —Se encogió y trató de retirarse de nuevo, pero no se lo permití. Alex necesitaba oír eso—. No lo eres. Lo que hiciste fue porque yo te lo pedí, porque había que hacerlo, y a pesar de que era la única forma, sigo aquí... Y yo... —Se me quebró la voz—. Yo te...

Incapaz de continuar hablando, lo besé. Tal vez así pudiera convencerlo de que mis palabras eran sinceras. Lo que había dicho era verdad, y lo que sentía por él, real. Tan real que incluso a mí me sorprendió. Estaba enamorada de Alexander Ravenswood, y era tan estúpida que no lograba decirlo en voz alta.

El beso fue torpe y cargado de desesperación, y totalmente unilateral al principio. Alex se quedó paralizado, y me dije que igual sí que estaba haciendo el ridículo. La vergüenza se extendió por mi piel en forma de un cosquilleo desagradable y empecé a retroceder. Pero entonces se movió de golpe, más rápido de lo que lo hubiera visto hacerlo jamás. En un momento estaba sentada junto a él y al instante siguiente me encontré tumbada, con su cuerpo sobre el mío, una de sus manos apoyada en la almohada, junto a mi cabeza, y la otra aferrando mi rostro.

Atacó mi boca como el general que se lanza a la batalla decisiva de una guerra eterna, como el lobo que cae hambriento sobre su presa después de haberla acechado durante horas. Y yo le permití que me asaltase a placer. No sé durante cuánto tiempo nos besamos, pero cuando Alex retrocedió finalmente sentí los labios entumecidos de la manera más agradable posible. Se quedó mirándome en silencio y, a pesar de lo agitado de su aliento, lucía más pálido de lo normal. Casi como si hubiera visto un fantasma.

Me planteé que el temor que había sentido al despertar no fuera tan solo un miedo infundado. Que yo hubiera caído y todo se tratara de algún sueño o engaño. O que algo del don de su familiar se hubiera filtrado hacia él y ahora compartieran la habilidad de ver a los muertos.

—Estoy viva, ¿verdad?

Alex soltó una carcajada, apretó la mano que mantenía en mi nuca y me dijo:

—No vuelvas a hacer algo así.

—¿Hacer qué? ¿Preguntas estúpidas? ¿Besarte?

La esquina de su boca se curvó, pero negó con la cabeza.

—Sacrificarte. —Su expresión perdió entonces cualquier asomo de burla—. Nunca más, Danielle. Prométetelo. No puedo... No voy a...

No fue capaz de terminar la frase, y me maravilló ser capaz de dejar a Alexander Ravenswood sin palabras. Quizás, tal y como me pasaba a mí, había algunas que él tampoco se atrevía a pronunciar...

El pensamiento despertó un aleteo en mi estómago.

Pero entonces él tomó aire y lo soltó muy lentamente. Luego, su frente estaba de nuevo contra la mía y cerró los ojos mientras dejaba salir otro suspiro que lo hizo sonar totalmente derrotado.

—Perdí el control, Danielle, y me dejé ir por completo. Me aterroriza y avergüenza en lo que me convertí. No dudé en drenar a los alumnos que Mercy había hechizado. Fui cobarde y egoísta, pero me resultó imposible arrancarte hasta la última gota de tu poder. No pude hacerlo; no me importó lo que estuviera en juego. También me las arreglé para derrumbar el auditorio Wardwell porque creía que estabas muerta, que yo mismo había apagado tu luz.

—Por Dios, Alex.

Lo rodeé con los brazos y lo apreté contra mí, pero forcejeó para alejarme. No creo que fuera porque despreciara mi contacto, sino porque no se creía merecedor de él: se había mantenido aislado durante años para evitar hacerle daño a otros brujos y ahora su peor miedo se había convertido en realidad. Recé para que todos los alumnos hubieran sobrevivido; de no ser así, Alex no se lo perdonaría jamás. Ni siquiera estaba segura de que se perdonase por haberme drenado, daba igual que hubiera sido nuestra única salida.

—No puedes llevar esa carga —le susurré al oído, cuando finalmente sus músculos se aflojaron y escondió la cara en el hueco de mi cuello.

Sin embargo, era Alexander Ravenswood, así que no me sorprendió en absoluto cuando replicó:

—Puedo y lo haré. —Su voz sonó amortiguada contra mi piel, pero había una certeza ineludible en su afirmación.

—Y luego soy yo la terca —traté de bromear.

Se movió un poco y sus labios rozaron mi sien con más de ese cariño delicado que conseguía estremecerme cada vez, luego buscó de nuevo mi mirada.

—No debería haberme quedado en este sitio, pero no... No podía separarme de ti.

Mi pecho se contrajo al escuchar el tono desgarrado de su confesión y la expresión desolada con la que me contempló. Su comportamiento había cambiado tanto desde aquel primer día en el que nos habíamos conocido; continuaba manteniendo la actitud seria y dura del heredero Ravenswood, pero ahora era mucho más. En ese momento, sus emociones se reflejaban en cada centímetro de su rostro: el ceño fruncido por la culpa y la preocupación, el miedo en los ojos y en las líneas rectas de sus rasgos afilados, la curva descendente de su boca... No pude evitar recordar la visión de sus lágrimas cubriéndole las mejillas mientras me drenaba. Puede que hubiésemos cometido un montón de errores, pero el destino —aquel equilibrio de mierda— no había sido nada benevolente con alguien que había estado sufriendo casi desde su nacimiento.

—Gracias —murmuré, sosteniendo su mandíbula para que no desviara la mirada, lo cual intentó hacer casi de inmediato.

—No me...

—No, escúchame. Seguramente es muy egoísta por mi parte, pero gracias por salvarme y gracias por quedarte conmigo.

Salvo Dith, nadie se había quedado jamás y... joder, eso tenía que contar. Contaba para mí.

Ahora solo restaba descubrir cómo podíamos arreglar ese desastre. Si la profecía se había cumplido, si Elijah era la oscuridad augurada y ya estaba libre por el mundo, entonces íbamos totalmente a ciegas con lo que sucedería a partir de ahora.

Alexander parecía abrumado como jamás lo había visto. Había humedad en sus ojos y también un montón de agradecimiento que luchaba por ocultar. Ladeó la cabeza y su pulgar trazó mi mentón antes de inclinarse sobre mí y rozar los labios contra mi boca.

—Siempre me quedaré contigo, Danielle Good. Siempre.

Tomé aire para contener mis propias emociones. Las heridas que hubiera tenido se habían curado, pero sentí un peso persistente en el pecho. Resultaba doloroso ver tan derrotado a alguien como Alexander Ravenswood, no por su poder o el linaje al que perteneciera, sino porque yo sabía que era una buena persona, una a la que le habían pasado demasiadas cosas malas. Y estaba bastante segura de que aún tendríamos que sufrir más antes de que todo eso acabara.

Eché un vistazo a la habitación en la que nos encontrábamos y traté de sobreponerme a mis sombríos pensamientos, porque no ayudarían en nada; lo que más necesitábamos en ese momento era esperanza.

—Por cierto, ¿dónde estamos?

Alex soltó un profundo suspiro, como si él también necesitase unos segundos para recuperar algo de serenidad. Si bien se retiró un poco, su mano se deslizó hasta mi muñeca y enredó los dedos con los míos. Juraría que sus mejillas enrojecieron levemente cuando se dio cuenta de lo que había hecho, pero no me soltó.

Quién hubiera pensado que llegaría a ver a un Alexander tímido. La idea me hizo sonreír.

—En una academia —contestó tras aclararse la garganta. A pesar de la situación, no pude evitar emocionarme; nunca había estado en ninguna de las otras escuelas del país—. Una nueva, fundada por el aquelarre de Robert y que aloja tanto a brujos oscuros como blancos.

Vale, eso sí que era sorprendente. Las academias de ambos bandos que habían existido hasta entonces tenían mínimo un siglo de antigüedad y dependían directamente de Abbot o de Ravenswood, que habían sido las iniciales; además, todas habían sido fundadas por linajes destacados. No podía ni empezar a imaginar lo que habría supuesto para Robert y los demás crear una al margen de la estructura ya establecida, el trabajo y el riesgo asociados.

—Vaya... ¿Y le han puesto nombre?

Alex dejó salir un asomo de sonrisa.

—Parece ser que discutieron mucho sobre ello. Robert era bastante reacio, pero finalmente la bautizaron como Academia Bradbury.

Bueno, bien por los Bradbury. Había sido un linaje muy maltratado a lo largo de tres siglos. A pesar de lo que había sucedido con Maggie, o quizás a causa de ello, aquel podría ser el nuevo comienzo que necesitábamos; tal vez había llegado la hora de que las nuevas generaciones se olvidaran de las rencillas de sus antepasados y crearan algo más allá de las normas impuestas por estos. Ojalá tuviésemos un futuro en el que fuésemos solo brujos, sin más etiquetas. O, mejor aún, personas.

—Ah, y estamos cerca de Montreal.

Se me abrieron los ojos como platos y de inmediato mi mirada voló hacia la ventana. Las cortinas que la cubrían evitaron que pudieran ver nada del exterior.

—¿Estamos en Canadá?

—Así es.

Nunca había salido del país, pero en cierto modo parecía lógico que el aquelarre de Robert decidiese hacerlo y alejarse así de Salem. Alexander no parecía muy impresionado por nada de aquello, aunque a lo mejor era porque él había llegado allí por su propio pie.

Me dejé caer contra las almohadas y estaba a punto de preguntarle cuánto tiempo había pasado inconsciente cuando la puerta se abrió de golpe. Raven entró a la carrera, directo hacia la cama, y se lanzó sobre mí. A pesar de que Alex ya me había dicho que estaba bien, una nueva oleada de alivio me recorrió de pies a cabeza al verlo de una sola pieza.

—¡Rav! —chillé cuando me rodeó con ambos brazos y me aplastó contra su pecho.

No pude evitar echarme a reír mientras que, al mismo tiempo, las lágrimas regresaban a mis ojos. Había temido tanto por él cuando Mercy lo había secuestrado... Y, bueno, teniendo en cuenta que había pensado que iba a morirme, me estaba permitido mostrarme más emocional que de costumbre.

Raven me mantuvo apretada de tal forma que me resultaba difícil respirar, pero no me importó en absoluto y no me quejé al respecto. Me limité a disfrutar de su calor y brindé un agradecimiento silencioso por haberlo mantenido a salvo a quien fuera que estuviese escuchando.

—Bienvenida de nuevo, Dani —murmuró en mi oído, y tuve que redoblar mis esfuerzos para no ponerme a sollozar.

Raven era el único que alguna vez me había llamado así, él y Chloe, mi hermana pequeña, y se sintió como volver a casa, al hogar que eran ahora los Ravenswood para mí. Mi familia. No importaba dónde nos encontrásemos siempre que estuviésemos juntos.

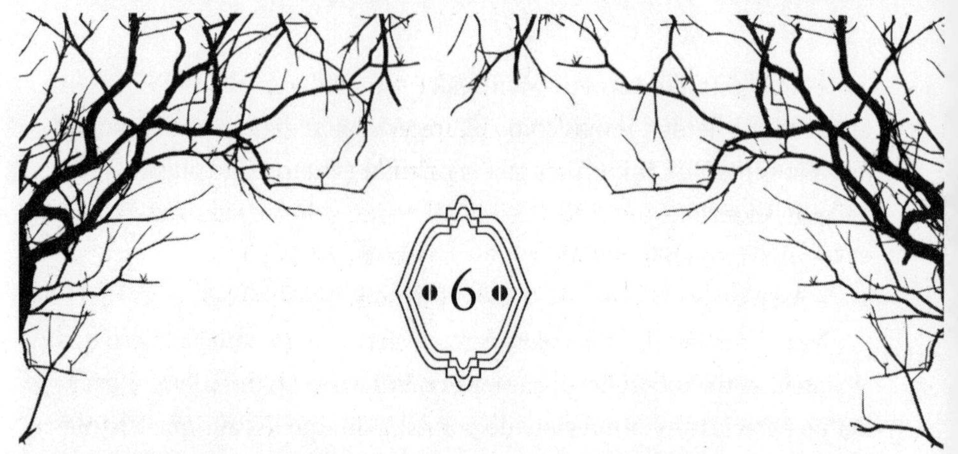

6

Alex se marchó enseguida. Yo no quería que lo hiciera; lo necesitaba donde pudiera verlo y convencerme de que, incluso cuando no habíamos *ganado*, seguíamos aquí y vivos. Pero él se empeñó en que tenía que comer algo ahora que por fin había despertado y, ya de paso, avisaría de que estaba consciente para que alguien viniera a echarme un vistazo. Le aseguré que me sentía muy bien, casi demasiado bien en realidad, aunque no sirvió de nada, así que lo dejé marchar a regañadientes.

Una vez a solas con Raven, este se tumbó de lado y yo lo hice cara a cara con él para que le fuera fácil leerme los labios. Su pelo negro estaba hecho un lío y unas leves ojeras asomaban bajo los ojos. Parecía muy cansado, y la sonrisa que me dedicó, aunque era la suya, resultó algo más triste de lo habitual. Habíamos pasado por mucho, y solo Dios sabría lo que Mercy y Elijah le habrían hecho durante su secuestro.

—Las sábanas son de algodón para que no te den alergia —dijo, como si de todo lo sucedido aquello fuera lo más importante—. Y hay ropa en el armario para ti.

Solté una carcajada, solo Raven podría pensar en algo así en un momento como aquel.

Su mirada se arrastró a continuación hacia la esquina de la habitación donde, sobre una butaca, descansaba una manta doblada. Había una pequeña pila de libros en el suelo.

—Esa manta también es de algodón —agregó.

Entendí lo que no estaba diciendo: Alexander y yo compartíamos alergia a los tejidos sintéticos y, al parecer, había pasado velándome el tiempo suficiente como para que alguien le procurara algo con lo que taparse. La calidez que había sentido al escucharlo afirmar que siempre se quedaría conmigo brotó de nuevo e inundó mi pecho.

—¿Cómo de malo es? He notado algo raro en su magia.

Raven asintió.

—No quiere saber nada de volver a dejar salir la oscuridad de su interior, piensa que es un peligro para todos. Más aún que antes. El problema es que reprimirla no va a funcionar. Ya no. Necesita sacarla de vez en cuando o acabará consumido por ella. Y ya lleva un mes...

—¡¿Un mes?! —inquirí, alarmada. No creía haber estado tanto tiempo inconsciente.

Raven dibujó la curva de mi pómulo con la punta de los dedos mientras yo volvía a mirar la butaca. ¿Llevaba todo un mes fuera de juego? ¿Y Alex lo había pasado instalado allí?

—Tu cuerpo necesitaba descansar.

—Ya, bueno, pues se lo ha tomado con mucha calma —bromeé, aunque supuse que aquello era una señal evidente de lo cerca que había estado de morir.

Cerré los ojos en un intento de asimilar... todo. Respiré hondo y los abrí de nuevo.

—Me alegra que estés bien —susurré—. Si te hubiera ocurrido algo, no creo que pudiera soportarlo.

Él esquivó mi mirada y se puso a juguetear con uno de mis mechones. Gracias a Dios, alguien se había preocupado de mantener mi melena limpia. Aparté esa frivolidad de mi mente para concentrarme en el comportamiento de Raven. Sabía que Alexander le preocupaba, pero había algo más.

Le di un toque en el hombro y, cuando eso hizo que me mirase, le pregunté con suavidad:

—¿Rav? ¿Qué va mal?

—Lo siento.

—¿Por qué? Nada de esto es culpa tuya, tampoco de Alex o de ninguno de nosotros.

Sí, habíamos convertido la profecía en una realidad, pero al final eso era lo que pasaba con la mayoría de ellas, ¿no? Y tampoco se nos podía acusar de no haberlo intentado todo.

—Debería haberlo visto. No... no lo vi. Yo solo... —balbuceó, compungido—. Supe que me... llevaría, pero creía que la profecía moriría con ella.

No mencionó a Mercy y tampoco hacía falta. Imaginé que en algún momento había tenido una visión no solo sobre la muerte de esta, sino que había sido muy consciente de que iban a secuestrarlo y no había dicho nada porque había pensado que así tenía que ser para que la bruja muriese. Él también había optado por sacrificarse, y eso me rompió un poco más el corazón.

—Ey, está bien. No pasa nada, Rav —lo consolé, acunando su rostro para asegurarme de que pudiese captar lo que decía—. Estoy orgullosa de ti. Muy orgullosa. Ninguno esperaba que pasara nada de todo esto, pero encontraremos el modo de arreglarlo. Saldremos adelante.

Se mordisqueó el labio inferior y parpadeó para espantar las lágrimas; nunca me había parecido tan joven, vulnerable y herido como en ese instante. Ojalá pudiera ahorrarle cualquier dolor o pesar. Raven también había sufrido demasiado; de un modo u otro, todos lo habíamos hecho.

Opté por cambiar de tema. Ya habría tiempo para enterarme de todos los detalles que me había perdido después de desmayarme en Ravenswood. De todas formas, él había estado también inconsciente durante nuestro enfrentamiento con Elijah, así que poco iba a poder aclararme sobre lo sucedido entonces.

—¿Dónde está Cam? Me extraña que no ande ya por aquí señalando lo perezosa que soy.

—Él... —titubeó, y eso encendió todas mis alarmas.

—Tu hermano dijo que estaba bien.

Raven esbozó una mueca y, con el corazón desbocado, contuve el aliento. Cam no podía haber muerto, Wood no me mentiría sobre eso, ¿no?

—Lo que sea que Mercy le hizo la Noche de Difuntos contaminó su magia. No ha sido él mismo desde entonces.

Bueno, estaba vivo, podíamos arreglar lo demás. Tenía que pensar que podríamos hacerlo, al igual que necesitaba creer que terminaríamos acabando con Elijah y que el mundo no estaba yéndose definitivamente a la mierda.

—¿Qué quieres decir? ¿Qué le hizo Mercy?

Agitó la cabeza, negando.

—No estoy seguro. Nadie ha sido capaz de descubrir qué le ocurre exactamente, pero pasa muchas horas durmiendo y sigue muy cansado a pesar de que sus heridas están curadas por completo. Y hay otra cosa... Thomas Hubbard está muerto.

Se me cayó el alma a los pies. El director de Abbot no había sido mi persona preferida en el mundo durante mi estancia en la academia, pero era el padre de Cameron y de los pocos adultos que había dado la cara por nosotros. Había tratado de protegernos de lo que estaba sucediendo y, al resultar evidente que no había manera de apartarnos de todo aquel lío, nos había acompañado a Ravenswood para rescatar a Raven y pelear junto a nosotros. Había sido un hombre noble al que le preocupaban de verdad sus estudiantes. Cam debía de estar devastado.

Desolada por las noticias, miré a Raven y él supo lo que deseaba sin que tuviera que decírselo.

—Vamos, te llevo con él.

Era probable que Alexander se pusiera como loco cuando llegara y no nos encontrara allí, pero necesitaba ver a mi amigo; necesitaba comprobar que de verdad seguía vivo con mis propios ojos. Comprendía demasiado bien lo que era perder a alguien y sabía que yo jamás hubiera sobrevivido de no haber tenido a Dith a mi lado. Y a no ser que alguien de su familia estuviera en aquella academia, algo que dudaba, Cam solo contaba con nosotros.

Me deslicé fuera de la cama y fui hacia la puerta seguida de Raven. Alguien me había vestido con un camisón de tirantes que me llegaba a medio muslo y unos simples calcetines, pero no me molesté en ponerme algo más de ropa. Si tropezábamos con algún alumno y eso le molestaba, no era mi problema. Supongo que había muchas cosas que habían dejado de tener relevancia después de tanta muerte y oscuridad.

—¿Dith sigue...? —comencé a preguntar, cuando salimos a un pasillo amplio y muy luminoso.

—Está aquí aún, posiblemente con Wood o revisando los alrededores. Y sigue siendo ella misma.

«Por ahora». Esa era otra de las cosas que tendríamos que solucionar. Verla de nuevo había sido un auténtico regalo a pesar de las circunstancias, pero no estaba segura de cuánto tiempo tardaba un fantasma en convertirse en espectro. Y aunque Dith era fuerte y resistiría todo lo que pudiese, no podía quedarse con nosotros para siempre.

—¿Qué hay de Sebastian y los otros Ibis?

—Sebastian y Elizabetta tenían heridas bastante graves cuando los sacaron de Ravenswood, pero se han recuperado muy bien gracias a Aaron y Laila.

No tenía ni idea de quién era Laila, pero ya me caía bien.

—¿Y Derek? —pregunté, aunque temía cuál sería su respuesta, ya que no lo había mencionado.

Rav negó mientras me guiaba por el corredor, y otra pequeña parte de mi corazón se marchitó. Casi no había conocido al Ibis; sin embargo, se había quedado para pelear y solo por eso ya se había ganado mi respeto.

Más muertes que se añadían a una lista demasiado larga.

—¿Los rehenes de Mercy?

—La mayoría se están recuperando. Está siendo duro para ellos. No tenían control alguno sobre sus actos, pero recuerdan todo lo sucedido. Físicamente están bien; emocionalmente..., no tanto.

Joder, nada de aquello era muy alentador, pero necesitaba saberlo todo y agradecía que Raven fuese directo y sincero conmigo. Inspiré mientras intentaba encontrar el modo de hacer la siguiente pregunta.

—Las muertes... Son... Ellos... —Ni siquiera podía decirlo en voz alta, me dolía incluso pensarlo, pero de nuevo Raven comprendió enseguida lo que quería saber.

—No hay certeza de que fueran causadas por Alex, tampoco de lo contrario. Es difícil saberlo, y creo que eso lo está matando. Además de...

—Ya, lo sé. Drenarme y drenar a esos niños.

Seguimos avanzando en un silencio pesado. No creía que Rav culpara a Alexander, y yo tampoco lo hacía. ¿Cómo hacerlo si me había salvado? Era un pensamiento egoísta, tal y como le había dicho, pero no había duda de que Alex había sido colocado en una situación imposible.

No había prestado demasiada atención a mi poder o a la magia de los demás ocupantes del lugar al despertar, salvo a la de Alexander. Así que, a pesar del caos de emociones que era mi mente en ese momento, permití que se abriera a lo que me rodeaba. Lo primero que percibí fue a Raven; su magia brillante y cálida fue una caricia para mi alma dolorida, como el primer rayo de un amanecer sobre la cara después de una noche demasiado larga. Luego sentí a muchos otros, brujos oscuros y blancos; aunque me parecía que los primeros eran ligeramente superiores en número. Fui capaz de *encontrar* a Alexander en el edificio y también creí dar con otras huellas mágicas que me resultaron familiares. Pero tras la puerta frente a la que Raven se detuvo...

—¿Cam está ahí?

—Sí, lo he dejado durmiendo.

Así que allí era donde había estado Rav cuando yo me había despertado, junto a Cam. Lo hubiera interrogado sobre esa reciente *obsesión* por mi amigo, pero me preocupaba más lo que estaba percibiendo. Cuando me había reencontrado con Cam al regresar a Abbot, con mi poder ya despierto, su magia me había resultado... chispeante, por decirlo de algún modo. No tan brillante como la de Rav, pero sí vibrante y con un toque salino, como un soplo de brisa procedente del mar. Ahora, en cambio, la sentía apagada, débil, y pensé en las ramificaciones oscuras que había alcanzado a ver en su piel y en lo que había dicho Rav sobre que Mercy lo había contaminado.

—Quiero verlo de todas formas. No haré ruido.

Raven esbozó una pequeña sonrisa.

—Lo sé.

El dormitorio tenía la misma distribución que en el que yo había despertado. Las cortinas también estaban corridas, pero había una lamparita en la mesilla de noche que desprendía una luz tenue, por lo que el ambiente resultaba acogedor y podía ver a Cam en la cama, hecho un ovillo en el interior de un nido de mantas a pesar de que la temperatura del edificio era agradable. Avancé hasta él mientras Raven cerraba la puerta. Solo podía verle un lado de la cara. No capté ningún rastro oscuro y el color de su piel era saludable, pero había huellas del cansancio del que Rav había hablado en forma de leves arrugas en torno a su boca y ojos que permanecían incluso cuando parecía estar durmiendo profundamente.

—Aún dormirá un rato —susurró Raven.

Asentí. No iba a despertarlo, pero me quedé mirándolo unos minutos más. Desde que nos habíamos conocido siendo niños, Cam siempre había estado lleno de energía. Incluso cuando yo al principio había sido bastante reacia a entablar conversación con nadie en Abbot después de que mi padre me hubiera dejado allí, él no se había rendido conmigo; me había pinchado hasta conseguir una reacción y luego se había convertido, junto con Dith, en mi compañero de travesuras. Descubrirlo así y pensar en lo que estaría sufriendo por la muerte de su padre agregó otra capa de amargura a la que ya sentía.

Poco después salimos de puntillas al pasillo, por suerte, desierto. Me apoyé en la pared junto a la puerta para evitar derrumbarme. Mi cuerpo podría estar casi libre de cicatrices o heridas, pero en mi interior todo se sentía en carne viva.

—Dani, ¿estás bien? —Asentí de forma apresurada, lo cual solo hizo que Rav frunciera el ceño—. No te sientas culpable, no lo eres más de lo que podemos serlo los demás.

Supongo que era más fácil decirle a los demás que habían hecho todo lo posible, que solo se trataba de aquellas circunstancias de mierda y que no podían sentirse responsables de lo que había sucedido... Pero tal vez lo fuésemos todos y quizás lo único que podíamos hacer era repartir esa carga y acarrearla juntos.

Alguien giró en la esquina del final del pasillo. El paso resuelto de Sebastian tropezó un poco cuando su mirada recayó en mí, aunque enseguida se recuperó y siguió avanzando hacia nosotros. Llevaba puesto el uniforme de los Ibis, ahora sin ningún escudo en el lado izquierdo de su pecho, y tenía buen aspecto. Una pequeña victoria, supuse.

—Me alegra verte por fin en pie, Danielle.

—Lo mismo digo.

Me forcé a devolverle la sonrisa amable que me dedicó y traté de no pensar en cuántos más tendrían que caer antes de que Elijah fuese derrotado y devuelto a la oscuridad de la que había salido.

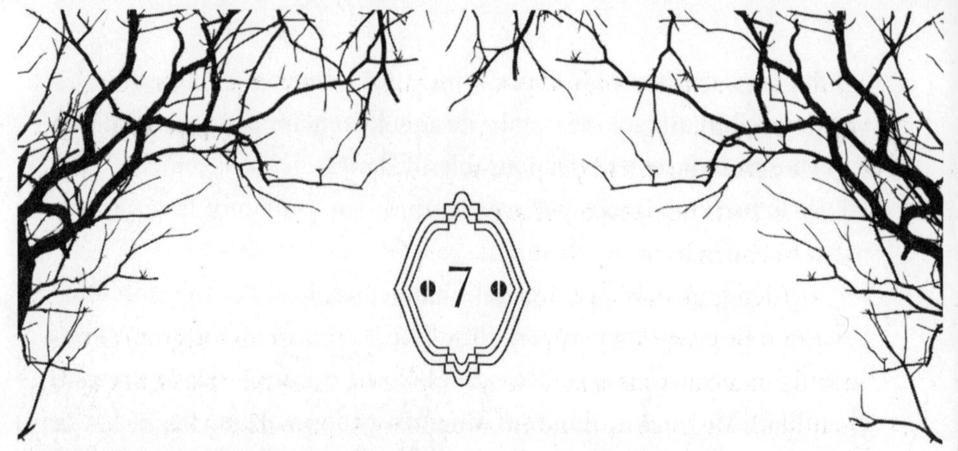

7

Raven se disculpó para regresar con Cam y me dijo que se reuniría conmigo en cuanto este despertase. Me alegraba que hubiera estado cuidando de él y me pregunté si, cuando habíamos estado en Abbot, habría pasado algo entre ellos de lo que los demás no teníamos conocimiento. Ver a Rav perseguir a Cam por toda la academia había sido motivo de burla para nuestro pequeño grupo de inadaptados, pero la verdad era que, en mi opinión, hacían una pareja muy bonita. Y estaba claro que Raven se preocupaba mucho por mi amigo. Ojalá fuese recíproco y ambos encontraran algo de luz en toda aquella oscuridad.

Sebastian se ofreció a acompañarme de vuelta a mi dormitorio y lo acepté de buena gana; aún notaba las piernas un poco débiles y agradecía la compañía.

—Siento lo de Derek.

Sebastian apretó los labios en una mueca de resignación, pero no dijo nada. Al parecer, todos habíamos perdido a alguien.

—¿Cómo están las cosas ahí fuera?

—Ya sabes que Abbot quedó medio derruido. Ravenswood... Bueno, no estoy muy seguro de lo que hay allí ahora. Tratamos de contactar con algunos de los brujos que viven en Dickinson; al ser la población más cercana a las academias, pensamos que tal vez podrían decirnos si habían presenciado algún incidente fuera de lo normal...

—¿Pero? —lo animé a continuar cuando se detuvo.

—Ninguno de ellos contestó, así que enviamos una patrulla. Todo parece normal... Sin embargo, no hay ni rastro de los brujos. Sus casas también estaban en orden; y sus cosas, su ropa y efectos personales, todo estaba allí.

Me detuve en mitad del pasillo.

—La gente no desaparece así como así.

—No, no lo hace.

—¿Crees que es obra de Elijah?

Era una pregunta estúpida. Tenía que tratarse del nigromante o bien de una consecuencia de lo que había pasado en la academia de la oscuridad. Me forcé a recordar los detalles de aquella noche, de lo que habían dicho tanto Mercy como Elijah y lo que Alexander me había contado un rato antes. Si él era la llave que abría las puertas del infierno y había perdido del todo el control, entonces... Tal vez sí hubiera despertado algo allí. O había abierto del todo una puerta que debería haber permanecido firmemente cerrada.

—¿Ha ido alguien hasta Ravenswood?

Sebastian negó con la cabeza.

—No después de que nos sacaran de allí. No hemos querido arriesgar a nadie más. Necesitábamos organizarnos y ya... han muerto suficientes brujos.

Pero si otros estaban desapareciendo, no podíamos quedarnos de brazos cruzados. Además, tenía la sospecha de que más tarde o más temprano todo aquello también empezaría a afectar a los humanos, y ellos no iban a poder detener a Elijah; ni siquiera estaba segura de que nosotros mismos pudiésemos.

Decidí compartir con el Ibis mis pensamientos. Confiaba en Sebastian a pesar de lo que lo habían entrenado para ser; ya había demostrado de sobra que no compartía ni de lejos las creencias del consejo blanco ni su proceder. Le gustara o no, yo lo consideraba parte de nuestra familia.

—El de los Ravenswood siempre ha sido un linaje oscuro, pero no sé si estás al tanto de que Alexander posee la marca de los malditos, una especie de maldición que se manifiesta solo en ciertos individuos de su familia y que va acompañada de un poder terrible. Lo peor es que durante más de tres siglos Elijah ha estado *trabajando* para otorgarle otra cualidad aún más oscura, hasta que nació Alexander y al parecer consiguió con él lo que quería. Es posible que Alex, sin querer, haya abierto una puerta en Ravenswood. —Arqueó las cejas, esperando que desarrollase más esa idea—. Las puertas del infierno, eso fue lo que dijo Elijah, que Alexander era la llave para abrirlas de forma permanente.

Sebastian se irguió de golpe y su expresión reflejó lo alarmante de mi declaración.

—Joder —masculló.

Eso lo resumía todo bastante bien.

Si mis suposiciones eran acertadas, las perspectivas serían malas, muy malas. Y no dudaba de que también Alexander habría pensado en ello. Él había escuchado tan bien como yo la arenga exaltada que había soltado su antepasado y no le habría costado llegar a la misma conclusión. De lo que no estaba tan segura era de que conociera el destino sufrido por los brujos residentes en Dickinson.

—¿Sabe Alex lo que ha sucedido en el pueblo?

—No lo creo, no ha estado prestando demasiada atención a nada que no fueras tú. Solo se ha despegado de tu lado para ir al gimnasio y matarse haciendo ejercicio.

—Va a querer ir hasta Dickinson en cuanto se entere.

El Ibis coincidió con un asentimiento, luego esbozó una media sonrisa y dijo:

—Lo hará ahora que has despertado.

Sentí que se me calentaban las mejillas. La mirada que Sebastian me dedicó a continuación dejó claro que no pensaba que fuera solo culpabilidad lo que había mantenido a Alex junto a mi cama. Sin embargo, a pesar del color repentino de mi rostro, no me avergonzaba de nada de lo que había entre el brujo oscuro y yo.

—No necesito un sermón.

Sebastian alzó las manos y me mostró las palmas.

—No pensaba darte ninguno. En realidad, me alegro por vosotros. Tal vez consigáis que el consejo, o lo que queda de él, deje de una vez de meter sus dignas narices donde no los llaman —dijo, y había no solo reproche en su tono, sino también cierta amargura—. No sabemos nada de Elias Fisk. Debe estar escondido en algún agujero esperando a que todo esto pase, pero la consejera Carla Winthrop apareció aquí hace unos días.

Dos chicas se asomaron al fondo del pasillo. En cuanto nos vieron, dieron media vuelta y se largaron apresuradamente por donde habían venido. No me paré a reflexionar sobre si estarían esquivando a Sebastian o a mí; no era una prioridad en ese momento, aunque seguro que todo el mundo allí había escuchado un montón de versiones diferentes de lo acontecido en los últimos meses en Abbot y Ravenswood. Si aquella academia se parecía en algo a la de la luz, los chismes estarían a la orden del día.

—¿Winthrop está aquí? —Suspiré—. Bueno, mejor ella que Fisk.

La mujer se había mostrado mucho más moderada en sus opiniones durante mi juicio; quizás hubiera venido a apoyarnos. Y la cuestión era que íbamos a necesitar mucha ayuda, de un bando y de otro. Aquello se había convertido en el problema de toda la comunidad mágica.

—Estaba bastante desconcertada con el hecho de que hubiera una academia con estudiantes *mezclados*...

—Ya, puedo imaginarlo.

Ella y todos, seguramente, pero unirnos contra Elijah era justo lo que necesitábamos. Y ahora que el nigromante estaba libre por el mundo, no teníamos mucho tiempo para hacer algo al respecto. Y ni hablar de lo que sucedería si quedábamos expuestos frente a los humanos. Todo ello, siempre que el mundo no acabara sumido por completo en la oscuridad.

Si las puertas del infierno habían quedado abiertas, significaba que tal vez los demonios ni siquiera necesitasen ser convocados.

—Esto pinta realmente mal —dije, porque no se me ocurrió qué otra cosa decir.

Él resopló.

—Eso es quedarse bastante corto, Danielle. Muy muy corto.

Sebastian me dejó en la puerta del dormitorio y desapareció por el siguiente pasillo, no sin antes repetir lo mucho que se alegraba de verme recuperada. Si alguien me hubiera dicho unos meses atrás que habría un Ibis al que consideraría un amigo, habría pensado que estaba teniendo uno de mis sueños disparatados y surrealistas; y lo peor era que eso no resultaba, ni de lejos, lo más disparatado que nos había ocurrido.

Me quedé un momento en el pasillo, con la mano en torno al pomo, observando lo que me rodeaba, pero sin ver nada en realidad. Habían pasado tantas cosas en tan poco tiempo... No todo era malo, claro. Ahora tenía una familia y amigos; gente que se preocupaba por mí y de la que yo también me sentía responsable. Eso era, sin ninguna duda, lo mejor de todo. Pero el resto... Ojalá se hubiera tratado solo de una horrible pesadilla.

Antes de que me decidiera a entrar en la habitación, el pomo resbaló de mi mano, la puerta se abrió desde el otro lado y Alexander apareció tras ella. Se me quedó mirando, y no sé muy bien lo que transmitía mi expresión, pero un segundo después me rodeó con los brazos y me atrajo contra su pecho. Supuse que el horror de descubrir que Thomas Hubbard estaba muerto y Cam enfermo de alguna forma que nadie comprendía aún se reflejaba en mi rostro, porque no dijo nada ni hizo ninguna pregunta. Su cuerpo formó un capullo protector a mi alrededor y me mantuvo apretada contra él.

—Es... —comencé a decir, pero el nudo de mi garganta se apretó y no hubo manera de encontrar las palabras adecuadas.

Sin embargo, de alguna forma, a lo largo del tiempo que habíamos pasado juntos, Alexander había aprendido a leerme mejor de lo que yo creía y seguramente era consciente de que la pérdida sufrida por Cam reabría heridas que yo jamás había conseguido cerrar del todo; de hecho, era posible que no pudiera hacerlo nunca, teniendo en cuenta que mi madre había sido responsable de la muerte de mi hermana, y mi padre, de la de ella.

—Lo sé. No tienes que darme ninguna explicación. Lo entiendo.

Apreté la mejilla contra su pecho y permanecí un rato más allí, dejando que el retumbar de su corazón me calmara y que mi respiración se acompasara a la suya. Incluso cuando la canción de su magia continuaba teniendo una cadencia irregular, también contribuyó a que me sintiera mejor. No quería pensar en si el equilibrio nos había *moldeado* para ser la mitad, el opuesto del otro o cualquier estupidez similar, pero tenía claro que Alexander se había convertido en una parte muy importante de mi vida.

—Tenemos que hablar de Ravenswood —dije una vez que logré dominar mis emociones.

—Primero necesitas comer algo, y estoy seguro de que también te apetecerá darte un baño. Hemos empleado diversos hechizos para mantenerte hidratada, nutrida y limpia, pero ahora que estás despierta tu cuerpo necesita ponerse al día.

A pesar de que no tenía ninguna intención de soltarlo todavía, me eché un poco hacia atrás y alcé la vista para poder mirarlo.

—¿Me estás diciendo que huelo mal?

Él ladeó la cabeza y hundió la cara en mi cuello para luego aspirar profundamente. Tras un suave roce de labios contra mi piel, se retiró.

—Hueles demasiado bien para pasearte por este sitio vistiendo tan solo esa *cosita*.

Oh, así que se había dado cuenta. ¿Y eran celos eso que detectaba en su voz? Me permití sonreír más de lo que lo había hecho hasta ahora y me planteé también si no me estaría provocando precisamente para ayudarme a apartar la tristeza a un lado. Las pullas que nos lanzábamos habitualmente siempre resultaban estimulantes para mí, y él lo sabía.

—No hace nada de frío —comenté, como si eso lo explicase todo.

Ambos bajamos la vista hacia el hueco entre nuestros cuerpos. Al abrazarlo, el escote del camisón se había deslizado un poco hacia abajo y dejaba la curva superior de mis pechos expuestos.

Alexander tragó saliva y alzó la mirada muy lentamente hasta mi rostro.

—No es la temperatura lo que me preocupa, Danielle. —Mi nombre se derramó de sus labios con un tono bajo y ronco que me puso la piel de gallina.

Por pésima que fuera nuestra situación, era evidente que a mi cuerpo le daba exactamente igual. Pero ya no solo se trataba de la chispa que había brotado entre nosotros desde el momento en el que nos habíamos conocido. Esa chispa había ido creciendo, alimentada por otras emociones más profundas, ganando cada vez más fuerza hasta convertirse en un incendio fastuoso e incontrolable. Y yo tenía que encontrar el momento y la forma de hacérselo saber. Sin embargo, en ese instante, agradecí enormemente volver a estar ante un Alexander mucho más juguetón y menos sombrío que el que me había encontrado al despertar. Quizás era lo que necesitábamos, olvidar todo lo malo por lo que habíamos pasado y aprovechar cualquier pequeña tregua que el destino nos ofreciera. Después de haber estado a punto de morir, era seguro que yo lo necesitaba.

Sus manos descendieron con pereza hasta la parte baja de mi espalda y me brindó una sonrisa descarada y absolutamente pecaminosa. No creía poder acostumbrarme jamás a esa visión; me había arrebatado el aliento la primera vez que lo había visto sonreír y seguía haciéndolo ahora. A pesar de que padecía una clara falta de horas de sueño, seguía estando guapísimo. A juzgar por el pelo húmedo, había aprovechado mi ausencia para darse una ducha rápida y se había cambiado de ropa; la camiseta de un verde bosque y de manga corta que llevaba puesta se le tensaba de una forma deliciosa sobre el pecho y los brazos.

—¿Y qué es lo que te preocupa entonces?

Su respuesta fue deslizar el dedo índice por la curva de mi cuello y luego enredarlo en el tirante finísimo. El rastro de calor que dejó a su paso me produjo un estremecimiento del que él, por supuesto, se percató. Eso solo lo hizo sonreír aún más.

—¿Estás buscando más halagos? —murmuró, acercando su boca a la mía.

Mis manos volaron hasta su pecho y me aferré a la tela que lo cubría; igual necesitábamos trasladar al interior de la habitación lo que quiera que fuese aquello, porque yo solo llevaba el camisón y, aun así, de repente me parecía que había demasiada ropa entre nosotros.

—¿Es eso? —prosiguió provocándome—. ¿Quieres que te diga lo mucho que odiaría que cualquiera que no sea yo te vea así? ¿O tal vez que señale lo preciosa que eres? ¿Lo mucho que te deseo? ¿Cuánto te necesito? ¿Que no puedo permanecer lejos de ti?

—Es un buen comienzo.

Mi réplica le arrancó una carcajada. Casi había olvidado lo que era escuchar a Alexander Ravenswood reír de ese modo tan profundo y sincero. Tan real. No se parecía en nada al que había intentado echarme de su casa, aunque tampoco era el chico tímido de la terraza de Nueva York. Me preguntaba si él también estaría tan desesperado como yo por disfrutar de estos preciosos segundos en los que solo éramos una pareja tonteando...

Ay, Dios, ¿éramos pareja? ¿Novios? ¿Estaba saliendo con Luke Alexander Ravenswood?

Yo también me reí, pero creo que la mía fue una risita un poco más nerviosa, a juego con el huracán de mariposas que levantó el vuelo en mi estómago y que, a diferencia de veces anteriores, ya no podía ni quería pisotear por nada del mundo.

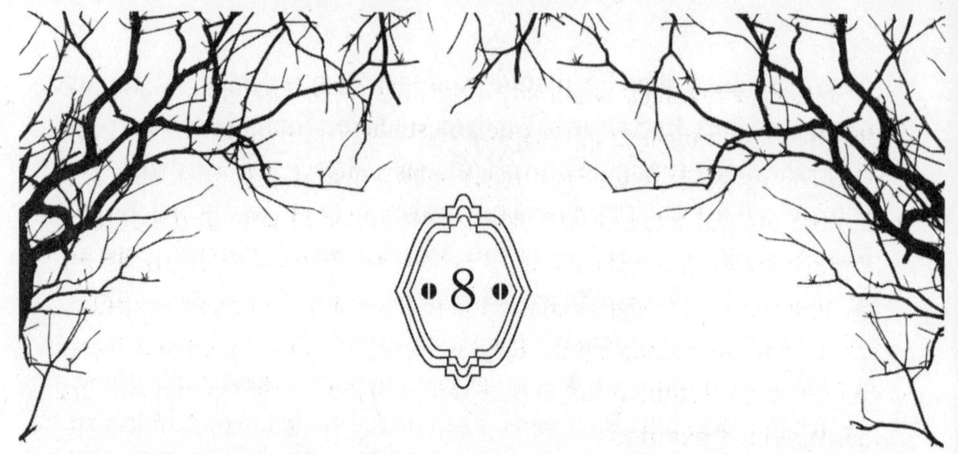

8

La parte de mí que solo anhelaba encerrarse con Alex en la habitación y olvidarse del mundo exterior se llevó un chasco cuando él insistió en que tenía que comer algo. Sin embargo, confieso que, en el momento en que mis ojos se posaron sobre la bandeja repleta de comida que me había traído, descubrí que estaba famélica. Mis tripas resonaron de una forma vergonzosa.

Un mes a base de energía mágica me había mantenido con vida, pero a mi estómago estaba claro que eso no le parecía suficiente y me hizo devorar el plato de verduras, carne y puré de patatas sin pararme a saborear nada de ello. De lo que sí disfruté con más calma fue del enorme trozo de tarta de chocolate que los acompañaba. Tuve que ignorar la miradita de suficiencia que Alex me dirigió por ello.

—¿Mejor?

—Maldito brujo sabelotodo —murmuré, pero luego añadí—: Gracias.

Extendió el brazo hacia mí y me colocó un mechón de pelo rebelde tras la oreja. Su respuesta llegó en forma de un susurro muy bajito y tierno que no estaba segura de que quisiese que yo escuchara. Pero lo hice de todas formas.

—Siempre. —Se aclaró la garganta y volvió la mirada hacia la segunda puerta de la habitación—. ¿Qué tal un baño?

Asentí a pesar de que no me estaba mirando. Sinceramente, todavía tenía que acostumbrarme a un Alexander Ravenswood que se mostraba a ratos tímido y a ratos descarado, pero que de ninguna de las dos formas dudaba en dejarme clara su preocupación por mí.

Lo dejé sentado en la cama y me deslicé hacia el baño un momento después. La estancia, al igual que el resto de la academia, estaba decorada con muebles modernos y de líneas sencillas, cerámica blanca y madera oscura, así como un espejo enorme en el que no me detuve demasiado a contemplarme para no recrearme con la cicatriz de mi cuello o con las leves manchas de la piel de mi brazo que ni siquiera sabía de dónde habían salido. Una mampara de cristal separaba la ducha del resto. También había una ventana; me acerqué a ella con los ojos fijos en el exterior.

La academia se encontraba en mitad de la nada. A pesar de que debíamos estar al menos en una tercera o cuarta planta de altura, no vi ninguna otra construcción en la distancia, salvo un alto muro de piedra que debía rodear todo el recinto y, un poco más allá de él, lo que intuí que se trataba de un pequeño lago helado. Sin duda, lo más increíble de todo era que el suelo estaba cubierto de una fina capa de nieve y algunos copos revoloteaban por el aire en su camino hacia el suelo. La nieve no era algo nuevo para mí, pero me quedé un rato mirándola embobada.

Con esa estampa al otro lado de la ventana, me hubiera encantado sumergirme en un baño caliente y repleto de espuma, pero estaba demasiado inquieta para sentarme a esperar que la bañera se llenase o permanecer aseándome demasiado tiempo. Quería saber más de todo lo sucedido y además tendríamos que trazar alguna clase de plan para buscar y detener a Elijah. También necesitaba compartir con Alex mis sospechas sobre lo que era probable que hubiera desatado en el campus de Ravenswood, y tener una conversación seria con él sobre el mal que podía hacerle continuar reprimiendo su magia.

Todas mis preocupaciones no impidieron que, como siempre, el agua me hiciera sentir más ligera y llena de energía. Procuré concentrarme en las cosas buenas, aunque fueran muchas menos, y mantener la esperanza de que podríamos revertir el mal causado; nada le devolvería la vida a Thomas, Dith o a los que habían muerto, pero precisamente por ellos estábamos obligados a continuar luchando. Por ellos y por el resto del mundo.

Inmersa en mis pensamientos como estaba, no me di cuenta de que no había traído una muda de ropa hasta que estuve fuera de la ducha y envuelta en una toalla. Ni siquiera sabía si en realidad tenía ropa allí, aunque Rav lo había mencionado. Todas nuestras cosas se habían quedado en Abbot incluido el grimorio de mi madre. A pesar de lo que nos había hecho —de lo que le había hecho a Chloe—, deseaba recuperarlo en algún momento.

Al regresar a la habitación, encontré a Alex junto a la ventana. Había descorrido las cortinas y también él parecía haberse quedado absorto en el paisaje. No tenía ni idea de si alguna vez se habría permitido algo tan banal y mundano como mantener una pelea de bolas de nieve con los gemelos, y la certeza de lo mucho que se había perdido del mundo exterior, más incluso que yo, me golpeó con crudeza una vez más. Dado lo bien que mantenía la compostura, resultaba muy fácil olvidar su infancia o lo duro que debía haber sido para él crecer tan aislado, y más aún darse cuenta de que eso no lo había convertido en el monstruo que él temía ser o que su padre creía que era.

Mientras lo observaba, me dije que encontraría una forma de brindarle al menos algunas de las experiencias que debería haber tenido, un poco de normalidad en mitad de aquella locura en la que nos hallábamos inmersos. Lo merecía.

Se volvió hacia mí y sus ojos destellaron al encontrarse con los míos. Me había quedado plantada junto a la puerta del baño, con las manos enroscadas en el borde de la toalla y el pelo chorreándome por la espalda, pero sintiendo nada más que una calidez embriagadora en el pecho.

Madre mía, estaba totalmente colgada de él.

—Ey —dijo, mientras sus ojos revoloteaban por mi cuerpo—. Vas a enfriarte.

—¿Sabes? La mayoría de los chicos no intentarían ponerme más ropa encima.

—La mayoría de los chicos no te han sostenido mientras te morías entre sus brazos. —Cerró los ojos y frunció el ceño en cuanto pronunció la última palabra, arrepentido por la dureza de su tono. Enseguida los abrió de nuevo—. Lo siento, es solo que... Lo siento.

Fui hasta donde estaba. Haber tenido que drenarme y hacer lo mismo con los brujos hechizados lo estaba matando. Necesitaría un tiempo para aceptarlo y seguir adelante, y yo no tenía ni idea de cómo ayudarlo salvo haciéndole saber que estaba allí, viva y sana, y que iba a seguir estando a su lado mientras él me lo permitiera. Al menos no me había apartado y había regresado al Alexander estoico y malhumorado, lo cual yo consideraba una victoria en sí misma.

Levanté la mano y la llevé hasta su mejilla, y él respondió apretándola más contra mi palma, buscando mi contacto como si hubiera pensado que jamás volvería a sentirlo.

—Aún no me creo que de verdad estés viva.

—Lo estoy, Alex, y si te ayuda disculparte puedes hacerlo las veces que quieras, pero tienes que saber que yo no lo necesito. Yo te lo pedí, ¿recuerdas? Simplemente, era lo que había que hacer. Hiciste lo correcto, lo que debías. Además, diría muy poco de mi gusto por los hombres que me hubiese enamorado de un tipo que no lo mereciese...

Cerré la boca de golpe, pero ya era tarde. A él se le abrieron los ojos como platos cuando escuchó lo que pretendía ser una broma pero no lo era en absoluto, y a mí se me cortó el aliento. Al final lo había soltado de la peor manera posible.

«Vaya mierda de declaración, Danielle», me reprendí, mientras me mordía el labio inferior y esperaba una respuesta por su parte. No era que él tuviese que decir nada al respecto, claro. Nos conocíamos hacía solo unos pocos meses y todo había sido un desastre...

Mi disertación mental quedó interrumpida de golpe cuando Alex me agarró de las caderas y tiró de mí contra su cuerpo. Su boca estaba sobre la mía un segundo después. El beso fue delicado pero concienzudo. Derramó sus emociones en cada roce de labios y con cada caricia de su lengua; con cada toque de sus manos, que ascendieron por mi espalda hasta mi nuca y luego pasaron a acunar mi rostro. Me besó con entrega y devoción, y con una dulzura tal que ya no fueron necesarias las palabras.

Cuando se retiró lentamente hacia atrás y me miró, el corazón me dio otra sacudida. Ay, Dios, ¿tenía los ojos húmedos?

—Eres una mujer excepcional, Danielle, preciosa y divertida, y también un quebradero de cabeza constante —rio, aunque estaba bastante segura de que luchaba con las lágrimas—. La primera vez que te vi en mi salón, debería haber sabido que no tenía ninguna posibilidad contra ti. Que ibas a poner mi vida patas arribas y a arrasar mi interior. No estaba preparado para tu fortaleza, tu terquedad, tu nobleza y la forma que tienes de entregarte a los demás. Ni para verte tratar con tanto cariño a Rav o burlarte de Wood. Para sacrificarte por ellos y por mí. Nadie ha exigido nunca de mí tanto como tú ni me ha dado tanto a cambio. Y nadie ha conseguido hacerme sentir que de verdad importo más allá del poder que ostento, que soy más de lo que mi apellido dice de mí. —Hizo una pausa y tomó aire; sus manos temblaban contra mis mejillas—. Te has apropiado de todo lo que soy, incluso de las partes más oscuras, especialmente de esas. Las has visto y no te has marchado ni me has juzgado por ellas, y seguramente no me lo merezco, pero... Te quiero, bruja terca e irresponsable, así que, si el mundo sucumbe a la oscuridad, asegúrate de que tu luz continúe brillando para que yo pueda encontrarte en el otro lado, porque te aseguro que no me importa quién se interponga en mi camino. Lo haré, te encontraré siempre. Siempre.

Cuando terminó de hablar, yo ya no estaba respirando. La mía había sido una declaración penosa, pero la de Alexander en cambio... Ahora yo también luchaba para no sollozar. Tuve que esforzarme para encontrar mi voz y, cuando lo conseguí, elegí contestar con algo que sabía que significaba más que ninguna otra cosa para él.

—Te quiero, Alexander Ravenswood, y no me das ningún miedo.

Una lágrima solitaria escapó finalmente de sus ojos. Levanté la mano para limpiársela, pero él me detuvo.

—No, está bien. Es algo... bueno. No me importa —dijo con una sonrisa suave que conmovió mi propio corazón destrozado.

Sus manos se desplazaron hacia la parte baja de mi espalda y luego un poco más abajo, hasta alcanzar mi trasero. Tiró de mí y me alzó en vilo. Me tomó tan desprevenida que di un gritito vergonzoso, y no me quedó más remedio que enredar las piernas en torno a su cintura.

—Ahora vamos a ponerte otro de esos bonitos camisones y a echarnos una siesta. Necesitas descansar.

—Llevo un mes durmiendo. No quiero descansar más.

Me apretó contra su cuerpo y avanzó hacia la cama. El corazón me latía desbocado después de lo que acababa de decirme, pero puede que mis pensamientos descarrilaran de forma estrepitosa cuando en sus labios se formó una sonrisita socarrona; a lo mejor lo de la siesta era un eufemismo y él tampoco estaba pensando en descansar.

—No has estado durmiendo, sino inconsciente. —Vaya, tal vez sí que estaba hablando de dormir—. Tu cuerpo necesita sueño real y luego, si te portas bien y descansas lo suficiente, podría mostrarte lo mucho que te he echado de menos.

Arqueé las cejas y estuve a punto de decirle que podía empezar a demostrármelo justo ahora, pero mis ojos tropezaron de nuevo con la manta de la butaca y luego con las sombras oscuras bajo sus ojos, y me dije que él sí que necesitaba descansar.

Le robé un beso que me obligué a no alargar por el bien de ambos.

—Está bien, trato hecho.

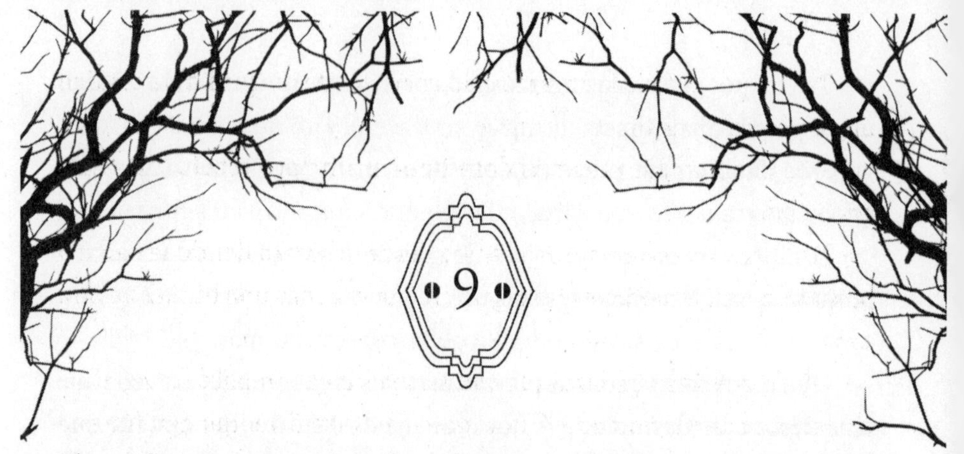

9

Alexander me arrastró bajo las sábanas, se colocó a mi espalda y acto seguido me envolvió con los brazos. Durante un momento creí imposible quedarme dormida. Mi mente iba a mil por hora por multitud de razones; entre ellas, y aunque no fuera ni de lejos lo más importante, estaba el hecho de que llevaba otro de los camisones que Annabeth Putnam había dejado en el armario para mí y que Alex se había deshecho de los pantalones para quedarse tan solo con la camiseta y un bóxer. Que mantuviera una mano extendida sobre mi abdomen desde luego no ayudaba en nada. Cada punto en el que su piel y la mía estaban en contacto ardía, y la calidez de su aliento sobre mi nuca enviaba escalofríos por mi columna.

—Duérmete, Danielle —susurró en mi oído, y juro que sentí la sonrisa en su voz.

Estaba segura de que sabía lo que me estaba haciendo. Pero quizás tuviera razón y mi cuerpo necesitaba un descanso real y no uno derivado de mi casi muerte, porque no mucho después me quedé dormida.

Al despertar, la luz que entraba por la ventana había menguado, así que supuse que la tarde debía de estar ya bastante avanzada. No me había movido de entre los brazos de Alexander, pero en algún momento había girado sobre mí misma. Mi cabeza reposaba ahora en su pecho y una de mis piernas se había colado entre las suyas; prácticamente estaba subida encima de él. Por el amor de Dios, incluso dormida mi cuerpo estaba decidido a fusionarse con el suyo.

Tal vez por eso tardé un poco en darme cuenta de que había alguien más en la habitación.

—Lo de mirarnos mientras dormimos es un poco espeluznante incluso para ti.

Wood me hizo un corte de mangas desde la butaca donde se hallaba sentado, aunque su expresión dejó claro que era más una burla que otra cosa.

—Solo quería asegurarme de que estabais bien —replicó en voz baja, y su mirada se desvió hacia Alexander—. Me alegra ver que por fin está durmiendo algo.

Yo también lo miré entonces. Su rostro estaba libre de todas las arrugas de preocupación que había lucido horas antes, aunque mantenía un brazo rodeándome la cintura como si temiera que, mientras dormía, me alejase de él. La escena resultaba tan tierna que sentí el calor acudiendo a mi rostro al comprender la imagen que debíamos haberle estado ofreciendo a Wood un momento antes.

—Raven está preocupado por él y yo también lo estoy —continuó susurrando el lobo blanco.

—Lo sé, me lo dijo. He notado que algo no va bien con su magia.

—Tienes que hablar con él, a ti te hará caso.

—Eso es mucho suponer.

Wood se inclinó hacia delante y apoyó los codos en las rodillas; también él parecía agotado. Mechones de pelo blanco le caían desordenados sobre la frente, y el azul de sus ojos, así como su piel, estaba más pálido de lo normal.

—Mira, sé que os habéis conocido hace relativamente poco tiempo y que es pronto, pero... Todavía no lo has entendido, ¿verdad? No lo viste cuando te trajo aquí. A pesar de sus heridas y el cansancio, ni siquiera permitió que alguien más te cargara, y solo dejó que Aaron y Laila se acercaran a ti porque él apenas conoce hechizos de curación. De todas formas, no se hubiera atrevido a emplear su magia contigo por miedo a hacerte más daño. Sabes lo que Dith representa para mí; pues hazte a la idea de que tú eres la Dith de Alexander —soltó, solemne—. Hará cualquier cosa por ti, Danielle. Cualquier cosa. Si mañana le pidieras que saliese ahí fuera y desatase su poder sobre el mundo entero, ni siquiera te preguntaría por qué. Lo haría sin más. No eres consciente de lo que le has dado...

Se me hizo un nudo en la garganta, porque lo que estaba diciendo se parecía demasiado a lo que Alexander ya me había confesado. Y eso era mucho para procesar. Muchísimo. Quizás porque tampoco a mí me habían amado nunca con esa entrega tan ciega, sin condiciones. Joder, mi madre había querido matarme y mi padre me había abandonado, pero Alex, un brujo oscuro que apenas unos meses antes no había sido más que un desconocido, estaba dispuesto a arrasar el mundo por mí.

—Yo...

Wood levantó la mano para acallar mi réplica.

—No necesito que digas nada. Solo quiero que me prometas que hablarás con él y harás todo lo posible para que ceda y saque su poder antes de que sea tarde.

Asentí, y él se puso en pie. Eché un rápido vistazo al rostro de Alexander. Continuaba profundamente dormido. Cuando me concentré en Wood de nuevo ya iba camino de la puerta, pero se detuvo y me miró por encima del hombro. Su expresión severa había desaparecido y la curva de sus labios estaba ahora repleta de algo que se parecía sospechosamente a la ternura.

—Eres buena para él —dijo, lo cual significaba todo un mundo viniendo de Wood.

—Di la verdad, te estás encariñando conmigo.

Puso los ojos en blanco, pero la tensión que había flotado en el ambiente se diluyó e incluso sus hombros parecieron deshacerse de un peso invisible. Era raro ver al lobo blanco tomarse algo en serio, aunque supuse que su labor como protector de Alexander era una de esas cosas y, más allá de eso, deseaba para él la felicidad que no había podido obtener para sí mismo.

Quería preguntarle por Dith y cómo demonios íbamos a obligarla a cruzar al otro lado, pero no creí que fuera un buen momento para recordarle que tendríamos que volver a perderla; que él tendría que volver a perderla. Y a pesar de lo mucho que deseaba decirle que también él era bueno para Meredith y que no podría pensar en nadie mejor para ella, me callé y lo dejé marchar.

A diferencia de Alexander y yo, que aún teníamos una oportunidad para pelear por nosotros y por los que amábamos, Dith y Wood jamás podrían tener un final feliz.

El edificio de la academia había sido construido con una forma de U que dejaba en el centro un patio amplio y ajardinado, con bancos y caminitos de adoquines, todo ello cubierto ahora por una fina capa de nieve. La zona donde se encontraban los dormitorios que se nos habían asignado estaba destinada a los visitantes, mientras que los alumnos ocupaban las dos plantas intermedias de esa ala y la más alta alojaba a Robert y al resto de su aquelarre. Las otras alas se destinaban a las clases, comedores, salas de estudio y demás usos comunes. Había un gimnasio enorme y también una piscina cubierta que se encontraba en un anexo al edificio principal, algo que me entusiasmó más de la cuenta y a la que hice prometer a Alexander que iríamos en algún momento.

Los pasillos hervían de actividad a esa hora de la noche; la cena ya había tenido lugar y los alumnos parecían reacios a regresar a sus dormitorios. Fingí que no me percataba de que todas las conversaciones se silenciaban a nuestro paso. Alex hizo lo mismo, aunque su expresión volvía a estar vacía de toda emoción, y sus hombros y espalda, más tensos que nunca.

—¿A dónde nos dirigimos exactamente? ¿Y quién es Laila? —pregunté cuando alcanzamos la planta baja.

Las ventanas allí formaban arcos que carecían de cristal, pero aun así la temperatura continuaba siendo lo suficientemente agradable como para que la camiseta de manga corta con la que me había vestido resultara suficiente. También llevaba unos pantalones repletos de bolsillos y unas botas militares, todo negro. Parecía lista para meterme en una pelea, o al menos para asistir a un entrenamiento.

Alexander me había dicho que teníamos que ir al encuentro de Laila. Una vez vestida, me había dado un repaso de arriba abajo que había puesto en mi mente imágenes muy inapropiadas, y luego me había sacado de la habitación a toda prisa.

Reprimí una sonrisita mientras esperaba que esclareciera mis dudas; yo no era la única que tenía pensamientos turbios más a menudo de lo que admitiría jamás, eso seguro.

—Vamos al invernadero, y Laila es mi persona favorita en el mundo ahora mismo teniendo en cuenta que te ha mantenido de una pieza. —Me lanzó una mirada rápida—. Mi segunda persona favorita.

—Eres adorable —repliqué, encantada de que se mostrara dispuesto a bromear a pesar de lo incómodo que lucía rodeado de tanta gente.

Los brujos se apartaban a un lado conforme avanzábamos y nos lanzaban miradas nada discretas. Alexander continuó ignorándolos, centrado en mí y en el camino por delante. Yo, en cambio, los observé con curiosidad y me llamó la atención que no vistieran ningún uniforme; algunos llevaban ropa similar a la mía, pero la del resto era de lo más variada tanto en colores como en estilo. Tampoco parecían temer emplear su poder allí, en mitad de un pasillo cualquiera y a la vista de todos. Una chica estaba haciendo flotar una decena de gotitas de agua en torno a otra de mayor tamaño, casi como una representación del sistema solar en miniatura; otro brujo, apoyado en la pared, empleó una racha de viento repentino para levantarle la falda a dos compañeras que caminaban por delante de él y se rio cuando estas le reprocharon el gesto.

Resoplé. Bueno, eso no era muy diferente en Abbot, también allí los chicos solían hacer estupideces de ese tipo.

Volví a mirar a través de los arcos hacia el patio exterior.

—¿Cómo es posible que haga tanto calor aquí dentro?

El aire en todo el edificio era tibio, pero en esa zona resultaba imposible que fuera de manera natural o, en su defecto, debido a una caldera o algún sistema de calefacción. Tenía que ser algo mágico. Sin embargo, la cantidad de magia que se necesitaría para mantener algo así estable a lo largo del tiempo constituiría un auténtico despilfarro. No podía creer que Robert y su aquelarre malgastaran su poder de una forma tan innecesaria.

—No estoy muy al tanto de... de nada —admitió, y recordé lo que había dicho Sebastian sobre prestarme atención solo a mí—. Pero si mi instinto no me engaña, hay hechizos en toda esta zona y la magia que proviene de ellos es tanto blanca como oscura. Eso los hace muchísimo más fuertes. Lo que Robert ha conseguido aquí... —Silbó por lo bajo, impresionado.

Yo también lo estaba, la verdad. Y no me costó nada aceptar que el uso de ambos tipos de magia mezclados pudiera dar lugar a algo mejor, más grande. Alexander había hablado en Nueva York de aquelarres mixtos previos a los juicios de Salem en los que brujos de ambos bandos, además de colaborar, también vivían juntos, sin las distinciones que a nosotros nos habían parecido tan sumamente importantes como para llegar a maldecir a los brujos que se atrevían a cuestionarlas.

Me concentré para tratar de percibir lo que Alex debía estar sintiendo y al abrir mis sentidos capté justo lo que él había comentado: los hechizos estaban imbuidos de magia blanca y oscura que no chocaban entre sí, sino que se entrelazaban de una manera perfecta y armoniosa hasta formar algo nuevo y único.

—Es increíble.

—Lo es —coincidió él.

Alcanzamos el final del corredor, donde una puerta de madera de doble hoja se elevaba desde el suelo al techo. Alexander no se molestó en llamar. Empujó y mantuvo una de las hojas abiertas para cederme el paso, y cuando avancé...

—Vaaaaaya, esto es aún más increíble.

—Pues espera a que te presente a Laila. No te he dicho su apellido, ¿verdad?

A pesar de la maravilla que tenía frente a mí, me obligué a apartar la vista para mirar a Alexander. No estaba segura de a qué familia podía pertenecer la bruja en cuestión como para que él se mostrara tan divertido por la situación.

—¿Y bien? ¿Quién es?

—Resulta irónico, sobre todo porque estoy en deuda con ella, ya sabes... —hizo un gesto con la mano hacia mí—, pero su nombre completo es Laila Abbot.

10

Alexander

Danielle se me quedó mirando como si me hubiera salido un tercer brazo o una segunda cabeza. Comprendía su sorpresa; yo también había alucinado bastante cuando Aaron la había traído consigo para ayudar en la curación de Danielle. Laila era una bruja Abbot y, por su edad, había muchísimas probabilidades de que fuese la heredera de los fundadores de la academia de la luz.

Al presentármela, recuerdo vagamente una larga explicación sobre alguna clase de don para sanar propio de su familia, aunque en ese momento lo único que me había importado era que podía ayudar a restaurar la magia de Danielle y, por tanto, asegurarse de que lo poco que yo había dejado de ella no acabara con su vida. Eso me había bastado.

—¡No... me... jodas! —exclamó cuando por fin recuperó el habla. Incluso el impresionante jardín interior a su espalda había perdido por completo su atención.

—Pues sí. Desde luego, la suya tiene que ser una historia interesante.

No tenía ni idea de cómo había llegado allí una bruja de su linaje. Lo poco que sabía de ella era que formaba parte activa del aquelarre de Robert junto con Annabeth, Aaron y Gabriel. Hasta entonces, no había preguntado más, pero ahora que Danielle estaba lúcida y en pie, mi curiosidad al respecto no era menor que la suya.

—Los Abbot estuvieron durante décadas al frente de la dirección de la academia —me dijo, y supuse que estaría tratando de recordar lo que sabía de ese linaje—, pero en algún momento del siglo pasado se apartaron y cedieron ese puesto al linaje de Cameron. No hay una explicación concreta de por qué tomaron esa decisión, al menos nunca se nos enseñó nada al respecto. Siempre se trató como una simple renovación del cargo.

—Mi familia hizo lo mismo —comenté sin mucho ánimo de pensar en ellos, no al menos en mi padre—. Pero creo que fue porque deseaban disponer de todo el tiempo posible para manejar los hilos del consejo. Su posición en él les permitía igualmente controlar cualquier decisión que se tomara sobre la formación de las nuevas generaciones.

—Pero los Abbot no están en el consejo, así que en realidad sí que se apartaron del todo del poder.

Miré alrededor. ¿Cuánto dinero había costado construir un edificio como aquel a espaldas de la comunidad mágica? ¿De dónde había sacado Robert los recursos? ¿De los Abbot tal vez? Eran uno de los linajes más prósperos, así que parecía factible.

El susurro de unos pasos cercanos nos obligó a abandonar las cavilaciones. Danielle se giró hacia el espacio abierto y luego elevó la vista. Allí, flotando un poco por debajo del techo, cientos de bolas blancas de luz mantenían todo el invernadero libre de sombras; parecían estrellas contra el cielo nocturno que se adivinaba más allá del cristal.

Cuando Danielle volvió a bajar la cabeza, Laila se acercaba ya a nosotros por uno de los senderos principales. Todo el suelo estaba hecho de tierra y, salvo por los caminos abiertos entre la vegetación, se hallaba cubierto de plantas y flores e incluso de algunos árboles. Reconocía solo unas pocas de las especies, pero imaginaba que la mayoría tenían algún uso mágico o medicinal.

Laila esbozó una sonrisa amable en cuanto llegó a nuestra altura. Era una bruja bajita y delgada, y las veces que la había visto tratando a Danielle había mantenido una expresión perpetua de cortesía que no parecía fingida. Al contrario, se había mostrado tan preocupada por su estado como yo, aunque ella había conservado mejor la compostura. Me avergonzaba pensar que, a nuestra llegada, le había gritado un par de veces solo porque me había parecido que no estaba haciendo nada por ella.

Luego, cuando ya no había habido sangre ni heridas a la vista y tras apaciguar mi pánico, había tratado de disculparme. Laila le había restado importancia a mi comportamiento. Sabía que también había estado atendiendo a Cam y al resto de los heridos; sin embargo, ni siquiera lo agotador de las largas jornadas que se habían sucedido en esos días le había hecho parecer menos decidida a ayudar.

—Estaba deseando conocerte, Danielle Good. —Señaló el camino por el que había venido—. Vamos, te echaré un vistazo en mi consulta y nos aseguraremos de que todo esté bien.

—Eres una Abbot. —Fue toda su respuesta.

Laila soltó una risita que la hizo parecer casi una niña.

—Soy mucho más que eso. Igual que tú o Alexander, ¿no es así?

Sinceramente, a mí me importaba una mierda a qué linaje perteneciera. Bruja blanca u oscura. Era la persona a la que le debía la vida de Danielle, y solo por eso tendría siempre mi gratitud y cualquier cosa que necesitase y que estuviera en mi mano darle. Tampoco a Danielle le importaban demasiado los apellidos, pero tenía que reconocer que encontrar a un Abbot en aquella academia resultaba muy peculiar.

Avancé un poco y llevé mi mano a la parte baja de su espalda para instarla a avanzar, sabiendo que era esa misma sorpresa lo que la mantenía en el sitio y que precisamente ella no querría incomodar a nadie por la familia a la que perteneciera.

Laila encabezó la marcha y nos dirigimos hacia uno de los laterales. El ambiente era mucho más húmedo que en el resto del edificio, además de desprender un olor maravilloso que era mezcla de tierra, hierba y el aroma de la gran cantidad de plantas en flor. A pesar de que la frondosidad de la vegetación dejaba muchas zonas ocultas a la vista, parecía que éramos los únicos allí. Al menos, no nos habíamos tropezado con nadie cuando alcanzamos una pared con varias puertas.

Inspiré para llenarme los pulmones casi de forma inconsciente.

—Huele muy bien —dije a nadie en particular.

Mis ojos se posaron entonces en un grupo de hojas enormes cubiertas de gotitas de rocío y reprimí una sonrisa al comprender por qué me agradaba tanto el olor de aquel sitio; Danielle olía de forma muy similar. Le lancé una mirada fugaz solo para comprobar que de verdad estaba allí, sana y salva. Durante cuatro semanas había temido que lo que le había hecho fuera irreversible, y una parte de mí todavía esperaba que apareciera alguna secuela. Pero ella lucía radiante y preciosa, tan descarada, terca y contestona como siempre.

El despacho de Laila era un cruce entre laboratorio y enfermería; un caos de papeles, libros y tarritos con multitud de ingredientes, así como algunas plantas en pequeñas macetas y material médico. Salvo una de las paredes, ocupada por una camilla, las demás estaban cubiertas de estanterías y, en el centro de la estancia, había una mesa rectangular con todo el instrumental necesario para llevar a cabo su labor: alambique, mortero, filtros de diferentes tamaños..., además de un grueso grimorio que apenas si podía permanecer cerrado debido a la gran cantidad de hojas sueltas que asomaban entre sus páginas.

—Sentaos, por favor. —Ocupamos las dos sillas frente al escritorio y, tan pronto como ella tomó asiento detrás de este, se dirigió a Danielle—. ¿Cómo te encuentras?

—En realidad, bastante bien.

—¿Y tu magia? ¿Algo raro que hayas percibido? Cuando te trajeron aquí estabas casi... agotada. Nos costó un poco mantenerte estable y darte tiempo para que la recuperases, pero he de decir que peleaste con todas tus fuerzas incluso estando inconsciente.

La oscuridad se retorció en el interior de mi pecho al recordar el estado en el que había llegado Danielle a la escuela. De no ser por Aaron, que había aparecido la Noche de Difuntos en Ravenswood junto con los demás, no tenía muy claro que ella hubiera logrado sobrevivir. El brujo había encadenado un hechizo tras otro durante todo el camino hasta allí para mantenerla con vida. Incluso así, Laila prácticamente se había consumido a sí misma para conseguir sanarla del todo.

—Todo está bien —dijo Danielle, y sonó convencida.

Lo estaba, al menos yo lo sentía así. La preciosa melodía de su poder era lo único que conseguía mantener a raya mi culpabilidad en esos momentos.

Laila sonrió.

—Eso es genial.

Su mirada osciló entre nosotros, cautelosa. No fui el único que se percató de ello.

—¿Qué pasa? —preguntó Danielle.

—Nada, es solo que... Bueno, estoy al tanto de la profecía, que por desgracia parece que se ha cumplido. Y también de lo que se dice de vosotros: que sois el opuesto del otro, luz y oscuridad. Alexander es capaz de drenar el poder de otros brujos, mientras que tú puedes arrebatarles la capacidad de practicar magia oscura. Y me preguntaba... —Hizo un pausa. No estaba muy seguro de a dónde iba todo aquello—. Cuando llegasteis, Alexander también tenía algunas heridas, menos importantes, eso sí. Pero sanaron sin dedicarles casi atenciones.

—Sí, él puede curarse más rápido de lo normal, y yo... tengo alas —concluyó, y pareció arrepentirse de inmediato por haberlo soltado sin más.

Laila rio.

—También me dijeron eso, lo cual es francamente impresionante y espero que puedas mostrármelas alguna vez si no es molestia. Pero no era eso lo que quería preguntar. ¿Has curado a alguien alguna vez?

Danielle frunció el ceño, desconcertada por la pregunta.

—Sí, claro. Es decir, ya sabes que en Abbot la magia de curación es una de las partes más importantes de nuestra formación. O supongo que lo sabes —añadió de forma apresurada.

Laila Abbot no se había formado en la academia que llevaba su propio apellido, algo que era una anomalía en sí misma.

—No hablo de hechizos de curación, sino de curar con tu elemento, solo con tu poder.

Aún no entendía muy bien qué trataba de sugerir, pero de todas formas dije:

—En el baile de máscaras curaste a Raven.

Lo había hecho a pesar de las guardas del auditorio; unas guardas que ahora no existían porque yo las había volado por los aires, al igual que el propio edificio.

—Empleé un hechizo —aclaró Danielle. Por su expresión, tampoco ella sabía en qué estaba pensando Laila.

Sin embargo, esa no era la única vez que había curado a Raven.

—La noche que abandonamos Ravenswood, cuando mi padre nos atacó, Raven estaba inconsciente y no sabíamos lo que le pasaba. Tú lo despertaste. Fue la primera vez que vi un atisbo de tus alas. Recuerdo haber pensado que jamás había visto una luz tan pura como la tuya en ese momento. ¿Empleaste entonces algún hechizo?

Danielle negó; Laila, en cambio, asintió satisfecha.

—Dado que Alexander puede curarse a sí mismo, he pensado que tal vez tú puedes curar a los demás.

—Muchos brujos pueden hacer eso, incluso estudiantes. Cameron lo hizo con su padre —repuso, y esbozó una mueca de dolor al mencionar al director de Abbot.

Que Thomas Hubbard hubiera muerto intentando ayudarnos a liberar a Raven era otra de las cosas que no sabría cómo podría perdonarme. La lista a esas alturas parecía infinita.

—Normalmente se trata de heridas físicas, no mágicas. Pero no es más que curiosidad personal. Los Abbot estamos dotados de forma natural para la magia de curación, incluso cuando el daño es mágico, y me preguntaba si también tenías alguna clase de poder curativo similar al nuestro, dado que parece que Alexander y tú os equilibráis en muchos aspectos. Sois como... las dos partes de un todo. Encajáis.

Un leve rubor ascendió por el cuello de Danielle. Me hubiera encantado saber en qué estaba pensando exactamente; tendría que preguntárselo más tarde.

—¿Has tratado de emplear tu magia? —Danielle negó. Laila se levantó entonces y rodeó el escritorio para situarse junto a ella—. ¿Te importa si hago una comprobación? Mi don me permitirá saber que está todo bien.

Semanas atrás, había tratado de hacer eso mismo conmigo, solo que yo me había negado en rotundo a que invirtiera tiempo y energía en mí. Por suerte, ella no había vuelto a preguntar. Ya tenía a Rav y Wood insistiendo en que debía dejar salir al menos una parte de mi poder, no necesitaba que Laila se les uniera.

La bruja colocó las manos sobre los hombros de Danielle y cerró los ojos. Supe el momento exacto en el que tiró de su poder; lo percibí como una oleada que la recorrió de pies a cabeza y fue a parar al punto exacto en el que la estaba tocando. También percibí la magia de Danielle vibrando en su interior.

Lo que fuera que estuviera haciendo no le llevó más que unos pocos segundos, porque enseguida retiró las manos y retrocedió.

—Todo parece estar bien, pero tengo que decirte que jamás me había encontrado con un brujo que tuviese una reserva de magia tan grande como la tuya —comentó, sin disimular la admiración que sentía—. Es realmente inmensa.

Danielle no parecía saber qué decir.

—Gracias, supongo.

Laila volvió a ocupar su lugar tras el escritorio y sus ojos se pasearon de nuevo entre nosotros; como si estuviera buscando algo, pero no supiera muy bien de qué se trataba.

—Es una buena noticia. Elijah Ravenswood es un problema, uno que debemos solucionar cuanto antes. Hemos enviado una patrulla a Dickinson para intentar descubrir qué ha pasado con los brujos que viven allí. Nadie sabe nada de ellos y...

—Quiero ir —la interrumpí.

Elijah era un problema sí, uno con mi apellido y que nosotros habíamos creado. Ningún brujo, de la comunidad que fuese, tenía demasiadas oportunidades de enfrentarse a él y salir bien parado. Y

Ravenswood ya no era un lugar seguro para nadie; quizás no lo fuera ni para mí.

—Yo también voy —dijo Danielle.

Laila no parecía en absoluto sorprendida. Yo tampoco lo estaba. La sola idea de que Danielle volviese a enfrentarse a Elijah me ponía los pelos de punta, pero la conocía lo suficientemente bien como para saber que no se mantendría al margen.

—Lo imaginaba —dijo la bruja, y nos brindó una pequeña sonrisa—, pero ya están en camino. Veamos qué encuentran y luego decidiremos cómo actuar. No sabemos si Elijah continúa allí siquiera.

—Debería estar. Ese lugar constituye un núcleo de poder para él. Lo que no quiere decir que ahora no pueda salir de allí, claro. Pero los sacrificios que ha hecho durante años en el bosque no han conseguido más que acrecentar dicho poder. Todo mi linaje es mucho más poderoso en esos terrenos que en ninguna otra parte del mundo, aunque solo sea porque hemos vivido y sangrado en esa tierra durante más de tres siglos.

—Menos tú.

—¿Qué?

—Creo que tú eres más poderoso cuando estás con Danielle. Sois más poderosos juntos. Estéis donde estéis.

Me ahorré señalar que su afirmación podía ser cierta si yo me dedicaba a drenar a Danielle, algo que no volvería a suceder nunca. Jamás.

—¿Qué te hace pensar eso? —preguntó ella.

—Ya os lo he dicho. En realidad, no creo que seáis exactamente opuestos, sino que el equilibrio os concibió para que vuestros respectivos poderes encajasen con los del otro, para que se complementasen. Creo que Alexander nunca ha estado destinado a ayudar a Elijah en cualquiera que sea la oscura cruzada que ha emprendido. Nadie está destinado a hacer el mal solo por ser un brujo oscuro y, sobre todo, si no es su voluntad hacerlo. Así que... ¿qué es lo que quieres hacer tú, Alexander? O debería preguntar... ¿quién quieres ser tú en todo esto?

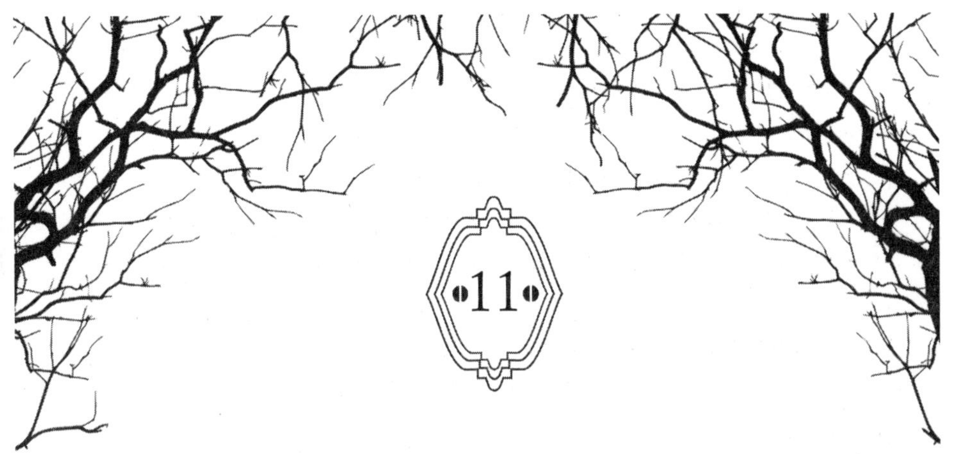

11

Laila nos dejó marchar después de pedirnos que fuésemos a verla si sentía cualquier cosa extraña en algún momento. No lo dijo, pero me dio la sensación que la petición se extendía a Alexander, lo cual daba a entender que también ella sabía que algo iba mal con su magia. Imaginé que incluso él mismo lo sabría, pero no comenté nada mientras atravesábamos el corredor por el que habíamos venido, ahora algo menos abarrotado. Parte de los estudiantes debían estar ya en sus habitaciones, preparándose para irse a dormir. En cambio, nosotros nos encaminamos hacia el comedor.

A través de los arcos que daban al patio era visible el cielo, un montón de estrellas y una luna casi llena; la nevada había cesado, aunque sobre el suelo se había acumulado una capa blanca considerable.

—Quiero esto —solté de repente.

Alexander ladeó la cabeza para mirarme.

—¿El qué?

—Esto. Ya sabes, que no importe de qué linaje procedas ni quién se supone que tienes que ser; lo que hayan hecho tus padres, tus abuelos o un tipo de hace doscientos años al que ni conoces. Quiero esto para todos nosotros. Para cualquier brujo.

Él sonrió. No había abierto la boca después de lo que había dicho Laila y me preocupaba un poco que volviese a dudar de sí mismo, pero entonces su mano se deslizó en la mía y le dio un apretón a mis dedos.

—Yo también lo quiero. No eres tus padres, Danielle, no pienses eso ni por un momento. Tampoco eres tu linaje ni tu apellido.

—Bueno, eso debería funcionar para los dos, ¿no? —repliqué, devolviéndole la sonrisa.

—Lo mío es un poco más complicado.

Su otra mano cubrió la parte izquierda de su pecho, y supe que se refería a la marca que había allí.

—¿Sabes lo que pienso yo? Creo que solo tienes esa marca porque Elijah también la tiene, y vamos a necesitar ese poder para acabar con él.

—Mi poder no le afecta.

—Tiene que haber una forma, estoy segura.

Alexander titubeó un momento. Dejó de andar y yo me detuve con él.

—La Noche de Difuntos, en el auditorio, hice algo más que perder el control.

—Elijah y Mercy dijeron que eras la llave —comenté yo, y él asintió. También se había dado cuenta.

—¿Y si abrí una de esas puertas del infierno de las que hablaban? ¿Y si ahora todo Ravenswood está plagado de demonios? Vi ese sitio, Danielle, he estado allí un par de veces y creía que no eran más que sueños o visiones de lo que podría llegar a pasar en este mundo si la oscuridad se apropiaba de él. Pero ahora creo que era de verdad el infierno.

Si Alexander había abierto una puerta directa al mismísimo infierno, íbamos a tener un problema aún mayor que lidiar solo con Elijah y un puñado de demonios, eso seguro.

—Si la abriste, también podrás cerrarla. Puedes arreglarlo.

Alexander apartó la mano de su pecho y la llevó hasta mi cuello. Se quedó mirándome en silencio, y yo me perdí en la profundidad de sus ojos dispares. Eran unos ojos preciosos, repletos de emociones crudas y de sentimientos; nunca entendería cómo su padre podría haberlos considerado como alguna clase de señal de su supuesta maldad, y resultaba más irónico aún teniendo en cuenta lo que ese hombre le había hecho a Dith y como había castigado a su propio hijo durante años.

Tobbias Ravenswood era más monstruo de lo que Alexander podría llegar a ser jamás, y si Laila me hubiese preguntado a mí quién creía que quería ser Alex, hubiera tenido muy clara mi respuesta.

—No sé si puedo controlarlo, Danielle. No estoy...

—Puedes —lo corté, y de verdad lo creía. Si alguien podía manejar un poder como ese, era Alexander. Había sido hecho para ello.

Mis palabras le arrancaron una sonrisa suave; esta vez, también sus ojos la reflejaron.

—Es halagador lo mucho que confías en mí.

—Que no se te suba a la cabeza —bromeé a pesar de que confiaba en él como no lo había hecho en nadie en mucho tiempo.

—Estoy seguro de que evitarás que así sea. —Aunque había comido antes de nuestra siesta conjunta, mis tripas eligieron ese momento para protestar—. Venga, anda, vayamos a por algo de comer. A esta hora es probable que Cam ya se haya despertado y Rav y él estén también tomando una cena tardía.

El comedor era una estancia rectangular enorme con mesas alargadas, más de esas lucecitas flotantes y ventanas que iban desde el suelo hasta casi el techo. Al fondo había todo un mostrador con distintos platos, bebidas y un buen surtido de postres para elegir. Alexander había acertado: Rav y Cam estaban allí, acompañados de Wood, Annabeth y Aaron. En cuanto atravesamos las puertas, me dio igual que aún quedasen algunos alumnos rezagados; eché a correr por entre las mesas y me abalancé sobre Cameron. Al pobre ni siquiera le dio tiempo a levantarse del asiento, así que acabé prácticamente sentada sobre su regazo. Ignoré el escalofrío que me recorrió al tocarlo, le rodeé el cuello con ambos brazos y lo apreté con fuerza contra mí.

—No sabes cuánto me alegro de que estés bien —susurré, cuando consiguió estabilizarse y también me abrazó—. Siento mucho lo de tu padre.

Lo sentí encogerse bajo mi cuerpo, pero me brindó un asentimiento a modo de réplica antes de decir:

—Nos has tenido muy preocupados.

Me separé para mirarlo a la cara. A pesar de haber estado durmiendo, su aspecto era el de alguien que hubiese pasado toda la noche en vela; dos noches tal vez. Nunca lo había visto tan apagado. Incluso su pelo negro carecía del brillo habitual.

—Estoy perfecta. Laila me ha visto hace un momento y dice que todo va bien.

Rav, sentado a su lado, se inclinó un poco hacia mí.

—Hola de nuevo, Dani.

Le sonreí. Les sonreí a todos, incluidos Annabeth y Aaron.

—Me han dicho que fuisteis a Ravenswood a ayudarnos. Y que me curaste —agregué, dirigiéndome a Aaron directamente.

—A Annabeth le encanta meterse en líos, así que no podíamos dejar que fuera sola.

—Te gustan los líos tanto como a mí —protestó la aludida.

—Gracias. Por todo. —Miré alrededor—. ¿Y Sebastian?

Beth resopló, y fue ella la que dijo:

—De patrulla en el exterior. Da igual las veces que le digamos que este sitio es seguro. Nadie entra aquí sin que su huella mágica sea registrada antes; los hechizos de la barrera se ocupan de eso.

Bueno, no podía culpar al Ibis por tomarse la seguridad tan en serio. No solo porque lo habían entrenado para ello. Él había estado durante los dos ataques demoníacos que había sufrido Abbot y nos había acompañado a Ravenswood. Yo tampoco estaba del todo convencida de que existiera ningún hechizo o barrera capaz de detener a Elijah si se proponía entrar aquí.

Alexander apareció a un lado de la mesa con dos platos repletos de comida.

—¿Vas a comer ahí sentada?

Seguía sobre Cam, que tampoco había hecho nada por apartarme. Elevé una ceja, y Alex respondió al gesto con una sonrisita. De no estar rodeados de gente, le hubiera preguntado si prefería que me sentara sobre él, pero me limité a mirarlo sonriendo como una idiota.

Raven debió de percatarse de nuestro intercambio de miraditas y de lo que no estábamos diciendo, porque lo escuché soltar una risita. Creo que, incluso después de los meses que habían pasado desde que nos habíamos conocido, nuestras pullas le seguían divirtiendo tanto como a nosotros mismos.

Me incorporé finalmente. Alex colocó uno de los platos en un hueco libre y me hizo una señal para que lo ocupara. Él se acomodó justo al lado.

—¿Te has puesto celoso? —me burlé, pero él se echó a reír.

Acto seguido, se las arregló para robarme un beso mientras los demás continuaban con la conversación.

—Casi te pierdo, Danielle, así que estoy más que agradecido de verte en pie, sonriendo y con tus amigos. Nada de lo que hagas va a cambiar eso. —Bien, ahora sí que estaba sonriendo como una tonta—. Vamos, come algo.

Me incliné un poco hacia él y hablé muy bajito.

—Cuando no estás comportándote como un brujo gruñón eres superadorable, Alexander Ravenswood. Estoy empezando a apreciar mucho esta faceta tuya.

—Y tú sigues siendo una bruja terca e irresponsable, Danielle Good, pero no te cambiaría por nada del mundo.

Sí, sí que estaba colgada de él, y al parecer Alexander también lo estaba de mí.

Durante la cena, me enteré de algunos detalles que me había perdido de la Noche de Difuntos. El malestar de Alexander quedó patente mientras narraba su parte de la historia y resultó evidente lo culpable que se sentía al respecto, pero no por ello escondió nada de lo ocurrido. Raven aseguró que había pasado la mayor parte de su secuestro inconsciente; sin embargo, creía que el único objetivo de Elijah era traer el infierno a este mundo y reinar sobre los escombros. El uso de la magia negra y los siglos que había pasado como fantasma solo habían acrecentado su ansia insana de poder; si en vida su cordura ya había sido cuestionable, estaba claro que nada de eso había mejorado con los años.

—Creo que aún necesita a Alexander —dijo Wood en un momento dado.

Alex no estuvo de acuerdo.

—No debería. Él también tiene la marca, y ahora que se ha transmutado...

—La tenía en vida y no fue capaz de llevar a cabo sus planes. Ha pasado siglos esperando a que tú nacieras, y estoy bastante seguro de que es porque ni con todos los conocimientos que haya podido acumular es capaz de acceder a las puertas del infierno. Por eso no intentó matarte una vez que comprendió que no te unirías a él, y no porque guarde alguna clase de lealtad hacia su propio linaje.

Lo que decía Wood tenía sentido. Elijah no había tratado de salvar a Mercy cuando yo la había atacado. Le había arrancado el corazón sin ningún tipo de miramiento para hacerse con el poder de los tres linajes. Si no hubiera necesitado a Alexander, habría intentado acabar con su vida de la misma forma.

—Tal vez ya las he abierto.

La afirmación de Alex causó un pequeño revuelo en la mesa y tuvimos que contar a los demás nuestras sospechas. Esperaba que Raven dijese algo, pero fue Cam quien tomó la palabra.

—Hay una persona que quizás podría darnos información. La tía Letty no era la única vidente en mi familia.

—Espera, no sé si quiero que alguien lance otra profecía —intervine—. Con una ya hemos tenido más que suficiente.

Un murmullo de acuerdo recorrió la mesa, pero Cameron nos explicó que Amy Hubbard era solo una niña de diez años y que, por ahora, su don no actuaba exactamente como el de Loretta. Nada de profecías entonces. Era un alivio.

—Yo no la conozco en persona. Sus padres la han mantenido bastante aislada del resto de la familia y de todo el mundo en general. Pero ella ve... cosas cuando toca a la gente.

Hubo varias exclamaciones de sorpresa entre los presentes. Ese tipo de don, al igual que el de la videncia en general, no era muy común. Miré a Raven en busca de alguna reacción por su parte. Se mantenía atento a los rostros de los demás, tratando de no perderse nada de la conversación, pero me extrañó lo silencioso que se mostraba.

—No perdemos nada por probar —dijo Annabeth.

Dudaba que hubiera algo en lo que la bruja no se prestara a participar; parecía tan impulsiva como yo. Y aunque no estaba segura de que ese fuera un rasgo bueno, me caía bien.

Al final, quedamos en que Cameron llamaría a los padres de Amy para preguntarles si aceptarían traerla aquí, o bien que nosotros fuésemos a buscarla. Después de eso, la conversación se trasladó a temas sin importancia, así que aproveché para pedirle a Alexander algo que llevaba rondándome la cabeza desde que había despertado; mucho antes, en realidad.

—Quiero que me entrenes. O Wood, o Raven. O los tres. Quiero saber defenderme mejor. —Me froté el cuello, allí donde uno de los demonios me había mordido—. Me da la sensación de que habrá más peleas en nuestro futuro.

Wood debía estar escuchando, porque ni siquiera dejó a Alex contestar.

—Puedo hacerlo. Alex no tiene paciencia.

—¿Y tú sí? —tercié yo. Ni de broma el lobo blanco tendría más paciencia que Alexander. Ya había entrenado con él en Ravenswood y me había machacado.

—Lo haré yo —dijo Alexander.

La sonrisa que me dedicó no me gustó nada. Nada en absoluto.

—Ya me estoy arrepintiendo. Puedo pedírselo a Sebastian. O a Annabeth...

—De eso nada —insistió él. Me rodeó la cintura con el brazo y tiró de mí hasta que terminé apretada contra su costado—. Te va a encantar.

Sí, definitivamente, ya me estaba arrepintiendo.

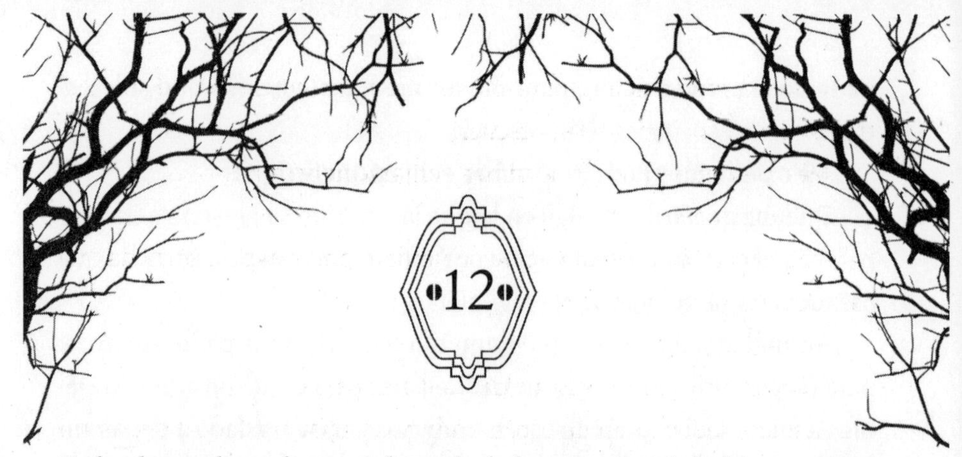

12

Todo el mundo se dispersó después de la cena. Quería hablar con Cam y también con Raven, además de con Wood. Quería hablar con todos. Estaba más inquieta de lo que me atrevía a exteriorizar, pero no tenía muy claro el motivo; más allá de lo evidente, que no era poco. Sin embargo, no traté de detener a ninguno de ellos cuando se fueron retirando cada uno a sus habitaciones.

Alex y yo regresamos también al ala de los dormitorios y yo fui a sentarme en el borde de la cama en cuanto entramos en el mío.

—¿Estás bien?

Giré la cabeza hacia él. Se había quedado junto a la puerta, y caí en la cuenta de que no tenía ni idea de si también le habían asignado un dormitorio propio. Aparté ese pensamiento durante un momento.

—Me siento extraña.

Alex arqueó las cejas.

—¿Extraña de un modo malo?

—No, es que... para mí fue ayer mismo cuando estábamos en Ravenswood. Y yo... bueno, pensaba que iba a morirme. Pero ahora estamos aquí, y siento que estamos como al principio. Pero Cam está raro, Raven apenas habla, creo que Wood me evita y tú... Tú tienes que hacer algo con tu poder, Alex. —Hizo una mueca, pero yo había tomado carrerilla y no pensaba parar ahora. Me llevé la mano al pecho—. Lo noto aquí, como una presión, y tu magia sigue cantando para mí, pero lo hace... mal.

Suspiró. Parecía totalmente deshecho y yo me sentía igual, pero dar rodeos sobre el tema no nos ayudaría a ninguno de los dos. Y si queríamos tener alguna oportunidad contra Elijah, necesitaríamos el poder de Alex, el mío y quizás el de todos en esa escuela.

Me hice a un lado cuando vino a sentarse junto a mí.

—Tienes razón.

—Esas palabras son algo que de verdad jamás esperé escuchar viniendo de ti.

—Listilla.

—Un poco sí, pero lo que he dicho iba en serio.

Alex me rodeó la espalda con un brazo y apoyó la frente contra mi sien. Lo escuché inspirar profundamente y, por el rabillo del ojo, me di cuenta de que había cerrado los suyos.

—Lo sé, solo... necesito hacerme la idea de que estás aquí y que no te hice daño.

—Lo estoy.

No añadí nada más. Tenía que ser él mismo quien se convenciese, y podía entender su recelo. Tal y como le había confesado, también yo me sentía rara con la situación; perder un mes de vida y que el mundo siguiera girando sin ti era realmente extraño.

Empecé a apartarme muy despacio, pero el brazo de Alexander se tensó a mi alrededor y me cortó la retirada. Tiró un poco más de mí y al final se las arregló para que acabase sentada sobre su regazo. Un momento después, su otra mano serpenteó por mi espalda y fue a parar a mi nuca.

—¿A dónde crees que vas? —preguntó en un tono mucho más bajo y profundo.

—A ningún lado.

Las comisuras de sus labios se curvaron con malicia al escuchar mi respuesta.

—Ya me parecía.

Hundió la cara en el hueco de mi cuello y fue dejando pequeños besos a lo largo de él. Bien, me gustaba el rumbo que estaba tomando aquello. Me gustaba mucho. Y me gustó aún más cuando empezó a mordisquearme el lóbulo de la oreja mientras sus manos vagaban de nuevo espalda abajo.

—Sé que hay mucho de lo que deberíamos hablar, pero...

—¿Pero?

Normalmente, odiaba los «pero», siempre venía algo malo detrás de esa palabra maldita; sin embargo, este no parecía el caso.

—Pero, aunque debería marcharme a mi dormitorio y dejarte descansar... —prosiguió, y sus manos resbalaron hasta mi trasero.

Nos contemplamos en silencio, y el deseo en su mirada resultó tan evidente que no necesité que terminara la frase. Yo también lo deseaba.

—Te habría echado de menos de haber estado consciente —dije, y Alexander se echó a reír por lo absurdo de mi declaración.

Aun así, creo que comprendió lo que trataba de decirle.

Enterró los dedos en el nacimiento de mi pelo sin dejar de mirarme; el ojo oscuro casi negro y el otro de un azul tormentoso. Balanceé un poco las caderas solo para observar su reacción. Me encantaba provocarlo, ya fuera verbalmente o de formas mucho más divertidas como aquella, y sentí una profunda satisfacción cuando exhaló una maldición brusca como respuesta.

—Tú también me has echado de menos —me burlé, al percibirlo duro bajo mi cuerpo.

Lo siguiente que supe era que estábamos girando. Me arrastró hacia arriba y mi espalda golpeó el colchón. Encajado como estaba entre mis piernas, todavía había demasiada ropa entre nosotros.

—Te he echado de menos muchísimo —dijo. Su mano se coló bajo el dobladillo de mi camiseta y el roce de sus dedos despertó un cosquilleo agradable entre mis piernas—. Terriblemente.

Demasiado consciente de cada uno de sus movimientos, le clavé las uñas en los brazos cuando comenzó a tirar hacia arriba de la tela hasta dejar mi pecho al descubierto. Y entonces, con una sonrisa que era puro pecado, apartó la copa de mi sujetador y arrastró la lengua por encima del pezón. La descarga de placer fue tal que pronuncié su nombre como un gemido agónico. Él, a cambio, me regaló una nueva pasada de su lengua.

—Permíteme que te lo demuestre.

Y me lo mostró. Durante largo rato me olvidé de que había un mundo fuera de aquellas cuatro paredes. Lo que era demasiado duro como para relegarlo del todo al menos quedó apartado a un lado, suspendido en el tiempo mientras Alexander repartía decenas de besos y caricias por mi pecho, mi cuello, la clavícula y también mi estómago. Se entregó a esa labor con una devoción encomiable, casi como si pensara que no habría otras oportunidades; no lo culpaba, nuestro futuro era demasiado incierto y ya habíamos creído antes que no tendríamos uno en absoluto.

—Tu sabor es incluso mejor que tu aroma —murmuró con los labios contra mi piel caliente y sonrojada.

Elevó la vista y me atrapó con una mirada oscura, aunque esta vez no tenía nada que ver con su poder. El mío me corría salvaje por las venas. El descanso y los hechizos aplicados mientras estaba inconsciente habían dado sus frutos y mi magia volvía a estar desatada. Me sentía despierta y viva, y eso... bueno, eso ahora mismo era mucho.

Frotó ambos huesos de mis caderas con los pulgares. A esas alturas, mi camiseta había desaparecido junto con mi sujetador. Tal vez la Danielle que había sido alguna vez se hubiera avergonzado, incluso cuando no era la primera vez que estaba desnuda frente a Alexander; tal vez no lo hubiese hecho. Pero ¿haber estado a punto de morir? Eso lo había cambiado todo.

Tenía una segunda oportunidad con Alexander. Una nueva ocasión para vivir una vida más allá de los muros de Abbot, algo con lo que había soñado la noche en la que había empezado todo, aquella en la que había echado abajo la verja de la academia de la luz y había acabado en los terrenos de Ravenswood. Por Dios, hacía solo unos meses de eso; me parecía que había sido ayer y al mismo tiempo como si hubiesen pasado siglos.

Sí que habían cambiado las cosas, sí, y yo también lo había hecho.

—Ven aquí. —Tiré de la camiseta de Alex para acercarlo y luego un poco más para que se deshiciera de ella.

Una vez que entendió lo que quería, la prenda acabó olvidada en el suelo y él se alzó sobre mí con el pecho expuesto. Pasé los dedos por la marca primero y luego sobre las cicatrices que acumulaba, con cierto temor de encontrar alguna nueva. Aún no sabía cómo había conseguido regresar después de haber cedido por completo a su oscuridad, pero al menos no encontré nada que indicara que Wood o cualquier otro había tenido que infligirle daño para ello.

Fuera como fuese, Alexander continuaba siendo impresionante de muchas maneras diferentes, y sus cicatrices solo hablaban de lo mucho que había estado siempre dispuesto a sufrir para evitar hacerle daño a los demás; no lograba entender cómo no podía darse cuenta de ello.

Empujé sus hombros y lo hice caer a mi lado para poder retomar mi posición sobre él.

—Mi turno.

Hubo un destello de sorpresa en sus ojos. Un segundo después, el calor que se acumulaba en ellos volvió a desbordarse. Sus manos encontraron sitio en mis caderas y sus dedos me presionaron la carne con anticipación.

—Soy todo tuyo —dijo, y la afirmación, a pesar de estar cargada de sensualidad y picardía, parecía también esconder mucho más. Supe que así era cuando susurró—: Tuyo.

El ambiente de la habitación se cargó de una tensión electrizante. Se me erizó el vello de todo el cuerpo, algo que debió captar Alexander porque desplazó una de sus manos hacia arriba por mi brazo en una caricia lánguida. Continuaba sentada sobre él, pero no era capaz de moverme, y me dije que tendría que empezar a hacerlo o bien acabaría echándome a llorar como una idiota, y no era lo que quería en ese momento.

Me apropié de su boca durante unos preciosos segundos para luego retirarme y descender por su cuerpo. Besé también la marca, las cicatrices, los valles y crestas de su abdomen.

—Nunca he hecho esto —murmuré cuando alcancé la cinturilla de su pantalón.

Hice ademán de bajarle la cremallera y Alex debió entender por fin a lo que me refería.

—Danielle, no... —Levanté la vista y arqueé una ceja, también puede que le dedicara una sonrisita burlona, pero él prosiguió hablando—. No tienes que hacerlo.

Sinceramente, no tenía ni idea de cómo empezar. Es decir, conocía la mecánica, pero digamos que Cam y yo nunca nos habíamos aventurado con el sexo oral; bastante habíamos tenido con nuestro triste revolcón. Pero quería hacerlo.

Recordaba cada segundo del momento en la terraza de Nueva York y lo bien que Alex me había hecho sentir. No pensaba que tuviera que devolverle el favor ni nada por el estilo, solo... lo deseaba. Y a lo mejor era un poco temerario intentar que perdiera el control de esa forma, pero supuse que esa parte de mi personalidad no había cambiado en absoluto.

—Lo sé.

Abrí la cremallera y hundí los dedos por debajo de la tela de su bóxer hasta que lo rocé, duro y suave a la vez. Alexander siseó y se le cerraron los ojos. Enseguida los volvió a abrir. Ahora era yo la que exhibía una estúpida sonrisa de satisfacción. Mientras me observaba, tiré de la cinturilla hacia abajo y lo descubrí por completo. Sus caderas temblaban, y caí en la cuenta de que esta era una primera vez para ambos.

—Avísame si hago algo mal.

Se echó a reír.

—Dudo que, hagas lo que hagas, puedas hacerlo mal.

Envalentonada, le guiñé un ojo. Luego, sin advertencia alguna, bajé la cabeza y lo lamí muy lentamente. Alex masculló una palabrota y entonces fui yo la que me reí. Probé de nuevo, esta vez con algo más de seguridad. Su respiración se aceleró. Notaba su mirada sobre mí y su poder arremolinándose bajo la piel de su estómago, allí donde mis manos reposaban. Pero esto ya no iba de su oscuridad o mi luz, de lo que Alex era o de lo que quiera que fuese yo. No tenía nada que ver con la magia; éramos solo él y yo. Quería allí al chico que hubiese sido alguna vez de no ser por lo que el destino había hecho de nosotros, y yo solo quería ser una chica cualquiera haciendo su primera... mamada.

El pensamiento me provocó una carcajada.

—Me alegra que te diviertas —comentó, aunque le tembló un poco la voz al decirlo.

—Apuesto a que sí.

No esperé a que dijera nada más y me lo metí en la boca, al menos una parte. El gemido que se le escapó fue tan crudo que se hizo eco a su vez entre mis piernas. Ese y los otros sonidos que salieron de sus labios fueron suficiente para guiar mis movimientos. Succioné y lamí mientras él se deshacía y yo me sentía cada vez más segura y excitada. Farfullaba mi nombre de vez en cuando y los músculos de su abdomen se tensaban y relajaban bajo mis manos. Rodeé su longitud con una de ellas solo para apartarme y encontrarlo contemplándome con la mirada vidriosa, los labios entreabiertos y la expresión completamente arrasada por el placer.

Pero entonces desvió la vista hacia su propia mano y las finas líneas oscuras que se le extendían muñeca arriba. Antes de que pudiera reaccionar como intuía que lo haría, la mía salió disparada y entrelacé nuestros dedos.

—Está bien.

—No deberíamos...

Solté una carcajada.

—Ni se te ocurra completar esa frase. —Llamé a mi magia hasta que me brillaron las venas de ambos brazos solo para mostrarle que no pasaba nada. Dio un respingo, pero no trató de deshacerse de mi agarre—. ¿Lo ves? Todo va bien. Es solo que te has emocionado un poquito con mis habilidades.

Entonces sí que me miró a la cara. Le sonreí con sinceridad; yo sabía que su oscuridad no me haría daño, ahora solo quedaba que él también lo recordase.

—Eres demasiado terca para tu propio bien.

No iba a seguir discutiendo con él. Mantuve mis dedos entre los suyos, mientras que mi otra mano se deslizaba perezosamente arriba y abajo por su miembro. Alex apretó los dientes y luchó para mantener los ojos abiertos, y mi sonrisa se amplió. A lo mejor me estaba volviendo un pelín sádica con él, pero esto era tan divertido como cuando discutíamos, y aún más excitante.

Finalmente, cerró los ojos y su cabeza cayó hacia atrás, pero enseguida apartó mi mano y me arrastró hacia arriba por su cuerpo.

—Ven aquí si no quieres que esto se acabe antes de empezar. Quiero estar dentro de ti.

Me mordí el labio para ahogar el gemido de necesidad que me provocó la honestidad brutal de su afirmación.

—Necesitamos protección. —Alex no contestó, pero se llevó una mano al estómago aún con los ojos cerrados y empezó a murmurar muy bajito—. Espera, ¿has aprendido a hacer un hechizo de ese tipo?

Sus párpados revolotearon y, cuando acabó, se levantaron al tiempo que sus comisuras se curvaban.

—He estado leyendo sobre muchas cosas durante este mes, Danielle.

—¿Y por qué no lo has empleado sobre mí?

A ver, los hechizos anticonceptivos podían ser usados tanto en hombres como en mujeres con la misma eficacia. La finalidad era idéntica: evitar un embarazo y que pudiésemos mantener sexo seguro. Pero yo sabía que, muy a menudo, mis compañeros de Abbot optaban siempre por que fuese la chica la receptora, por aquello de que éramos nosotras las que podíamos acabar embarazadas; como si ellos no fuesen parte de todo ello también.

—Es mejor así —dijo él tras un momento. Mejor porque de esa manera su magia no entraría en contacto con la mía, comprendí—. Además, si el hechizo tiene algún efecto secundario, prefiero que sea sobre mí.

Eso sí que no me lo había esperado. Resultaba conmovedor que se lo hubiera planteado siquiera, aunque era muy típico de Alexander tener siempre más en cuenta a los demás que a sí mismo. Y eso era lo que debía entender; si no lo lograba por sí mismo, ya me encargaría yo de que lo hiciera. Fuera como fuese.

Luke Alexander Ravenswood no era ni podría ser jamás un monstruo.

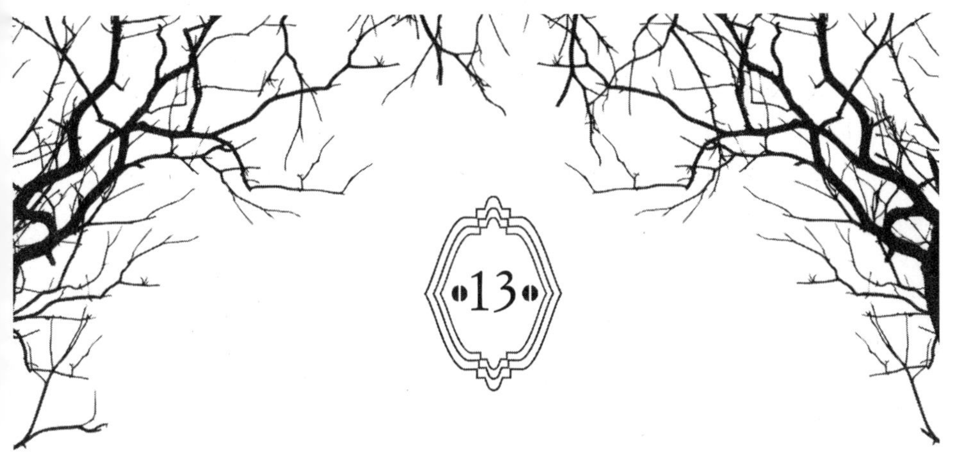

Alex me hizo girar de nuevo. Una vez encima, se deshizo de sus pantalones y luego empezó a quitarme los míos.

—Así que ya podemos *follar*.

—Ay, madre. Te acuerdas de eso —señalé avergonzada, mientras él descendía por mi cuerpo.

—No querías que pensase que significaba algo para ti.

Que hubiese sido capaz de comprender por qué había empleado justo esas palabras durante nuestra primera vez me sorprendió con la guardia baja. Levanté la cabeza para buscar su mirada.

—¿Cómo...?

—Cameron me dijo que solías apartar a la gente y que, cuando eso sucediera, no debería permitírtelo. Fue un buen consejo, pero no me apetece mucho hablar de Cam en este momento.

Yo tampoco quería pensar en nadie más que en nosotros. Quería ese instante a solas con él y fingir que todo estaba bien ahí fuera; nos lo habíamos ganado. Por suerte, Alexander parecía bastante decidido a no darme ninguna opción. Mientras besaba la piel suave del interior de mis muslos, sus dedos se enredaron en la cinturilla de mis bragas. Me miró antes de tirar de ellas, pidiendo un permiso que yo estuve encantada de concederle.

Cuando me hubo desnudado por completo, se movió hasta situar nuestros rostros a la misma altura y selló nuestras bocas en un beso que se llevó consigo todo el aire de mis pulmones y también gran parte de mi cordura.

—Eres preciosa, Danielle Good. No creo que nunca me canse de decírtelo.

Había marcas oscuras en torno a sus muñecas y sus antebrazos, pero ya no les prestaba atención.

—No creo que yo vaya a cansarme de oírtelo decir.

—Entonces voy a repetírtelo cada vez que pueda.

Se hundió de nuevo en mi boca y sus caderas lo hicieron entre mis muslos, presionando su erección en el punto en el que yo más lo necesitaba. Me froté contra él con tanto descaro que, poco después, coló la mano entre nuestros cuerpos y fueron sus dedos los que se deslizaron entre mis pliegues húmedos. Con los ojos fijos en los míos, rodeó mi entrada una y otra vez.

—Podemos pasar al plato fuerte —sugerí. Me estaba volviendo loca y era evidente que estaba lista para él, pero Alex negó.

—Voy a disfrutar esto y a alargarlo todo lo que pueda, Danielle. —Abrí la boca para protestar, pero entonces hundió un dedo en mi interior y las palabras fueron sustituidas por un gemido—. Y espero que nadie se atreva a interrumpirnos ahora mismo, porque entonces tal vez sí que me sienta tentado a lanzar mi oscuridad sobre quienquiera que sea el pobre desgraciado.

Su mano comenzó a moverse a un ritmo largo y tranquilo, y muy pronto un segundo dedo se unió al primero. A mí se me cerraban los ojos con cada embestida, mientras que él no dejaba de contemplar mi rostro, como si quisiera memorizar hasta el más mínimo detalle de mis reacciones. En su mirada había mucho deseo, pero también adoración, cariño, amor... Nadie me había contemplado así jamás.

Prosiguió torturándome más tiempo del que hubiese deseado, aumentando mi necesidad hasta convertirla en desesperación. Su boca se movió por mi hombro, mi cuello y mi pecho. Con una oscura sonrisa bailando en los labios, jugó a lamer mis pezones. Y mi espalda se arqueó en respuesta cada maldita vez.

—No cierres los ojos —me pidió—, quiero que veas lo que te hago. Quiero que lo recuerdes siempre.

No iba poder olvidarlo, como no había podido olvidar ninguno de los momentos íntimos que habíamos compartido. Peleé contra mí misma y contra el placer que sus caricias me provocaban para atender su petición, pero entonces aceleró el ritmo y movió el pulgar sobre mi clítoris. Lo rodeó y presionó, y fue… demasiado. El mundo estalló en cientos de pedazos. Mis párpados cayeron y, aun así, todo se iluminó, dentro y fuera de mí. Durante unos segundos eternos, lo único que hubo fue luz y calor y la sensación de estar cayendo más y más profundo.

Abrí los ojos de golpe, temiendo haberme dejado de llevar de tal modo que mi poder hubiese encontrado la manera de escapar a través de mi piel y hacerle daño a Alexander. Sin embargo, a pesar del leve resplandor que me cubría de pies a cabeza, él continuaba entero y a salvo, inclinado sobre mí y exhibiendo una sonrisa satisfecha. Regueros de oscuridad manchaban sus brazos y destacaban aún más en contraste con ese brillo. Sus ojos eran ahora dos pozos profundos de oscuridad y un único mechón de color blanco le caía sobre la frente.

De alguna manera, se había transformado solo en parte. Estaba claro que ni siquiera ahora se dejaría ir del todo.

Levanté la mano y tracé una de las marcas oscuras con la punta de los dedos. Alex se estremeció, pero no hizo nada para evitar que lo tocara. Se limitó a perseguir el movimiento con la mirada, inmóvil y en silencio. Su expresión no distaba mucho de la que había tenido en aquella ocasión en la que nos habíamos besado por primera vez en el bosque, cuando había sido él quien me había acariciado con idéntica delicadeza después de años sin permitirse tocar a nadie que no fuesen los gemelos. Y sin que nadie lo tocase a él.

—Te veo y no me das miedo, Alexander Ravenswood —susurré. Se lo recordaría las veces que hiciera falta; se lo recordaría hasta que no necesitase que lo hiciera.

No replicó, no estoy segura de que pudiese, pero buscó mi mirada y lo que vi en sus ojos fue más que suficiente. Lo agarré de los brazos para atraerlo hacia mí. No necesitó ninguna explicación más. Se posicionó entre mis piernas y, un momento después, se hundió suavemente en mi interior. La sensación resultó deliciosa, más incluso que en nuestra primera vez. Lo sentí por todo el cuerpo. Erguido sobre mí, apoyado con ambas manos a los lados de mi cabeza, los músculos de su pecho y estómago en tensión y el placer devorándole las facciones del rostro, parecía un dios oscuro, poderoso, hermoso y terrible. Devastador.

Se retiró y empujó de nuevo. Y luego volvió a hacerlo. Otra vez, y otra y otra. Más y más profundo. Cada embestida de sus caderas se convirtió en una descarga de placer; cada golpe, en una declaración de intenciones de su mirada. La oscuridad que manaba de él se enredó con mi luz y el sonido de nuestros gemidos se convirtió en una nueva melodía. La canción de su magia cambió también. Se suavizó y recuperó, al menos en un pequeña parte, la armonía que había perdido.

Rodeé su cintura con mis piernas y su cuello con los brazos; nuestras bocas se rozaron.

—Danielle —jadeó sin aliento, y sonó destrozado por completo.

No dejó de repetir mi nombre mientras mis caderas salían a su encuentro cada vez. Mientras el placer se arremolinaba en mi vientre, la piel se cubría de sudor y las venas me hervían. Mientras nos llevaba al borde del precipicio y, poco después, me hacía caer por él de nuevo. Y entonces fui yo la que no pudo evitar gritar su nombre.

Cualquiera que fuese el tiempo que duró nuestra unión, fuimos uno. Y en ese momento comprendí que más allá de que encajásemos a la perfección de una forma física, lo hacíamos también de todas las formas que importaban. Que yo lo veía y él me veía a mí. Su oscuridad, mi luz. Él y yo. Nosotros juntos. Y que más allá del destino, el equilibrio o cualquier maldición que nos hubiese llevado a encontrarnos, Alexander Ravenswood estaba hecho para mí de la misma manera en la que yo estaba hecha para él.

Dormí toda la noche, sin sueños ni pesadillas. Ni siquiera me moví. Desperté en la misma posición en la que me había quedado dormida, con la espalda contra su pecho y rodeada por sus brazos; sus labios seguían reposando contra mi nuca. Debería haberme dolido todo, pero estaba mejor que nunca. Descansada y feliz.

Habíamos dejado las cortinas abiertas y las primeras luces del día empezaban a iluminar la habitación. Aunque no tenía ni idea de a qué hora amanecía en esa zona de Canadá, supuse que sería bastante temprano.

—Buenos días —murmuró Alex contra mi piel, haciéndome saber que él también estaba despierto.

Sonreí.

—Buenos días.

Sus brazos me estrecharon y escuché como inhalaba. Luego, sentí un beso en el hombro.

—Anoche… —comenzó a decir, pero no añadió nada más.

—Lo sé.

Allí donde me había besado, percibí sus labios curvándose. No podía verlo, pero sabía que sería una bonita sonrisa. Relajada y también feliz. Después de todo lo que había sucedido, ese momento de intimidad cotidiana parecía un verdadero logro; algo sencillo pero importante.

Tras un breve silencio, una pausa en la que supuse que él también estaría disfrutando de ese instante, el mundo real terminó alcanzándonos.

—Quiero ir a Dickinson —dijo, y luego agregó—: Y a Ravenswood.

—Sabes que iré contigo, ¿verdad?

Ya habíamos hablado de ello con Laila, pero quería que le quedase claro que nunca me quedaría atrás. Estábamos juntos en todo aquello.

—Me parece bien, pero…

—No hay pero que valga.

—Lo hay —replicó, incorporándose. Se inclinó un poco sobre mí y yo volví la cabeza para mirarlo—. Tienes que prometerme que no harás ninguna tontería, Danielle. Tienes tendencia a ponerte en peligro para proteger a los demás. Nunca más —exigió, mientras mantenía la mano contra mi mejilla.

No estaba segura de lo que iba a pasar a partir de ahora, si encontraríamos a Elijah y lo que requeriría de nosotros acabar con él. Nadie podía saberlo. A pesar de mi reciente coqueteo con la muerte, no tenía ganas de sacrificarme, pero cuando se trataba de Alex, de Raven o Wood, de Cam... Bueno, mi prioridad siempre sería mantenerlos a salvo.

—No correré riesgos innecesarios —dije, porque era todo lo que podía prometer.

—Esa no parece una promesa muy alentadora. —Sus dedos dibujaron la curva de mi labio superior. Se presionó con más fuerza contra mí y la sombra de una sonrisa creció en la comisura de su boca—. Y no sé si entiendes bien lo que significa que esté enamorado de ti. Si caes, haré que el mundo caiga contigo y no me importará en absoluto.

—Sabes que eso no es cierto.

Alexander había protegido su legado durante años, había condicionado su misma existencia para que ninguno de los residentes en Ravenswood tuviera que padecer el efecto de su poder e incluso había evitado abandonar ese hogar por miedo a que los mortales pudieran verse afectados por él. Pero ¿y si algo había cambiado? Entonces pensé en lo que había dicho Wood, en que yo era la Dith de Alex, y luego me pregunté si había sido así también para nuestros antepasados. ¿Se habrían amado Sarah Good y Benjamin Ravenswood de tal forma que no les importó condenar al mundo para salvar al fruto de su amor? ¿Podría ser por eso por lo que estábamos allí después de todo?

Esa no era la primera vez que pensaba que la historia se repetía, ¿y si resultaba que los juicios habían sido solo una excusa para castigar el amor prohibido entre una Good y un Ravenswood? Sarah había sido una de las primeras condenadas, por lo que algo así tendría sentido. Pero ¿de verdad les había resultado a los Ravenswood tan ofensivo ese amor como para ajusticiar a tantas otras personas en su búsqueda de venganza? Además, Benjamin, que se supiera, no había sido incluido en las acusaciones, y Elijah había accedido a salvar a Mercy, aunque tuviera sus propios motivos egoístas para ello.

Alexander espantó mis sombríos pensamientos besando con suavidad mi sien.

—Me gustaría decir que lograría contener mi oscuridad si algo te sucediese, pero ya he demostrado que no es así. Y, si te soy sincero, lo peor es que no encuentro el modo de arrepentirme. Si tuviera que volver a drenar a esos niños para salvarte, lo haría.

Era una confesión muy dura para hacer y aún más dura de escuchar, pero Alexander estaba siendo totalmente honesto; no podía culparlo, no cuando yo no era mejor en ese aspecto.

Giré entre sus brazos y él me lo permitió. Ninguno de los dos se había molestado en vestirse la noche anterior antes de caer rendido, así que, cuando presioné mi pecho contra el suyo, quedamos piel con piel; nuestras piernas se enredaron al igual que lo hicieron nuestras miradas. Todo en aquella situación era terriblemente íntimo.

—No eres el único. —Alexander frunció el ceño, confuso—. Podría haber lanzado todo mi poder en el auditorio, hacer explotar esa sala, pero no lo hice porque tenía demasiado miedo de hacerte daño.

Tanto lo sucedido en el despacho de Thomas Hubbard como en la sala del consejo de Abbot durante el ataque de Mercy y los demonios había dejado claro que, mientras no tocara a nadie, mi poder no parecía afectar a la magia de otros brujos. Sin embargo, ninguna de esas dos veces él había estado presente. La Noche de Difuntos me había aterrado que, si lanzaba la ira de Dios contra Elijah desde el otro lado del auditorio, con Alexander por medio, habría una pequeña posibilidad de que lo hiriera. Al igual que mi luz era ahora una parte fundamental de mí, la oscuridad lo era de él; y si no habíamos errado también en ese aspecto, yo era lo único que podía hacerle daño al protegido por la marca de los malditos.

—Supongo que eso nos convierte a ambos en personas malas y egoístas.

Alex me envolvió con sus brazos y eliminó cualquier pequeña distancia que hubiese entre nosotros.

—No hay nada malo o egoísta en ti, Danielle —afirmó, con una ferocidad que no admitía réplica—. Casi mueres para demostrarlo.

Me reí aunque no era gracioso. Nada nada gracioso. Aún estaba asumiendo la parte en la que yo me sacrificaba, la verdad. Todo lo ocurrido esa noche parecía un mal sueño. Sin embargo, las sombras que se acumulaban en los ojos de Alexander bastaban para recordarme que había sido muy real.

—Pero no lo hice.

—No, no lo hiciste. Y no lo harás, no mientras yo esté aquí para evitarlo.

Quise decirle que en algún momento ocurriría, aunque esperaba que fuese cuando hubiera vivido una larga y provechosa vida. Pero comprendía lo que Alex trataba de decir. Enredé los dedos en los mechones de su nuca y, en respuesta, la mano de Alexander cayó por mi espalda, arrastrándose por mi piel en una caricia perezosa pero firme.

—Entonces, Alexander Ravenswood, asegúrate de quedarte siempre a mi lado.

—Lo haré, puedes apostar por ello.

14

Alexander

Durante el último mes, Elijah no había aparecido para mostrarnos sus cartas. Tampoco había habido ataques demoníacos u otra señal de lo que fuera que habitaba en Ravenswood —si es que se había despertado algo allí—, salvo por la misteriosa desaparición de los brujos de Dickinson. Al menos que supiese, mi antepasado aún no había movido ficha. Aunque tampoco era como si yo hubiese preguntado al respecto. Todo cuanto me había preocupado había sido Danielle, así que daba igual lo que ella creyese: yo sí era egoísta cuando se trataba de protegerla y no había nada que pudiera hacer para evitarlo; no quería evitarlo siquiera.

Durante toda mi vida había sabido muy poco lo que eran el cariño o el amor. Las únicas personas que habían estado a mi lado habían sido mis familiares y, aunque ni Wood ni Raven me considerasen una obligación, la cuestión era que lo había sido. Ellos nunca habían tenido una elección real sobre su propio destino y tampoco la tenían ahora. Me querían, eso también lo sabía; incluso si Raven había pasado a convertirse en familiar de Danielle, seguiría unido a mí para siempre. Y yo quería a los gemelos del mismo modo.

Pero con ella... Con Danielle todo era diferente en formas que no alcanzaba a comprender por completo. Tampoco me preocupaba no hacerlo. Quizás por eso, en secreto, había deseado que las cosas se mantuvieran en la misma calma extraña en la que lo habían hecho durante ese mes. Lo deseaba con todas mis fuerzas, una vez más de forma egoísta, a pesar de que en el fondo supiese que aquello no iba a durar.

Por supuesto, no lo hizo.

La nueva jugada del destino no implicó directamente a Elijah, sino a otro Ravenswood, alguien que no esperaba y que contribuyó a agitar aún más el delicado equilibrio al que estaban sometidas mis emociones en esos días.

—Tu madre está aquí.

Esas cuatro palabras, pronunciadas por un Wood mucho más serio de lo habitual, se repitieron en mi mente durante un momento antes de que pudiera procesarlas y entender su significado real. Apenas recordaba a mi madre; la última vez que la había visto yo tenía cinco años, mi magia se había manifestado de golpe y la había empleado contra ella. Ahora sabía que no había sido sino una parte pequeña de todo mi poder; lo cual resultó ser una suerte porque, de no ser así, estoy convencido de que la hubiera matado. Eso no había evitado que el incidente dejara huellas visibles en su aspecto, algo que sí recordaba con claridad. Mi padre la había apartado de mí para siempre y me había condenado a vivir aislado en Ravenswood. Tobbias Ravenswood ya había pensado que yo era un monstruo, pero aquella había sido la confirmación definitiva para que todos a mi alrededor lo creyeran también.

Tanto Danielle como yo nos quedamos inmóviles en el pasillo. La había convencido para ir a desayunar antes de visitar a Cam y comprobar cómo estaba. Era a la habitación de este a donde nos dirigíamos cuando Wood nos había alcanzado.

La oscuridad en mi interior se retorció como un ente ajeno a mi voluntad; se sentía como algo hambriento, desesperado por salir, por reclamar más poder. Por conquistar. La cercanía de Danielle debería haber constituido un problema; la melodía de su magia resonaba más alta que nunca ahora y seguía siendo la luz más potente de cuantas me rodeaban, pero desde lo sucedido en el auditorio —o antes de eso incluso— parecía como si esa voracidad la pasase por alto. Me llamaba, sí, y sin embargo lo hacía de una manera muy diferente. Nunca estaría lo suficientemente agradecido de que así fuera.

—Tienes que estar bromeando. —Fue todo lo que pude decir.

¿Qué demonios podría hacer allí mi madre? Por lo que sabía, Melinda Ravenswood ni siquiera hacía vida social más allá de las pocas visitas que recibía en el que había sido mi hogar de la infancia; si era por decisión propia o una imposición de mi padre, no estaba seguro, pero no me hubiera extrañado que someterla a un aislamiento similar al que yo había sufrido fuese la forma de este de —una vez más— barrer la mierda de los Ravenswood bajo la alfombra. Mi linaje tenía una larga tradición escondiendo del resto todo lo que pudiera perjudicarle de un modo u otro.

Wood negó con una severidad que dejó claro que aquello no era una de sus bromas.

—Está fuera, más allá del muro. La barrera no le ha permitido entrar, pero hay una pequeña cabaña en la que se suele mantener a los recién llegados mientras se valora si son bienvenidos o no —nos informó, alternando la mirada entre Danielle y yo.

Ella apretó los dedos que mantenía en torno a mi mano, y su toque fue lo único que consiguió que mantuviese la compostura.

—¿Está sola?

«¿Está mi padre con ella?», fue la pregunta que no hice, porque de ser así...

Pero Wood entendió lo que quería saber en realidad. Mi familiar tenía su propia deuda pendiente con Tobbias Ravenswood, y pobre de ese hombre si alguna vez su camino volvía a cruzarse con el lobo blanco. No le auguraba nada bueno y tampoco lo merecía.

—Viene sola —confirmó él de todas formas.

Danielle giró hacia mí.

—Alexander...

—No, no quiero verla.

Puede que mi padre me hubiera apartado de Melinda, pero ella se lo había permitido. Había entregado el cuidado de un crío a dos familiares y se había olvidado de que tenía un hijo. Jamás había peleado por mí. Aun así, no solo era el rencor lo que me impulsaba a evitar ese encuentro. En el fondo, no estaba preparado para contemplar con ojos de adulto lo que le había hecho, para revivirlo. Y mucho menos para descubrir odio, miedo o desprecio en los suyos.

Danielle se situó frente a mí y aferró mi rostro con ambas manos para obligarme a mirarla. Wood se retiró un poco; sabía que él no intercedería a favor o en contra. Incluso cuando odiaba a Melinda casi tanto como a Tobbias, respetaría la decisión que yo tomara al respecto.

La presión de las manos de Danielle contra mis mejillas, de algún modo, calmó la agonía en la que se había convertido la batalla constante contra mi oscuridad de las últimas semanas. Sus ojos desprendían calidez.

—No tienes que verla o hablar con ella si no quieres, no le debes nada, pero me quedaré contigo si decides hacerlo. No estarás solo.

El alivio que me recorrió fue inesperado. Me incliné y apoyé la frente contra la suya. Resultaba irónico que, siendo uno de los brujos más poderosos de los que ahora mismo se encontraban en aquella academia, temiera hacerle frente a solas a mi propia madre. Pero una vez más Danielle parecía saber qué decir y qué hacer. Y quizás esa manera de ver a través de todo mi poder oscuro fuese precisamente el motivo por el que no había podido evitar enamorarme de ella.

—Aunque quisieses verla, ni siquiera tienes que ir a hablar con ella ahora mismo.

—¿Cuándo te volviste la parte lógica y equilibrada de esta relación?

Danielle esbozó una sonrisa preciosa, amplia y luminosa. Contemplarla sonriéndome de esa forma de nuevo, teniendo en cuenta que yo casi la había matado, fue como recibir un abrazo y una patada en el estómago al mismo tiempo. No creo que ella fuese consciente de la fortaleza y la valentía que había demostrado y que seguía demostrando pese a la mierda que el destino no dejaba de echarle encima.

—Así que tenemos una relación... —rio, y, joder, el sonido me hizo desear empujarla de vuelta al dormitorio y olvidar que había un mundo más allá de esas cuatro paredes.

Enarqué las cejas, pero no fui capaz de contener mi propia sonrisa.

—La tenemos.

A regañadientes, desvié la vista hacia Wood. Se había apartado de nosotros, pero nos estaba observando con una expresión satisfecha que no parecía tener mucho que ver con la repentina aparición de mi madre. Su mirada nunca antes me había parecido tan antigua, tan cansada y, a la vez, tan complacida. Había paz en sus ojos azules, una serenidad extraña que no supe cómo interpretar. Últimamente me era difícil saber lo que le pasaba al lobo blanco por la cabeza.

—Laila me ha dicho que puede dejarla pasar si lo deseas, siempre que confíes en ella. O bien decirle que se marche por donde ha venido —dijo él, y tampoco entonces dio muestras de inclinarse por una u otra opción.

Por lo que tenía entendido, no había un líder claro en el aquelarre de Robert; funcionaban como un grupo unido e igualitario en el que las decisiones se tomaban entre todos. Una especie de consejo que no lo era del todo. Supuse que Laila contaba con la aprobación de los demás, aunque Robert y Gabriel habían viajado de regreso a Nueva York para asegurarse de que el refugio que mantenían allí continuara activo en el caso de que algún brujo necesitara ayuda.

—Podría tratarse de un truco de mi padre.

No conocíamos el paradero de Tobbias ni de ningún otro miembro del consejo, pero Wood ya me había informado de que, según algunos de los alumnos evacuados de la academia oscura, los cinco consejeros habían abandonado Ravenswood antes de que Elijah y Mercy pusieran en marcha sus planes; una casualidad que quizás no fuera tal. De igual modo, ya debían de conocer la existencia de ese lugar, puesto que Robert y los demás habían desvelado su existencia a raíz de la caída de las dos academias, y habían hecho correr la voz de que cualquier brujo podría encontrar refugio allí si lo necesitaba. La única norma que exigían cumplir era que debían comprometerse a no enfrentarse con brujos que provinieran originalmente del otro bando.

Wood se encogió de hombros.

—No se me ocurre qué pretendería conseguir enviando a Melinda. Venga en su nombre o no, no tiene ningún poder aquí y aún menos sobre ti.

—¿Puede Laila mantenerla fuera mientras lo pienso?

—Iré a decírselo.

—Wood —lo llamó Danielle, adelantándose un poco, aunque no me soltó la mano—. ¿Dith está... por aquí?

La mirada de mi familiar se ensombreció. No habíamos hablado demasiado sobre Meredith; en realidad, me había estado comportando como un imbécil con todo el mundo durante las últimas semanas, me di cuenta entonces. El hecho de que Danielle no hubiese despertado de inmediato una vez sanadas sus heridas físicas me había desgarrado de tal manera que había ignorado el sufrimiento de mi propia familia y el resto de las consecuencias de lo sucedido.

—Sí —titubeó, y luego añadió—: Casi siempre.

—¿Qué quieres decir?

Wood suspiró y sus hombros se hundieron.

—A veces desaparece. No sé a dónde va, y no creo que ella lo sepa siquiera.

Eso era preocupante. El comportamiento errático de un fantasma y las pérdidas de memoria podían ser indicativo de que se estaba transformando en otra cosa, y solo había algo en lo que podía convertirse: un espectro. Por la mirada alarmada que le dedicó Danielle a Wood, supe que ella estaba pensando lo mismo.

—Hay que obligarla a cruzar —dijo.

Wood se pasó la mano por la cara. La angustia se reflejaba con claridad en su expresión.

—Buena suerte con eso.

Dicho lo cual, giró sobre mí mismo y se largó sin una palabra más. Danielle se quedó observando su espalda mientras se alejaba por el pasillo.

—He metido la pata, ¿no? —se lamentó—. Dios, a veces olvido lo que Meredith significa para él. Yo no quería...

Con su mano aún en la mía, repliqué el apretón de consuelo que ella misma me había dado un momento antes.

—Wood conoce las consecuencias de que no cruce y no es algo que quiera para ella. Piensa lo mismo que tú al respecto, Danielle. No es nada personal. Pero no puedo ni imaginar lo que siente cada vez que trata de convencerla de que tiene que marcharse.

—Estoy bastante segura de que ella no se lo pone fácil tampoco —repuso con una sonrisa que aunaba tanta tristeza como amargura.

—Dejemos que se tranquilice y vayamos a ver a Cam. Hablaré con él luego.

La animé a reanudar la marcha con un tironcito de la mano. Por suerte, no había nadie más alojado en los pasillos en los que se encontraban nuestras habitaciones, lo cual quizás no fuera para nada una cuestión de azar y sí una decisión consciente de Robert y su aquelarre para mantenernos apartados de los demás.

No tardamos en llegar a la habitación de Cam. A Raven se le había asignado la que estaba justo al lado, pero, al parecer, le estaba dando el mismo uso que yo a la mía; es decir, ninguno. Ni siquiera sabía lo que había entre ellos, si es que había algo; otra cosa de la que no me había preocupado esas últimas semanas.

Me sentí como una mierda.

Danielle llamó a la puerta con dos golpes flojos y no tuvimos que esperar más que unos pocos segundos para que Raven nos abriera. Su rostro se iluminó al vernos. Abrazó a Danielle primero y luego hizo lo mismo conmigo mientras ella se colaba en la habitación. Esperé para ver si comentaba algo respecto a mi madre y, cuando no lo hizo, comprendí que Wood no debía haberle dicho nada. Mejor así, Raven no era más fanático de Melinda de lo que lo era su gemelo.

Cerró la puerta detrás de mí y regresó con Cam. Este parecía levemente avergonzado de que lo hubiésemos encontrado aún metido en la cama pese a lo avanzada que estaba la mañana.

—¿Cómo estás? —preguntó Danielle, sentándose en el borde del colchón.

Yo permanecí junto a la puerta, observándolos. No estaba seguro de lo que Mercy le había hecho a Cam, aunque Laila aseguraba que su magia estaba *contaminada*. Era lo único que la bruja había sido capaz de decirnos.

—Por el amor de Dios, estoy bien —dijo él, irritado.

Supuse que Raven le habría hecho esa pregunta muchas veces, lo que me llevó de vuelta a pensar que de verdad el lobo negro estaba interesado en él. Muy interesado. Al contrario que Wood, Raven casi siempre solía ser amable con los desconocidos, pero no mostraba una preocupación abierta por nadie que no fuese su hermano o yo, o Danielle, después de que ella hubiera irrumpido en nuestras vidas.

De cualquier forma, su preocupación parecía justificada. Cam no aparentaba estar bien. A pesar de lo mucho que Raven había dicho que dormía, tenía unas profundas ojeras y había una tensión extraña en su postura, incluso ahora que se encontraba recostado contra la cabecera de la cama.

Danielle continuó haciéndole preguntas, pero Raven se acercó a mí.

—No está bien.

—Ya lo veo —murmuré también—. ¿Qué crees que le hizo?

—Lo sabría si me dejase que lo desnudara.

Mi cabeza giró de golpe hacia él. No estaba seguro de haberlo entendido bien. Sus mejillas se tiñeron de un leve rubor.

—Creo que tiene alguna marca. No, no esa clase de marca —se apresuró a añadir al ver mi expresión alarmada—, pero creo que Mercy *inyectó* en él una parte de sí misma. Por eso Laila dice que su magia está contaminada.

—¿Puede hacerse? —pregunté. Yo mismo le había cedido a Danielle una parte de mi magia en dos ocasiones y eso no había supuesto ningún efecto secundario para ella.

Sin embargo, todo lo referente a nosotros no parecía seguir las normas que se aplicaban a los demás. Y no podía olvidar que ella era la Ira de Dios; bien podía haber purificado sin darse cuenta la energía que le estaba trasvasando mientras lo hacía. Cam, en cambio, no contaba con ese tipo de poder.

—No estoy seguro, pero es lo único que se me ocurre.

La imagen de Cam arrodillado, cubriendo a Raven con su propio cuerpo, volvió a mi mente. Había lucido una red de oscuridad bajo la piel que irradiaba del punto en el que Mercy había estado tocándolo. Recordaba que parte de esos trazos de oscuridad le habían llegado hasta el cuello.

Me impulsé hacia delante y avancé hasta la cama.

—Quítate la camiseta. —Tanto Danielle como Cam me miraron de hito en hito. Raven no dijo nada. ¿Se lo habría pedido ya a Cam y él se había negado?—. La camiseta. Quítatela y muéstranos tu espalda.

Danielle se puso en pie.

—¿Qué demonios haces, Alex?

—Solo quiero comprobar una cosa.

Danielle frunció el ceño.

—¿Qué cosa?

—Está bien, no importa —intervino Cam, y juraría que lucía más cansado aún que un momento antes.

Tiró hacia arriba del dobladillo de la prenda y se la pasó por la cabeza. Mis ojos fueron directamente a su hombro izquierdo; no había nada allí. Y sin embargo... Avancé otro paso y estiré la mano. Me detuve antes de llegar a tocarlo.

—¿Puedo?

Cam asintió a pesar de que la pregunta lo había desconcertado; no lo culpaba.

Empujé mi magia lo más profundo que pude, lejos de mi propia piel, ya que no quería que entrara en contacto con la suya. Aun así, en cuanto las yemas de mis dedos rozaron su hombro, una red de delgados filamentos negros se esparció por toda la zona y hasta su cuello. Danielle jadeó y juro que escuché a Raven gruñir a mi espalda.

Retiré la mano de inmediato.

—Eso... eso es... —comenzó a balbucear Danielle, pero fui yo quien terminó la frase por ella.

—Oscuridad.

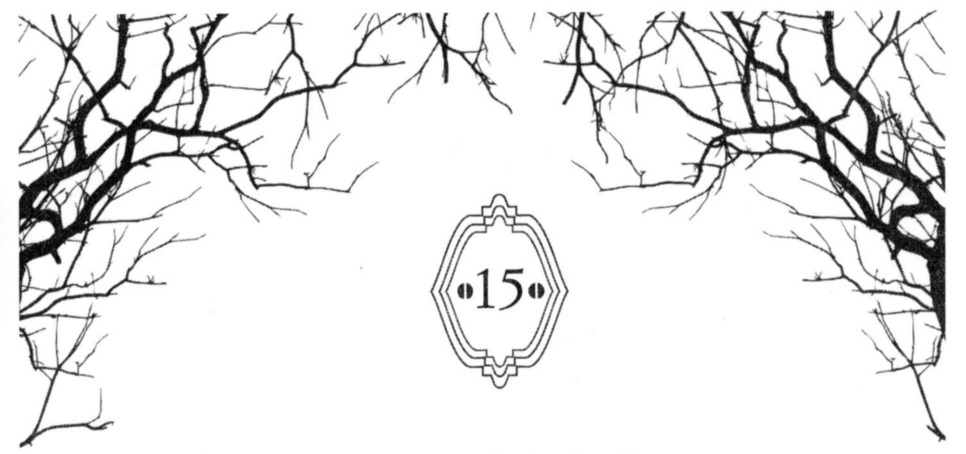

—Inténtalo. ¿Qué tenemos que perder? —dijo Cam.

—No —se negó Raven, al mismo tiempo.

Llevábamos algo más de una hora conjeturando sobre lo que Mercy le había hecho a Cam y cómo deshacerlo. En un momento de la conversación, el propio Cam me había recordado algo que habíamos leído en un libro sobre la Ira de Dios y su poder purificador, y también el hecho de que yo había anulado cualquier capacidad para realizar magia oscura de Efrain. Alexander había hecho amago de preguntar sobre esa historia en particular —estaba segura de que me interrogaría más tarde al respecto—, pero no tuvo opción, dado que yo finalmente había captado lo que Cam estaba sugiriendo que le hiciera. La conversación había subido de tono a partir de ese momento.

Y así estábamos.

—No me pidas que haga algo así —dije, desde la pared de enfrente.

Me había alejado de la cama impulsada por el temor irracional de que mi poder fuese a actuar por sí solo y tratara de *purificar* a Cam. Los miraba a todos como si de repente nos hubiésemos convertido en enemigos. Menos a Raven, claro estaba; tampoco él parecía muy convencido de aquello.

—Danielle, entiendo que no quieras hacerlo conmigo —intervino Alex, conciliador—, pero la oscuridad de Cam no es igual que la que hay dentro de mí. No creo que puedas hacerle daño si tratas de sacársela.

En eso llevaba razón. El poder oscuro de Alexander estaba íntimamente ligado a lo que era; Elijah se había asegurado de ello. Tratar de suprimirlo o extraerlo de su cuerpo sería como intentar arrebatarle una parte de su propio ser.

Yo ya había demostrado ser capaz de anular ese tipo de magia en un brujo como Efrain y quizás podría deshacer el mal causado por Mercy. Aun así, todo aquello no eran más que elucubraciones.

—Es una locura.

Alexander no estuvo de acuerdo.

—No, no lo es, y tú lo sabes, Danielle.

—¿Y si me llevo algo más? —«¿Y si lo mato?»—. Eso sin contar con que Cam no podría hacer jamás magia oscura. —El aludido me lanzó una mirada que dejaba claro lo poco que le importaba eso—. No quiero hacerte daño.

La discusión se alargó hasta que Cam le puso fin alegando que quería salir de la cama y darse una ducha. Fue su manera de enviarnos fuera de la habitación a todos, Raven incluido.

Agradecí la tregua. La posibilidad de que alguno de ellos sufriera me producía auténtico terror, ya no digamos si era yo la que provocaba ese sufrimiento. Necesitaba pensar en ello antes de tomar una decisión definitiva. Ni siquiera estaba del todo segura de cómo actuaba mi poder, lo único que tenía claro era que licuaba a los demonios de bajo nivel en el acto y, con un poco más de empeño, también acababa con los demás.

—¿De verdad crees que funcionaría? —preguntó Rav a Alex una vez que estuvimos en el pasillo.

Se me partió el corazón al escuchar el tono esperanzado con el que habló, y fue peor aún cuando, a continuación, apoyó la espalda en la pared y se dejó caer hasta quedar sentado en el suelo; su rostro reflejaba una cruda preocupación. Raven podía comportarse con fiereza e incluso cierto salvajismo, pero cuando se trataba de las personas que le importaban...

Alex se acuclilló frente a él, lo agarró del cuello y ambos intercambiaron una de esas miradas que tanto me había desesperado no comprender al conocerlos. Ahora, en cambio, me calentó el pecho contemplarlos comunicándose de esa forma, hablándose sin emplear ninguna palabra. Los ojos de Raven desbordaban anhelo; los de Alexander, comprensión y cariño.

—No puedo estar seguro de si funcionaría, Rav, pero te prometo que encontraremos la forma de ayudarlo.

—Él… Creo que él… *Eso* lo está devorando por dentro.

Mi corazón se encogió un poco más. No dudaba de que Raven estuviese en lo cierto. Pero ¿podía yo sanar a Cam? Aunque con ello extirpase también la posibilidad de que pudiese realizar cualquier tipo de magia oscura en un futuro, ¿no era ese un pequeño precio a pagar si lo salvaba? De todas formas, él jamás había practicado dicha magia; podría pasar toda su vida sin hacerlo. Pero tal vez no tuviera una oportunidad de vivirla si permitíamos que lo que fuera que le estaba pasando prosiguiera avanzando.

—¿Podemos hablar de ello con Laila? —sugerí entonces—. Ella parece creer que yo tengo alguna clase de poder curativo.

Raven me leyó los labios y parte de su amargura se desvaneció.

—¿Lo cree?

Asentí.

—Piensa que podría ser la contrapartida al poder de Alex para curarse a sí mismo. Ya sabes… por todo eso de los opuestos.

—Opuestos no, complementarios —me corrigió Alex con una sonrisa cómplice.

Sí, *complementarios* sonaba mucho mejor, desde luego. No implicaba que tuviésemos que estar enfrentados ni nada por el estilo.

—Hablaremos con ella —afirmé entonces.

No había nada que deseara más que poder ayudar a Cam; ojalá la heredera de Abbot pudiese darme algún indicio de que era posible hacerlo sin infligirle un daño irreparable. Más allá del tema de la magia oscura, claro.

—Gracias, Dani.

Negué con la cabeza.

—No me las des. Haría cualquier cosa por vosotros. —Me arrodillé junto a ellos y aparté un mechón negro de su frente—. Sois mi familia ahora.

Los sentía como familia; más allá de que hubiésemos conformado nuestro propio aquelarre. Incluso Sebastian, el Ibis que una vez había protegido a los miembros del consejo blanco y que me había perseguido en Nueva York, había pasado a convertirse en un amigo.

Al pensar en el brujo, me dije que bien podría preguntarle por Efrain; nadie mejor que él podría hablarme de las secuelas a las que se había enfrentado su compañero después de verse afectado por mi poder.

—¿Rav? —Alexander reclamó la atención del lobo negro—. ¿Cam y tú...?

Él no lo dejó terminar.

—Sí.

Alex rio.

—Ni siquiera sabes lo que iba a preguntar.

—Sí que lo sé —repuso Raven, con ojos ahora mucho más brillantes y entusiastas.

Se me escapó una sonrisa que no hizo más que ampliarse cuando descubrí un débil rubor extenderse por su cuello. Ay, Dios, Rav y Cam sí que estaban liados.

—*NosbesamosenAbbot* —farfulló él, y tardé unos pocos segundos en comprender lo que acababa de decir.

Las cejas de Alexander treparon por su frente de un modo cómico cuando también él lo entendió.

—Repite eso.

—Nos besamos. —Hizo una pausa para comprobar la expresión del que hasta hacía poco había sido su protegido, aunque, por la actitud sobreprotectora de Alex, cualquiera diría que sus papeles habían sido intercambiados. Raven debió pensar lo mismo, porque añadió—: Tú... no vas a prohibirme que esté con él, ¿verdad?

Si Alex había pensado en oponerse de alguna forma, algo que dudaba, la cautela y el miedo aparente con los que Raven lo interrogó al respecto desbarató dichas dudas de un solo golpe.

—Joder, no, Rav, claro que no. Nunca intentaría prohibirte nada, mucho menos algo así.

Acompañó sus palabras con una caricia de la mano contra el cuello de Raven, pero al final tiró de él y lo abrazó. Después de un rato, se separaron. Alex capturó la barbilla de Raven para que mantuviera la vista en su rostro y asegurarse de que entendía lo que le decía a continuación.

—Pero... si te hace daño, le arranco la cabeza. O tu hermano lo hará. Quien sea de los dos que llegue antes.

Rav puso los ojos en blanco y yo reprimí la risa, pese a que la fiereza de Alexander no hacía pensar que estuviese bromeando.

Bajamos los tres juntos a la primera planta de la academia; allí nos separamos. Alexander se fue con Raven en busca de su desayuno y el de Cam, mientras que yo me propuse encontrar a Laila o, en su defecto, a Sebastian. En cambio, la primera con la que tropecé fue Annabeth. La llamativa melena turquesa de la bruja atrajo mi atención desde el interior de un aula cuando caminaba por el pasillo. La puerta estaba abierta a pesar de que parecía que había una clase en marcha; o un entrenamiento más bien. Un grupo de unos diez brujos jóvenes, vestidos con camisetas, pantalones cargo y botas militares, escuchaba con atención sus explicaciones sobre el uso del elemento aire y cómo focalizar su poder en un objetivo reducido.

Permanecí observándolos desde la puerta. En el fondo de la estancia, un poco por detrás de los alumnos, había tres maniquíes en distinto estado de deterioro que supuse que empleaban para practicar. Cuando Annabeth terminó de darles indicaciones, los envió hacia allí. No había creído que se hubiera percatado de mi presencia, pero, por lo rápido que se volvió hacia la puerta y se acercó a mí, me di cuenta de que estaba equivocada.

—Les estás enseñando a pelear —dije, y no era una pregunta.

Vestida con ropa negra de combate, casi pude ver en ella la Ibis en la que se habría convertido de no haber huido de Abbot. Cuando Sebastian me había contado su historia, no me había parado a pensar en cuánto de la instrucción habría recibido la bruja antes de escapar de la academia. ¿Era capaz como Sebastian de suprimir el dolor? ¿La habían adiestrado para acabar con brujos oscuros? Lo que estaba claro era que, de ser así, no había puesto en práctica ninguna de esas enseñanzas. Se había unido al aquelarre de Robert y fundado una academia en la que había sitio tanto para brujos blancos como oscuros, algo que continuaba maravillándome.

—Les enseño a defenderse. Con Elijah Ravenswood de regreso en el mundo de los vivos, van a necesitarlo.

No la contradije; seguramente, Alexander y yo habíamos sido unos ilusos al creer que nos bastaríamos para acabar con el nigromante. Y ahora que tal vez contara con un suministro incontable de demonios a su disposición... Bueno, era el momento ideal para que ambas comunidades desterraran sus diferencias y se unieran contra él. Así que sí, estos chicos necesitaban cualquier conocimiento a su alcance que les brindara una oportunidad de mantenerse con vida si se veían obligados a enfrentarse a Elijah.

Un maniquí salió volando por los aires y se estampó contra la pared antes de caer medio desarmado al suelo. Annabeth echó un vistazo sobre su hombro y silbó su aprobación.

—¿Sabes dónde está Laila? ¿O Sebastian?

—Ni idea de dónde está Sebastian, aunque apostaría que anda volviendo loco a su hermano.

—¿Su hermano está aquí?

El Ibis no lo había mencionado en nuestro breve encuentro del día anterior.

Annabeth asintió.

—Trajimos a Jameson de uno de nuestros refugios para que pudiesen reunirse. Hace años que no se ven.

El chico había estado destinado a convertirse en Ibis como su hermano mayor y, si no recordaba mal, Sebastian lo había evitado sacándolo de la academia y escondiéndolo, ayudado por Annabeth y los demás. Me alegraba que hubieran podido reencontrarse ahora, no todo era malo en aquella situación.

—Respecto a Laila, pensaba reunirme con ella al acabar la clase. Creo que hay noticias del grupo que enviamos a Dickinson.

Me erguí, separándome de la puerta.

—¿Ya han regresado? ¿Tan pronto? ¿Han encontrado a los brujos desaparecidos?

La mirada que me dedicó Annabeth no resultó alentadora; lo que fuera que había descubierto la patrulla, no podía ser bueno.

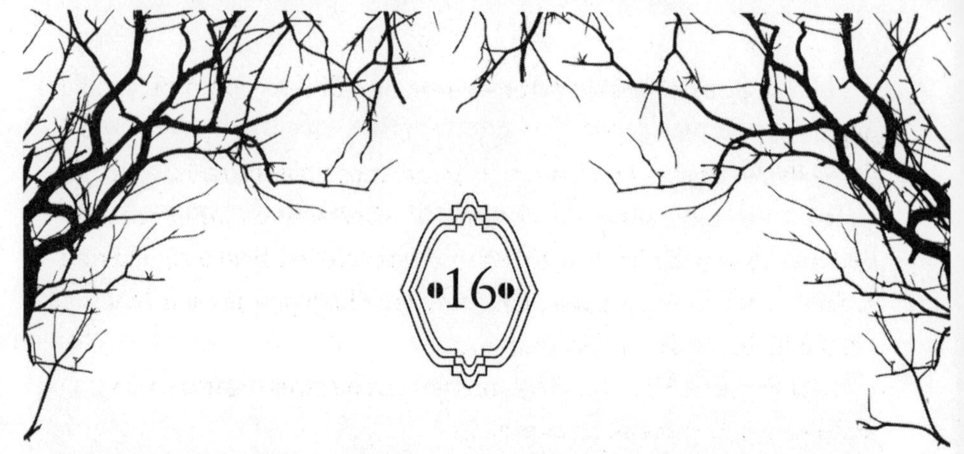

La reunión tuvo lugar en un despacho ubicado también en la primera planta que enseguida se volvió demasiado pequeño para todo el grupo: Laila, Annabeth, Aaron, Sebastian, Alexander, Wood y yo. Faltaban Raven y Cam, que estaban tratando de contactar con los padres de Amy Hubbard y habían quedado en unirse más tarde. Laila no esperó por ellos para tomar la palabra y dar a conocer las terribles noticias que los enviados a Dickinson habían traído consigo.

—Los brujos han sido ahorcados.

—¡¿Qué cojones?! —exclamó Wood—. ¿Estamos en Salem de nuevo o qué?

Laila ignoró el exabrupto, aunque resumía muy bien las reacciones de los presentes.

—Los encontraron expuestos en la entrada de los terrenos de Ravenswood.

Aquello era cosa de Elijah, estaba segura. Una forma de vengarse por lo sucedido tantos años atrás en Salem. Solo que en el pueblo había tanto brujos oscuros como blancos. Ya no importaba ser de uno u otro bando; lo único que le importaba a Elijah era si estabas con él o contra él.

Busqué a Alexander con la mirada y lo encontré apoyado en la pared, cruzado de brazos y con el rostro inexpresivo. El clamor de su magia resonaba alto y claro en mis oídos. Su aspecto no había sufrido ningún cambio aparente, pero juro que sentí el poder terrible de su oscuridad rodeándolo. Estaba furioso.

—¿La patrulla llegó a entrar en Ravenswood? —preguntó, pero Laila negó.

—Vuelve a haber una barrera y les fue imposible sortearla. A simple vista no vieron nada raro en el edificio principal ni en los terrenos de alrededor, tampoco había luces encendidas en el edificio o alguna otra señal de que hubiese alguien allí. Claro que Elijah podría estar ocultándolo todo detrás de un hechizo.

—Él prefiere el bosque. Y hay un montón de otros lugares en los que podría estar. El campus es enorme.

Laila asintió, como si fuese consciente de la existencia de las otras construcciones; claro que el resto de su aquelarre había acudido allí la Noche de Difuntos, así que habrían visto con sus propios ojos todo lo que hasta aquel momento había ocultado la comunidad oscura.

—Está claro que es alguna clase de advertencia para mantener a la comunidad mágica alejada. Lo que no consigo entender es por qué se ha atrincherado allí y no ha hecho ningún otro movimiento. Ya ha pasado un mes...

Fue nuestro turno para explicarles las sospechas que albergábamos. Tuvimos que hablarles sobre la marca de los malditos, la capacidad de Alexander para abrir las puertas del infierno y la posibilidad de que Elijah careciera de esa habilidad, lo cual explicaría por qué no había actuado aún y, peor todavía, que no se daría por vencido en su intento de reclutar a Alex.

—Y entonces ¿qué? ¿Espera que Alexander se reúna con él por propia iniciativa? —preguntó Aaron, desde la butaca que ocupaba.

Annabeth se había acomodado en el reposabrazos, junto a él, y Sebastian llevaba un rato lanzándole miraditas de soslayo que ella se esforzaba mucho por ignorar; en algún momento tendría que enterarme de esa historia en concreto, porque estaba claro que había una historia ahí.

—Aunque fuese así —intervino el Ibis—, sí que puede invocar demonios, o al menos dirigirlos. Lo hizo en el auditorio. Tiene la marca también, ¿no?

—La tiene, y está claro que puede invocar demonios, pero creo que solo en un número reducido.

Laila suspiró.

—Pocos o muchos, nada le impide lanzarlos al mundo y provocar toda clase de desastres.

Alexander dio un paso adelante.

—Iré a Ravenswood y lo buscaré yo mismo. Ninguna barrera puede evitar que entre allí. Ese sitio es y siempre será mi legado.

—¿Y luego qué, Alex? —repuse. No quería tener esta conversación delante de todos, pero él tenía que comprender que no podía enfrentarse solo a Elijah—. Necesitamos alguna clase de plan y ayuda, mucha ayuda.

Alex esbozó una mueca, pero no me contradijo. Y yo tampoco señalé que, antes de regresar a Ravenswood, él iba a tener que invocar todo su poder y transformarse para asegurarse de que podía controlarlo.

—Seguiremos entrenando a todos en esta academia… —comenzó a decir Laila, pero Alexander no le permitió continuar.

—No, no llevaré niños a Ravenswood.

Si hasta ese momento había habido cierta tensión flotando en el ambiente, la rotunda declaración de Alex la llevó a un nuevo nivel. El aire ganó peso y se tornó opresivo. Wood avanzó para situarse al lado de su protegido, supuse que con intención de respaldarlo, aunque no fue eso exactamente lo que hizo.

—Lo que sea que vayamos a hacer, tendremos que hacerlo pronto si no queremos encontrarnos a una horda de demonios a las puertas de este sitio, porque podéis estar seguros de que, si Alex no va a Ravenswood, más tarde o más temprano Elijah vendrá a por él.

La reunión llegó a su fin poco después de esa declaración y los presentes fueron abandonando el despacho con el ánimo bastante más sombrío que a su llegada. De nuevo teníamos a un grupo de brujos ahorcados; así había empezado todo. Nuestro único consuelo era que Elijah, al final de nuestro encuentro, había mostrado cierto temor hacia Alexander, y eso tenía que significar que había una forma en la que podíamos vencerlo. Solo teníamos que encontrarla.

Sebastian se marchó antes de que pudiera interrogarlo sobre Efrain, pero decidí quedarme atrás para hablar primero con Laila. Alexander permaneció a mi lado mientras le explicaba a la bruja Abbot lo que habíamos descubierto.

—Es muy posible que Alexander tenga razón y puedas limpiar la oscuridad que Mercy dejó en Cam; purificar parece un poder lógico para la Ira de Dios, ya lo has demostrado con los demonios.

—Los hago explotar —apunté, por si no le habían explicado esa parte.

—Pero Cam no es un demonio y estoy segura de que puedes ser un poco más delicada en el uso de ese poder. Déjame que consulte algunos libros antiguos de mis padres. Sé que he visto referencias a la Ira de Dios en alguna parte.

—¿No puedes preguntarles si saben algo?

Eso sería más rápido que sumergirse en una búsqueda tediosa entre volúmenes polvorientos. Yo me había asomado a la biblioteca esa misma mañana y era realmente enorme, mayor incluso que la de Abbot.

Laila se mordisqueó el labio mientras negaba.

—Murieron hace algunos años en un accidente de coche. No... no se pudo hacer nada por ellos —explicó, e imaginé lo terrible que debía de haber sido para que ni siquiera con magia hubiesen podido salvarles la vida—. Pero consultaré a mi abuelo materno, tal vez él sepa algo.

—Si necesitas ayuda con los libros...

—Tranquila, tengo un sistema bastante eficiente para organizar mis lecturas, seré rápida. —Hizo una pausa y miró a Alexander—. Wood me ha dicho que prefieres que tu madre se mantenga por ahora en el exterior.

Él asintió. La rigidez que había mostrado durante toda la reunión no había desaparecido, y la mención a su madre no mejoró eso en absoluto. En algún momento iba a tener que aprender a relajarse un poco, vivir en ese continuo estado de tensión no ayudaría en nada a mejorar el desastre en el que se había sumido su magia.

—Asumo que no confías en ella ni en sus motivos para estar aquí.

—No, no lo hago.

—Bien, entonces te pediría que, si accedes a un encuentro, lo hagáis fuera de las protecciones de la academia. No quiero darle acceso al edificio si no es de fiar. Teniendo en cuenta las circunstancias...

No concluyó la frase, pero no hizo falta. Melinda era una Ravenswood, aunque fuese por casamiento. Si ni siquiera su propio hijo confiaba en ella, parecía lógico que Laila no quisiera arriesgar lo que habían construido allí. Se habían dado a conocer frente a todo el mundo mágico, incluidos los dos consejos —o lo que quedaba de ellos—, y las consecuencias aún estaban por ver.

—No tienes que disculparte ni darme explicaciones. Coincido contigo en que es mejor que no ponga un pie en la academia.

Laila asintió, visiblemente aliviada de que estuviese de acuerdo con ella y sus precauciones no le resultaran excesivas. También yo creía que era mejor así. La madre de Alexander bien podría ser solo un títere de su marido, y a saber qué estaría planeando ese hombre ahora que el poder de su linaje se tambaleaba. La academia Bradbury era una amenaza a la división entre brujos que había persistido durante tres siglos en nuestro mundo, y daba igual si ese mismo mundo corría el riesgo de irse literalmente al infierno a causa de uno de sus antepasados; los hombres como Tobbias Ravenswood nunca renunciaban a su posición de buen grado.

—Otra cosa —intervine—. Cam está tratando de contactar con algunos miembros de su linaje. Su hija es vidente y pensamos que podría darnos alguna pista de cómo derrotar a Elijah. Annabeth estuvo de acuerdo y supongo que lo habrá comentado contigo, pero quería asegurarme de que te parece bien si acceden a traerla aquí.

—Beth me lo contó, sí, y me parece bien. Pero sed cautos con lo que averigüéis; mis padres siempre decían que predicciones y profecías eran un arma de doble filo y no podías confiar en ellas.

—Bueno, Loretta Hubbard acertó de pleno... —dijo Alexander, pero el volumen de su voz fue descendiendo conforme hablaba.

Se quedó inmóvil y con la vista perdida unos segundos, como si tratase de alcanzar un pensamiento que se le escapaba una y otra vez.

—¿Alex?

—Justo antes de morir, Loretta dijo que no permitiera que obtuviera su sangre. Se refería a Elijah y la sangre de Mercy, la sangre de los tres linajes que le permitió transmutarse. Pero luego dijo algo más: «Deshazte de la marca... Paga el precio y deshazte de ella». Me había olvidado por completo de eso hasta ahora.

—No puedes deshacerte de la marca, a no ser que pretendas arrancarte la piel a tiras —señalé.

—No creo que se refiriera a algo tan literal.

Laila permaneció pensativa un momento antes de retomar la palabra.

—Toda magia alberga una laguna.

La miré, sorprendida.

—Dith dice... decía eso a menudo.

—Porque es cierto. Como también lo es que los grandes hechizos y conjuros siempre tienen un precio —repuso Laila.

La expresión solemne de Alexander evidenció que él también lo creía tanto como lo hicieron sus siguientes palabras:

—Ahora solo tenemos que descubrir cómo hacerlo y cuál es el precio que tendré que pagar.

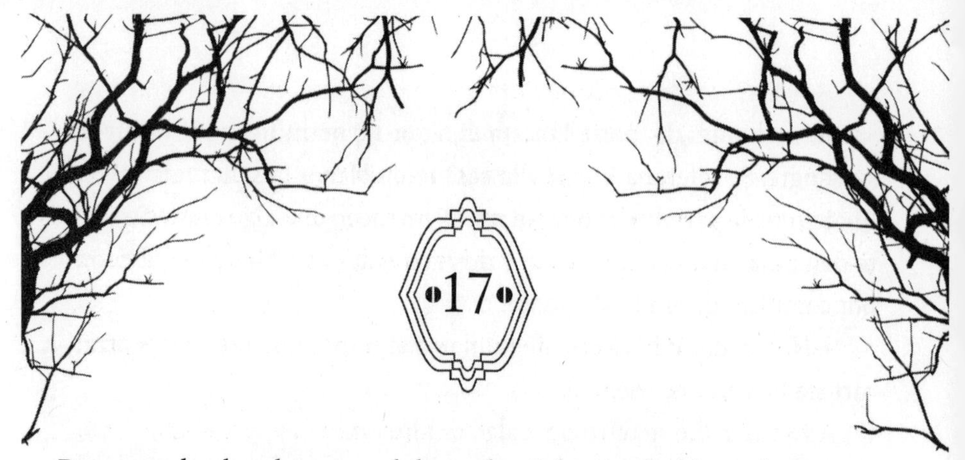

17

Para cuando abandonamos el despacho, Sebastian había vuelto a escabullirse. Supuse que trataba de recuperar el tiempo perdido y habría acudido de nuevo junto a su hermano pequeño. Después de vagar sin un rumbo determinado por la planta baja, Alexander y yo terminamos en el pasillo del día anterior, aquel que llevaba al invernadero. Había algunos alumnos dispersos a lo largo del corredor cuya atención se volvió de inmediato hacia nosotros; los cuchicheos tampoco se hicieron esperar. Oh, Dios, había cosas que nunca cambiaban.

No les prestamos demasiada atención y nos detuvimos junto a uno de los grandes arcos que se abrían al exterior. Alex había estado particularmente callado desde nuestra charla con Laila.

—¿En qué piensas? —pregunté cuando apoyó el hombro en la piedra y se quedó contemplando el jardín.

Las comisuras de sus labios se arquearon y la seriedad de su rostro dio paso a algo totalmente distinto. Enrolló uno de sus brazos alrededor de mi cintura y me atrajo hacia él. Juraría que los murmullos aumentaron a lo largo del pasillo. Si Alexander se percató, no dio muestras de ello.

—Me preguntaste eso una vez en Abbot. ¿Recuerdas mi respuesta?

La recordaba, no podría olvidarla aunque quisiera.

—Dijiste que si la oscuridad llamase en ese instante a nuestra puerta y el mundo entero se estuviera derrumbando, aún querrías encontrar un segundo para besarme de nuevo.

No había esperado una respuesta así entonces y tampoco esperaba que fuese eso en lo que estuviese pensando ahora.

Me permití caer en el abismo en el que se convertían sus ojos cuando me contemplaba con tanta intensidad. La presión de su brazo aumentó hasta que nuestros pechos estuvieron uno contra el otro, y sus dedos juguetearon brevemente con un mechón de mi pelo antes de que lo deslizara detrás de mi oreja. El suave roce de sus dedos envió un escalofrío por mi columna.

—Sigo queriendo encontrar un momento para besarte, no importa lo complicadas que se pongan las cosas.

Alexander empujó mi barbilla hacia arriba y luego sus labios estaban contra los míos, suaves y cálidos. Me besó con ternura y delicadeza, y había tantas emociones diferentes en el roce diestro de su lengua y en la manera en que me sostenía contra su cuerpo, en la forma en que retrocedía un segundo antes de volver a por más. Gentil y sin ninguna urgencia, incluso si todo cuanto nos rodeaba parecía estar desmoronándose. Incluso si de verdad la oscuridad estaba llamando a nuestra puerta o lo haría en un futuro muy cercano.

Cuando se retiró finalmente, ambos respirábamos con dificultad. Apoyó la frente contra la mía, con los ojos cerrados y los labios aún entreabiertos.

—No vas a irte solo a Ravenswood, ¿verdad? —se me ocurrió preguntarle, porque temí que la dulzura de su beso fuese impulsada por la necesidad de una despedida—. ¿Ni a arrancarte la piel a tiras?

La segunda pregunta le provocó una carcajada espontánea que vibró a través de mi cuerpo de una manera deliciosa; no me acostumbraría jamás a su risa, profunda, masculina, rica y algo áspera, como si aún estuviera acostumbrándose a hacerlo.

—No, no voy a irme sin ti a Ravenswood. Estoy seguro de que me perseguirías —admitió, y estaba en lo cierto—. Y tampoco planeo despellejarme vivo. No creo que funcione así, pero si Loretta lo propuso, tiene que haber alguna forma.

Su cabeza cayó hacia atrás, contra la piedra, y yo aproveché para dibujar la línea de su mandíbula con la punta de los dedos. Era incapaz de mantener mis manos apartadas de él, y tampoco era como si quisiera hacerlo.

—Tal vez Amy pueda decirnos algo sobre eso. Mientras, debería estar buscando a Sebastian para preguntarle por Efrain. —Alexander abrió los ojos y me miró, reclamando una explicación—. Cuando exploté en el despacho de Hubbard en Abbot, el Ibis me estaba agarrando. Sebastian dijo que no habría sufrido ningún daño permanente, salvo porque perdió la capacidad de hacer magia oscura. Espera un momento, si curé con ese mismo poder a Raven, ¿no debería él haberla perdido también?

No había pensado en ello hasta ahora.

—Es difícil saberlo. Hace décadas que Raven no práctica ningún tipo de magia oscura, siglos a decir verdad. En el pasado hizo muchas cosas para contentar a sus padres y, después de sus muertes, apenas ha empleado la magia más allá de su poder elemental en bruto.

—¿Crees que podríamos pedirle que lo intentara? ¿O eso removería recuerdos demasiado dolorosos para él?

Quería ayudar a Cam, y quería estar segura de que podía hacerlo antes de intentarlo, pero no a costa del sufrimiento de Raven. Y yo sabía que todo lo que de algún modo tuviera que ver con sus padres era un punto demasiado desgarrador para él.

—Rav haría cualquier cosa que le pidieses, Danielle, como yo lo haría. Deberías empezar a acostumbrarte a eso. Y si puede ayudar también a Cam con ello, lo hará además doblemente feliz.

—Bien, entonces busquemos a Sebastian primero. Luego iremos a hablar con Raven y Cam. Pero antes... —Eché un vistazo hacia el jardín. Había empezado a nevar de nuevo, y yo me había hecho una promesa a mí misma respecto a Alexander que quería cumplir—. Ven conmigo.

Tiré de él y lo arrastré a través del arco. En cuanto nos adentramos en el jardín, la magia que mantenía caldeado el edificio se diluyó hasta desaparecer. La piel de los brazos se me erizó y empecé a temblar casi de inmediato.

—¿A dónde se supone que vamos? ¡Está helando aquí fuera, Danielle!

—Lo está —reí a pesar del castañeteo de mis dientes.

Sí, hacía mucho frío a la intemperie, pero eso formaba parte del encanto de la situación. Luego podríamos darnos un baño caliente, arrebujarnos bajo las mantas o emplear alguna otra manera mucho más divertida de entrar en calor.

Le di indicaciones a Alexander para que se tumbara en el suelo. Obedeció a pesar de su evidente recelo. Había una capa esponjosa de nieve cubriendo la tierra y ambos íbamos en manga corta, así que tendríamos que ir rápido. Yo misma me estiré a su lado, aunque dejé una distancia prudencial entre nosotros. Mientras me observaba, comencé a abrir y cerrar los brazos y las piernas.

—¡Venga! —lo animé a imitarme.

—Vamos a morir congelados... —refunfuñó, pero empezó a moverlos también, dando forma a su propio ángel en la nieve.

Me eché a reír al ver su expresión desconcertada; parecía totalmente fuera de lugar.

Apenas llevábamos un momento haciendo el idiota cuando Aaron Proctor se asomó sobre nosotros. Tenía una sonrisita estúpida en los labios y también un grueso abrigo que no había llevado durante la reunión. Chico listo.

—¿Qué demonios estáis haciendo?

—Pillar una pulmonía —repuso Alex, pero capté una chispa de diversión en la protesta.

Aun así, puse los ojos en blanco. Mi mano se cerró alrededor de un puñado de nieve y me erguí un poco. Antes de que Aaron pudiese reaccionar, la bola se había estampado contra su pecho. Se la hubiera lanzado directamente a la cara, pero llevaba las gafas puestas y no era cuestión de cabrearlo o hacerle daño.

Durante un instante, no se movió. Tan solo bajó la vista hasta el centro de su pecho, allí donde la bola había impactado, y se quedó mirando los restos de nieve. Pero entonces algo lo golpeó por detrás, su cabeza giró lentamente cuando una carcajada femenina hizo eco a lo largo del jardín. Me senté y alcancé a ver a Annabeth correr a varios metros de nosotros, aún riendo. Alexander se había incorporado sobre los codos también.

Mientras los dos seguían con la mirada a la bruja, volví a hundir las manos heladas en la nieve y le di forma a una bola lo más rápido posible. Luego, me incliné hacia Alex y se la colé por el interior de la camiseta.

—¡Mierda, Danielle! —Me puse de pie de un salto y salí corriendo en dirección a donde Annabeth se había ocultado tras un banco—. ¡Vuelve aquí, cobarde!

De algún modo, el grito de Alexander fue el pistoletazo de salida de una batalla que incluyó a los alumnos que hasta ahora se habían mantenido a la expectativa. De repente el jardín estaba lleno de gente que corría por todas partes, la nieve volaba de un lado a otro y se escuchaban protestas, gritos y risas por igual. Annabeth y yo nos atrincheramos tras el banco y Aaron y Alex buscaron refugio también tras un arbusto y se turnaron para tratar de acertarnos. Nosotras, mientras, hicimos acopio de proyectiles, esperando que nuestra falta de respuesta los hiciera acercarse. Cuando los chicos cayeron en la trampa, los bombardeamos una vez tras otra.

Chocamos los cinco, riendo.

No fuimos las únicas en planear estrategias. A nuestro alrededor, se habían formado grupitos que sostenían sus propias batallas entre ellos. Un par de los alumnos que había visto en clase con Annabeth incluso emplearon el elemento aire para impulsar sus proyectiles y que llegaran aún más lejos, algo que ella aprobó totalmente.

En medio de la algarabía, una forma negra y enorme pasó a toda velocidad a mi lado, seguida de otra blanca: los gemelos. No recordaba haberlos visto juntos en su forma animal desde que habíamos abandonado Ravenswood por primera vez, y no pude evitar quedarme mirándolos mientras corrían por todo el jardín, persiguiéndose el uno al otro y lanzando aullidos al cielo de vez en cuando.

Todos los presentes pasamos de estar enzarzados en la pelea a contemplarlos con la boca abierta y una profunda reverencia. Dios, resultaban impresionantes. Había olvidado lo grandes que eran y el magnífico contraste entre el pelaje negro como el carbón de Raven y la pureza del blanco del de Wood; el poderío de sus gruesas patas golpeando el terreno y la forma en la que se movían, elegante y, al mismo tiempo, letal. En un momento dado, se acercaron el uno al otro, Wood frotó el costado contra el de su hermano y luego enredaron sus cuellos en un gesto tan cargado de amor mutuo que amenazó con humedecerme los ojos.

Annabeth apareció a mi lado y exhaló un suspiro de admiración.

—Son increíbles.

Asentí sin dejar de mirarlos. Lo eran, por muchos más motivos que su espectacular forma animal. Su maldición no era lo que los hacía especiales, ni siquiera lo más maravilloso de ambos hombres, pero era difícil no sentirse impresionada por ello.

Los lobos echaron a correr de nuevo y la batalla se reanudó de inmediato. Annabeth salió corriendo detrás de uno de sus alumnos al grito de «Te suspenderé por eso» cuando este le lanzó varios bolas encadenadas con un golpe de viento totalmente mágico. Estaba claro que ya no lo aprobaba tanto, pero de todas formas su risa flotó tras ella junto con la larga trenza turquesa en la que llevaba recogida su melena.

Yo también reí. La mayor parte de mi ropa se hallaba empapada y estaba helada, pero me sentía bien. Un poco más ligera, un poco más yo misma. Quizás porque dar comienzo a una batalla campal entre estudiantes era algo que hubiera hecho tiempo atrás acompañada de Dith. A una parte de mí le dolía el pecho al pensar que, aunque Meredith estuviera allí con nosotros, no podía participar de la diversión; sin embargo, sabía que estaría sonriendo al ver a los gemelos correr juntos y a Alexander haciendo algo tan poco propio del brujo gruñón que se suponía que era.

Por cierto, ¿dónde se había metido?

Inspeccioné la zona, buscando entre las decenas de brujos que corrían, saltaban y se escondían en refugios improvisados. Había algunos árboles al fondo, donde el edificio se abría hacia la extensión de terreno tras la academia, y también por allí distinguí a un buen puñado de personas. Iba a dirigirme en esa dirección cuando me vi alzada en volandas. Di un gritito bastante vergonzoso, pero entonces el aroma a tierra y bosque que tan bien conocía, y tanto amaba, me envolvió.

—Mmm… estás mojada —dijo Alexander, mientras se las arreglaba para sostenerme de modo que acabé viéndome obligada a rodearle la cintura con las piernas—. Vaya, eso sonaba mejor en mi cabeza.

A pesar del frío, mi cuerpo se calentó de pies a cabeza. Solo que un momento después me di cuenta de que el calor que sentía no provenía de mí, o no solo de mí y de mis hormonas alteradas.

—Estás caliente —dije, lo cual no había sonado mejor que su comentario anterior—. Quiero decir… ¿por qué no estás mojado?

Ay, Dios, eso tampoco lo arreglaba, pero es que todo su cuerpo emanaba calor y su ropa estaba seca.

Alexander rio. Le brillaban los ojos y, por primera vez desde que había recuperado la conciencia, parecía totalmente relajado y feliz; la perpetua arruga de su ceño fruncido había desaparecido. Lucía incluso más joven y, desde luego, muchísimo menos serio que de costumbre.

—¿Has olvidado que uno de mis elementos es el fuego? —dijo.

Bueno, Alexander empleando su magia para algo tan banal como mantenerse caliente en una pelea de bolas de nieve sí que era sorprendente. El brujo que había prohibido realizar cualquier tipo de magia en su casa durante años no hubiera aprobado algo así, eso seguro.

Las comisuras de sus labios se mantuvieron arqueadas mientras esperaba una respuesta, pero yo estaba demasiado entretenida disfrutando de aquel Alex risueño, y también del hecho de que estuviera dejando salir algo de su magia. Eso tenía que ser buena señal.

—Mira la que has liado en un momento —prosiguió él cuando yo no dije nada, sosteniéndome con firmeza contra su cuerpo—. ¿Se puede saber a qué ha venido lo de instigar una batalla entre el alumnado?

Me encogí de hombros.

—Un poco de rebeldía nunca viene mal. —Fue toda mi respuesta.

Me sentía un poco tonta al pensar en confesarle que este era mi modo de proporcionarle alguna experiencia normal. Ojalá poder salir al mundo y tener un cita con él; ir al cine, a cenar o simplemente dar un paseo por un parque. Yo tampoco había tenido nada de eso viviendo tanto tiempo en Abbot, pero al menos había podido visitar de vez en cuando Dickinson, y desde luego no había vivido al margen del resto de mis compañeros.

Alex escrutó mi rostro durante un momento. No supe lo que buscaba ni lo que encontró en él, pero fuera lo que fuese consiguió que su sonrisa se ampliara. Me dio un beso fugaz en la punta de la nariz y luego me hizo resbalar por su cuerpo hasta dejar que mis pies alcanzaran el suelo, y fue un resbalón muy muy interesante.

Apenas tuve tiempo de recuperarme y él ya estaba inclinándose sobre mi oído.

—Corre —susurró, antes de propinarme una palmada juguetona en el trasero.

Y yo corrí.

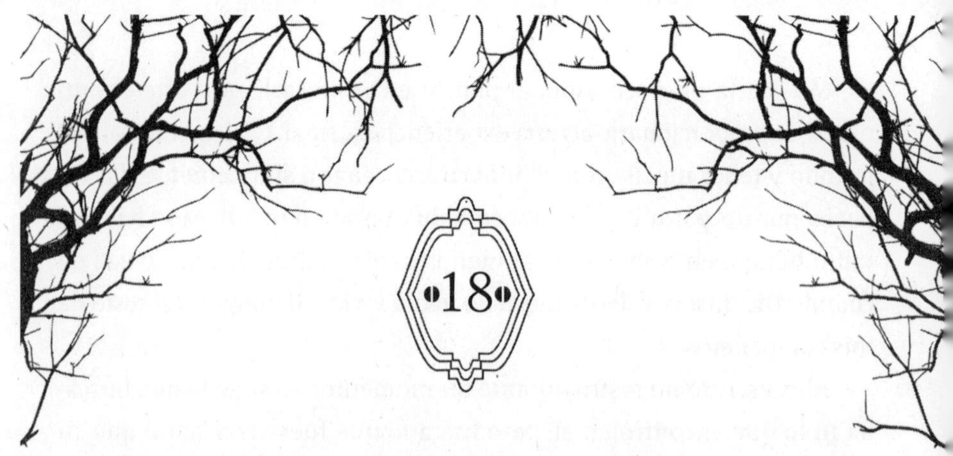

18

Llamamos a la puerta de la habitación de Sebastian una hora más tarde, después de habernos calentado. Alexander se había marchado a su habitación para darse una ducha tras asegurar que, si nos metíamos juntos en la mía, no habría manera de que fuésemos rápidos. Quise discutir, pero Cam estaba enfermo y no sabíamos con cuánto tiempo contábamos para encontrar una solución; hablar con Sebastian era una prioridad.

Por suerte, el Ibis estaba allí. Su mirada osciló entre nosotros al encontrarnos plantados en el pasillo.

—¿Ha pasado algo?

—Necesito hacerte unas preguntas —dije, y enseguida se apartó para dejarnos pasar.

La estancia era bastante similar a mi propia habitación, aunque no presté demasiada atención a los detalles, ya que mis ojos volaron casi de inmediato hasta el tipo que había acomodado en una butaca. Parecía de mi edad, aunque probablemente en pie me doblaría el tamaño, claro que yo era bastante bajita. Reconocí en él parte de los rasgos de Sebastian: el castaño profundo de sus ojos y la forma de estos, y el tono oscuro de su pelo, aunque su peinado, con los lados rapados y una cresta en el centro, distaba mucho del estilo militar de su hermano mayor. La mueca burlona en sus labios tampoco era la del Ibis, ni la forma apreciativa en la que me estaba observando.

Aquel tenía que ser Jameson. No sabía muy bien por qué, pero me había imaginado a un crío de nueve o diez años, lo cual no tenía sentido porque hacía mucho tiempo que lo habían reclamado para iniciar el entrenamiento como Ibis y, como era obvio, había crecido desde entonces.

—Tú debes ser James... —Me interrumpí a la mitad de la frase cuando detecté un movimiento sobre su hombro. Se me abrieron los ojos como platos—. Ay, Dios, es adorable.

El hermano de Sebastian se arrellanó en el asiento, separó más los muslos y esbozó una sonrisa de suficiencia.

—Me lo dicen a menudo.

Sebastian resopló.

—Por favor, Jamie, no se refiere a ti.

—Más quisieras —escuché murmurar a Alexander desde detrás de mí casi al mismo tiempo.

Reprimí una sonrisa. No, no era a Jameson a quien me refería, y *adorable* desde luego no era un adjetivo que adjudicaría a aquel tipo. Donde Sebastian era todo rectitud y severidad, su hermano parecía... Bien, no estaba segura, ¿perezoso?, ¿autocomplaciente? Lo que fuera.

Lo ignoré y me concentré en la cosita peluda y de ojitos inquietos que asomaba tras su hombro. También me estaba mirando. Salió de detrás de Jameson y correteó por su brazo hasta ir a acomodarse en su regazo. El brujo lo rodeó con una mano en ademán protector, y algo hizo *clic* en mi cabeza.

Me giré hacia Sebastian.

—Espera, ¿tenéis un familiar?

Él señaló a su hermano.

—Parece ser que Jamie lo tiene.

—¿Desde cuándo? Ni siquiera sabía que había algún brujo maldito en tu linaje.

Tampoco era que conociera demasiado de la vida del Ibis, pero teniendo en cuenta lo que había sucedido con Dith, y con los gemelos rondando alrededor todo el tiempo, habría esperado que él comentase algo.

—Ni siquiera nosotros lo sabíamos. Hay una parte de mi linaje que vive en Europa, así que intuimos que ha estado con algún miembro de esa rama hasta ahora. Debe haber muerto recientemente.

—Apareció hace cosa de dos semanas de repente —intervino Jameson.

Alexander, que había permanecido junto a la puerta, se adelantó. La arruga estaba de vuelta en su frente.

—¿Intuís? ¿No os lo ha contado?

—Ha permanecido en esta forma desde que se unió a mí.

Alex ladeó la cabeza, observando al animal. Si no me equivocaba, era alguna clase de visón de las nieves; su pelaje era tan blanco y esponjoso como el de Wood. Daban ganas de estrujarlo.

—¿Y cómo sabéis que es un familiar y no un... bicho? —Esbocé una mueca de disculpa—. Lo siento, colega, es una pregunta legítima —añadí, dirigiéndome directamente al animal.

Juro que la mirada que me devolvió estaba cargada de desdén.

—Es un familiar —aseguró Alexander, que continuaba mirándolo con fijeza—, y es un «ella».

La expresión sorprendida de Jameson me hizo comprender que había estado convencido de que su nuevo familiar era un brujo y no una bruja. No estaba segura de que eso le gustase.

—¿Una chica?

Sebastian puso los ojos en blanco y resopló por enésima vez. Estaba claro que la actitud de su hermano lo irritaba como poco. Yo no fui tan comedida como él.

—Eh, las chicas molamos, imbécil. Puedo patearte el culo cuando quieras.

Ahora fue Jameson quien me contempló con un desdén absoluto. Vaya, no llevaban más de dos semanas juntos y su familiar y él ya se estaban contagiando gestos y expresiones.

Alexander apartó por fin la mirada del animal y se dirigió a Sebastian, ignorando por completo a Jameson.

—No parece estar bajo ningún hechizo, debería ser capaz de recuperar su forma humana a voluntad.

Ah, así que eso era lo que había estado haciendo: comprobar si había alguna clase de magia ajena interfiriendo. A pesar de que yo también tenía la capacidad de detectar y distinguir la magia de otros brujos, a Alexander se le daba muchísimo mejor que a mí.

—¿Y vosotros quién demonios sois si puede saberse?

Por fin alguien que no nos conocía. Claro que si habían mantenido a Jameson escondido del consejo durante años, era normal que no reconociera al heredero de los Ravenswood como pasaba con la mayoría de los brujos.

—Jamie, te presento a Alexander y a Danielle.

El tipo palideció de golpe. Estaba claro que al menos sí había escuchado hablar de nosotros, y solo Dios sabría qué le habían contado. Por algún motivo, también aferró al visón con más fuerza y lo acunó entre sus brazos. Bueno, al menos no era de esos imbéciles que trataban a sus familiares como a basura.

—¿Alexander Ravenswood y Danielle Good? ¿Esos Alexander y Danielle?

—Los mismos —dijo Alex, con cierta satisfacción emanando de su tono.

Los ojos de Jameson saltaron entre él y yo, y estaba convencida de que se había percatado del modo en que Alex se había colocado a mi lado, muy cerca, con nuestros hombros rozándose.

—Bueno. Bien. —Fue todo lo que atinó a decir.

Me pareció que Alexander sonreía.

—Ahora, si has acabado de despreciar lo que una chica puede hacer para salvarte el culo —dijo, y señaló al animalillo acurrucado contra su pecho—, asegúrate de que coma y esté cuidada. Posiblemente, no confía del todo en ti o en su nuevo estatus como tu protectora, y de ahí que no se haya transformado. La mayoría de los familiares suelen tener pasados duros. Muchos han sido maldecidos por motivos absurdos.

—¿Y si no es así? —inquirió Jameson.

Sebastian se tensó al escuchar la pregunta, mientras que yo me acerqué un poco, moviéndome despacio para no asustar a la bruja.

—Puede oírte, ¿sabes? Y entiende lo que decimos. Si cometió un error, ya está pagando por ello. Esta es su segunda oportunidad, no la juzgues antes de tiempo.

En su defensa diré que Jameson asintió con firmeza y la mantuvo entre los brazos.

Avancé un poco más, aunque me detuve a una distancia prudencial, y extendí el brazo muy lentamente.

—Hola, soy Danielle. Puedes confiar en nosotros. El idiota de tu protegido va a tratarte bien, y si no lo hace puedes ir a quejarte a ese de ahí. —Señalé al Ibis—. Se llama Sebastian y es su hermano mayor.

—La trataré bien —aseguró Jameson, bajando la vista hacia su familiar.

Le rascó la parte alta de la cabeza y ella pareció relajarse contra su pecho. Un instante después, volvió a correr por su brazo y se enroscó alrededor de su cuello, dejando caer la parte delantera de su cuerpo sobre uno de los hombros de Jameson y la cola sobre el otro.

—Le gusta hacer eso.

En su forma animal, a Dith le había encantado colarse bajo mi edredón y enroscarse en el hueco que formaban mis piernas al tumbarme de lado. No solía pasar toda la noche allí, pero nunca se marchaba antes de que me quedase dormida. Ahora sabía que con toda seguridad se escapaba a Ravenswood para poder estar con Wood.

Me hubiera encantado acariciar el sedoso pelaje del visón, pero no era un peluche, por mucho que lo pareciese, sino una persona que posiblemente estuviese tan asustada que no se había permitido cambiar. Así que retrocedí hasta donde estaba Sebastian.

—Tenías preguntas —dijo él, siempre tan directo.

—¿Qué sabes del estado actual de Efrain?

Su expresión no varió, aunque no creo que esperase que mencionara a su compañero.

—Lo han retirado del servicio activo, al menos de la primera línea de combate. Un Ibis que no puede practicar magia oscura…

—Un Ibis blanco —señalé, porque seguía resultándome de lo más hipócrita que nos hubiesen engañado al respecto durante toda nuestra formación.

Sebastian tampoco reaccionó entonces, aunque advertí un pequeño tic en su mandíbula; tampoco a él le gustaba lo que nos habían hecho.

—Ya no les es útil.

—¿Sabes si lo que le hice tuvo alguna otra secuela?

—Se recuperó bien físicamente, y lo último que supe de él fue que no tenía problemas para practicar magia blanca. Más allá de eso, no puedo decirte ninguna otra cosa. ¿Por qué? ¿De qué va todo esto?

Alexander le contó lo que queríamos hacer para ayudar a Cam, aunque nada de lo que había dicho Sebastian aportaba nuevos datos. Él se abstuvo de darnos su opinión sobre ello, algo que agradecí enormemente en ese momento.

La única persona que podía saber en realidad qué le había hecho Mercy a Cam era Elijah, y el antepasado de Alexander dudosamente se mostraría colaborador en ese sentido. Tampoco podíamos plantarnos en Ravenswood así como así, a no ser...

—Preguntémosle a Elijah.

Tres pares de ojos, cuatro si contábamos a la familiar, se posaron sobre mí.

—¿Preguntarle? ¿Por Cam? —me cuestionó Sebastian.

Alex solo me observaba; como siempre, parecía estar buscando sus propias respuestas dentro de mí.

—Dijiste que no podíamos ir a Ravenswood sin un plan —me recordó un momento después.

—No tenemos que ir allí. —Todos seguían mirándome, pero ahora lo hacían como si estuviese loca. No lo estaba, había una forma—. Para eso están los viajes astrales.

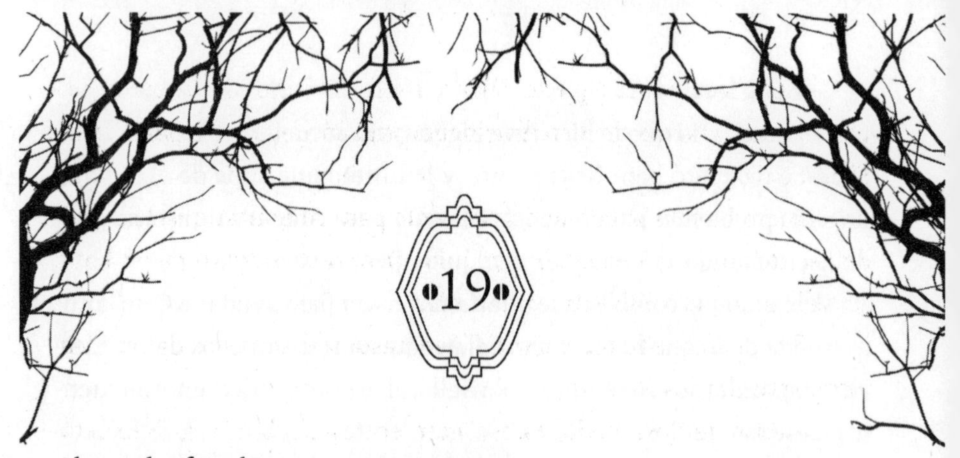

19

Alexander fue el primero en reaccionar.

—Ni hablar. La última vez estuviste a punto de no poder volver, Danielle, y la cabaña de los Bradbury estaba mucho más cerca de las academias que este lugar.

—Puedo hacerlo y, piénsalo, Elijah no podrá dañarme en ese estado.

Sebastian hizo un ruidito con la garganta que no supe qué significaba, pero Alex prosiguió con el siguiente punto en la larga lista de objeciones que estaba segura que tenía.

—Incluso si sabe cómo solucionar lo que Mercy le hizo a Cam, ¿de verdad crees que va a decírtelo?

Bueno, ahí sí que llevaba razón; sin embargo, tal vez pudiésemos negociar con él de alguna manera.

—Escuchadme —intervino Sebastian—, no soy el experto en viajes astrales de mi equipo, ese era Efrain en realidad, pero sé lo suficiente para advertiros de que no son totalmente inocuos. No solo correrías el peligro de perderte por el camino, sino que existen determinados hechizos para evitar que puedas regresar. Elijah podría retenerte hasta que tu esencia se desligara totalmente de tu cuerpo físico, y eso acabaría... mal. Muy mal.

—Estoy convencida de que también habrá hechizos para protegerme de eso. Y con un ancla fuerte... —Miré a Alexander—. Raven y tú podéis traerme de vuelta.

Alex agitó la cabeza de un lado a otro.

—Estás loca si crees que te dejaría ir sola. Si vamos, lo haremos juntos. Y Wood y Raven pueden funcionar como anclas, son nuestros familiares.

Jameson abrió la boca, posiblemente para comentar que los lobos eran familiares de Alexander y no míos, pero no le permití meter baza. Ya se lo explicaría Sebastian más tarde.

—No, no deberías acercarte a Elijah hasta que sepamos de qué manera enfrentarnos a él.

Sus cejas se elevaron hasta desaparecer tras mechones de pelo dorado, y la sombra de una sonrisa jugueteó con las comisuras de su boca.

—Así que tú sí puedes ponerte en peligro, pero yo no. ¿Eso es lo que estás diciendo? Creía que ya habíamos hablado de esto.

Lo fulminé con la mirada. No lo quería cerca de Elijah, no me importaba si no estaba físicamente cerca. Y en ese estado, además, no tendría ningún poder, lo cual se aplicaba también a mí, pero... no era lo mismo.

Me cruce de brazos, irritada por su lógica.

—No soy yo a quién quiere.

—No, a ti te quiere muerta, Danielle; al menos a mí me necesita vivo.

—De todas formas, Ravenswood está a cientos de kilómetros. Sería una proeza que consiguieseis llegar hasta allí —medió Sebastian—. Y tampoco habría motivo para que Elijah os ayudase si lo lograseis.

Pero la mente de Alexander ya había empezado a trabajar; a lo mejor mi sugerencia no había sido tan buen idea.

—Puedo ofrecerle algo a cambio. O puedo simplemente pedírselo como acto de buena voluntad, sugiriéndole que podríamos llegar a un acuerdo posterior si nos ayuda.

—¿Crees que aceptaría? —inquirí, aunque no me gustaba nada aquello. Nada de nada. Había formas en las que un brujo podía exigir que se cumpliera una promesa.

Alexander se encogió de hombros.

—Es posible; si está lo suficientemente desesperado, sí.

—Sigues estando demasiado lejos —remarcó Sebastian.

—Danielle y yo tenemos mucho poder, y lo haríamos juntos. Si hay alguien que puede conseguirlo, somos nosotros.

—No me gusta —dije yo, mucho más indecisa que un momento antes, aunque solo por la insistencia de Alex en acompañarme.

¿Arriesgar mi integridad física para ayudar a los demás? ¡Claro que sí! Que lo hicieran los demás ya no me gustaba tanto. No me extrañaba nada que Alexander hubiera querido obligarme a prometer que no haría tonterías.

Él sonrió.

—Ha sido idea tuya. —Su mano se deslizó alrededor de la mía y entrelazó nuestros dedos, pero miró a Sebastian—. La vez anterior, Robert Bradbury preparó una poción para amortiguar las náuseas y otros efectos secundarios del viaje, ¿sabrías hacerlo tú?

—Sé de qué se trata, lo he hecho un par de veces. Cuenta conmigo.

—Bien.

—Pero, después de un viaje tan largo, no estoy seguro de que podáis atravesar también la barrera que protege ahora Ravenswood. O encontrar a tiempo a Elijah, ya que estamos. Solo tendréis unos pocos minutos.

Alex no se mostró en absoluto preocupado; ahora que había tomado la decisión, parecía decidido a llevarla a cabo.

—Le mandaremos un mensaje y le diremos que nos espere en el acceso a Ravenswood.

—¿Quieres avisarle que vamos? Eso le dará tiempo para prepararse —dije, muy consciente de que ahora era yo la que ponía objeciones.

—Que se prepare, nosotros también lo haremos.

Después de concretar algunos detalles con Sebastian —él se encargaría de hablar con Laila y conseguir los ingredientes que necesitase para la poción—, hicimos una parada en el comedor para acallar el rugido insistente de mis tripas. El personal de cocina no tuvo problemas en proporcionarnos varios platos de comida y lo mejor fue que pudimos disfrutar de ella sin ser objeto de miradas insistentes y cuchicheos. No podía culpar a los alumnos de Bradbury por tener curiosidad, yo misma la tenía sobre ellos y la manera tan diferente en que estaban siendo formados allí. Y tener alrededor a la Ira de Dios y al portador de la marca de los malditos... Bueno, su interés era más que razonable.

—¿De verdad vamos a hacerlo? No tienes por qué ir, Alex. No deberías arriesgarte así.

Él apartó el tenedor de sus labios y lo dejó a un lado.

—Cam también es mi amigo y quiero ayudarlo tanto como tú.

—Lo sé. Es solo que, no sé, Elijah podría intentar cualquier cosa contigo. No sabemos de lo que es capaz.

—Me necesita entero, no solo mi esencia, sino también mi cuerpo.

—Esa es una suposición nuestra.

No contestó de inmediato.

—Si su poder estuviese completo y pudiera abrir las puertas del infierno, ya lo habría hecho. Estoy seguro. Ha estado esperando tres siglos para esto, no se tomaría un respiro justo ahora. De cualquier manera, hablaré con mi madre.

Me eché hacia atrás en la silla, confusa. No había vuelto a mencionarla desde el día anterior; es más, yo misma me había olvidado de que la mujer debía de continuar esperando en el exterior de la barrera a que él decidiera si quería verla o no. Y, desde luego, no entendía en qué podría ayudarnos Melinda Ravenswood.

Alex debió advertir el desconcierto en mi expresión y ni siquiera tuve que preguntar.

—Dudo mucho que mi padre no haya contactado de algún modo con Elijah o incluso forme parte de sus planes. Tal vez mi madre pueda decirnos algo al respecto. Sea como sea, creo que ya es hora de que me enfrente a ella. Necesito... cerrar esa etapa de una vez por todas.

—¿Quieres que te acompañe?

Ya le había preguntado antes y me había dicho que sí, pero la relación con su madre era un tema muy espinoso y entendería que hubiese cambiado de opinión y deseara encontrarse con la mujer a solas.

Me brindó un suave asentimiento e igualmente dijo:

—Siempre.

El plan era avisar a Laila o a algún otro miembro de su aquelarre de que pensábamos reunirnos con Melinda en el exterior, ya que no sabíamos si tenían que tomar alguna precaución añadida para nuestra salida de la academia y la posterior entrada. Sin embargo, Alex me comentó que, antes de encontrarse con su madre, quería pasar un rato en el gimnasio quemando energía. En realidad, dijo que lo necesitaba, y yo sabía muy bien a qué se debía esa necesidad.

Mantener la oscuridad recluida por completo en su interior no le hacía ningún bien, y estaba claro que preveía una conversación tan tensa con Melinda que temía no ser capaz de mantener el control. Pero cuando traté de sacar el tema, se cerró en banda. Así que recé para que desahogarse a base de ejercicio físico y mi presencia a su lado bastaran para contenerlo. Y, ya que íbamos a retrasar un poco más la reunión, decidí aprovechar para tomar mi primera clase de defensa personal.

Quedamos en encontrarnos en el gimnasio, para que yo pudiera regresar a la habitación y ponerme ropa más cómoda. Para cuando llegué, poco más de media hora después, debía de haberse corrido la voz entre nuestros amigos de que iba a recibir una paliza épica y todos estaban allí. Aquello parecía un festival de tipos sin camiseta. Salvo Cam, que estaba sentado en un lateral con la espalda contra la pared, los demás andaban todos con el pecho al aire: Rav sentado a su lado, aunque con aspecto de haber intervenido en una pelea; Wood y Alex dando vueltas el uno en torno al otro en el centro de la parte acolchada de la estancia; Sebastian a un lado, observándolos, con los brazos cruzados y el semblante severo de un tutor; y, por último, Jameson y Aaron, cuchicheando cerca de él.

Me permití recrearme con la imagen que ofrecían durante un momento desde la entrada. Había estado a punto de morir, ¿no? Me merecía disfrutar de los pequeños placeres de la vida, y aquel sitio representaba una auténtica delicia visual; era como estar en el cielo de los torsos musculosos y los abdominales.

Escuché pasos a mi espalda y al girarme me encontré a Annabeth. Llevaba ropa deportiva muy similar a la que había encontrado en mi armario, lo que me hizo suponer que muy probablemente la que yo vestía fuese suya o la hubiese comprado ella.

Su rostro se iluminó con picardía en cuanto se percató del panorama.

—¿Disfrutando de las vistas?

—Deberían prohibirles estar todos en la misma habitación así... —me defendí, barriendo con la mano la estancia.

Su mirada siguió el movimiento de mi mano, pero hizo un alto al tropezar con la figura de Sebastian. Frunció el ceño y se le borró la sonrisa de la cara, pero mantuvo los ojos en el Ibis con una insistencia bastante reveladora.

—¿Puedo meterme donde no me llaman? —pregunté, porque me moría de curiosidad sobre lo que fuera que había entre ellos. A pesar de que apenas nos conocíamos, Annabeth asintió sin ningún recelo; cada vez me gustaba más esta chica—. ¿Qué pasa entre Sebastian y tú?

Torció aún más el gesto al escuchar su nombre, pero eso solo avivó mi interés. Dios, era una cotilla.

—No mucho. Nada en realidad —aclaró enseguida.

Enredó los dedos en la punta de su trenza y la retorció una y otra vez mientras yo le lanzaba una mirada que decía «No me creo nada». Era la primera vez que la veía perder algo de esa seguridad que tanto la caracterizaba.

—He notado que hay cierta... tensión cuando estáis en la misma habitación. Y si te digo la verdad, me recordáis un poco a Alex y a mí cuando nos conocimos. —Oh, sí, Alexander y yo nos habíamos evitado y buscado continuamente, y también nos habíamos lanzado miraditas como lo hacían esos dos—. Peeero... no tienes que contarme nada si no quieres. Solo quiero que sepas que estoy por aquí si necesitas hablar.

Echó un vistazo a los chicos, que seguían a lo suyo, antes de contestarme.

—Los Ibis no tienen relaciones —soltó a bocajarro—, ni siquiera aventuras.

Vaya, eso era un poco perturbador. Con un poco de imaginación podría haber llegado a entender que se les prohibiera mantener relaciones serias; sería algo muy típico del consejo, les encantaba prohibir. Pero ¿en serio era necesario que los Ibis se mantuvieran castos y puros incluso en su tiempo libre?

Espera, tenían tiempo libre, ¿verdad?

—¿Me estás diciendo que no pueden echar un polvo?

Annabeth se echó a reír.

—Supongo que algunos no cumplen a rajatabla las reglas.

—Pero Sebastian sí.

—Exacto —repuso, y fue obvio lo mucho que el comportamiento disciplinado del Ibis la irritaba.

Enganché un brazo en el suyo. Me sentía muy cómoda con ella, tal vez porque me recordaba un poco a mí y un poco a Dith. Ya no podía llegar hasta mi familiar, no podía contarle mis preocupaciones o mantener una simple charla banal, y la verdad era que no me había dado cuenta de lo mucho que necesitaba a alguna mujer en mi vida.

—Torres más altas han caído —dije. Hice un gesto con la barbilla hacia donde Wood y Alexander se lanzaban golpes—. Créeme, nada fue fácil con Alex al principio. Y viendo cómo te mira Sebastian, estoy segura de que su integridad ya está bastante comprometida. De todas formas, no creo que quiera continuar siendo un Ibis ni rigiéndose por las normas del consejo.

—Oh, lo sé —rio ella, y sonó terriblemente malvada—, pero tal vez ahora soy yo a la que él necesita desgastar.

Le sonreí.

—Me gustas. Me gustas mucho.

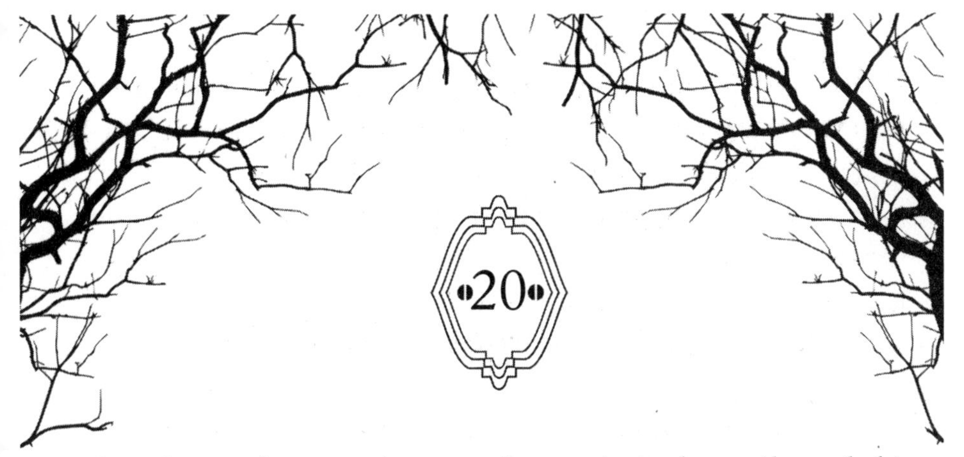

20

Esperaba que el entrenamiento estuviese consiguiendo que Alex se deshiciera de parte de su energía y su frustración, porque a mí me temblaban las piernas y estaba a punto de dejarme caer sobre la colchoneta y no volver a levantarme. Jamás.

Al contrario de lo que había dicho Wood, Alexander era un maestro paciente y entregado. Demasiado entregado tal vez. Habíamos empezado repasando algunos conceptos básicos que, gracias a mis clases en Abbot con Cam y su tutor, yo ya conocía: cómo caer sin hacerse daño, rodar y volver a levantarse de inmediato; esquivar golpes y bloquearlos, vigilar los movimientos del contrario y aprender a preverlos... El problema empezó cuando tratamos de avanzar y comenzamos con la ofensiva; todos los presentes tenían una opinión al respecto y mil instrucciones que darme. Sebastian en particular era desesperante y, aunque sentía cierta curiosidad sobre qué técnicas empleaban los Ibis para no reaccionar al dolor, perdí la cuenta de las veces que lo mandé a la mierda.

Alexander fintó a la izquierda y me lanzó un golpe con la derecha, que resultó también ser un señuelo. Cuando quise reaccionar, lo tenía detrás de mí. Me barrió los pies de debajo del cuerpo y yo me desplomé; de inmediato, se sentó a horcajadas sobre mis caderas.

Cerré los ojos e ignoré los comentarios de los demás señalando lo que había hecho mal. Pero entonces Alex se inclinó sobre mí y sentí su aliento contra mis labios.

—Creo que es suficiente por hoy —susurró, mientras los demás seguían discutiendo—. La próxima sesión la tendremos tú y yo a solas.

Gemí, y por una vez tuvo poco que ver con su cercanía y mucho con sus palabras.

—Eso suena genial.

Se rio bajito, solo para mí, y el resto de los sonidos en el gimnasio quedaron silenciados por su risa. Levanté los brazos, aunque eran poco más que dos pesos muertos, y llevé las manos hasta su pecho. Su piel estaba suave y caliente bajo mis dedos, y podía sentir el latido ligeramente acelerado de su corazón.

Abrí los ojos para mirarlo.

Estaba tan cerca que todo lo que veía era a él; su precioso rostro, sus ojos, azul y negro, brillantes, y la curva de sus labios tan tentadores.

—Hola —dijo, aún susurrando.

—Hola.

Luego solo nos miramos. Mi magia empujó desde el interior de mi pecho en busca de la suya, como siempre hacía, pero no le presté atención. Me limité a contemplarlo a él. Desplacé mis manos hasta su nuca y tiré hasta que su pecho se unió al mío. Hacía rato que mi camiseta había desaparecido y me había quedado con tan solo un top deportivo, así que había mucha piel en contacto. Un escalofrío me recorrió de pies a cabeza cuando Alexander rozó mi pómulo con los labios.

Me aferré a la sensación tanto como pude. Había mucho que hacer, así que sabía que debía atesorar los breves momentos juntos en los que todo lo que nos rodeaba desaparecía del mismo modo en que coleccionaba sus sonrisas o veía sus ojos brillar por algo que le sorprendía, algo nuevo para él. Estaba más que decidida a disfrutar de cada uno de ellos, solo por si al día siguiente no podía hacerlo. Sonaba un poco dramático, pero si algo me había enseñado la muerte de Dith, de Thomas Hubbard, del pequeño Johan o lo sucedido en el auditorio de Ravenswood era que las cosas podían torcerse muy muy rápido.

—Si sigues mirándome así, tal vez me plantee una ducha conjunta esta vez.

Capté un movimiento por el rabillo del ojo; o mucho me equivocaba, o los demás estaban marchándose para dejarnos a solas. Tendría que darles las gracias por eso luego a pesar de la sesión de tortura que me habían aplicado entre todos; esa parte no se la agradecería en absoluto.

—¿Cómo te estoy mirando?

—Como si quisieras quedarte conmigo.

—Siempre —repliqué, y luego tiré de él y lo besé.

No hubo ducha conjunta, lo cual —no voy a mentir— fue una auténtica decepción. Alexander convertía el acto de provocarme y luego dejarme con las ganas en un arte. Pero ya habíamos perdido la mitad de la tarde en el gimnasio; era hora de encontrarnos con Melinda Ravenswood y comprobar qué demonios quería la mujer.

Los preparativos para el viaje astral no nos llevarían mucho tiempo. Sin embargo, habíamos llegado a la conclusión de que sería mejor realizarlo durante las horas de luz y, con lo pronto que anochecía en esa zona, tendríamos que esperar a mañana. Además, quedaba aún el detalle de contactar con Elijah para hacerle saber que queríamos hablar, algo para lo que buscaríamos una solución después de ver a la madre de Alex. Era probable que optásemos por enviar un mensaje empleando la magia; con suerte, y teniendo en cuenta su relación de parentesco con el nigromante, Alexander se bastaría para conseguir que lo recibiera. Después ya solo quedaría rezar para que se presentara a la cita.

Salimos de la academia por la puerta principal. Laila nos había asegurado que la barrera nos dejaría pasar sin ningún problema y podríamos entrar luego de nuevo de igual forma; lo que fuera que hubiesen hecho a nuestra llegada mantenía su validez mientras alguien de su aquelarre no deshiciera el hechizo. Fuera de las protecciones, nuestro poder era lo único con lo que contábamos, así que Wood y Raven se empeñaron en venir con nosotros, por si aquello era alguna trampa por parte de Tobbias Ravenswood o, peor aún, del propio Elijah. Sebastian se nos había unido también en el último momento a instancias de Laila.

Aunque el sendero estaba cubierto de una capa de nieve, lo bordeaban dos hileras de árboles que el otoño había despojado de todas sus hojas y que nos dirigieron hacia la entrada de la finca. De repente me di cuenta de que me había perdido el día de Acción de Gracias. Los brujos no solían celebrarlo, tampoco Navidad, pero Dith y yo siempre hacíamos algo en esos días; cualquier excusa era buena para una fiesta improvisada y para intercambiar regalos.

Me consolé pensando que todavía quedaba por delante todo diciembre y las fiestas navideñas.

Alexander caminaba a mi lado. Me incliné hacia él antes de preguntar:

—¿Cuándo es tu cumpleaños?

—¿Qué?

—Tu cumpleaños, ¿cuándo es?

No le había preguntado nunca por ello, pero quería saberlo. Quería saberlo todo de él.

—Nací durante el solsticio de invierno, el 21 de diciembre.

Me detuve y Alex también lo hizo.

—¡Venga ya! ¿La noche más larga del año?

—Sí, qué «casualidad», ¿verdad?

—Lo es más si tienes en cuenta que yo nací en el solsticio de verano, la noche más corta del año. —Puse los ojos en blanco—. Incluso en eso somos opuestos, por Dios.

Alexander me tomó de la mano con una sonrisa y empezamos a andar de nuevo. Los demás habían seguido caminando e iban un poco por delante.

—Complementarios.

—Eso es solo una manera bonita de decirlo.

—En realidad, me da igual el maldito equilibrio y sus planes para nosotros. Yo he hecho los míos —dijo, con su pulgar frotando sin pausa el dorso de mi mano.

—¿Ah, sí? ¿Y me los vas a contar?

Ladeó la cabeza y me lanzó una mirada oscura y sexi que le hizo cosas raras a mi pulso.

—Estoy seguro de que podemos encontrar un ratito a solas para que te dé los detalles.

—Promesas, promesas —me burlé, pero justo en ese momento llegamos al acceso de entrada.

El muro que rodeaba toda la academia se interrumpía allí y, en su lugar, había un portalón de madera que, aunque era muy diferente de la verja de hierro de Abbot, me recordó al día en que me la había llevado por delante. Dios, parecía hacer mil años de eso y, ahora que lo pensaba, había sido una temeridad lanzar un coche contra ella.

Sebastian se encargó de abrirlo lo suficiente como para que pasásemos. Uno a uno, cruzamos al otro lado. Cuando me llegó el turno, me impulsé hacia delante y la atravesé sin problemas, aunque sentí la enorme carga de magia de los hechizos protectores. Estaba claro que Robert y los demás no habían escatimado a la hora de imbuir de magia la barrera.

Sebastian señaló hacia la izquierda y todos nos volvimos hacia allí.

—La cabaña.

—Lo de *cabaña* es un decir, ¿no? —repliqué, mientras contemplaba la mansión en miniatura que se alzaba a unos cincuenta metros de nosotros.

Tenía dos plantas de altura, una fila de al menos cuatro ventanales a cada lado de la puerta y hasta una valla rodeándola; también una chimenea de la que salía un denso humo blanco. Había un sedán negro de lujo estacionado justo donde la carretera, del ancho de un solo coche, parecía terminar; no podía estar segura con tanta nieve. El vehículo estaba también cubierto de una buena capa y, aunque contaba con cadenas en las ruedas, me pregunté cómo haría la madre de Alexander para largarse de allí. Dudaba que las cosas fueran tan bien como para que de repente él confiara en ella y se le permitiera a la mujer acceder a la academia.

—Parece que el aquelarre de Robert no hace nada a medias —dijo Alex, y luego se volvió hacia Raven—. ¿Sabes si va a quedarse en Nueva York o tiene pensado volver? Creo que aún no le he agradecido como es debido su ayuda y que nos haya dado refugio aquí.

Todos llevábamos gruesos chaquetones y ropa de abrigo, pero hacía el frío suficiente como para que no fuera cómodo ponernos a charlar a la intemperie. No dije nada al respecto, me daba la sensación de que Alexander trataba de alargar nuestra llegada a la cabaña, y me daba igual si necesitaba una hora allí fuera para reconciliarse con la idea de que estaba a punto de ver a la mujer que lo había abandonado con cinco años. Por mí, podría darse la vuelta en ese mismo instante y tampoco se lo echaría en cara.

Tampoco los demás parecían tener mucha prisa.

—Charlé con él hace unos días —dijo Rav—. Están en proceso de desviar aquí a los brujos que normalmente acuden a la sede de allí; este lugar es muchísimo más seguro ahora mismo. No quieren dejar a nadie atrás.

—Hablaré con él cuando vuelva —concluyó Alex, luego giró hacia la cabaña. Observó la construcción unos pocos segundos y añadió—: Está bien, acabemos con esto.

Wood, Raven y Sebastian echaron a andar, adelantándose de nuevo. Habían dicho que se quedarían en el exterior esperando, pero con lo grande que era no veía la necesidad de que pasaran frío fuera. Había habitaciones de sobra para que pudieran estar calientes mientras Alex y yo nos reuníamos con Melinda.

Sebastian fue el primero en llegar a la valla. Abrió la portezuela y la mantuvo así hasta que todos pasamos al otro lado. El chasquido que produjo al cerrarse me puso la piel de gallina, y luego me di cuenta de que no había sido solo eso.

—¿Hay hechizos también sobre esta casa?

Alex asintió, aunque no estaba segura de si Laila se lo habría dicho o los estaba percibiendo como yo. Sin embargo, fue Wood quien nos brindó una explicación.

—Laila dijo que son para atenuar el poder de cualquier brujo que quiera pedir asilo en la academia, así evitan problemas mientras se aseguran de que es de fiar. Pero no creo que sean tan potentes como para suprimir los vuestros. Si pudisteis emplearlos en el auditorio, podréis hacerlo aquí. —Su semblante se endureció—. Hacedlo si creéis que es necesario. No confío en Melinda.

Alex no dijo nada, pero yo asentí. Si esa mujer trataba de hacerle daño, no tendría ningún tipo de compasión con ella.

—Podéis entrar con nosotros —dije, aunque escudriñé el rostro de Alexander en busca de algún destello de molestia por la sugerencia.

Tampoco entonces reaccionó. Estaba mirando fijamente la puerta de entrada.

Wood negó.

—Yo me quedó aquí, no creo que pueda contenerme si la tengo delante, y necesitáis persuadirla para que os cuente cualquier cosa que sepa. No sería de ayuda que yo le arrancara la garganta de un mordisco antes de que empezara a hablar.

Lo dijo tan serio que no creí que estuviese exagerando; odiaba con toda su alma a la mujer.

Me fiaba del criterio de Wood, así que tampoco pensaba que fuese a caerme bien. Definitivamente, ya había hecho muchísimos puntos a lo largo de la vida de Alexander para que no fuera así, pero trataría de mantener mi sarcasmo a raya aunque solo fuese para no ponerle las cosas más difíciles a él. Por el momento.

—Entrad, no os preocupéis por nosotros —dijo Sebastian, y Raven asintió—. Gritad si veis cualquier cosa rara y estaremos ahí dentro en cuestión de segundos.

—No tardaremos —replicó Alex.

Comenzó a subir los escalones de entrada y fui tras él. Busqué su mano. Al percibir el contacto, respondió entrelazando los dedos con los míos. Exhaló un largo suspiro y entramos.

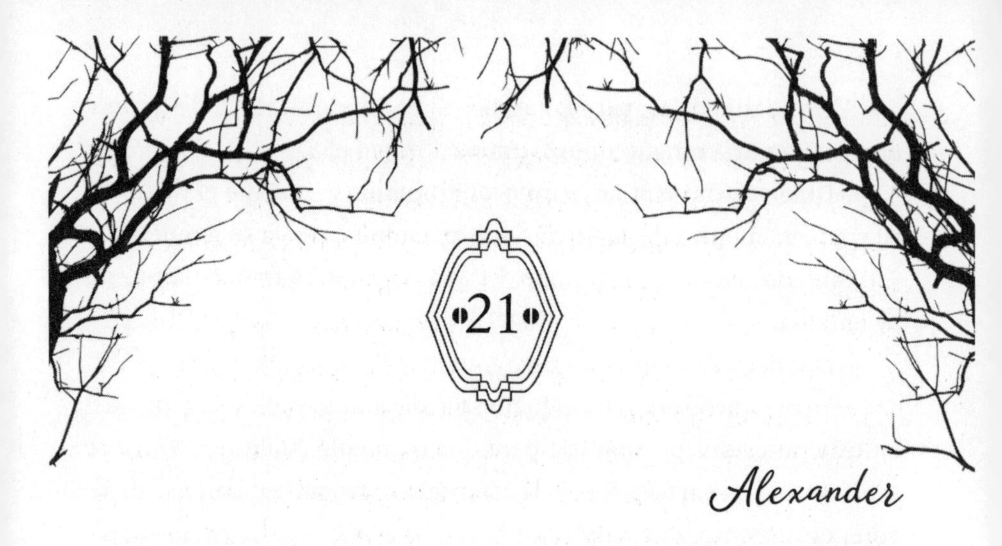

21

Alexander

La atmósfera cálida del interior nos obligó a deshacernos de los abrigos, y también nos descalzamos para evitar ponerlo todo perdido. Danielle se recolocó el cuello del enorme jersey de punto con el que se había vestido para nuestra pequeña excursión y no pude evitar mirarla mientras ella contemplaba a su vez el recibidor. Nunca sabría lo agradecido que me sentía de que estuviese allí conmigo. No aspiraba a que la reunión fuese nada similar a una reconciliación familiar; mi único objetivo era sonsacarle toda la información posible a mi madre y luego despedirme de ella para siempre.

A pesar de ser un lugar de paso, la vivienda parecía contar con todas las comodidades posibles y estaba decorada con detalle y evidente cariño. Incluso había un perchero para los abrigos, fotografías de paisajes enmarcadas colgando de las paredes, velas esperando ser encendidas... Una alfombra de aspecto mullido nos llevó a lo largo del pasillo hasta un arco doble que se abría hacia lo que debía ser la sala de estar. Y allí, sentada en un sillón, estaba Melinda Ravenswood.

Mi madre siempre había sido un mujer hermosa, pequeña y delicada. Tenía un rostro alargado y armonioso, con pulcras cejas en arcos perfectos de un tono más oscuro que el rubio claro de su melena, ese que yo había heredado de ella. Labios llenos y un cuello estilizado, y unas manos pequeñas que ahora reposaban sobre su regazo. Estaba vestida con la misma formalidad con la que lo hacía en mis débiles recuerdos: falda de tubo hasta la rodilla, una chaqueta a juego y camisa blanca de botones; en sus pies, unos tacones con los que me hubiera encantado verla atravesar la nieve a su llegada.

Sentada en el borde del sillón, con la espalda recta y las piernas cruzadas, era la imagen misma de una dama elegante y recatada. A su lado había una mesita con un juego de té y una taza llena a medias. ¿Se habría limitado a pasar las horas así, tomando té y contemplando las vistas a través de la ventana mientras esperaba que acudiera a su encuentro?

Tenía cuarenta y nueve años; sin embargo, a pesar de que seguramente habría intentado hacer uso de la cirugía estética humana allí donde la magia había fallado, lucía mayor. El pelo recogido en un moño apretado se veía pajizo, bajo el maquillaje se apreciaban pecas y manchas típicas de las personas de avanzada edad y había líneas profundas alrededor de su boca y sus ojos; si me hubiera estado mirando, también habría podido advertir la ausencia de brillo en estos.

Yo le había hecho eso.

Me aclaré la garganta para atraer su atención y Danielle le brindó un suave apretón a mi mano. Se lo devolví en el mismo momento en el que mi madre apartó la vista de la ventana y la posó sobre mí, pasando a Danielle por alto, como si estuviera allí plantado frente a ella yo solo.

—Alexander. —Mi nombre, el nombre que ella me había dado y que mi padre se negaba a usar, abandonó sus labios como si de un suspiro se tratase.

Luché para que ese pequeño detalle no le diese más mérito del que merecía mientras ella me observaba con gesto imperturbable. Esperé que la conmoción por estar al fin frente a ella apuñalara mi pecho o me sacudiera las entrañas, como también esperaba descubrir el reflejo de algún sentimiento similar en su rostro, pero su expresión no reveló nada, y yo, a cambio, suprimí cualquier emoción que tratase de apropiarse de mí.

Llevábamos sin vernos dieciséis años, pero aquello no iba a ser un emotivo reencuentro entre madre e hijo, eso estaba claro.

—Melinda. Esta es Danielle, mi novia. Danielle Good.

Añadir su apellido no era una provocación —aunque era probable que lo tomara como tal—, sino una declaración de intenciones, una forma de decirle a ella y al mundo entero que no me importaba lo que opinaran de nuestra unión. Si Melinda no podía con eso era su problema.

Mi madre reconoció por fin la presencia de Danielle. Me tensé a la espera de una reacción, mientras que mi *novia* —aquella había sido la primera vez que lo decía en voz alta y sonaba... muy bien, correcto— no parecía preocupada ni cohibida. En realidad, mostraba esa actitud desafiante que me sacaba de quicio y amaba a partes iguales.

—Una Good. —Fue todo lo que dijo Melinda, y su mirada desganada regresó a mí—. Sentaos, por favor.

Estuve a punto de negarme, pero Danielle tiró de mi mano y me llevó hasta el sofá frente al cual se hallaba mi madre. Ni de lejos adoptó algo similar a la pose refinada de esta. Se acomodó como si aquella fuera una reunión social agradable y no el encuentro tenso que de verdad era; yo también tomé asiento y me permití rodearle los hombros con el brazo.

El silencio posterior se alargó más y más, añadiendo otra capa de incomodidad a la situación, hasta que me obligué a romperlo.

—¿Y bien? ¿Qué has venido a hacer aquí?

—Quería hablar contigo, por supuesto —replicó, y tuve que esforzarme mucho para no poner los ojos en blanco—. No deberías estar en este sitio, un lugar que lleva el nombre de un linaje de cobardes.

Oh, por todos los cielos, ¿de verdad íbamos a sacar a relucir ahora lo que había pasado en Salem? ¿Es que no era consciente de lo que estaba sucediendo en el mundo mágico? De todos modos, incluso si no hubiésemos estado al borde del puto apocalipsis, me seguiría siendo indiferente el nombre que llevaba esta academia.

—Estoy donde tengo estar, *madre*. Y me importa bien poco lo que hiciera un Bradbury hace más de tres siglos.

—Importa. Has abandonado tu legado...

—¿Sabes siquiera lo que ha ocurrido en Ravenswood? ¿Te ha contado tu marido que hay brujos ahorcados en los terrenos de *mi legado*? Y no se trata solo de brujos blancos.

Comprendí enseguida que ese encuentro había sido una idea terrible; no había manera de que pudiésemos mantener una conversación de forma civilizada, no saldría nada bueno de allí.

—Tu padre me ha hablado de lo sucedido.

—¿Ah, sí? ¿Y te ha dicho también que es un asesino? —solté sin el más mínimo titubeo—. ¿Te ha explicado que mató sin provocación previa y sin mediar una palabra a la familiar de Danielle? Aunque en realidad estaba tratando de matarla a ella; Meredith Good murió para protegerla.

A pesar de mi tono furioso, apreté a Danielle más contra mi costado en un intento de reconfortarla. No estaba tan tranquila como quería aparentar, y la mención de Dith no ayudaría en nada.

—Eso no es...

—No me digas lo que es y lo que no, Melinda. Yo estaba allí y sé exactamente lo que pasó. —Apretó los labios con evidente disgusto, pero al menos no se atrevió a discutirlo—. Di lo que hayas venido a decir, o lo que sea que Tobbias te ha instado a decirme, y márchate.

—Alexander, estás siendo irracional. —Sus palabras junto con la mirada cargada de reproche y desaprobación que me lanzó fueron... demasiado.

—¿Irracional? ¿En serio? ¿Qué esperabas encontrarte en realidad? ¿Creías que me lanzaría en tus brazos después de todo este tiempo? ¿Que te trataría con el respeto que un hijo debería emplear con su madre? ¡Me abandonaste, joder! Me dejaste en Ravenswood y nunca miraste atrás. Y ¿sabes qué? Podría haberlo entendido. Me tenías miedo, temías lo que pudiera hacer o en lo que me convertiría. Pero era un niño de cinco años. ¡Cinco putos años! Y yo también lo tenía. Estaba aterrado —confesé, a pesar de mi decisión de no ceder un ápice frente a ella. Todo el resentimiento de años se acumulaba ahora en mi pecho. Me ahogaba. Me estaba rompiendo por dentro—. Podrías haberme llamado o enviarme un mensaje. Una maldita carta. Lo que fuera, joder. Cualquier cosa menos fingir que yo no existía.

No esperaba que nada de lo que había dicho la conmoviera, pero a una parte muy pequeña de mí le sorprendió que no pareciera mínimamente afectada. Continuaba sentada con la espalda muy recta y ese maldito gesto de resignada irritación, como si aquello no fuera más que la pataleta de un adolescente enfadado con el mundo. Por Dios, su actitud era demasiado fría incluso para un Ravenswood.

La mano de Danielle se había movido hasta mi muslo y ese toque suave pero firme era lo único que me mantenía bajo control en este momento. Inspiré profundamente, tratando de serenarme. Aquello iba mal, todo iba terriblemente mal.

—Queremos que vuelvas con nosotros —dijo Melinda, y juro que creí que la había escuchado mal.

—¿Cómo?

—Tu padre y yo queremos que vuelvas a tu hogar.

Salté del asiento con tanto ímpetu que a punto estuve de arrastrar a Danielle conmigo. Se me escapó un sonido que tenía poco de carcajada; fue horrible y cruel y estaba desprovisto de cualquier rastro de diversión. Ni siquiera pareció humano.

—Tu casa nunca ha sido o será un hogar para mí —espeté con una dureza que raspó mi propia garganta al salir—. Mi hogar está con los gemelos. Ellos me criaron y se mantuvieron a mi lado cuando nadie más me quería cerca. Cuidaron de mí y me protegieron con su vida. Mi hogar está con Danielle, que nunca ha retrocedido o se ha alejado incluso cuando le he dado motivos para ello. Mi hogar, *madre*, está y siempre estará donde se encuentren ellos. Y estás mucho peor de lo que pensaba si crees que los abandonaría por vosotros. Ellos son mi hogar —insistí, porque esa era la única certeza de la que nunca me permitiría dudar, y al diablo con ella si eso ofendía su inexistente instinto maternal.

—Alex... —me llamó Danielle, con un tono suave que me hizo comprender de inmediato que tenía que calmarme.

Bajé la vista. Con la camisa de manga larga que llevaba, mis manos eran lo único que quedaba al descubierto, y estaban completamente negras. Un vistazo a mi reflejo en la ventana más cercana me bastó para comprobar que la oscuridad también se extendía ya por mi cuello. En mi pelo habían aparecido algunos mechones blancos y otros negros, y sentía el modo en que mis dientes habían comenzado a afilarse. Estaba a punto de transformarme.

La reacción de mi madre en esta ocasión fue instintiva y mucho menos contenida. Retrocedió en el asiento y se llevó la mano al colgante que pendía de su cuello. Sus labios se entreabrieron y supe que odiaría lo que fuera a decir antes incluso de llegar a escucharlo.

—Alexander, tú me hiciste daño.

Danielle inhaló con brusquedad mientras mi corazón se quebraba. Toda mi ira quedó sepultada por la oleada de amargura que me sobrevino y mi estómago se contrajo por las arcadas. Aun así, la oscuridad de mis venas no retrocedió, aunque sí detuvo su avance, inmóvil en mi interior, como si se mantuviese a la expectativa de lo que pudiera suceder a continuación. Observando. Analizando. Esperando para engullirme por completo de un segundo al siguiente.

Me odié por sentirme así, pero no había nada que pudiese hacer para evitarlo.

Nada salvo Danielle, que se levantó y se colocó a mi lado. Ignorando a mi madre, acomodó su mano en el interior de la mía y, cuando traté de deshacerme de su agarre, no me lo permitió. Acto seguido, sin darle ninguna importancia a la red de venas oscuras que cubría mi piel, llevó la otra mano hasta mi cuello y deslizó el pulgar por mi mandíbula una y otra y otra vez; muy despacio y con una ternura infinita.

«Te veo, Alexander Ravenswood. Te veo y no me das miedo», dijeron sus ojos rebosantes no solo de confianza, sino de cariño. De amor.

Nos miramos durante un instante que pudo durar segundos u horas. La caricia de sus dedos no se detuvo, y luego ella susurró un «Siempre» que hizo eco por todo mi cuerpo y en mi propia alma.

Y fue ella también la que, cuando consiguió hacer retroceder mi oscuridad, se volvió hacia mi madre y tomó la palabra por primera vez desde que habíamos entrado allí.

—Por mucho que lo intento, no puedo encontrar la forma de lamentar lo que te sucedió, pero quiero que sepas que sí siento lástima por ti. Lástima porque hayas sido tan cobarde y mezquina como para perderte cómo el niño que te hirió sin ser consciente de lo que hacía ha crecido y se ha convertido en un hombre leal, honesto, cariñoso, divertido, respetuoso, generoso, compasivo y valiente; un hombre con una fortaleza increíble, tenaz, resiliente y justo. Podría seguir toda la noche enumerando sus cualidades, pero no voy a perder mi tiempo contigo. No te mereces un hijo como él, y ojalá el destino tenga un sitio en el infierno reservado para ti.

Y con esas palabras, mi corazón roto volvió a latir de nuevo.

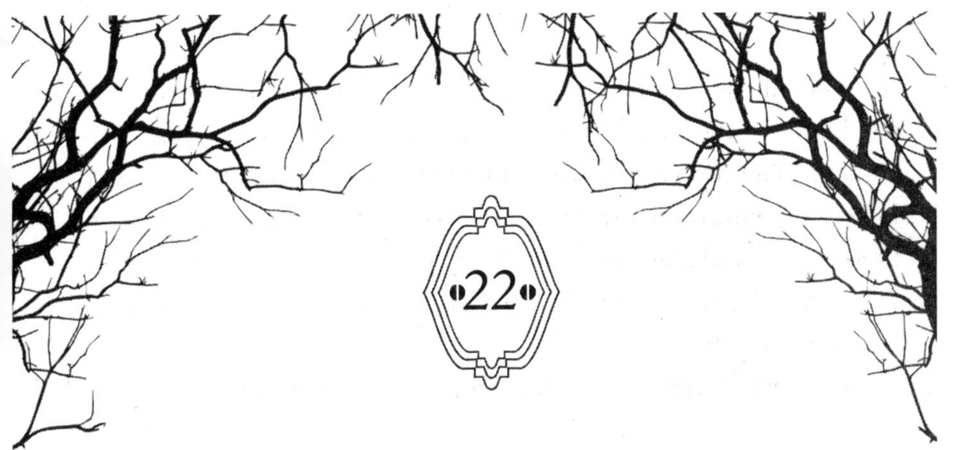

22

La ira fluía por mis venas y..., mierda, anhelaba dejarla salir y fulminar a aquella despreciable mujer con ella. No, no lo merecía, me dije. No se merecía ni nuestro tiempo ni nuestra atención, ni siquiera nuestro odio. Culpar a un crío de cinco años, prácticamente un bebé, de algo sobre lo que no había tenido ningún control ya era miserable, pero que ese niño se tratase de su propio hijo y luego lo abandonase sin más... No tenía palabras.

De verdad que esperaba que fuese directamente al infierno. Y si al final Elijah conseguía traerlo a este mundo, por mí podía comérsela un demonio. ¿Es que no había sido consciente de lo dolido que había sonado Alex? ¿Del sufrimiento que había goteado de cada palabra y reproche? ¿De verdad había creído que se marcharía con ella sin más? De no haber conocido a Alex y a los gemelos, hubiera pensado que todos los Ravenswood habían perdido la cabeza.

Me contenté con asesinar a la mujer con la mirada, rezando porque no se le ocurriese replicar. Aquello se había acabado. No me importaba si no nos había dicho nada sobre Elijah y sus planes; de cualquier manera, dudaba que supiera algo al respecto.

Ya estaba girándome para decirle a Alex que nos marchábamos cuando de repente Melinda se lanzó sobre mí. Antes de que pudiera reaccionar, me retorció el brazo contra la espalda y me clavó las uñas de su otra mano en torno a la zona del cuello donde estaba la tráquea, y eran unas uñas muy afiladas. Aferré su muñeca con mi mano libre, pero no conseguí que aflojara su agarre. Aunque éramos de la misma altura, la fuerza que exhibía superaba por mucho la mía. No era natural.

—Eres tú quien acabará en el infierno —susurró en mi oído, mientras Alex se abalanzaba hacia nosotras. Empujó aún más arriba mi brazo, arrancándome un quejido que detuvo el acercamiento de Alex de inmediato—. Ni se te ocurra, Luke, o le arranco la garganta.

«Luke».

Melinda no lo había llamado así en ningún momento; eso era lo único que había hecho bien durante el encuentro. Era su padre quien se refería a él empleando ese nombre. Y Elijah.

Tuve un terrible presentimiento.

—Suéltala —exigió Alexander, y su voz sonó antigua y perversa. Letal.

Melinda, o quien fuera que estuviese dirigiendo a la mujer, chasqueó la lengua.

—No. Me escucharás, y luego decidiré qué hacer con esta… cosa.

Elijah. Tenía que ser Elijah. No era como si no esperase un mejor trato por parte de Tobbias, pero el nigromante ya me había llamado «consecuencia no deseada». Lo de «cosa» solo parecía un paso más en la escala de referencias despectivas.

Alexander debió de darse cuenta también y… no fue bueno. El cambio en él se operó en lo que me llevó parpadear. Su oscuridad había estado tan cerca de la superficie un momento antes que dudo siquiera que se molestara en luchar contra ella.

—Suéltala —repitió, y su tono fue aún más terrible.

—Te has encariñado con ella, Luke, pero nunca saldrá bien. Los Ravenswood y los Good… —No terminó la frase; sin embargo, su desagrado quedó patente—. Lo sabes, ¿no? No está destinado a ser. Las Good siempre han sido mujeres engañosas y crueles.

Busqué la mirada de Alexander para tratar de transmitirle serenidad y me encontré con los dos charcos turbulentos y oscuros en los que se habían convertido sus ojos. Tenía el labio superior levemente retraído, exponiendo los dientes como harían los lobos. ¡Los lobos! Me había olvidado de que los gemelos y Sebastian estaban fuera. Sin embargo, apenas conseguía llevar aire a mis pulmones. La presión sobre mi garganta no me permitiría gritar, y no estaba segura de cómo reaccionaría Melinda —Elijah— si lo hacía; yo misma había visto al nigromante arrancarle el corazón no a una, sino a dos personas con sus propias manos. Y lo que fuera que estuviese haciendo, poseer a Melinda o controlar su cuerpo a distancia, no se estaba viendo demasiado afectado por los hechizos de supresión de la cabaña.

Alex ladeó la cabeza, lo cual lo hizo parecerse aún más a los lobos.

—¿Eso fue lo que te pasó, Elijah? ¿Sarah te engañó? Creía que habías hecho un trato con ella para salvar a Mercy.

Melinda siseó, aunque ya resultaba evidente que era Elijah quien hablaba a través de sus labios. Me concentré en buscar su magia. ¿De verdad estaba allí o era solo un elaborado truco de ventrílocuo? Percibía poder detrás de mí. No como el de Alex o como el mío; mucho más débil, en cierto modo, apagado. Me hizo pensar que era el de la propia Melinda. Pero había algo más que no conseguía ubicar, algo malicioso, pero tampoco tan devastador como debía de ser la magia del nigromante.

No estaba allí, no del todo. Quise pensar que también Alex lo sabía.

—Sarah eligió, y lo hizo mal. Como todas las Good. Así que sí, hice un trato con Benjamin. Ellos creían que los ayudaría a escapar juntos, pero me quedé con su criatura y, a cambio, maldije a todos los Good y Ravenswood de generaciones futuras que se atrevieran siquiera a desear estar juntos.

—Los traicionaste —dijo Alexander. Luego, sus ojos negros se fijaron en mí y murmuró para sí mismo—: Dith y Wood.

Yo había estado en lo cierto, o al menos me había acercado. Pero no había sido el destino quien parecía empeñado en unir a un Ravenswood y una Good para luego separarlos, sino que Elijah había maldecido dicha unión de llegar a producirse.

—Amabas... a... Sarah —farfullé a duras penas.

Me hubiera reído de haber podido a pesar de que no era gracioso. Salem, los juicios, todo lo sucedido... ¿había sido provocado por un amante despechado?

—¡Basta! No he venido hasta aquí para hablar de eso.

Sus uñas se hundieron un poco más en mi carne y sentí calidez gotear por mi cuello. Las fosas nasales de Alex se hincharon; un gruñido reverberó en su pecho.

—¿Qué quieres?

—A ti, Luke. Tu poder y tus capacidades. Solo eso.

—Quieres un imposible.

Elijah me empujó por la espalda, obligándome a arquearla para mantenerme lo más quieta posible.

—Igual que tú, ¿no es así? Esto —dijo, y me zarandeó de modo que la piel se desgarró un poco más— acabará mal si no te unes a mí.

—Te aseguro que si Danielle sufre más daño, lo único que obtendrás a cambio será mi furia. Y no descansaré hasta que haya borrado cualquier rastro de tu persona de la faz de la Tierra.

—Solo tengo que esperar —prosiguió, como si Alex no hubiera hablado. Los bordes de mi visión comenzaron a ennegrecerse por la falta de oxígeno—, pero estoy cansado de perder el tiempo, Luke. Tienes tres semanas para venir a mí, aunque no te prometo que no te haga una visita antes.

—¿O qué? No puedes abrir las puertas del infierno sin mí.

Me vi lanzada hacia delante. Por suerte, Alexander me atrapó antes de que me diera de bruces contra el suelo. Mis pulmones se expandieron de golpe al verme liberada y empecé a toser. El aire de la habitación crepitó y supe que Elijah se había marchado. Sin embargo, Alex se apresuró a dejarme en el sillón y regresó junto a Melinda. La mujer seguía de pie y debía estar confundida, porque ni siquiera se apartó cuando él extendió el brazo y le arrancó de cuajo el colgante que reposaba entre sus clavículas.

—Por tu bien, espero que no te hayas prestado a esto voluntariamente.

Tiró el collar al suelo y pisoteó el amuleto hasta convertirlo en pedacitos. Cuando regresó a mi lado, yo ya me había recostado para tratar de recuperar el aliento. Tenía la garganta dolorida y estaba un poco mareada.

—Lo siento, debería haberme dado cuenta —murmuró, arrodillándose junto al sofá.

Melinda hizo un ruidito de disgusto que no tuve fuerzas para detenerme a interpretar, así que me dediqué a ignorar que estaba allí y, por suerte, ella no se hizo notar de nuevo.

—No pasa nada. Estoy... bien.

Alex agitó la cabeza ante la mentira. No quería discutir con él, lo único que deseaba era alejarme, y alejarlo, de aquella mujer cuanto antes. Hice ademán de incorporarme, pero él me detuvo.

—Espera, hay que curarte. Avisaré a los demás.

Echó un vistazo rápido hacia su madre. La mujer se había sentado de nuevo y lucía completamente aturdida; sin embargo, Alex debió decidir que no iba a correr ningún riesgo. En lugar de ir hasta la puerta, llamó a Wood a gritos. Apenas habían transcurrido unos pocos segundos cuando Wood, Rav y Sebastian irrumpieron en el salón.

Al descubrirme tumbada en el sofá, todos empezaron a hablar al mismo tiempo. Alex ni siquiera se paró a explicar lo sucedido.

—Sacadla de aquí —pidió, señalando a su madre—. Podéis encerradla en otra habitación mientras compruebo las heridas de Danielle, pero no la dejéis sin vigilancia.

Sebastian se adelantó antes de que ninguno de los otros pudiera ofrecerse. Agarró del brazo a la mujer y la obligó a ponerse en pie. La mirada que Wood le dedicó al pasar la hubiera hecho correr en dirección contraria si hubiera sido consciente de ella.

En cuanto estuvieron fuera de nuestra vista, Alex se concentró de nuevo en mí. Con el ceño fruncido por la preocupación, empujó mi barbilla con suavidad hacia atrás.

—Solo es un arañazo —señalé, lo cual era una mentira aún más gorda.

Alex resopló.

—Estás sangrando, y tu voz suena como si te hubieras dedicado a tragar piedras. No es solo un arañazo.

Rav se colocó junto a él y contempló los daños con la misma concentración, y fue solo entonces cuando me acordé de la dolencia que aquejaba a mi amigo.

—Oh, mierda, nos hemos olvidado de preguntarle por Cam.

—¿Cam? —inquirió Raven—. ¿Qué podría saber Melinda sobre lo que le ocurre a Cam?

Alexander apretó los dientes con tanta fuerza que temí que se rompiera alguno.

—Tenía un colgante embrujado que Elijah ha empleado para comunicarse con nosotros a través de ella.

Wood masculló una maldición, pero fue Raven el que dijo:

—Deberíamos haber entrado con vosotros.

—No es culpa vuestra. Yo debería haber percibido la magia del amuleto, pero estaba demasiado... distraído.

Más bien furioso y dolido, lo cual resultaba lógico en vista de lo mal que había ido todo.

—¿Crees que era él todo el tiempo?

Alex titubeó.

—No estoy seguro. Diría que es imposible que Elijah esté al tanto de mi historia completa, pero en realidad hablé yo la mayor parte del tiempo. Podría haber sido él desde el principio y estar siguiéndome el juego.

Yo no estaba tan segura. Melinda había dicho que Alex le había hecho daño. Ese dato no era de dominio público en Ravenswood, y veía complicado que el nigromante hubiera podido escucharlo de algún alumno a lo largo de los años. Claro que Tobbias podía habérselo contado.

—¿Qué fue lo que os dijo? —preguntó Wood.

Los dedos de Alex se deslizaron a lo largo de mi garganta y palpó el borde de las heridas con cuidado. Cuando se me escapó un quejido, retiró la mano. Volvió la cabeza hacia Wood para responder:

—Nos dio un ultimátum: tengo tres semanas para reunirme con él en Ravenswood.

Esperé para ver si añadía algo más, pero no lo hizo, y comprendí que había decidido no compartir con Wood nada sobre la supuesta maldición entre nuestros linajes. Puede que lo hiciera para no incrementar su dolor o para evitar que se preocupara por nosotros. Seguramente, por ambas cosas.

Wood ya había sufrido lo suficiente, y saber que tal vez su historia con Dith había estado condenada desde el principio no le ayudaría en nada. Pero si Elijah había dicho la verdad, significaba que ese era el mismo destino que nos esperaba a Alex y a mí.

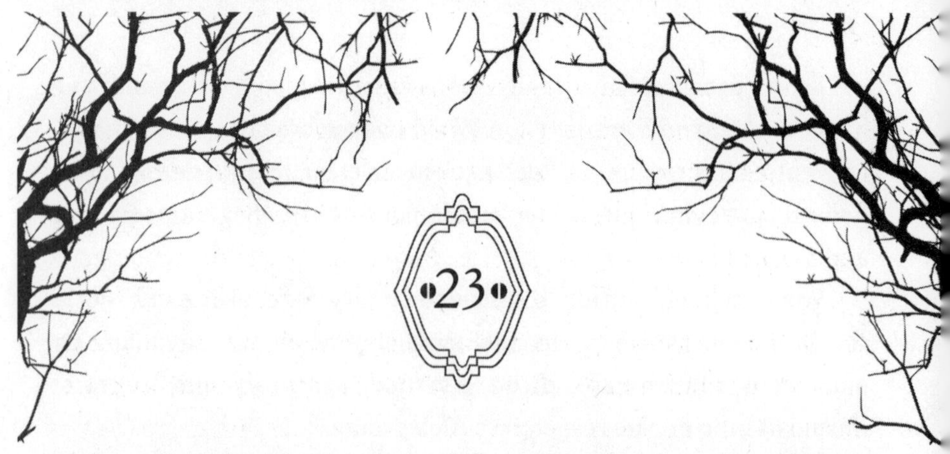

23

Laila sanó mis heridas. Otra vez. Y lo hizo mostrándole a Alex cada paso a seguir a petición de este. Parecía decidido a aprender todo cuanto pudiera sobre la magia de curación. Los cortes desaparecieron y el dolor de garganta se fue con ellos, así como el cardenal que empezaba ya a formárseme en la zona. No le llevó más que un puñado de segundos; no se podía negar que la heredera de Abbot tenía un don para sanar.

Sebastian se había quedado en la cabaña custodiando a Melinda, pero apareció cuando Alex y yo estábamos saliendo del invernadero. Había estado interrogándola. Nos dijo que ella no había sabido que el colgante estaba hechizado. Al señalarle que podría haber mentido, Sebastian confesó que había empleado magia oscura para obligarla a decir toda la verdad. Si esperaba que Alexander o yo le reprochásemos ese detalle, debió de llevarse una decepción.

—¿Sabes si fue Elijah todo el tiempo?

Me encogí al escuchar la pregunta porque sabía que, a pesar de todo, a Alex aún le importaba.

—Recordaba todo lo sucedido hasta que tú te transformaste. Ha dicho que no sabe qué pasó después. Lo siguiente que recuerda es ver a Danielle ya herida y a ti rompiendo el colgante.

Joder. Melinda había estado ahí; incluso si exigirle que regresara era alguna clase de imposición de Tobbias, o del propio Elijah a través de este, había sido ella la que pronunciaba cada palabra de dicha petición. Y también la que le había reprochado el daño causado hacía tantos años.

Aunque Alex mantuvo el rostro inexpresivo, me apreté contra su costado, ofreciéndole consuelo. Él bajó la mirada hacia mí.

—¿Tienes hambre? —Negué. Puede que ya no me molestase la garganta, pero esa noche iba a pasar de la cena—. Bien, entonces es hora de que conozcas la piscina de este sitio. El agua te vendrá bien para recargarte.

La idea me sonó a música celestial. En realidad, mi magia no había sufrido ningún desgaste porque no la había empleado en absoluto, lo cual hablaba bastante mal de mi capacidad de reacción. Aun así, la posibilidad de nadar...

Le brindé un leve asentimiento y él forzó una sonrisa que no me engañó ni por un momento. Luego, volvió a dirigirse a Sebastian.

—¿Sigue en la cabaña?

—La he metido en el coche y la he instado a largarse lo más lejos de aquí.

—Bien, y gracias por ocuparte de todo.

—¿Vais a seguir adelante con lo del viaje astral?

Después de lo sucedido parecía un riesgo innecesario. Aunque no habíamos llegado a preguntarle a Elijah sobre lo que le sucedía a Cam, ya sabíamos lo que quería el nigromante: a Alex, y eso no era negociable.

—No creo que sirviera de nada.

—Aún podría encontrar la manera de llegar a un acuerdo con él —terció Alex, titubeante.

Entrecerré los ojos y me quedé mirándolo.

—Si vas a ofrecerte como moneda de cambio para que nos ayude, la respuesta es no. Encontraremos otra manera de ayudar a Cam. Nada de viajes astrales por ahora.

Tras despedirnos de Sebastian, Alex me llevó directamente a la piscina. Estaba ubicada en un anexo justo en el ala contraria, así que tuvimos que atravesar toda la academia para llegar hasta allí. Casi todos los alumnos estaban ya en el comedor para la cena o dirigiéndose a él, por lo que esperábamos encontrar las instalaciones vacías y así fue, pero también estaban cerradas.

Alexander realizó un rápido hechizo de apertura y nos colamos en el interior sin que nadie nos viera. La humedad del aire me golpeó de inmediato. La piscina era de tamaño olímpico, y el vapor que se alzaba desde la superficie del agua convertía la estancia casi en una sauna. Oh, Dios, aquello era el cielo.

—Se te están contagiando mis malas costumbres —me reí. Saltarse las normas era más propio de mí que de él—. Creo que te he echado a perder.

Pensaba seguir metiéndome con él un poco más, hasta que se sacó por la cabeza la sudadera que había llevado para salir al exterior y caí en la cuenta de un detalle bastante relevante.

—No tenemos bañador.

Echó un vistazo alrededor y luego me miró como si me dijese «No hay nadie más aquí».

—¿Los necesitamos?

—Definitivamente, te he echado a perder.

Por toda respuesta obtuve una visión gloriosa de su pecho desnudo, pero no se detuvo ahí. Sus manos se movieron hasta la cinturilla de sus pantalones.

—¿Vas a seguir ahí plantada mirándome?

Asentí con un entusiasmo vergonzoso, porque aquel era un espectáculo digno de contemplar.

—Desnúdate, Danielle —dijo entonces—. Puedes dejarte la ropa interior si quieres, aunque... —Extendió el brazo hacia la puerta de entrada y sus labios se movieron para pronunciar un nuevo hechizo de cierre—. Nadie va a entrar aquí.

—Eres consciente de que todos en este sitio son brujos, ¿verdad? Brujos que pueden realizar hechizos igual que tú.

—Te aseguro que este les va a costar más deshacerlo. Ahora, quítate la ropa. ¿O prefieres que sea yo quien lo haga por ti? —Su tono descendió una octava en la última frase, y la mirada con la que acompañó sus palabras me provocó un escalofrío de anticipación.

No me permitió contestar. Se plantó frente a mí y enredó los dedos en el bajo de mi jersey. Agarré su muñeca y lo detuve. Me estaba distrayendo. Alexander tenía la capacidad de hacerme olvidar lo que era importante cuando adoptaba esa actitud juguetona, pero no quería dejarlo pasar.

—Espera. ¿Estás bien? Tu madre...

—No quiero hablar de Melinda. Nunca. No quiero dedicarle ni un solo pensamiento más.

Suspiré. Lo entendía, yo también evitaba pensar en mi padre, y aún más en mi madre y en lo que había descubierto sobre ella y la muerte de mi hermana. Pero hablar a veces ayudaba.

—Está bien, pero prométeme que hablarás conmigo si lo necesitas. —Le rodeé el cuello con los brazos para acercarlo—. Y quiero que sepas que cada una de las cosas que le dije sobre ti era cierta. Es ella la que ha salido perdiendo en todo esto, no tú. No te merece.

Alex no contestó con palabras, pero sus ojos brillantes y su expresión conmovida hablaron por él. Con la punta de los dedos, me instó a elevar la barbilla para rozar la boca contra la mía.

—Soy yo quien no te merece a ti, aunque no te dejaré escapar de todas formas.

Fui a protestar, pero Alexander decidió dar el tema por zanjado. Me alzó en volandas y se encaminó hacia la piscina.

—Alex, ni se te ocurra.

Él soltó una risita y se situó en el borde.

—La próxima vez, Danielle Good, no discutas conmigo y desnúdate cuando te lo pida —susurró en mi oído.

Luego, sin más, me dejó caer.

Me hundí hasta el fondo antes de salir a la superficie despotricando. Sinceramente, no estaba cabreada. Me dije que podía convertir aquello en otro de esos instantes de normalidad que se le habían negado a Alexander durante tanto tiempo. Además, estas travesuras eran la clase de cosas que siempre había disfrutado; compartirlas con él era un plus.

—Sabes que voy a vengarme por esto, ¿verdad?

—Cuento con ello —dijo, mientras se inclinaba para deshacerse de los pantalones.

Volví a quedarme embobada, al ver toda esa piel dorada y los músculos en movimiento, aunque esta vez hice lo posible para mantener mi expresión desafiante y no delatarme. No estaba segura de haberlo conseguido. Cuando se irguió en toda su altura, cubierto solo por la tela negra del bóxer que abrazaba sus caderas como a mí gustaría estarlo haciendo en ese momento, Alex esbozó una sonrisita de suficiencia al captar mi mirada interesada. Estaba claro que mi capacidad para disimular era muy limitada.

Le hice un gesto con la mano y entonces fui yo quien se puso mandona.

—Ven aquí.

Él arqueó una ceja y me observó desde arriba, pero no se negó. Cuando me di cuenta de que iba a lanzarse, comencé a nadar hacia el otro lado de la piscina, lo cual era un poco complicado con la ropa mojada y las botas aún puestas. Sin embargo, el agua era mi elemento, tenía ventaja allí. Sentía la magia más viva que nunca en mi interior, y huir de Alex, como un juego que hubiésemos empezado hacía mucho. Así que nadé con todas mis fuerzas y me empleé aún más a fondo cuando escuché a mi espalda el chapoteo de su entrada en el agua.

Al llegar a la zona menos profunda, me puse en pie y seguí moviéndome. No me detuve hasta que estuve a un par de metros del muro. Entonces, me giré para verlo avanzar nadando hacia mí. Tenía estilo, había que concedérselo, claro que había contado con una piscina propia en Ravenswood.

Me alcanzó en cuestión de segundos y se lanzó directo a por mí. No me resistí; enredé los brazos en torno a su cuello, y las piernas, alrededor de sus caderas. Él miro hacia abajo, entre nuestros cuerpos.

—Lo de lanzarte con ropa no ha sido una buena idea. —Me reí y él lo hizo conmigo. Cuando nuestras risas se apagaron, lo descubrí revisando de nuevo mi garganta—. ¿Estás bien de verdad?

—Laila ha hecho un trabajo increíble, y el agua —añadí, empleando una mano para salpicarle la cara— no hace más que reforzarlo. Estoy bien, Alex, deja de preocuparte.

—Nunca.

Puse los ojos en blanco.

—Qué dramático.

—Te encanta mi dramatismo.

—Lo odio.

Mentira, lo amaba. Me gustaba demasiado que fuera tan apasionado y leal con la gente a la que quería, que se desviviera por los gemelos y por mí.

Alex deslizó la mano por mi cuello y sostuvo mi cabeza. Se acercó muy muy despacio a mis labios, mientras que con su otra mano empujaba mi trasero para apretarme más contra él. Cerré los ojos, dispuesta a entregarme a otro de sus maravillosos besos, pero en el último momento trasladó la boca hasta mi oído y susurró:

—Mentirosa.

—Te odio, idiota —insistí, y percibí su sonrisa contra la piel seguido del roce de sus dientes.

Me estremecí. Su lengua salió a jugar. Lamió las gotitas de agua de mi cuello con una dedicación exquisita. Besó y mordisqueó, y juro que sentí cada toque entre mis muslos. No sé cuánto tiempo estuvo entregado a la tarea, pero las caricias de su boca resultaron demasiado y a la vez insuficientes. El deseo me quemaba en las venas del mismo modo que lo hacía mi magia; lo quería, y lo quería todo.

—Alex...

—No suenas como si me odiases —dijo, y si no hubiera sido porque adoraba cuando se desprendía de su rigidez habitual, lo hubiese golpeado—. Tal vez quieras replanteártelo. O puedo sacarte de aquí, llevarte a la habitación y follarte hasta que admitas que me amas entre gemidos.

Oh, sí, me gustaba este Alexander. Mucho. Me eché hacia atrás para ganar un poco de espacio y poder verle la cara.

—Lo último. Mejor lo último.

Otra de sus sonrisas arrogantes asomó a su rostro y me mantuvo entre sus brazos, pero empezó a caminar hacia la escalera.

—Venga, salgamos de aquí.

24

Irme a la cama sin cenar resultó una idea terrible, más aún teniendo en cuenta que Alexander y yo no empleamos las primeras horas en dormir. Después del entrenamiento de la tarde, el ataque de Elijah y la ya mencionada sesión de sexo, primero en la ducha y luego en la cama, mi estómago decidió despertarme de madrugada y reclamar el alimento que no le había proporcionado. Así que dejé a Alex profundamente dormido, me puse su sudadera y un pantalón de chándal y me deslicé lo más silenciosamente posible fuera del dormitorio.

El pasillo estaba desierto y esperaba encontrar el resto de la academia en un estado similar, y fue justo ese pensamiento el que me hizo recordar las veces en las que Cam y yo nos habíamos escabullido en mitad de la noche para asaltar la cocina de Abbot. Nunca había creído que echaría tanto de menos algo tan simple como eso, pero, cuando quise darme cuenta, me dirigía hacia la habitación de Cam en vez de tomar las escaleras. Con todo lo que mi amigo había estado durmiendo, era muy probable que estuviera descansando también a estas horas; sin embargo, me dije que llamaría a su puerta muy flojito y probaría suerte, sabiendo que eso no despertaría a Raven.

Al llegar, descubrí que había luz bajo su puerta. Di solo dos toques suaves. Mi estómago volvió a rugir mientras esperaba. Tras un minuto largo, obtuve respuesta finalmente. Cam me miró con expresión somnolienta y a la vez desconcertada desde el interior del dormitorio.

—¿Qué haces aquí? ¿Y por qué parece que algo ha anidado en tu pelo?

Me había acostado con el cabello húmedo, así que lo llevaba en plan salvaje. Me pasé los dedos por él un par de veces antes de desistir por completo.

—No importa. Vengo a secuestrarte —dije, y su confusión aumentó—. ¿Te apetece una visita nocturna a la cocina?

Eso bastó para que comprendiera de qué iba todo aquello. Una sonrisa enorme le llenó la cara y echó un vistazo por encima de su hombro. Al seguir el rumbo de su mirada pude ver a Rav metido en su cama, durmiendo a pierna suelta. Sin camiseta. Oh, sí, íbamos a hablar de eso en cuanto consiguiésemos un buen trozo de pastel y algo de beber para ayudar a engullirlo.

Cuando volvió a mirarme, era yo la que estaba sonriendo como una imbécil. Le hice un gesto insinuante con las cejas.

—Vas a torturarme con esto, ¿verdad?

—No lo sabes tú bien —me reí—, pero voy a tener la consideración de esperar a que estemos en pleno coma diabético para hacerlo.

—Me parece justo.

Fuimos afortunados; la academia dormía. Laila, Robert y su aquelarre habían confiado hasta ahora en la fortaleza de la barrera para no haber establecido patrullas, pero eso estaba a punto de cambiar. Después de la amenaza de visitarnos lanzada por Elijah, de la que por supuesto habíamos informado a la bruja Abbot, esta nos hizo saber que organizaría guardias, al menos en el exterior, a pesar de que ya había una especie de alarma mágica que saltaría en caso de que alguien tratara de manipular la barrera para entrar. Cualquier precaución que tomásemos estaba justificada teniendo en cuenta lo poderoso que era el nigromante.

Cam y yo alcanzamos la puerta de acceso al comedor sin ningún contratiempo. Estaba abierta, pero no ocurrió lo mismo con la que comunicaba con la cocina. Él hizo un gesto con la mano y se apartó.

—Haz los honores.

Era tan bueno como yo forzando cerraduras, pero me dio la sensación que no se sentía del todo cómodo empleando su magia en la situación en la que estaba, y quizás fuera mejor que no lo hiciera; no sabíamos lo que podría ocurrir si se esforzaba más de lo debido.

Me adelanté y encaré la puerta. Fui rápida. Dith había hecho un gran trabajo enseñándome todo tipo de hechizos de apertura y había pocas cerraduras que se me resistieran, solo esperaba que no tuviera también una alarma y acabásemos teniendo que explicarle a Laila, Aaron o Beth qué hacíamos asaltando la cocina en plena madrugada. No creía que les convenciera lo de que era una tradición para nosotros, y desde luego sería un pésimo ejemplo para los alumnos de la academia.

—*Et voilà* —dije, con cierto dramatismo, una vez que escuchamos un *clic* revelador.

Luego, invoqué una muy pequeña parte de mi poder en forma de bola de luz que hice levitar cerca del techo.

—Fanfarrona, podías haber simplemente encendido la luz.

—Deja que disfrute de mi momento de protagonismo.

Cam negó con la cabeza a causa de mis payasadas, pero sonrió de todas formas.

La cocina era mayor que la de Abbot, claro que estaba segura de que la academia Bradbury tenía capacidad para alojar a más estudiantes. Todo el mobiliario era metálico y estaba perfectamente limpio y ordenado. Cam y yo ni siquiera tuvimos que ponernos de acuerdo; él se dirigió hacia un lado y yo hacia el otro y dimos comienzo a nuestra particular búsqueda del tesoro. Abrimos varios frigoríficos, armarios, cajones... Reunimos un par de platos, tenedores, algunos refrescos y servilletas. Y, lo más importante, encontramos una tarta de tres chocolates que en un mundo ideal hubiese llevado nuestro nombre impreso.

—Alguien se va a cabrear mucho mañana —señaló Cam, pero no pudo disimular su entusiasmo.

Por un momento fue como estar de regreso en Abbot, y como si la persona que nos regañaría al día siguiente fuera Thomas Hubbard. Cam tenía que echarlo muchísimo de menos a pesar de sus reprimendas...

No regresamos al comedor, sino que nos servimos un trozo enorme de tarta cada uno y nos acomodamos directamente en el suelo, con la espalda apoyada en los armarios y el plato sobre el regazo. Ambos gemimos con el primer bocado.

Dios, de verdad sentaba bien volver a hacer aquello con él.

Durante un buen rato comimos, o más bien engullimos, sin intercambiar una palabra. Y me alegré de que el apetito de Cam no se hubiera visto afectado; aunque seguía ojeroso y algo pálido, quizás incluso un poco más que en nuestro último encuentro.

Necesitábamos encontrar una forma de curarlo pronto; porque, si no dábamos con nada, tendría que arriesgarme y tratar de sanarlo yo.

—¿Te das cuenta de que aún podríamos graduarnos?

—¿Qué?

Cam hizo un gesto con el tenedor hacia lo que nos rodeaba.

—Podríamos terminar nuestro último año aquí.

No había pensado en ello; sinceramente, había olvidado que, según nuestras tradiciones, mi formación estaba incompleta y no era una bruja de pleno derecho. Tampoco nos habían entregado el que se convertiría en nuestro grimorio.

—No sé si tiene sentido que lo hagamos ya. Todo... ha cambiado —dije.

—Sí que lo ha hecho. —Cam suspiró y se metió otro trozo de pastel en la boca.

—Aunque no me importaría quedarme aquí un tiempo, ¿has visto la piscina que tiene este sitio?

—No, pero parece que tú sí. ¿Has ido con Alexander? —preguntó entonces, porque yo podía ser una cotilla, pero Cam tampoco perdía la oportunidad para ser partícipe de cualquier chisme.

—Ah, no. Aquí soy yo la que hace las preguntas. Ya tuve que soportar las tuyas cuando volví a Abbot. Así que... tú y Raven, ¿y bien? ¿Qué se siente al estar con un brujo oscuro? —me burlé, devolviéndole la pregunta que él mismo me había hecho sobre Alexander—. Porque estáis juntos, ¿no?

Rav había dicho que se habían besado, y no solo eso, estaban durmiendo en la misma habitación. En Abbot, Cam solía ser de los que visitaban otras camas, pero nunca se quedaba; tenía alguna norma absurda al respecto sobre mantener las cosas *ligeras*. En otras palabras, nunca se comprometía.

—¿Te vale si te digo que me gusta?

—Está ahora mismo durmiendo en tu cama; *gustar* me parece un término muy amplio. Concreta un poco más.

Resopló y me lanzó una mirada de soslayo.

—¿Ahora es cuando me das la charla sobre no hacerle daño a tu familiar?

Me eché a reír. No había sido esa mi intención. A pesar de su política de cero compromiso, Cam era un buen tipo y solía dejarle claro a sus ligues lo que podían esperar de él. Pero la verdad era que me preocupaba un poco que Raven, con su particular forma de ser, pudiera malentender lo que había entre ellos y saliese herido.

—¿Necesitas que te la dé? Porque puedo hacerlo.

Las comisuras de sus labios se arquearon y apartó la mirada. Me di cuenta de que se estaba sonrojando.

—No, no hace falta. Supongo que sí estamos... saliendo.

—¿Supones?

Cam se encogió de hombros.

—No hemos tenido la conversación aún, pero me gusta mucho y es un tipo muy dulce. —Soltó un risita ridícula—. Nunca pensé que justo eso pudiera atraerme tanto de una persona.

—Oh, Dios, mírate, Cameron Hubbard, en el fondo eres un romántico.

Me dio un golpecito de advertencia en el muslo, pero yo estaba disfrutando demasiado de todo aquello. Me encantaba la pareja que hacían, y estaba segura de que se tratarían bien el uno al otro.

—Solo...

—¿Qué?

Se puso aún más rojo, y de verdad que adoraba verlo sonrojarse cuando hablaba de Raven. No era habitual en él, lo cual solo venía a confirmar que estaba colgadísimo.

—Quiero ir despacio con él, ya sabes... —dijo, aunque no tenía ni idea de qué estaba hablando.

—No estoy segura de a qué te refieres.

—Raven no tiene experiencia —admitió finalmente.

—Oh. ¡Oh! Vale, no, no lo sabía, aunque supongo que sí lo intuía. ¿Te supone eso un problema? —pregunté, y él me miró como si acabase de insultarlo.

—Ninguno, pero no quiero que se sienta presionado y no es como si yo me encontrase en mi mejor momento.

Deslicé el tenedor en mi boca con otro bocado y mastiqué mientras valoraba sus preocupaciones.

—Rav es muy sensible para algunas cosas y a veces es complicado hablar con él, no porque se tome nada mal, sino porque es capaz de saltar de un tema a otro sin que exista relación aparente entre ambos, pero, sinceramente, dudo que haga jamás nada que no quiera hacer. Tiene tres siglos de vida, no es un crío y no deberíamos tratarlo como tal, aunque me parece genial por tu parte que respetes sus tiempos. Solo un consejo: no dudes en preguntarle directamente. A él le gustas muchísimo, Cam, eso sí puedo decírtelo. Y me dijo que os besasteis.

—Estuvimos a punto de acostarnos —soltó él a bocajarro. Me metí otro trozo de tarta en la boca para no hacer preguntas que no me concernían: ¡¿Cómo?! ¡¿Cuándo?!—. ¿Qué? ¿No tienes nada que decir?

Le di un sorbo a mi refresco antes de contestar:

—Mmm... ¿que uséis protección?

Cam se echó a reír, y me di cuenta de que se relajó. Tal vez estaba realmente preocupado por lo que yo pensaría o quizás le inquietaba el hecho de que Raven fuera un brujo oscuro y un familiar.

—Tienes mi bendición si eso es lo que quieres saber; no es que la necesitéis, claro. Por lo que sé, tenéis también la de Alexander, aunque es posible que haya amenazado con arrancarte la cabeza si se te ocurre herir a Rav de alguna forma.

Un montón de trozos de chocolate salieron volando de su boca de golpe.

—Bromeas, ¿verdad? —preguntó, alarmado.

Solté una carcajada.

—No.

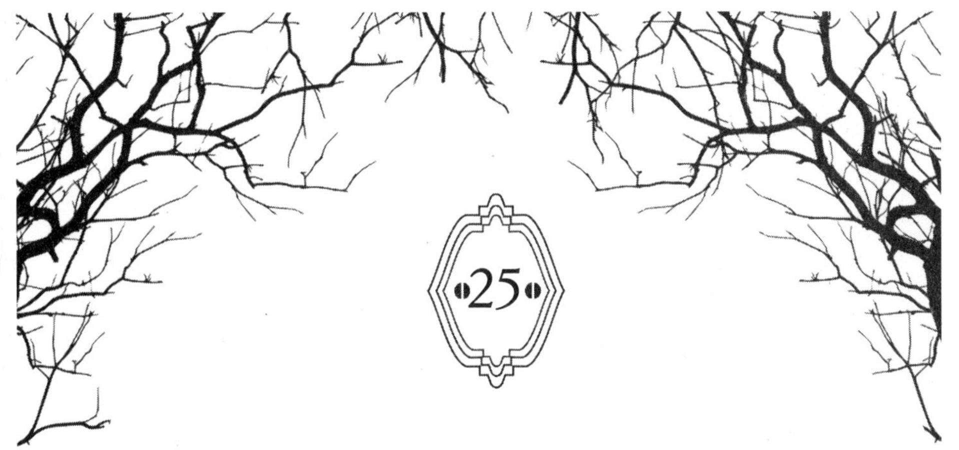

25

A la mañana siguiente desperté sola. El lugar de la almohada donde debía reposar la cabeza de Alexander estaba ocupado por una nota que me avisaba de que estaría en el gimnasio. Fruncí el ceño al leerla, inquieta. Había pensado que, a pesar de la situación, Alex se habría quedado algo más tranquilo después de haberse transformado en la cabaña. Por lo visto, no había sido así. Yo no tenía claro que matarse a ejercicio lo estuviese ayudando mucho, pero presionarlo no me parecía la mejor solución; había demonios —esta vez figurados— con los que solo él podía lidiar.

Después del atracón de unas horas antes, decidí que podría saltarme el desayuno, aunque necesitaba con urgencia una dosis de cafeína. Cam y yo nos habíamos pasado gran parte de la madrugada charlando tirados en el suelo de la cocina, hasta que al final regresamos a nuestras respectivas habitaciones casi rodando y muertos de sueño. Un café bien cargado sonaba muy muy bien ahora mismo.

Pensaba darme una ducha rápida antes de ir a buscar uno al comedor, pero apenas había puesto los pies en el suelo cuando alguien llamó a la puerta. Me había vuelto a quedar dormida con una camiseta enorme de Alexander que tapaba lo necesario y estaba segura de que sería alguno de mis amigos, así que no me molesté en adecentarme antes de ir a abrir.

Bueno, pues no era ninguno de ellos.

Carla Winthrop era la última persona a la que hubiera esperado encontrar en mi puerta a pesar de que Sebastian me había dicho que estaba en la academia. Me tomó tan desprevenida que me quedé allí plantada sin decir nada.

—Señorita Good, es un placer volver a verla —dijo ella, cuando resultó evidente que yo me había quedado sin palabras. Su mirada descendió un momento, lo justo para que yo me percatase de que era consciente de mi aspecto, y luché por no tirar hacia abajo del dobladillo de la camiseta—. Veo que no esperaba visita.

No la suya, eso seguro, pero me picó la curiosidad. Y el comentario no había estado destinado a ofenderme, o al menos eso me pareció, así que opté por ser amable.

—Consejera Winthrop, en realidad, no. Pero puede pasar si quiere.

Me hice a un lado, y ella no se demoró en entrar. Le señalé la butaca del rincón. No había mucho más donde elegir, por lo que yo fui a sentarme a los pies de la cama y le di tiempo para que se acomodase. Esperaba que aquella no fuera una visita oficial, porque si el consejo creía que aún tenía algo que decir sobre mi relación con Alexander, íbamos a tener una conversación muy muy corta.

—¿Y bien? ¿Qué puedo hacer por usted?

—Sin preguntas de cortesía y directa al grano.

Enarqué una ceja.

—No veo por qué deberíamos andarnos por las ramas, dada la situación.

—No, no deberíamos, así que hablaré con la misma franqueza que usted. Tutéame, por favor. Y si me lo permites, haré lo mismo. —Asentí para hacerle saber que me parecía bien y ella prosiguió—. Como bien sabrás, el consejo blanco ha perdido recientemente a tres de sus miembros. Solo quedamos Elias Fisk y yo, lo cual es una anomalía. Desde su fundación, nunca había sucedido que tuviésemos que lamentar la pérdida de más de un consejero a la vez.

—Sin ánimo de ofender, pero creo que tenemos problemas mucho más graves que ese ahora mismo.

Lo último que me preocupaba era el consejo y su organización, y tampoco veía por qué había venido a hablar de ello conmigo; yo solo era una alumna, una alumna díscola que se había fugado de Abbot y ni siquiera había llegado a graduarse.

—Los tenemos. Sé lo que sucedió en Ravenswood, Danielle. Sé a lo que os enfrentasteis y lo que hiciste. Pero el consejo es necesario. Este sitio, incluso cuando agrupa a distintos tipos de brujos, ¿crees que se dirige solo? ¿O es que no hay normas aquí? —inquirió, y tuve que admitir que en eso llevaba algo de razón. Sin embargo, la actitud de Robert, Laila y los demás y sus reglas no tenían nada que ver con las obsoletas leyes del consejo blanco. O el oscuro, ya que estábamos—. Siempre ha de haber alguien para tomar las decisiones difíciles...

—Para castigar o maldecir a los brujos que infringen normas absurdas que ustedes mismos han inventado, quiere decir.

Dios, estaba siendo aún más descarada que de costumbre, pero no encontraba un motivo razonable para callarme. Ambos consejos habían impuesto su voluntad durante tres siglos y habían condenado, y a veces maldecido, a todo aquel que no aceptara sus estúpidos principios, Dith y los gemelos entre ellos. No, no iba a callarme.

—Se han cometido errores.

Me eché a reír.

—Eso es un puñetero eufemismo y usted lo sabe —repliqué, decidiendo que no me apetecía tutearla; no se había ganado esa clase de cercanía.

—Tienes razón, y lo siento en la medida en la que sé que te ha afectado directamente. Pero yo no condené a Meredith Good ni tampoco a los gemelos Ravenswood, Danielle. Te rogaría que recuerdes eso.

Inspiré hondo para calmarme. No estaba preparada para mantener ese tipo de charla tan temprano y sin haberme tomado un café, pero tenía que haber un buen motivo por el que la mujer hubiese decidido visitarme y, después de todo, había sido mucho más moderada durante la farsa de juicio que se había llevado a cabo contra mí.

—Está bien, de todas formas no es algo que podamos cambiar, lo que me lleva de nuevo a preguntarle qué puedo hacer por usted.

—Ya se han postulado candidatos para ocupar las vacantes. Estoy aquí por dos motivos: el primero era que quería comprobar con mis propios ojos cómo funciona la academia Bradbury, y el segundo, para advertirte de que tu padre es uno de los aspirantes a consejero.

—Lo siento, ¿qué?

Apenas había vuelto a pensar en mi padre después de nuestro último encuentro en Abbot. No era como si no pudiese esperar algo así de él, pero me sorprendí de todas formas.

—Tu padre podría entrar a formar parte del consejo blanco, Danielle —repitió Winthrop con paciencia.

—Es absurdo, nadie querría a un Good en el consejo.

—Lo harían ahora que tú has demostrado tu valía. Tienes mucho poder, y eso le da prestigio a tu linaje incluso cuando has dejado claro que no estás especialmente interesada en someterte a ciertas reglas.

Resoplé. Dios, estaba harta de todo aquello. El poder era lo único que les preocupaba y quizás por eso estábamos con la mierda al cuello. ¿Es que no se daban cuenta?

—¿Qué pasará si sale elegido?

Nathaniel Good había dejado muy claro lo que sentía por los Ravenswood. Si se le ocurría venir a por ellos…

La consejera no contestó de inmediato. Ladeó la cabeza y se quedó mirando el exterior a través la ventana a pesar de que la mayoría de las vistas era terreno blanco y, más lejos, el muro. Aun así, el paisaje no estaba mal; el cielo había amanecido despejado y estaba teñido de un bonito color azul. Tal vez tuviésemos suerte y la nieve nos diera una tregua.

—Este sitio es diferente —dijo después de un momento—. Tengo que admitir que no está mal del todo. Han hecho algo bueno aquí y los alumnos parecen contentos; pero, más allá de eso, están unidos. Nadie ha visto algo así desde mucho antes de Salem.

—Lo sé. —Fue todo lo que dije, porque ella seguía ensimismada, contemplando el exterior.

Pero entonces me miró.

—Aunque apoyo la idea de que el consejo blanco se reorganice, no me gustaría ser la responsable de nuevos errores, Danielle. No quiero que otra chica como tú tenga que recriminarle en un futuro a mi sucesor o sucesora por algo que se podría haber evitado. —Bien, eso estaba muy bien. La mujer tenía conciencia y estaba dispuesta a hacer algo al respecto—. Pero, ahora mismo, el único otro consejero electo es Fisk, y creo que ambas sabemos perfectamente lo que se puede esperar de ese hombre. O de hombres como tu padre.

—Puedo imaginarlo. Si por casualidad conseguimos salir airosos de lo que sea que esté planeando Elijah Ravenswood, emplearán lo sucedido como arma arrojadiza contra la comunidad oscura, y en particular contra los Ravenswood. La guerra que lleva tres siglos desarrollándose entre ambos bandos se recrudecerá aún más si cabe.

Winthrop asintió, y había verdadero pesar en su rostro.

—No quiero eso, y creo que tampoco es lo que tú quieres. Además, algo me dice que se necesitará de ambas comunidades para hacer frente a Elijah.

—¿Qué propone? Porque supongo que está aquí para proponerme algo.

Las comisuras de sus labios se curvaron levemente y las arrugas en torno a sus ojos se profundizaron. Pese a ello, el gesto la hizo parecer más joven, también más cordial.

Se inclinó hacia delante y yo la imité por pura inercia.

—Quiero proponerte a ti como candidata para el consejo.

Se me abrieron los ojos como platos y retrocedí de golpe. Era una broma, ¿no? O tal vez no la hubiera escuchado bien. ¿Eso era cosa de la falta de cafeína? A lo mejor me estaba haciendo alucinar; una especie de síndrome de abstinencia o algo similar.

—Tengo dieciocho años —señalé. No se me ocurrió qué más decir. En realidad, quería echarme a reír, pero me contuve.

—Soy consciente de ello, como también sé que no has llegado a graduarte, pero eso se puede arreglar, y creo que has acumulado suficiente experiencia de campo de todas formas.

Winthrop estaba drogada, tenía que ser eso. De haberme dicho que Alexander podía formar parte del consejo la hubiera creído, pero ¿yo? No podía estar hablando en serio.

—¿Sabe lo que he hecho esta madrugada? Asalté la cocina de este lugar con un amigo para conseguir tarta —dije, omitiendo el nombre de Cam porque no era una chivata— y me la comí sentada en el suelo. No puedo estar en el consejo. Ni siquiera sé qué hacer conmigo misma la mayoría del tiempo.

La mujer se echó a reír. ¡Se estaba riendo! No sabía si de mí o conmigo, aunque era muy probable que fuese lo primero.

«Definitivamente, está drogada», pensé.

—En mis tiempos, yo también arrasaba con los dulces en Abbot, Danielle. Y no siempre lo hacía con el beneplácito del personal de cocina.

Ya, bueno, me era difícil imaginarlo viendo a la mujer que tenía frente a mí, y aún menos podía pensar en un futuro en el que yo estuviera donde ella estaba ahora. Ni de broma.

Agité la cabeza, desconcertada.

—Nadie me tomaría en serio. Es más, digamos que le sigo el juego en toda esta locura, nadie va a votar por mí.

—Te asombraría lo que la gente piensa sobre ti y lo que hiciste en Ravenswood. Tampoco te importó enfrentarte a todo el consejo blanco en Abbot. Eres una mujer apasionada que lucha por lo que cree y con un sentido de la lealtad increíble, además de una gran capacidad de sacrificio, a costa incluso de tus propios intereses. Y eso hoy en día es muy difícil de encontrar.

—Lo hice porque alguien a quien quería estaba en peligro —admití, sin avergonzarme por ello.

Winthrop me observó un instante, serena y contemplativa, y solo Dios sabría en qué demonios estaba pensando mientras lo hacía.

—Hazte una pregunta: de haber sido esa niña, Ava, la que hubiera sido secuestrada, ¿habrías ido o no en su busca?

—Lo habría hecho, pero... ella es una niña.

—Está bien. Pregúntate entonces qué habrías hecho si hubiese sido tu padre, porque si la respuesta es afirmativa, Danielle Good, eres justo la persona que estoy buscando.

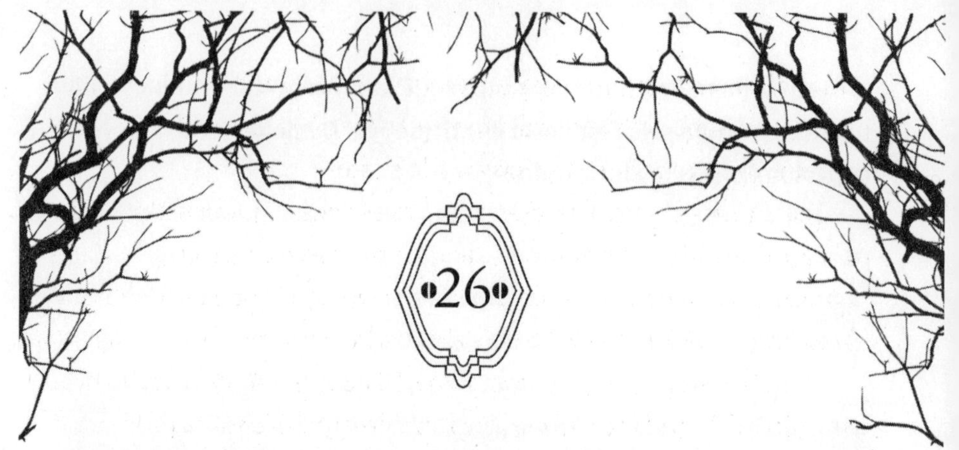

26

Cuando me reuní con los demás y les conté todo acerca de la visita de Winthrop, las carcajadas de Wood fueron épicas. Le hice una peineta solo por principios, porque luego se alineó con la opinión de los demás, que fue desconfiar más de las intenciones de la mujer que de mi posible valía como futura consejera.

Estaban todos locos.

No era tanto que no creyera en mí misma como que no pensaba ser la persona adecuada para decidir sobre la vida de los demás. ¿Qué era correcto? ¿Qué no lo era? ¿Quién debía ser castigado? No, gracias. La mitad de las veces ni siquiera tenía idea de si lo que yo hacía estaba bien o mal, como para ponerme a juzgar a los demás. Era ridículo.

Sin embargo, solo podía haber un miembro del mismo linaje en el consejo, y la alternativa era que mi padre fuese esa persona. Quizás no consiguiese el puesto, pero ¿y si lo hacía? Había sido víctima de su desmesurada ambición, sabía de lo que era capaz; si yo carecía de criterio, Nathaniel Good... No quería ni pensarlo.

Winthrop creía que podía salir vencedora frente a mi propio padre. Él podía tener el apoyo de la parte más conservadora y, desde luego, su edad y experiencia eran más adecuadas para el puesto, pero, según ella, habría unos cuantos linajes que votarían por mí y podrían aumentar en número cuando todos supieran lo que había hecho y que era la Ira de Dios. Pero Carla no solo había venido a tantearme a mí, también había hablado con Laila, tanto para saber si se presentaría como para preguntarle si me votaría de no hacerlo. La heredera de Abbot le había dicho que estaba totalmente entregada a su labor en la academia y no disponía del tiempo que requeriría dicho cargo, pero que... me secundaría. No supe qué decir cuando ella misma me lo contó.

Tenía una semana para pensarlo. Era el tiempo que se había dado para que los que así lo desearan se postularan como elegibles. Ni siquiera pregunté a quién me enfrentaría, la verdad, algo que quizás debería haber hecho. Pero es que era todo demasiado surrealista.

—Lo harías bien —dijo Alexander—. Tienes un sentido de la justicia equilibrado. Y de todas formas, es hora de que las cosas cambien en ambos consejos. Puedes ser el motor de ese cambio.

Raven asintió con entusiasmo. Cam estaba partido de risa y no pude culparlo, yo también quería reír. O llorar, dependía del momento.

—No creo que esté preparada para hacer algo así.

Laila sonrió desde detrás del escritorio de su despacho, donde habíamos vuelto a apiñarnos.

—Alexander tiene razón, es una buena oportunidad para cambiar las cosas, Danielle.

Yo seguía negando con la cabeza, y no, no era falsa molestia ni nada parecido.

—¡Robé tarta anoche, por Dios! ¡Y me colé en la piscina!

Hubo alguna risita y Annabeth me lanzó una miradita que decía «Quiero detalles de eso más tarde». Pero Laila ni se inmutó.

—Lo sé. Ocurren pocas cosas en esta academia sin que yo me entere.

Alexander tosió. Juraría que acababa de atragantarse con su propia saliva. Al menos no nos habíamos puesto creativos en la piscina; pequeños detalles por los que estar agradecida.

—Eso es perturbador, Laila, y un poco espeluznante —comenté.

Su mirada se deslizó de Cam a Alexander y supe que, a pesar de que yo no los había mencionado, la bruja sabía que había estado con ellos en uno y otro lugar. De verdad que era perturbador; yo no sabía qué hacían o dónde estaban mis propios amigos durante la mayor parte del día.

—Pues yo creo que es una idea cojonuda —intervino Annabeth, aunque de ella me esperaba algo así—. Los Putnam te apoyaremos.

—Hablaré con los míos —repuso Aaron.

Sebastian fue a abrir la boca, pero lo acallé con un gesto.

—Si lo dices…

El Ibis sonrió.

—Pertenezco a un linaje menor, pero…

—No sigas.

—Te prefiero a ti antes que a tu padre.

—El listón está muy bajo, eso no es tan halagador como crees —repliqué, a pesar de que empezaba a emocionarme un poquitín al ver que estaban dispuestos a apoyarme.

La puerta se abrió y Robert apareció en el umbral. Oh, Dios, tal vez él pusiera algo de cordura en todo aquel lío.

—¿Dónde está nuestra candidata? —gritó, mientras entraba seguido de Gabriel Putnam.

A la mierda mi vida.

—No soy candidata.

—Mejor tú que cualquiera de esos vejestorios —dijo Gabriel, lo cual fue una sorpresa. No habíamos sido muy fan el uno del otro al conocernos.

Robert nos brindó un saludo general y luego fue hasta Raven y se dieron la clase de abrazo que se esperaría de dos viejos amigos. Cam contempló el intercambio con más interés del necesario, y eso sí que fue divertido. Cuando me descubrió mirándolo, enrojeció hasta las orejas y apartó la vista. Ay, madre, qué bonito era.

—¿Podemos olvidarnos del tema por ahora? Hay cosas mucho más importantes a las que prestar atención.

Las expresiones de los presentes pasaron de burlonas a sombrías en cuestión de segundos. Lamenté ser yo la que les aguara la fiesta, pero de verdad que necesitábamos centrarnos en solucionar problemas más acuciantes, como el puñetero fin del mundo, por ejemplo. Sin embargo, acto seguido me di cuenta de que aquella era una forma como otra cualquiera de pensar que iba a haber un futuro con algo más que oscuridad y demonios por doquier, y necesitábamos creer en ello. Lo necesitábamos desesperadamente.

—Lo siento.

Alex me rodeó la cintura desde atrás y me abrazó.

—No, tienes razón, pero no desestimes la importancia de la oferta de Winthrop. Podría ser la primera vez que un miembro del consejo está dispuesto a pensar diferente y pelear con los demás por ello. Está poniendo en riesgo la reputación de todo su linaje, y ya sabes lo importante que es para la mayoría.

—Lo sé, lo sé. Es solo que es mucha responsabilidad, y no creo que yo pueda hacerlo bien.

—Quizás es eso lo que te hace la persona adecuada, Danielle, te hará ser cauta y esforzarte para realizar tu labor lo mejor posible —dijo Laila—. Y la mayoría de los consejeros tienen una visión sesgada de nuestro mundo. Tú has sido capaz de ver a través de los bandos.

—También tú. O Robert. O todos vosotros en realidad.

—Pero eres la Ira de Dios —dijo Gabriel. Se había situado de pie detrás de Laila, y me recordó a Sebastian y su típica postura de soldado—. ¿Qué? Puede freírle el culo a cualquier imbécil que no se comporte —añadió cuando todos lo miraron.

Suspiré.

—¿Podemos volver a lo importante? ¿Se sabe algo más del estado de Ravenswood?

Laila me observó unos segundos antes de dar el tema por zanjado y contestarme, pero su mirada lo dijo todo: «Está bien, pero no olvides que seguimos teniendo un futuro y podrías hacer de él algo distinto y mejor».

—No ha habido ningún movimiento que sepamos. Hay una nueva patrulla vigilando los terrenos, aunque les he pedido que no se acerquen demasiado.

Era un buen consejo; estaba segura de que Elijah no dudaría en colgar más brujos si los descubría rondando por los alrededores. Me alegraba que Laila estuviera siendo cuidadosa en ese aspecto.

—En Dickinson está todo tranquilo también por ahora.

—Bueno, sabemos que Elijah sigue en Ravenswood. Le pidió a Alex que volviera allí.

Eso causó una pequeña ronda de preguntas, sobre todo por parte de Robert y Gabriel, con los que no habíamos comentado nuestras sospechas sobre lo que Alex podría haber despertado la Noche de Difuntos.

—Si despertaste algo oscuro en ese lugar, eso podría suponer que Elijah tenga acceso a un ejército de demonios al menos en los terrenos de la academia —comentó Gabriel.

Se frotó el lateral de la cabeza con evidente frustración. Tenía que haberse retocado el rapado, porque lo llevaba aún más corto que la última vez.

Alexander asintió con los dientes apretados y gesto serio a pesar de que no era una pregunta.

—Pero ¿por qué tres semanas? —tercié yo—. ¿Por qué no dos, una o ya mismo? ¿Por qué esperar? No tiene sentido. Elijah ha pasado tres siglos elaborando esta venganza macabra, cualquiera diría que querría empezar cuanto antes... —Miré a Alexander al caer en la cuenta de algo que me había estado molestando desde que su antepasado había lanzado su amenaza—. Tu cumpleaños. Dijiste que era en el solsticio de invierno, eso es en tres semanas.

Todo el mundo comenzó a hablar a la vez en un tono cada vez más alto. Hubo más preguntas, superpuestas las unas con las otras, que dieron lugar a una algarabía de voces. Temí por Raven, parecía agobiado al no poder seguir todas las conversaciones que se establecieron. Se había colocado contra la pared en un ángulo que le permitiera vernos e ir leyendo los labios a los presentes, pero no si todos se ponían de acuerdo para intervenir al mismo tiempo. Juraría que sentía la presión de su angustia en mi propio pecho.

Me acerqué a él y acuné su rostro entre las manos para que me mirase solo a mí.

—Hola, Rav. —Su rostro se descongestionó en su mayor parte y el alivio floreció en sus ojos azules—. ¿Qué tal si tú y yo vamos a dar una vuelta?

Asintió. Luego miró a Cam y este articuló un «Ve con ella». Enlacé nuestras manos y me dirigí con él hacia la salida sin dar ninguna explicación. Sin embargo, sentí el peso de la mirada de Alexander sobre mí y también una maravillosa calidez proveniente de él, como si de algún modo hubiera encontrado la manera de hacerme sentir su aprobación, su admiración y su cariño desde el otro lado de la habitación.

Al abrir la puerta, eché un vistazo por encima del hombro y lo descubrí observándome.

«Te veo, Danielle Good. Y digas lo que digas, eres la persona adecuada. Yo creo que en ti», me transmitieron sus ojos.

Y creo que fue esa mirada de orgullo, aceptación y confianza lo que de verdad me hizo decidirme: buscaría a Winthrop y le diría que contase conmigo. Si había un futuro para nosotros, quería que fuese uno en el que todos tuviésemos cabida sin importar quiénes éramos, qué capacidades teníamos, de cuánto poder disponíamos o cuál era el linaje en el que nos había tocado nacer.

Alexander

Me acerqué hasta Cameron y ocupé el hueco que había dejado libre Raven al marcharse con Danielle. Él aún estaba mirando la puerta por la que acababan de salir, pero se volvió hacia mí después de un momento.

—¿Raven está bien?

—Danielle sabe cómo llegar hasta Rav; así que, si no lo está, lo estará muy pronto. Es complicado para él cuando hay mucha gente en la misma habitación.

La mayoría de la gente tendía a olvidar que Raven era sordo y no todo el mundo se daba cuenta del esfuerzo que le suponía a diario interactuar con otras personas, sobre todo fuera de su círculo más cercano. Incluso yo lo olvidaba a veces. Que Danielle se hubiese percatado de lo que sucedía y hubiera actuado con mayor rapidez que su propio gemelo o yo mismo solo consiguió que me reafirmara en lo correcto que era que hubiese pasado a ser su familiar; la sintonía entre ellos era total.

De no haberlo estado ya, me habría enamorado de ella entonces.

—Se preocupa mucho por él, y me alegra saber que tú también lo haces —agregué tras un instante.

—Debería haberme dado cuenta.

—Tranquilo, lo harás. —Hice un breve pausa—. ¿Sabes? Cuando escuché a Danielle hablar de ti por primera vez, me puse celoso. Ni siquiera te conocía y ya me caías mal.

Hubo un destello de sorpresa en sus ojos que no alcanzó a esconder, como tampoco disimuló el tono perplejo al preguntar:

—¿Celoso de mí? Si esto va por nuestra pequeña excursión de anoche a la cocina…

—Habías estado con ella y yo ni siquiera podía tocarla —lo interrumpí—. Sí, estaba celoso, y mucho. No tiene nada que ver con lo de anoche. Me gusta que tenga amigos a los que recurrir, aunque me preocupa un poco la cantidad de azúcar que sois capaces de tragaros de una sentada.

Cameron se relajó visiblemente, y quedó claro que había pensado que mi intención era reprocharle su escapada nocturna con Danielle. No se trataba de eso; más bien, todo lo contrario. Cameron era un buen amigo, y entendía lo preocupada que Danielle estaba por él y por la posibilidad de hacerle cualquier clase de daño intentando curarlo.

—Gracias por el consejo, por cierto. El que me diste en Abbot, sobre no rendirme cuando ella tratase de escapar.

Cam sonrió.

—Se merece que alguien luche por ella y, sobre todo, que permanezca a su lado sin condiciones.

—Bien, porque no tengo planeado irme a ninguna parte.

Todo el mundo empezó a moverse a la vez a nuestro alrededor. Supuse que la reunión había acabado, aunque, tan centrado como había estado en Cameron, no me había enterado de nada en los últimos minutos. Mientras los demás abandonaban la habitación, Laila salió de detrás del escritorio y vino hasta nosotros.

—¿Puedo hablar con vosotros un momento? —preguntó, y tanto Cameron como yo asentimos—. He estado revisando muchos de los libros de mis padres y he encontrado muy pocas referencias a la Ira de Dios. Es decir, hay algunas y se menciona la capacidad de purificación de dicho poder, pero no terminan de especificar cómo actúa o las posibles secuelas. Los comentarios que he visto casi siempre están ligados a su uso en demonios, y no se habla de sanarlos precisamente.

Cameron hizo un mueca.

—Genial, realmente genial.

—Pero, como le dije a Danielle, tú no eres un demonio, y podemos suponer que lo que te ocurre se asemeja a algún tipo de infección mágica. Así que tal vez...

—Hay muchas suposiciones ahí —intervine, porque sabía que Danielle no se arriesgaría basándose solo en conjeturas—. ¿Qué hay de tu abuelo? ¿Has hablado con él?

Los hombros de Laila se hundieron.

—No sabe mucho más. En realidad, siempre ha pensado que ese poder era un mito, pero me planteó una cuestión en la que no habíamos pensado sobre Elijah: en teoría, la Ira de Dios se concibió para proteger al portador de la marca de los malditos y que nadie pudiera poner fin a su tortura eterna; entonces, ¿cómo esperar que Danielle y tú podáis derrotar a Elijah? También él la tiene.

—La Ira de Dios también es lo único que puede herir a su portador. De todas formas, nunca antes ha habido dos miembros del linaje Ravenswood con la marca en la misma generación. Elijah no pertenece a esta época, incluso si se ha hecho carne de nuevo, así que el equilibrio debería estar de nuestra parte en esto.

—Así que Danielle podría matarte.

La pregunta de Laila me tomó desprevenido; me aterraba tanto la idea de hacerle daño a Danielle —lo que había estado a punto de hacerle— que no me había parado a pensar demasiado en lo que ella pudiera hacerme a mí. En ese momento comprendí mejor lo que me había confesado sobre no desatar todo su poder en el auditorio.

—Supongo que sí, si fuese necesario.

Cameron palideció con mi respuesta. En cambio, para mí resultaba tranquilizador saber que, si perdía el control, ella sería capaz de detenerme. Y quizás fuese eso justo lo que se preguntaba Laila. No la culpaba por ello; nos había prestado ayuda desde el primer momento, había curado a Danielle y estaba intentando ayudar a Cam, pero también tenía una academia llena de estudiantes a los que proteger.

—Era solo curiosidad —agregó, con una mirada de disculpa—. Pero, dime, ¿tienes idea de por qué Elijah ha elegido darte de plazo hasta tu cumpleaños? No creo que sea una simple casualidad.

—Yo tampoco lo creo, aunque no sé qué podría cambiar ese día.

—¿Cuántos cumples? —preguntó Cameron.

—Veintiuno.

—Ya puedes beber según las leyes humanas —dijo, encogiéndose de hombros.

Sí, bueno, no tenía pensado salir al mundo exterior solo para emborracharme, y habiendo vivido con la única supervisión de los gemelos, podría haberlo hecho desde hacía mucho. No era eso lo relevante.

Laila ni siquiera consideró la idea.

—Tal vez no sea tu cumpleaños, quizás es solo... él. Podría ser que su transmutación no esté completa hasta entonces y que no sea capaz de emplear todo su poder aún.

—Es posible. De nuevo, solo tenemos conjeturas.

—Esperemos que Amy pueda decirnos algo —dijo Cameron, ahogando un bostezo.

Me volví hacia él.

—Espera, ¿has conseguido hablar con sus padres?

—Así es.

—¿Y qué te han dicho? —lo interrogó Laila esta vez.

—Que se pondrán en camino cuanto antes.

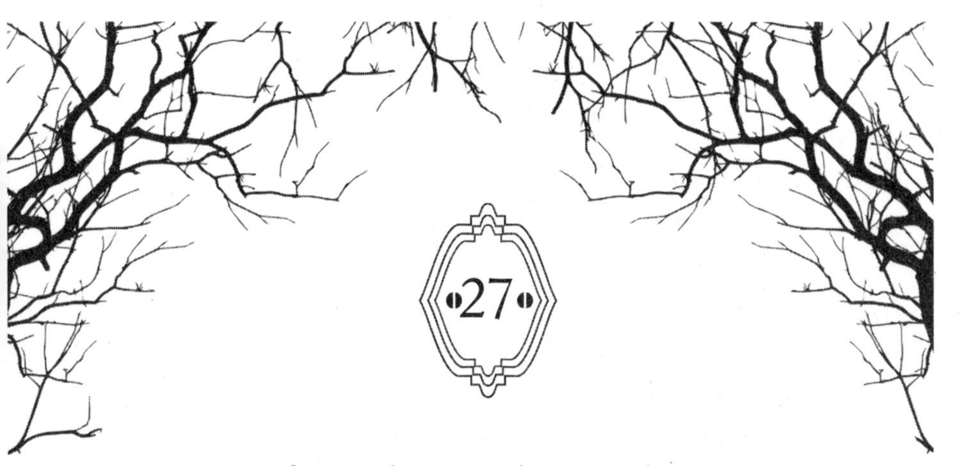

27

Teníamos tantos frentes abiertos en los que trabajar que transcurrió una semana sin que me diese cuenta. Laila seguía enterrada en más de sus libros buscando una solución para la enfermedad de Cam o alguna referencia a mi poder. Mi amigo parecía cada vez más debilitado, aunque se esforzaba mucho para no aparentarlo; Raven, a su vez, mostraba más y más señales de su preocupación, como si lo que fuera que consumiera a Cam también estuviese clavando sus garras en él. En nuestra pequeña familia nos devanamos los sesos en un intento de dar con una forma de que Alex pudiera deshacerse de la marca, tal y como Loretta le había dicho que hiciera, pero las ideas escaseaban bastante en ese aspecto.

Estábamos estancados, y Alexander llegó a plantearse acudir a sus propios padres en busca de respuestas. Si no lo había hecho ya era porque pensaba que tampoco ellos las tendrían. Y, sin embargo, había una posibilidad; aun cuando los Ravenswood se habían empleado a fondo para mantener sus secretos ocultos para el resto del mundo mágico, alguno tenía que recordar cualquier dato que nos sirviera de ayuda.

Ni Alex ni yo habíamos compartido con nadie lo de la supuesta maldición existente entre los Good y los Ravenswood. Hubo un momento en el que pensé que tal vez la fecha límite establecida por Elijah tendría algo que ver con ello, pero Wood había tenido veinte años cuando fue maldecido y se convirtió en familiar, y Meredith, veinticinco; Sarah Good había sido ejecutada con treinta y nueve, mientras que de Benjamin Ravenswood no teníamos fecha exacta de su fallecimiento. En cualquier caso, no parecía que hubiera ninguna edad determinada en la que la maldición de Elijah se cobrara su precio. Él solo había dicho que dichas relaciones estaban condenadas a fracasar.

Alexander sugirió que el nigromante podría habérselo inventado todo, pero ni siquiera con esa posibilidad en mente hablamos de ello con Raven o Wood. Se inquietarían, más aún, y ya teníamos demasiado por lo que preocuparnos.

Me sentía inútil en todos los sentidos posibles. Quizás por eso me había unido a las rotaciones de las patrullas que se habían establecido para la barrera exterior y también había empezado a acompañar todas las mañanas a Alex en su rutina en el gimnasio. Dudaba mucho que tres semanas —dos ahora— fuesen suficientes para convertirme en una experta en las peleas cuerpo a cuerpo y armas de combate, pero sentarme a esperar me estaba volviendo loca. Por ahora, y por suerte, no había habido más visitas de Elijah ni ningún otro incidente. Aun así, yo solo podía pensar en que las cosas estaban demasiado tranquilas.

La única buena noticia era que Amy Hubbard llegaría a la academia al día siguiente, y decía mucho de lo desesperados que estábamos que hubiésemos puesto tantas expectativas en lo que pudiese decirnos una niña de diez años.

Ese día, acababa de regresar de uno de los turnos en la barrera y me había sumergido enseguida en un baño caliente para contrarrestar las bajas temperaturas del exterior. Empezaba a estar un poco harta del frío y la nieve, y me prometí a mí misma que, cuando todo eso terminase, arrastraría a Alex y a nuestros familiares a cualquier lugar cálido al sur del país; un sitio con playa y un sol radiante que nos hiciera olvidar todo por lo que habíamos pasado.

Me vestí con lo que ya era el uniforme habitual en la academia: camiseta, pantalón cargo y botas militares. Quería ir a visitar a Cam y comprobar si Raven y él cenarían con nosotros en el comedor. El resto de los alumnos por fin parecían haberse acostumbrado a nuestra presencia y el nivel de interés que despertábamos había descendido bastante. A veces todavía murmuraban entre ellos a nuestro paso; sobre todo, cuando se trataba de los gemelos, pero creo que estaban más impresionados por los lobos que por el hecho de que yo fuese la Ira de Dios. Me preguntaba si eso cambiaría en el caso de que llegaran a ver a Alex transformado por completo. O mis malditas alas.

Antes de salir, decidí añadir a mi atuendo una de las sudaderas de Alexander. Aunque en el interior de la academia el ambiente era cálido, la prenda aún conservaba ese aroma a bosque tan suyo que siempre conseguía reconfortarme. Estaba terminando de deslizarla por mi cabeza cuando un sonido estridente estalló por toda la habitación. Mi primera reacción fue taparme los oídos y encogerme sobre mí misma, pero apenas unos segundos después comprendí que, o bien se había desatado un fuego en el edificio y aquello era la alarma contraincendios, o tenía que tratarse de la barrera.

Rodeé la cama a toda prisa y fui hasta la ventana. Ya había oscurecido, por lo que era complicado obtener una visión clara del muro que rodeaba la finca a pesar de que contaba con algunos focos iluminándolo. Demasiadas zonas quedaban en sombras, y yo ya había visto la clase de seres que podían salir de ellas.

—Joder —murmuré para mí misma.

Mientras que yo había compartido mi turno con Sebastian, Alex estaba ahora ahí fuera, y también Wood. Habíamos quedado en encontrarnos a la hora de la cena.

Eché a correr hacia la puerta justo en el momento en el que la alarma se silenció. Pensé que tal vez hubiese sido una falsa alarma, pero entonces comenzó a sonar de nuevo y no tuve dudas de que estaba ocurriendo algo malo. La magia empujaba ya bajo mi piel cuando salí al pasillo. Un ladrido me hizo mirar a la derecha para descubrir que Raven había acudido en mi busca en su forma animal.

Las plantas inferiores eran un hervidero de actividad. Debía de haber algún tipo de protocolo establecido para estas situaciones, porque los alumnos más jóvenes estaban bajando por las escaleras en tropel todos juntos, guiados por otros de mayor edad, supuse que para refugiarse en alguna estancia más segura. Tuvimos que abrirnos paso entre ellos, lo cual resultó mucho más fácil al ir acompañada de un enorme lobo negro.

Para cuando alcanzamos la primera planta, y a pesar de que la sudadera me ocultaba los brazos, el resplandor de mi magia se filtraba por debajo del cuello y los puños y me cubría completamente las manos. Estaba bastante segura de que al menos una parte de los brujos que me rodeaban se hubieran quedado mirándome embobados de no ser por los gritos que los instaban a darse la mayor prisa posible.

Necesitaba encontrar a Alex y Wood y asegurarme de que estaban bien. No podía dejar de pensar en que el poder de Alex no resultaba del todo eficaz contra los demonios, y si aquello era un ataque similar al de Abbot...

«Mejor eso a que sea Elijah quien esté atacando la barrera».

Me uní a un grupo de personas que se dirigían también a la entrada principal y reconocí a varios de los alumnos de último curso con los que había compartido patrulla durante la semana; ellos eran, junto con mis amigos y el aquelarre de Robert, los únicos a los que se les había asignado dicha tarea. Tenían la misma edad que yo y, aun así, me aterrorizaba la idea de que tuvieran que enfrentarse a lo que fuera que nos esperaba en el exterior.

Solo sentí cierto alivio al tropezarme con Sebastian. Era el único Ibis presente en la academia; los dos que habían acompañado a Carla Winthrop en su visita se habían marchado con ella unos días atrás, después de que yo aceptara su proposición, para dar a conocer mi candidatura y poner en marcha el proceso de renovación del consejo.

Sebastian se situó a mi lado, y Jameson con él, aunque no vi ni rastro de su familiar.

—¿Sabéis de qué se trata? —pregunté una vez que salimos del edificio.

Apenas había nevado en los días anteriores, pero sobre el terreno aún se acumulaba una capa de nieve considerable y no podíamos movernos todo lo rápido que hubiésemos deseado.

Sebastian negó, pero su expresión sombría dejó claro que albergaba los mismos temores que yo. Hasta Jameson, que ya era conocido en la academia por su carácter extrovertido y burlón, se mantuvo serio y a la expectativa.

El pitido constante de la alarma se fue apagando mientras nos alejábamos del edificio, pero de repente cesó por completo. Esta vez no se reinició. Seguimos avanzando en silencio, escuchando. Ningún otro sonido llegaba desde más adelante, ningún grito, y no supe si considerarlo una buena o una mala señal. Raven apretó el paso y se adelantó. El cuerpo de un lobo, desde luego, estaba mejor preparado para aquellas condiciones, y sabía que Rav era feroz e implacable cuando la ocasión así lo requería, pero la preocupación me revolvió el estómago de todas formas.

«Estás destinada a perder».

Forcé a mi cuerpo a moverse más rápido, desesperada por descubrir qué estaba sucediendo. A lo lejos, vislumbré un grupo de unas quince personas paradas frente al portalón de entrada cerrado. Busqué entre ellos la figura de Alexander, pero no fui capaz de dar con él; tampoco podía ver a Wood. El corazón me latía en los oídos y mi poder amenazaba con rebelarse y escapar a mi control. Lo dominé lo mejor que pude mientras me concentraba y trataba de localizar a Alex no ya con mis ojos, sino a través de la magia. Tenía que estar ahí.

Y entonces lo sentí por fin: el cántico de su poder, disonante y desordenado aún, pero allí estaba, solo que no sabía dónde exactamente.

—¿Qué es? —solté sin resuello, en cuanto estuve lo suficientemente cerca de la entrada para que el aquelarre de Robert me escuchara.

Aaron, Annabeth, Gabriel, Laila y el propio Robert, todos estaban allí, junto con unos pocos alumnos. Se volvieron para mirarnos cuando nuestro grupo se unió a ellos. No debíamos ser más de treinta en total. Raven corría de un lado a otro de la puerta cerrada, ladrando, y deseé que eso no significase que Alex y su gemelo se encontraban al otro lado.

—No lo sabemos con seguridad —respondió Gabriel.

—¿Y Alex y Wood? Por favor, decidme que no están ahí fuera.

Un golpe hizo retumbar la puerta con tanta fuerza que la madera se astilló y pequeños trozos salieron volando. Alguien masculló una maldición y todos retrocedimos varios pasos. Un nuevo golpe hizo vibrar la madera. Los hechizos que la protegían debían estar funcionando a pleno rendimiento, porque empezó a brillar y la barrera se hizo visible.

—¿Dónde están? —insistí, cuando nadie me dio una respuesta.

—Fuera —dijo alguien, Aaron o tal vez fuera Gabriel.

No permitiría que Wood y Alex se enfrentaran solos a lo que hubiese tras esa puerta. Si aquello era cosa de Elijah, había una posibilidad de que se llevase a Alex de la misma forma en la que Mercy había secuestrado a Rav.

—Ábrela.

Raven regresó y se colocó a mi lado, gruñendo y con el lomo erizado, como si también les exigiera que lo dejaran salir, y comprendí que él había sabido desde el principio que estaban en el exterior.

Con Rav en ese estado, Robert fue el único que se atrevió a acercarse a mí.

—Danielle…

—No, no los dejaré solos ahí fuera —lo corté, y gracias a Dios también Sebastian se unió a mí.

—Abre. Yo iré con ella.

—Me apunto —dijo Jameson, aunque no dejaba de mirar de reojo a Raven.

—Ábrela, Robert. Por favor.

No me importaba suplicar, no cuando se trataba de ayudar a mi familia, pero tampoco descartaba invocar todo mi poder y tirar la maldita puerta abajo si se negaban a dejarme salir.

Hubo otro golpe, y luego otro más. Más trozos salieron despedidos por todas partes. Sabía que Robert y los demás solo trataban de proteger a los alumnos de la academia, pero a este paso la puerta no resistiría de todas formas. Y en teoría, abierta o cerrada, la barrera tendría que seguir cumpliendo su propósito.

Gabriel dio un paso adelante y temí lo peor; Alexander y él no eran precisamente amigos, y con Wood mantenía una relación bastante tensa, quizás porque ambos se parecían más de lo que ninguno de los dos llegaría a admitir jamás.

—Déjalos salir. —El alivio me inundó. Me sorprendí aún más cuando echó a andar junto con nuestro exiguo grupo de rescate y comenzó a lanzarle órdenes a los demás—. Formad una segunda línea de defensa en cuanto salgamos e intentad volver a cerrarla. Las protecciones deberían resistir.

Robert asintió y todos se prepararon. Los golpes seguían llegando. También el suelo vibraba y la barrera era completamente visible ahora. Lo que fuera que había ahí fuera tenía poder, mucho poder, para conseguir que los hechizos tejidos con magia blanca y oscura estuvieran resintiéndose de ese modo.

Tras intercambiar una mirada, Laila y Robert extendieron los brazos hacia delante para deshacer el hechizo que mantenía el portalón bloqueado. Recé porque la barrera aguantara y mantuviera protegidos al resto de los alumnos; abandonar a Alex y Wood no era una opción, pero tampoco quería ser la responsable de más muertes.

—Estás brillando como una bombilla —soltó Jameson, un momento antes de que la puerta comenzara a moverse.

A pesar de que el tono pretendía ser jocoso, había admiración en su voz, y caí en la cuenta de que la mayoría de los presentes nunca habían sido testigos de mi propia transformación.

—Aún no has visto nada.

La puerta no había llegado a separarse más allá de un palmo del marco cuando recibió un nuevo golpe de poder que la abrió del todo. Se estrelló contra el muro con tanta fuerza que se desprendió de varias de las bisagras y acabó colgando ladeada. Al otro lado todo era oscuridad, solo que no se trataba de la propia de una noche cualquiera.

El manto de sombras responsable de que ahora la puerta resultase inservible se retiró unos metros, dejando al descubierto un tramo del terreno frente a nosotros. No había nada ni nadie allí, al menos que pudiésemos ver, pero sabía que Alex estaba en alguna parte de esa oscuridad. Y ese pensamiento fue todo lo que necesité para reaccionar. Me precipité hacia delante y crucé el umbral antes de que nadie pudiese detenerme.

En cuanto atravesé la barrera y todos los hechizos protectores quedaron atrás, lo supe. Miré a los demás y levanté la mano.

—No salgáis.

Raven ya estaba a mi lado y sabía que no había manera de que permaneciese al margen, pero los otros...

Sebastian ignoró la orden y cruzó también. Señaló hacia delante.

—¿De verdad crees que te voy a dejar enfrentarte sola a eso?

—Eso... eso es Alexander.

No sabía qué estaba pasando, pero toda aquella niebla oscura procedía de Alex; era parte de su poder, lo sentía en cada célula de mi cuerpo. Quizás había perdido el control, quizás estaba luchando con algo más. Fuera lo que fuese, por fin había dejado salir la oscuridad y este era el resultado.

Me acuclillé frente a Raven y le agarré la cabeza para que me prestase atención.

—Camina a mi lado. No te adelantes, ¿de acuerdo? No quiero perderte de vista.

Respondió con un gruñido bajo, pero sabía que me había entendido.

—Espera, ¿Alexander está atacando las protecciones de la academia? —preguntó Jameson, situándose junto a nosotros.

¿Qué parte de «No salgáis» no habían entendido? Si Alex los hería sin querer, no se lo perdonaría jamás. Era diferente conmigo o con Rav; no importaba lo descontrolado que estuviese su poder, él nunca nos haría daño.

—Tenéis que quedaros atrás, porque... —Perdí el hilo de lo que iba a decir a continuación al elevar la vista por el muro—. Oh, joder.

Los demás siguieron el rumbo de mi mirada. Jameson soltó una cascada de maldiciones y Sebastian hizo un ruidito ahogado con la garganta. Tres figuras se balanceaban contra la piedra. Una soga les rodeaba el cuello y mantenía sus cuerpos en el aire, a media altura. Tenían el rostro amoratado, los ojos abiertos y la mirada perdida. Por desgracia, no era la primera vez que veía un cadáver, pero había algo en aquella escena en particular que estuvo a punto de hacerme vomitar.

—Esos son... —comencé a balbucear; apenas me salían las palabras.

—Miembros del consejo oscuro —terminó Sebastian por mí—. O al menos llevan sus capas puestas.

Lo eran. Lo sabía porque yo misma había visto al padre de Alexander vestido con esa prenda durante el ritual de despedida en Ravenswood y no distaba mucho de las que usaban los miembros de nuestro propio consejo. Aunque lo que sí podía afirmar con total seguridad era que ninguno de aquellos tres hombres era Tobbias; aunque no le había visto bien la cara nunca, tenía el presentimiento de que reconocería al padre de Alexander en cuanto lo tuviese delante.

Gabriel, el único que me había hecho caso y había permanecido tras la barrera, decidió cruzarla al contemplar nuestras expresiones de horror.

—¡¿Qué demonios?!

—Vuelve dentro —le pedí, pero ni siquiera creo que estuviera escuchándome. Era difícil prestar atención a nada más cuando había tres personas ahorcadas frente a ti.

—¿Crees que es cosa de Alexander? —preguntó Sebastian.

—No. Él no haría esto, no importa lo fuera de control que esté.

—¿Estás segura de eso? Porque me da la sensación de que confías demasiado en él —dijo Gabriel.

Lo fulminé con la mirada a pesar de que una parte de mí podía llegar a entender que tuviera dudas al respecto. Ninguno de ellos conocía a Alex como yo; no tenían ni idea de lo duro que había sido para él mantenerse al margen del mundo toda su vida y de que, aun así, lo había hecho sin dudar porque eso era lo mejor para los demás. La oscuridad que portaba en su interior no era el problema real allí, sino el hecho de que Alex se viera a sí mismo como un monstruo y nadie le hubiese dado la oportunidad de demostrar lo contrario.

—A veces lo único que necesita una persona es que alguien crea de verdad en ella.

Y yo creía en Alexander Ravenswood. Creía en su bondad.

El aullido lastimero de Raven me obligó a centrarme. Aparté la vista y escudriñé el terreno que se extendía frente a nosotros. Había tan solo unos pocos árboles distribuidos por la zona, y el color blanco de la nieve se veía ahora enturbiado por la niebla oscura que flotaba sobre el terreno; si bien, esta había retrocedido un poco más. Allí donde aún se acumulaba, se había vuelto menos espesa, similar a la que ya le había visto convocar a Alex en el auditorio. No creía que los golpes de poder que habían reventado el portalón de la academia hubieran sido algo premeditado.

Aferré un mechón del pelaje de Raven y le di un tironcito para recordarle que no se alejara de mí. Estaba segura de que aquí fuera había alguien más, o algo, y no me refería ni a Alex ni a Wood.

—Permaneced juntos. Y si la niebla comienza a hacerse más densa de nuevo, corred de vuelta a la academia.

No esperé a que nadie me contestara. Comencé a avanzar con Rav a mi lado y la luz que emanaba de mi cuerpo iluminándonos el camino. A falta de mis alas, la magia me cubría cada centímetro de la piel. No había agarrado ningún arma antes de abandonar la academia a pesar de haber estado entrenando con ellas, pero no las necesitaba. Invoqué dos dagas relucientes que tomaron forma en mis manos y me aferré con fuerza a ellas.

Jameson hizo un comentario burlón sobre lo práctico que resultaba ese truquito y Sebastian soltó el consiguiente resoplido irritado al escucharlo. Si Gabriel iba o no a hacer su propia aportación al respecto, no llegué a saberlo. Varias figuras se materializaron a pocos metros de nosotros, justo en el límite del círculo de luz que mi poder proyectaba.

—¡Joder! —exclamó Jameson. Estaba claro que era la primera vez que veía a un demonio.

Sebastian deslizó el brazo por detrás de su propia cabeza, hundió la mano bajo la tela de su sudadera y desenvainó una espada corta que ni siquiera sabía que llevaba. No estaba segura de que siguiera considerándose a sí mismo un Ibis, pero desde luego continuaba comportándose como tal.

A continuación, se sacó una daga de la cinturilla del pantalón y se la lanzó a su hermano.

—¿Vas armado? —le pregunté a Gabriel, y por toda respuesta se agachó y extrajo un cuchillo de su bota.

Nunca me alegré tanto como entonces de lo paranoicas que podían llegar a ser algunas personas.

Las criaturas comenzaron a acercarse muy despacio, con cierta cautela, hasta que quedaron bañadas por completo con la luz de mi poder y debieron comprender que esta, por sí sola, no les hacía daño alguno.

Entonces, cargaron contra nosotros.

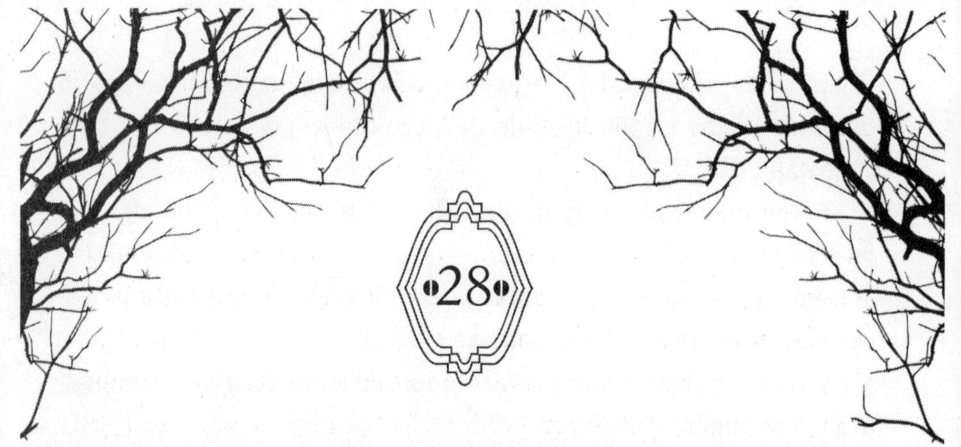

28

Que los demonios inferiores se licuaban con mi poder era algo que ya había descubierto durante los otros ataques; también que los superiores solían tener forma humanoide y tendían a no explotar o desaparecer cuando los alcanzaba, lo cual resultaba un problema. Pero de lo que no tenía ni idea era de que algunos pudieran hablar.

—Aberración —gruñó uno, mientras se lanzaba sobre mí con la boca abierta.

Gracias a Dios, no era uno de esos con dientes de tiburón. Ya contaba con una cicatriz en el cuello y no quería otra a juego. Tampoco quería perder ninguna extremidad. Giré sobre mí misma con el brazo extendido y mi poder le desgarró el vientre; un montón de carne negra y viscosa se derramó de su interior.

—Pero ¿tú te has mirado en un puto espejo?

No esperé una réplica; no estaba interesada en mantener una charla con él. Balanceé la otra daga en su dirección, esta vez algo más alto, y le corté el cuello de un solo tajo. La criatura se derrumbó sobre el suelo de inmediato, aunque brazos y piernas continuaron moviéndose durante unos segundos que se me hicieron infinitos. Dios, nunca me acostumbraría a lo grotesco que era todo aquello.

Una breve ojeada me valió para darme cuenta de que mis amigos se habían desperdigado por los alrededores más de lo deseado. Sebastian y Jameson luchaban contra un trío de demonios a mi derecha, mientras que Gabriel lo hacía con una mole de músculo que bien podría haber sido de piedra. Raven apareció a mi lado con el hocico manchado de algo oscuro y di por sentado que había tenido su propio enfrentamiento.

Señalé a los hermanos.

—Ve a ayudarlos.

Salió disparado en su dirección y yo me dirigí hacia Gabriel. Me acerqué por la espalda a su atacante, pero este debió oírme venir y comenzó a darse la vuelta. Lo apuñalamos a la vez; Gabriel en pleno cuello, y yo, en el costado. A pesar del aspecto pétreo de su piel, conseguí hundirle la daga hasta la empuñadura. Sin embargo, aquella cosa se limitó a rugir, giró de golpe con los brazos extendidos y nos envió a ambos volando por los aires. Fue una suerte que no contara con garras, porque podría habernos partido en dos con ese golpe.

Rodé por el suelo y me puse en pie, tal y como había practicado con Alex. Gabriel tardó un poco más en levantarse y me dio la sensación de que cojeaba, pero, aun así, los dos cargamos de nuevo contra la criatura.

—¡Apártate! —gritó Gabriel.

Me acuclillé sobre el suelo helado sin saber muy bien qué se proponía. Un segundo después, un muro de llamas envolvió al demonio. Tuve que retroceder para evitar el calor del fuego que había convocado y, cuando conseguí erguirme de nuevo, forcé a una de mis dagas a convertirse en un látigo de pura energía. Me costó un par de intentos alcanzar a la criatura de forma que se enrollase en su cuello, pero, cuando lo logré, un tirón de mi muñeca bastó para rompérselo.

No hubo tiempo para felicitaciones. Otras tres criaturas nos rodearon. Músculo, garras y dientes, muchísimos dientes; dos de ellos de ojos rojos como brasas incandescentes y el otro con la mirada anegada de oscuridad y malicia. Todos humanoides, de brazos demasiados largos y sangre negra y oleosa sobre la que esperaba que acabásemos chapoteando; demonios superiores. Perdí de vista a los otros mientras Gabriel y yo nos enfrentábamos a ellos, y cuando Raven resurgió de entre las sombras recé para que fuese porque ellos ya no necesitaban su ayuda y no porque hubiesen caído.

Nos llevó quién sabe cuánto tiempo deshacernos de nuestros atacantes. Perdí la cuenta de las veces que esquivamos, golpeamos y caímos para volver a levantarnos, aunque me agradó comprobar que mi poder continuaba estable y fluyendo cuando por fin los derrotamos; parecía no tener fin, lo cual posiblemente no era más que un espejismo producto de la adrenalina.

—¡Sebastian! ¡Jameson! —grité a pesar de que apenas tenía aliento.

Gabriel se inclinó y apoyó las manos en las rodillas, resoplando también por el esfuerzo. El pelaje de Raven estaba cubierto de esa mierda negra que los demonios tenían por sangre.

Llamé también a Wood y a Alexander, pero ninguno respondió.

—¿Crees que hay más? ¿Sientes algo? —preguntó Gabriel.

Tenía un arañazo en el cuello de aspecto bastante feo, pero no dio muestras de que eso le molestase.

Notaba la presencia de Alex por todas partes, así que no era capaz de detectar en qué dirección se encontraba y tampoco si había más demonios en los alrededores; sin embargo, la sensación de que no estábamos solos continuaba acompañándome.

—Toda está niebla… interfiere con mi poder, pero no creo que se haya acabado.

Gabriel no me cuestionó, sino que se limitó a asentir.

Bajé la mirada y me dirigí a Rav.

—¿Puedes encontrar a Alex y Wood? ¿O a Sebastian y Jameson?

Raven se puso en camino de inmediato. Aunque no estaba segura de con quién nos estaba llevando, supuse que sería con el Ibis y su hermano; de saber dónde estaban Alex y Wood seguramente ya estaría con ellos.

Apenas podía ver nada más allá de un puñado de metros por delante de nosotros, así que, cuando atisbé algo inclinándose sobre lo que parecían unas piernas humanas, estuve a punto de azotar su espalda sin pararme a preguntar. Reprimí mi instinto a tiempo. Era Sebastian.

—¿Está bien? —pregunté al darme cuenta de que era Jameson quien se encontraba tirado en el suelo.

Estaba consciente y se hallaba incorporado sobre los codos, mientras Sebastian presionaba uno de sus muslos con ambas manos y murmuraba en voz baja. Había sangre por todos lados.

Fue Jameson quien contestó.

—Solo es un pequeño corte. Me repondré enseguida.

No, definitivamente no había nada de pequeño en la herida, pero Sebastian estaba haciendo un buen trabajo y yo era la primera en minimizar mis propias heridas, así que no señalé su mentira.

—No deberías haber venido —le reprochó el Ibis una vez terminado el hechizo.

—Ya, bueno, tú también estás herido.

Me fijé en el costado de Sebastian. Había un desgarrón en la tela de su camiseta y estaba empapada de sangre. Tampoco esa parecía una herida leve.

—Puedo soportarlo. Ni siquiera me duele.

Sabía que estaba mintiendo, al menos en la segunda parte. Durante toda mi vida había pensado que los Ibis no sentían dolor, pero la verdad era que se limitaban a enterrarlo profundamente en su interior y seguir adelante sin más.

—Podría intentar curarte —sugerí, titubeante—, pero ya sabes a lo que te expones.

Gabriel intervino entonces.

—Yo lo haré.

Bueno, supongo que todos estaban al tanto de lo que mi poder curativo le hacía a los brujos. Que conocieran mis limitaciones me daba igual, lo que realmente odiaba era no poder ayudar.

—No importa. Busquemos a Alexander y a Wood y salgamos de aquí.

Sebastian se incorporó y le tendió la mano a su hermano para ayudarlo a levantarse. Jameson se puso en pie; la herida no estaba curada del todo, pero al menos ya no sangraba. Les di la espalda mientras Gabriel insistía en tratar la herida de Sebastian y, una vez más, intenté localizar a Alex. Cerré los ojos y me concentré en la melodía de su magia, mientras pensaba en las distintas formas en las que él y yo estábamos unidos, en la atracción que había surgido desde el momento en el que nos habíamos conocido y en el modo en el que, incluso cuando habíamos luchado contra ello la mayor parte del tiempo, volvíamos el uno al otro. Pensé en su voz, en el tacto de su piel y su aroma. Pensé en la primera vez que lo había visto sonreír; sonreír de verdad, sincero y despreocupado. Y pensé también en su expresión arrasada por el dolor y las lágrimas que había dejado caer mientras se había visto obligado a drenarme. Pensé en todo lo que era y en lo que no, pero sobre todo pensé en el chico de la terraza de Nueva York que había construido un arco sobre nuestras cabezas y lo había hecho florecer para mí. En el que se había entregado a una batalla de bolas de nieve con la emoción chispeando en sus bonitos ojos de distinto color. En el que me había lanzado vestida a la piscina. Pensé en el chico que me había hecho el amor.

Transformado o no, ese era Alex, y siempre encontraría una manera de llegar hasta él.

La melodía de mi magia se elevó entonces a mi alrededor. Raven aulló, como si también pudiera escucharla. O sentirla. Alguien jadeó en el momento en que las alas me brotaron de la espalda, y cuando finalmente abrí los ojos los encontré a todos mirándome con los ojos entrecerrados a causa de la potente luz que estas desprendían.

Ladeé la cabeza y mi cuerpo se inclinó por sí solo hacia la derecha. Allí, justo allí; la turbulenta magia de Alexander parecía estar respondiendo a la mía. Por fin.

—¿Qué se supone que estás haciendo? —preguntó Gabriel.

—Tienes unas putas alas —dijo Jameson a la vez.

En esta ocasión, Sebastian palmeó su espalda y soltó un risita. Yo ignoré ambos comentarios y dije:

—Creo que puedo encontrarlo.

Eché a andar sin dar más explicaciones. Rav se situó enseguida a mi lado y los demás no tardaron en seguirme. Con las alas a plena vista, mi aspecto tenía que resultar un auténtico espectáculo, pero el círculo de luz se había ampliado de forma considerable, así que no iba a quejarme. Y no solo eso, sino que sentía el tirón de la magia de Alex en el centro del pecho.

Me gustaría decir que pensé en las consecuencias de parecer un puñetero faro en mitad de toda aquella oscuridad, pero lo único que quería era llegar hasta Alex y no me di cuenta de lo que estaba atrayendo hasta nosotros hasta que fue demasiado tarde.

Raven fue el primero en descubrir al grupo de demonios que nos acechaba. Se detuvo con todo el pelo del cuerpo erizado y las orejas planas. Sus colmillos quedaron expuestos cuando dejó salir un gruñido amenazante que nos puso a todos en alerta.

—Creo que estamos rodeados —dijo Sebastian, tras comprobar también el terreno a nuestra espalda.

No estaba segura de cómo había conseguido llevar Elijah a todos aquellos engendros tan lejos de Ravenswood, pero estaba claro que, o bien no sabía contar los días, o el plazo de tres semanas había sido solo un señuelo para que nos confiásemos. Su paciencia, desde luego, era escasa. Pero la mía se hallaba también al límite; ya estaba harta de aquella mierda.

—Poneos detrás de mí y preparaos para hacer frente a los que están en nuestra retaguardia.

—¿Qué vas a hacer? —inquirió Gabriel, aunque todos obedecieron y retrocedieron hasta que quedamos solo Raven y yo al frente.

—Matarlos. —Fue mi única respuesta.

Estaba desesperada por llegar hasta Alex, y la gente desesperada comete actos desesperados. Recé por ser capaz de dirigir mi poder solo hacia delante y luego permití que la furia que sentía inundara mis venas junto con la magia. Se oyeron siseos y gruñidos, mientras que los demonios estrechaban cada vez más el círculo en torno a nuestro grupo. Mis alas se desplegaron a los lados y brillaron aún con más fuerza.

Podía hacerlo. Sabía que podía.

Extendí los brazos hacia las criaturas que tenía delante; las manos cargadas ya con tanto poder como fui capaz de convocar sin drenarme a mí misma del todo.

—¡Agachaos! —grité, y acto seguido lo descargué de golpe.

El pulso de magia los barrió con tanta fuerza que una parte de ellos simplemente se desintegró; los demás salieron volando hacia atrás. Sin embargo, eso no ahuyentó a los que quedaban detrás de nosotros, que se lanzaron sobre mis amigos. El cansancio que me sobrevino de repente tampoco era una buena noticia, pero me di la vuelta para pelear junto a ellos.

Tuve un breve momento de pánico cuando no pude convocar de inmediato ningún arma. Tras unos pocos intentos, y mucha fuerza de voluntad, conseguí darle forma a una única daga. Para entonces, todos los demás estaban ya enzarzados en la pelea. Y aunque ahora sabía perfectamente en qué dirección se encontraba Alexander, tampoco a mí me quedó más remedio que acabar sumergiéndome en ella.

Un demonio con solo dos huecos por nariz se encaró conmigo. Sus garras tenían al menos un palmo de largo y estaban muy muy afiladas. Esquivé su primer golpe por muy poco. Lanzó un segundo y tuve que saltar hacia atrás, pero las puntas se me engancharon en la camiseta y se llevó con él parte de la prenda. Mis movimientos eran mucho más lentos; lanzar ese golpe de magia me había dejado exhausta.

Por suerte, Raven acudió en mi ayuda. Saltó sobre la espalda de la criatura, le hundió los colmillos en el cuello y lo derribó. Aproveché la tregua para arrodillarme sobre el suelo. Coloqué las manos sobre la nieve, ya casi derretida a causa del repetido uso de Gabriel de su elemento, y la empleé para intentar recargarme. El agua helada me entumeció los dedos, pero surtió el efecto deseado y revitalizó mi magia tal y como esperaba. Sin embargo, ese breve despiste fue cuanto necesitó otro de aquellos seres para abalanzarse sobre mí.

Mi reacción fue instintiva. Levanté el brazo, pero no llegué a tocarlo. Aun así, se deslizó por el suelo lejos de mí. Durante un instante creí que Sebastian había empleado el aire, su elemento, para quitármelo de encima, solo que él ni siquiera estaba mirándome, mucho menos se había dado cuenta de lo que estaba a punto de suceder. Había sido yo.

Me miré la mano cubierta de puntitos brillantes, pero completamente seca. ¿Había sido mi ira la responsable o acababa de golpear a esa cosa con una onda de aire? Raven trotó hasta mí y me lamió la mano extendida. Luego, soltó una ladrido. Lo miré a los ojos.

—¿Lo has visto? —Obtuve otro ladrido que a saber qué significaba.

«Alexander puede manipular dos elementos, ¿por qué tú no?», me dije.

Éramos complementarios, ¿no? Él manipulaba el fuego y la tierra, yo solo había podido usar el agua. Siempre había pensado que era porque Alex tenía dos familiares y aunaba los dos elementos de estos en su propia persona.

Tal vez no fuera así.

Me incorporé, sin tiempo para darle más vueltas por ahora, dispuesta a continuar peleando. Pero, de golpe, la media docena de demonios que aún quedaban en pie se dieron media vuelta y se largaron. Así, sin más.

Mis amigos mantuvieron las armas en alto, desconcertados.

—Se han ido —dijo Jameson, y sonó claramente aliviado.

Yo también lo estaba, pero aquello no era normal. ¿Qué había cambiado? Eché un vistazo a la oscuridad que nos rodeaba.

—La niebla. La niebla no está. ¡Joder!

Alex había provocado la niebla; si esta había desaparecido...

Salí corriendo al darme cuenta de que no era lo único que faltaba. No captaba nada; ya no podía sentir a Alex.

«No, no me hagas esto. Por favor...».

Me dirigí hacia donde lo había sentido por última vez. Corrí y corrí. El terreno era irregular en esa zona, pero no me planteé reducir el paso, más bien traté de ir aún más rápido. Resbalé y caí, y mi tobillo izquierdo hizo un sonido extraño. Me puse en pie nuevamente, obligándome a no prestarle atención al dolor, y me tragué las lágrimas que amenazaban con enturbiarme la visión. Raven debió alcanzarme en algún momento y seguimos adelante juntos. Las piernas apenas me respondían, tenía una punzada en el costado y el tobillo era un infierno ardiente, pero me odié por no ser capaz de moverme con mayor rapidez.

Hasta que a lo lejos descubrí a Wood de espaldas, sentado en el suelo y con un cuerpo inmóvil entre los brazos; sus hombros se sacudían mientras se balanceaba adelante y atrás. Me detuve de golpe. La escena... Fue como revivir el momento en el que Wood había acunado a Dith contra su pecho mientras ella... moría.

—No. Por favor. Por favor —gemí al borde del llanto.

Mis rodillas cedieron y caí de rodillas. Raven siguió adelante sin mí. Rodeó a su hermano para encararlo y, acto seguido, elevó el hocico hacia el cielo.

Jamás olvidaré el sonido que emitió.

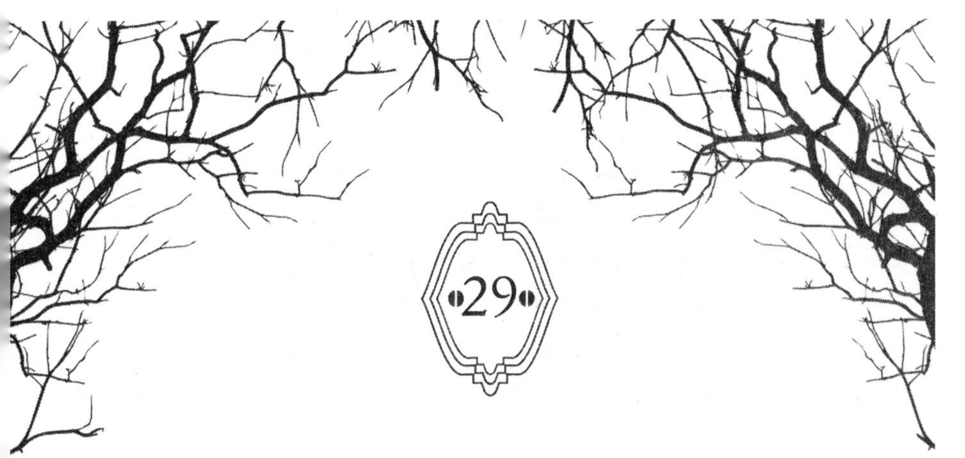

29

Las fuerzas me abandonaron por completo, pero aun así me arrastré hacia ellos, rota de dolor y murmurando cosas que ni siquiera recuerdo. Mi poder se había retraído hasta un rincón de mi interior y apenas veía por dónde iba. No reaccioné cuando alguien llegó hasta mí y unas manos me agarraron de los brazos; fue una suerte que se tratase de Sebastian y no de algún demonio.

Me ayudó a ponerme en pie.

—¿Qué es lo que ha...? —comenzó a preguntar, pero luego se interrumpió—. ¡Joder! ¿Es...?

Cuando me armé de valor para echar un vistazo sobre el hombro de Wood, dejé de respirar. A pesar de que Sebastian me estaba sosteniendo, me tambaleé hacia atrás y él tuvo que afianzar su agarre para evitar que volviera a derrumbarme. Pensé que me había vuelto loca y mi mente de verdad estaba recreando el día de la muerte de Dith, porque no era a Alexander a quien acunaba el lobo blanco, sino a Meredith. Una muy sólida y nada fantasmal Meredith Good.

—¡Oh, Dios! ¿Está... ella está...? —balbuceé, incapaz de terminar la frase por si eso hacía que Dith se esfumara de repente.

Wood elevó la mirada hacia mí y asintió; las lágrimas le corrían por las mejillas. Me arrodillé junto a él y revisé de forma exhaustiva cada línea y cada curva del rostro de Dith. Quería tocarla; quería rodearla con los brazos yo también. Quería que abriera los ojos y me dijera que aquello no era un sueño extraño y que de verdad estaba allí. Pero no podía moverme, solo podía mirarla y mirarla y continuar mirándola.

Raven lanzó otro de esos terribles aullidos. Sonaba dolorido. Roto. Mi pánico resurgió.

—Espera... ¿Y Alex? ¿Dónde está Alex?

Nuevas lágrimas florecieron en los ojos de Wood y negó con la cabeza. Y a mí... a mí se me rompió el corazón, desgarrado entre la felicidad de haber recuperado a Meredith y la agonía de que eso supusiera perder a Alex.

—Una de esas cosas tenía un mensaje de Elijah. Dijo que, si éramos listos, nos contentaríamos con el regalo que nos había hecho y no iríamos en busca de Alex. Ha prometido dejar en paz esta academia si nos *comportamos.*

—Hijo de puta.

El regalo era Dith, supuse. Le había devuelto la vida —a saber cómo— y, a cambio, nos había arrebatado a Alexander, como si las personas fuesen algo intercambiable. Seguramente lo fueran para él.

—Esto no es bueno —intervino Sebastian. Al principio, creía que se refería a la desaparición de Alex, pero estaba mirando a Dith—. Es magia oscura. De la peor.

El lobo blanco lo ignoró por completo y siguió hablando conmigo.

—Danielle, no se lo llevaron. Él... se entregó.

—¿Qué?

—Alex vio que tenían a Dith y decidió ir con ellos. No pude evitarlo.

Cerré los ojos y bajé la cabeza, luchando por llevar algo de aire a mis pulmones. Maldito fuera Alexander y malditas también sus buenas intenciones.

—Tenemos que movernos —intervino Gabriel.

Negué a pesar de que sabía que Alex ya no estaba allí. Regresar a la academia sin él sería admitir que se había marchado, y yo no estaba preparada para eso. Nunca estaría preparada. Pero no me quedó otro remedio. Gabriel tenía razón, teníamos que largarnos de allí, incluso si parecía evidente que los demonios habían vuelto con su amo. La mayoría estábamos heridos en mayor o menor medida, o bien agotados y casi sin magia que emplear si sufríamos un nuevo ataque. Y aunque Dith lucía un tono de piel saludable y su respiración y pulso eran estables, estaba inconsciente. Necesitábamos hacerla entrar en calor, todos lo necesitábamos en realidad.

Wood se puso en pie sin soltarla en ningún momento; dudaba que fuera a separarse de ella en un futuro cercano. Raven, en cambio, permaneció cerca de mí, rozándose todo el tiempo contra mis piernas. Fue Gabriel quien se encargó de iluminar el camino empleando su elemento para ello, mientras que yo me concentraba en mantener la compostura y poner un pie delante del otro.

Tardamos un rato en vislumbrar las primeras luces de la academia a lo lejos. La ausencia de niebla ayudó, pero si no terminamos dando vueltas por la explanada desolada que rodeaba Bradbury fue gracias a Raven, que parecía saber exactamente qué dirección seguir.

—Llévala a la cabaña —dijo Gabriel, conforme nos fuimos acercando.

Wood no cuestionó la orden y se encaminó hacia allí sin mirar siquiera a los que esperaban junto al portalón. No había señales de que los demonios hubieran conseguido asaltar la academia, pero los tres consejeros colgaban aún del muro como un recordatorio de lo cerca que habían estado.

—Sería bueno que Laila le echara un vistazo —sugerí, dirigiéndome a Gabriel, antes de seguir los pasos de Wood—. Y contar con las protecciones de la barrera.

—Primero veamos cómo vuelve.

Me quedé mirándolo un momento antes de dar sentido a lo que estaba diciendo. Meredith había regresado de entre los muertos después de pasar meses como fantasma, y la magia de resurrección, además de ser la más oscura que existía, representaba una aberración que iba directamente en contra del mismísimo equilibrio. Lo que pudiera traer Meredith de vuelta consigo... Tal vez ni siquiera fuese ella misma.

—Está bien —cedí, demasiado angustiada para discutir.

Agradecí que Wood se hubiese alejado y no pudiera escuchar nuestro intercambio; no le haría ningún bien.

Sebastian y Jameson, a pesar de estar heridos, vinieron con nosotros, mientras que Gabriel acudió junto a su aquelarre. Bien, alguien tenía que ponerlos al tanto de lo que había ocurrido y, de paso, mostrarles los cadáveres del muro si no se habían percatado aún de que estaban allí.

Ya en la cabaña, Sebastian y Jameson se quedaron en la planta inferior mientras Raven y yo, en silencio, seguíamos a Wood escaleras arriba. Entró en el primer dormitorio que le salió al paso y depositó a Dith sobre la cama.

Solo entonces reconoció nuestra presencia.

—¿Puedes buscar algo de ropa? Quiero cambiársela. La que lleva está húmeda y... —Se le quebró la voz antes de terminar la frase.

Me acerqué a él y lo abracé con las escasas fuerzas que me quedaban. Wood me devolvió el abrazo con idéntica desesperación.

—Ella... Yo... Alex... Lo siento... —farfulló, con la cabeza escondida en el hueco de mi cuello, temblando como un niño asustado.

Su dolor se unió al mío y amenazó con enviarme de regreso a ese lugar oscuro en el que me había refugiado tras la muerte de Dith. Podía comprender lo desgarrado que se sentía Wood; había recuperado al amor de su vida, pero se habían llevado a su protegido. Yo me sentía igual.

Oh, Dios, todo aquello dolía demasiado.

—Tranquilo, iremos a buscarlo. Y Meredith estará bien. Ella siempre está bien —reí al tiempo que sollozaba sin control.

El dulce aroma de Raven llenó el aire y otro par de brazos nos rodeó; se había transformado. Nos apretó a ambos a la vez y apoyó la frente contra la sien de su gemelo. Los temblores de Wood se recrudecieron. Ninguno de los tres habló ni se movió; solo permanecimos allí en pie, sosteniéndonos los unos a los otros, tal vez por miedo a que, si nos soltábamos, termináramos hechos pedazos.

Pasamos la noche en vela, sin atender nuestras heridas ni cambiarnos de ropa. Nos envolvimos en una manta y nos limitamos a esperar. Sebastian subió en una ocasión y se asomó al interior del dormitorio, supongo que para comprobar si había habido algún cambio y preguntar si necesitábamos algo, pero el ambiente sombrío debió de disuadirlo y se marchó por donde había venido sin decir una palabra.

Lo que necesitábamos era que Dith despertase y fuese ella misma; lo que necesitábamos era que Alex regresara y nuestro aquelarre —nuestra familia— estuviera reunida de nuevo. Lo que necesitábamos era terminar con Elijah, enviarlo directo al infierno y que jamás pudiera hacerle daño a nadie más.

El amanecer no trajo consigo ningún cambio, solo cuando Rav me hizo un leve gesto con la cabeza me decidí a moverme. Me dolía todo el cuerpo y sentía los huesos y músculos helados. Salimos al pasillo, pero Rav no se detuvo, sino que me llevó varias habitaciones más allá. Cerró incluso la puerta a nuestra espalda y supe que no íbamos a tener una conversación que quisiera que su hermano escuchara.

—Hay algo mal en Dith.

—¿Crees que no va a despertar? —pregunté, pero Raven negó.

—No es eso. Ella no... no está unida a nadie.

Quizás en otro momento lo hubiera comprendido enseguida; sin embargo, estaba exhausta y muy asustada. Por Dith, por Alex. No podía pensar.

—No te sigo.

—Los cordones que la unían a todos nosotros se rompieron cuando ella murió y ahora no han vuelto. No puedo verlos —explicó de forma apresurada—. Es como si siguiera siendo un fantasma.

Eso no podía ser una buena señal. Retrocedí hasta la pared más cercana y dejé que mi espalda resbalara por ella hasta llegar al suelo. No estaba segura de poder soportar nada de aquello por mucho tiempo más. Me sentía completamente sobrepasada.

Raven se acuclilló frente a mí.

—No quiero que Wood lo sepa. Él tampoco está bien. —La angustia devoró el rostro dulce de Rav y exhaló un suspiro tembloroso.

—No le diré nada, no te preocupes.

Apoyé la cabeza en la pared, derrotada. Una parte de mi mente buscaba una explicación para la ausencia de lazos de Dith mientras que la otra solo quería salir corriendo de allí e ir a buscar a Alexander. No quería ni imaginar lo que Elijah le haría para obligarlo a unirse a su causa. ¿Y si amenazaba con sacrificar a más brujos? ¿O a humanos? ¿Y si lo torturaba o conseguía anular de alguna forma su voluntad? El nigromante no pararía hasta salirse con la suya.

Raven me rodeó la cara con las manos.

—Dani, necesitas descansar.

—Tenemos que ir a por él. Oh, Dios, y Cam, tengo que ayudar también a Cam. —Hice ademán de levantarme, pero Raven me detuvo.

—No puedes ayudar a nadie así. Estás al borde del colapso.

—Pero no hay tiempo.

Rav ladeó la cabeza y su mirada se perdió durante unos segundos, como si estuviera escuchando algo a lo lejos, lo cual era imposible tratándose de él; solo en su forma animal era capaz de captar ciertos sonidos y vibraciones. Así que...

De golpe, sus ojos se enfocaron. Luego, sus párpados cayeron y se encogió sobre sí mismo. Me daba miedo preguntar, pero no podía no hacerlo.

—¿Qué pasa, Rav? ¿Has visto algo?

Tardó un instante en recomponerse. Cuando abrió los ojos por fin, el azul de estos había palidecido tanto como la propia piel de su rostro. Había verdadera agonía en su mirada, en las líneas de su rostro contraído por tanto y tanto dolor.

—Rav, por favor, dime qué pasa.

—Hay tiempo. —Fue todo lo que conseguí que me dijese.

Y aunque eso debería haberme tranquilizado, no me reconfortó en absoluto. Tenía el presentimiento de que lo que fuera que había visto solo nos traería más sufrimiento.

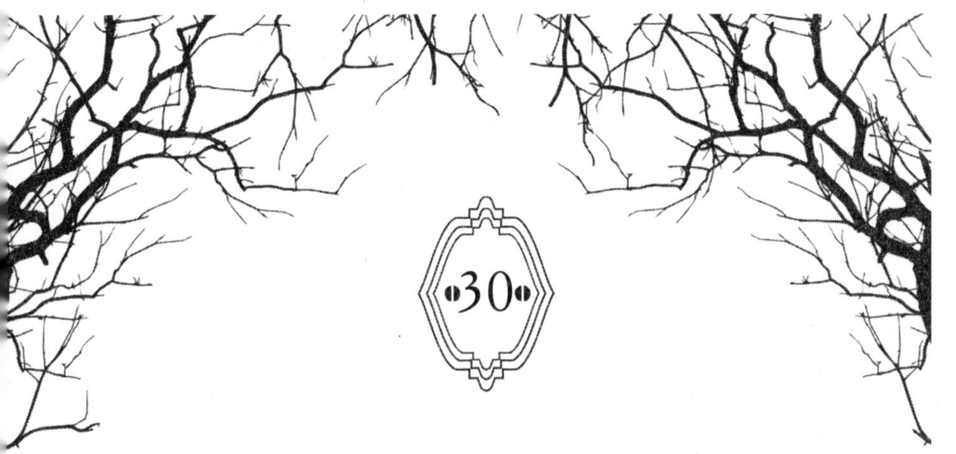

30

Raven había tenido razón. En algún momento de esas primeras horas de la mañana mi cuerpo no pudo soportarlo más y colapsó. Debí de haberme derrumbado en la habitación en la que velábamos a Dith, aunque me desperté en la academia. No tenía ni idea de cómo había llegado hasta allí ni quién me había trasladado desde la cabaña, pero me habían cambiado la ropa e incluso diría que también me habían cepillado el pelo. En la mesilla había un sándwich, galletas y una botellita de agua. Quienquiera que hubiese sido mi ángel de la guarda se había tomado muchas molestias para que me sintiera bien al despertar; apostaba por Raven.

Dichos cuidados habían dado resultado, al menos físicamente. Mis músculos estaban aún un poco doloridos, pero nada más allá de unas agujetas leves, y mi magia estaba completamente restaurada. Incluso mi tobillo parecía haber sanado, lo cual tuve que suponer que era obra de Laila. No perdí el tiempo remoloneando entre las sábanas. Necesitaba saber cómo estaba Dith y si había despertado, y luego, con ayuda o sin ella, iría en busca de Alex; no lo dejaría en manos de Elijah Ravenswood.

Sacié mi escaso apetito y me vestí a toda prisa. Me estaba recogiendo el pelo en una coleta cuando alguien llamó a la puerta. Cam entró arrastrando los pies en cuanto le di paso. Su rostro tenía un aspecto macilento y las ojeras no habían hecho más que acentuarse. Se movió despacio y con cierta torpeza. Me dolía verlo así; tenía que hacer algo.

Vino hasta mí y me envolvió en un abrazo flojo durante un momento.

—Estás despierta.

—Lo estoy. ¿Y tú? ¿Cómo te encuentras? —pregunté, mientras seguía escudriñando su rostro en busca de otros signos de su *enfermedad.*

Las venas oscuras que se habían revelado bajo el toque de Alex no habían vuelto a aparecer, pero estaba convencida de que, de poder verlas, se habrían extendido.

—Bien.

Sonrió una vez más; sin embargo, no había ningún brillo en sus ojos, mucho menos alegría real.

—Cam...

—Estoy bien, de verdad. Me preocupas más tú, has pasado dieciséis horas durmiendo. Te desmayaste en la cabaña y Raven te trajo hasta aquí para que estuvieses más cómoda y Laila pudiese curarte.

El cambio de tema no me pasó desapercibido, como tampoco lo hizo el hecho de que estaba mintiendo. No estaba bien; no podía estarlo. No solo acababa de perder a su padre, sino que esa cosa se lo estaba comiendo por dentro.

—Dith aún no ha despertado —prosiguió como si nada—, pero Laila y Aaron han estado revisándola y creen que lo hará pronto. En apariencia está sana, solo que... —Hizo una pausa antes de concluir—: No tiene magia.

—¿Qué?

—Dith ya no es una bruja.

Me pasé la mano por la cara y me dejé caer sobre el colchón. No me había percatado de la ausencia de magia al verla. ¿Y era siquiera eso posible? Es decir, Elijah la había devuelto a la vida, así que, partiendo de ese punto, todo parecía posible. Pero Meredith, incluso maldita, había conservado su poder, como cualquier brujo al convertirse en familiar. Y para ello todos tenían que morir. Así que tal vez no era algo relacionado con su muerte; quizás Elijah había elegido no devolverla... entera.

—Bueno, lo importante es que despierte y sea ella misma, todo lo demás es secundario —dije, aunque las implicaciones de una Dith humana resultaban abrumadoras—. Todo va a salir bien.

Cam se sentó a mi lado y, sin ponernos de acuerdo, los dos nos recostamos hasta quedar tumbados y con las piernas colgando del borde del colchón.

—Ahora repite la última parte como si te lo creyeses —se burló, y tuve que echarme a reír.

Este era el Cam que yo conocía y adoraba; lo que le había hecho Mercy no había afectado a su estúpido sentido del humor. Giré la cabeza para mirarlo y él hizo lo mismo, y supe que veía todas mis preocupaciones aunque no les estuviese dando voz. Estaba aterrada por Dith, por Alex y por él, y no sabía cómo ayudar a ninguno de los tres.

—No sé qué hacer.

—No tienes que hacerlo tú todo, Danielle. No estás sola en esto.

Moví la mano hasta que alcancé la suya y Cam respondió enseguida apretándomela a modo de consuelo.

—Lo sé, ya me hubiera vuelto loca si no os tuviera a vosotros.

Abrió la boca, pero ninguna palabra salió de sus labios. Sus dedos se aflojaron y, acto seguido, se le pusieron los ojos en blanco. Me senté en la cama de golpe.

—¿Cam? ¡Cam! —Lo zarandeé, pero no reaccionó. Tenía la piel helada—. Cam, no me hagas esto. ¡Cam, por favor!

Su pecho subía y bajaba con una lentitud agónica y a duras penas conseguí encontrarle el pulso. Su corazón latía, pero lo estaba haciendo muy despacio. Oh, Dios, habíamos esperado demasiado y ahora Cam se estaba muriendo frente a mis ojos.

Me levanté y salí corriendo al pasillo en busca de ayuda; sin embargo, los pasillos de esta planta se encontraban tan desiertos como de costumbre. Podía bajar hasta tropezar con alguien y que fueran a buscar a Laila, pero tenía que dejar solo a Cam y ¿cuánto tardaría? ¿Llegaría la bruja a tiempo?

Eché un vistazo hacia la cama. Cam continuaba inmóvil. Quieto, estaba demasiado quieto. Su pecho ya no se movía.

«No. ¡No!».

Regresé a su lado a trompicones. Había empleado hechizos de curación cientos de veces, ese tipo de magia era el centro de nuestra formación en Abbot, pero allí no había heridas abiertas que curar ni yo conocía hechizo alguno que pudiera sanarlo. Laila ya lo había intentado todo.

No, no todo. Yo tenía algo con lo que ella no contaba, así que tomé la decisión. No perdería a Cam. No perdería a nadie más, me lo había prometido, y al diablo con lo que hubiera dicho Elijah.

Empujé a Cam para hacerlo rodar y colocarlo boca abajo. Le di un tirón al cuello de su camiseta, descubriendo su hombro, y remangué mis propias mangas. Mis manos brillaban ya, repletas de poder. Me obligué a no actuar de inmediato; no quería precipitarme. Pensé en lo que me había dicho Laila sobre ser cuidadosa. Cam no era un demonio al que deshacer con mi ira, era mi amigo y yo lo amaba. Inspiré y solté el aire varias veces, y me concentré en ese amor. Mercy lo había contaminado con su magia oscura y podrida, y yo necesitaba limpiar —purificar— dicho mal.

Me llevé una mano al colgante de la triple diosa y coloqué la otra sobre la misma zona que Mercy había estado tocando cuando lo infectó.

«Por favor, que funcione. No permitas que la cague. No dejes que se muera».

Cerré los ojos y, por fin, permití que mi magia fluyera con suavidad, muy poco a poco, pausada y tranquila. Dejé que todo el cariño y el amor que sentía por Cam me inundara y luego lo empujé también junto con más de mi poder.

—Vuelve, Cameron, por favor —supliqué, porque eso era lo que había hecho al curar a Raven aquella noche en los límites de Ravenswood, después del ataque de la Ibis. Le había rogado que despertase y él lo había hecho—. Vuelve conmigo. Con Rav. Creo que se está enamorando de ti, y se le romperá el corazón si te pierde. Te necesita y yo también. Tienes que volver.

Abrí los ojos.

El hombro de Cam se había contagiado del brillo de mi mano, y no solo eso, sus venas... las mismas venas que se habían teñido de negro ahora se estaban inundando de luz. ¿Estaba funcionando? No tenía ni idea, pero continué suplicando y vertiendo mi magia en él, pidiéndole que regresara. Le recordé momentos estúpidos en los que habíamos hecho cosas aún más estúpidas, como la vez que Dora Parris se había quedado dormida en una clase de Historia de la Magia y él había amplificado sus ronquidos con un hechizo que se le fue de las manos y tuvimos que salir todos al pasillo a riesgo de quedarnos sordos. O cuando creyó que era una buena idea tratar de duplicar con magia un pastel y terminamos cubiertos de pies a cabeza de nata y chocolate. Le confesé que había sido, junto con Dith, lo único que había logrado mantenerme cuerda durante mis largos años en Abbot. Hablé y hablé, y mi magia fluyó y fluyó...

Su pecho se hinchó y abrió los ojos de golpe; los míos se llenaron de lágrimas.

—¡Cam! ¿Estás conmigo? ¿Estás bien?

No tenía ni idea de qué hacer y no quería retirarme demasiado pronto, así que mantuve la mano sobre él y fui ralentizando el flujo con mucho cuidado. Cam balbuceó mi nombre. Con la mejilla contra el colchón, parpadeó varias veces y luego me miró. Sus ojos castaños destellaban con decenas de puntitos brillantes, como una constelación completa de estrellas.

—Hola —dije, con la voz rota de alivio.

—Hola. ¿Qué ha...? —Carraspeó y lo intentó de nuevo—. ¿Qué ha pasado?

Durante un instante, me limité a agitar la cabeza de un lado a otro, incapaz de hablar. Él intentó moverse, así que tuve que presionar la mano con más fuerza mientras aunaba algo de control sobre mí misma.

—No te muevas. Te estoy curando.

Retorció el cuello, tratando de echar un vistazo a su espalda, y me obligó a soltar el colgante para mantenerlo inmóvil.

—Quédate quieto y dime cómo te sientes.

Frunció el ceño y mantuve la mano sobre él.

—En realidad, me encuentro bien. No estoy cansado —replicó finalmente, desconcertado—. Espera, ¿me has chutado lo tuyo?

Arqueé las cejas, aunque su pregunta me arrancó una carcajada. Aflojé la presión sobre su hombro. Me costaba dejarlo ir del todo.

—¿Lo mío, idiota?

—Lo has hecho, ¿verdad? —Movió las piernas y los brazos a la vez, probándose a sí mismo, así que retiré la mano. Lo hice tan despacio que dio la sensación de que lo estaba acariciando—. ¡Joder! ¡Ha funcionado!

—No lo sabremos hasta que... —Dejé la frase a medias. Alex no estaba allí para intentar revelar si la magia de Cam estaba aún contaminada.

Pero él estaba eufórico. Rodó sobre el colchón con tanto entusiasmo que de algún modo se las arregló para caerse al suelo. No sé si lo habría curado del todo o si podría o no emplear magia oscura después de esto, pero cuando asomó la cabeza por el borde y me miró tenía un aspecto radiante.

—Estoy bien. Lo siento aquí —dijo, tocándose el pecho. Apreté los labios para evitar ponerme a llorar, de alegría esta vez—. Sabía que podías hacerlo.

—Me has asustado mucho.

No le dije que había dejado de respirar y tampoco que era muy posible que su corazón se hubiese detenido también. Ahora estaba bien, lo que significaba que mi poder no era solo ira, también podía curar. Laila no se había equivocado en eso.

Por toda respuesta, Cam volvió a subirse a la cama y se lanzó encima de mí, aplastándome con el peso de su cuerpo. Me estampó un beso en la mejilla mientras se reía como un chiquillo. Luego se incorporó un poco y se quedó mirándome.

—Espera, ¿has dicho que Rav se está enamorando de mí?

—¿Podías escucharme? ¿En serio? ¡Te habías desmayado!

Una enorme sonrisa invadió todo su rostro. Dios, desprendía una energía salvaje y contagiosa. Esperaba no haberme pasado de la raya con la cantidad de magia que le había metido en el cuerpo. ¿Podría alguien drogarse con un exceso de magia? Porque Cam parecía estar en una nube.

—¿Es cierto?

Me encogí de hombros.

—Eso vas a tener que preguntárselo a él. Se va a alegrar mucho de ver que por fin estás bien.

—Admítelo, sé que no me lo he imaginado —insistió, todo sonrisas y brillo.

—No pienso decir una palabra más al respecto, Cam.

Soltó una carcajada triunfante, y me sentí un poco culpable por haberle arrebatado a Rav la posibilidad de ser él quien le hablase de sus sentimientos. Pero Cam estaba bien. No me extrañaría si el propio Raven se lo soltaba en cuanto pusiera sus ojos sobre él y se diera cuenta de ello. Había estado tan preocupado por él que su propio ánimo había sido mucho más sombrío de lo normal.

—Un momento, déjame comprobar algo.

Lo agarré de los brazos y cerré los ojos. Rastreé su magia en busca de algo extraño, pero, aunque percibí en él un leve eco de mí misma, el resto era completamente normal. Estaba limpio. Purificado.

—Estás bien —dije, aunque apenas podía creerlo.

—Lo estoy —repuso él, y volvió a abrazarme—. Venga, vayamos a ver a Dith y a los demás. Necesitamos un plan para traer a Alexander de vuelta.

Cam me contó que Annabeth había sido la encargada de realizar el anuncio oficial sobre los cuerpos que habían aparecido colgados en el muro. Al contrario que en Abbot, allí no se le ocultaba a los estudiantes nada de lo que sucedía y que pudiera afectarles. Después de eso, la academia, ya en estado de alarma, se había blindado; el portón de entrada se había reparado, se habían reforzado los hechizos protectores y cualquier entrada o salida de la propiedad debía de ser previamente autorizada.

Los alumnos acababan de almorzar y estaban a la espera del comienzo de las clases de la tarde. El ambiente era más lúgubre que en los días anteriores, y los rostros, mucho más serios. Todos debían estar ya al tanto de que Alexander había sido capturado por Elijah y sabían lo que eso significaba; lo que podía llegar a ocurrir.

Una vez en el vestíbulo, nos dirigimos directamente a la entrada. Pero Cam se detuvo de golpe. Cuando seguí el rumbo de su mirada, vislumbré a Raven a mitad de uno de los pasillos que llegaban hasta allí. También se había quedado inmóvil, mirando a Cam fijamente. ¿Lo sabía? ¿Era capaz de percibir que Cam estaba curado? Su aspecto era muy diferente ahora y desprendía energía, prácticamente brillaba, y desde luego Raven había pasado muchísimas horas cuidando de él, por lo que supuse que apreciaría el cambio.

Fuera como fuese, Rav fue el primero en reaccionar. Echó a andar con paso decidido hacia nosotros, y Cam también se puso en marcha. Se encontraron a mitad de camino, justo en el límite entre vestíbulo y pasillo, y se quedaron plantados uno frente al otro como si no estuvieran seguros de qué hacer a continuación.

Los observé con curiosidad y, como yo, también los brujos y brujas que rondaban la zona. Durante un momento no hicieron nada, no hablaron, solo estuvieron allí mirándose, contemplándose de un modo que me puso los pelos de punta, en el buen sentido. Como si se vieran por primera vez y al mismo tiempo se conocieran desde siempre.

Raven dijo algo que no pude escuchar desde donde estaba. Cam replicó y mi familiar se sonrojó de tal forma que incluso yo fui consciente de ello. Y luego ya no hubo más palabras. Cam lo agarró de la camiseta, dio un tirón para acercarlo y lo besó como si estuviera tratando de devorarlo entero. Rav se derritió contra él y respondió al beso con la misma entrega.

Cam no era de los que se prestaba a las muestras de afecto en público; es más, a pesar de que tenía un largo historial de conquistas en Abbot, no recordaba haberlo visto jamás enrollándose con nadie por los pasillos o en ninguna otra de las zonas comunes. Así que supuse que aquello era toda una declaración de intenciones.

«Bien por vosotros, chicos», pensé, y no pude evitar sonreír.

Varios alumnos silbaron y hasta hubo uno que se puso a aullar, y de repente el ambiente enrarecido de la academia se transformó en algo mucho menos opresivo. Miré hacia la escalera y descubrí a un nutrido grupo de estudiantes aferrados a las barandillas del primer piso y mirando hacia abajo, en un intento de descubrir qué estaba ocurriendo.

Mis amigos siguieron a lo suyo, ajenos al alboroto. Cuando Cam deslizó las manos bajo la camiseta de Rav y este se apretó aún más contra él, me dije que igual era hora de intervenir. Parecían haber olvidado que no estaban solos.

A regañadientes, me acerqué a ellos.

—Emm... chicos... —Nada, como si no me hubieran oído—. Cam, Rav, tenéis que parar. Hay niños mirando.

Cam hizo un ruidito de disgusto con la garganta y comenzó a retirarse, pero Raven lo agarró de la nuca y volvió a atacar sus labios. Me hubiera reído, pero de verdad que no necesitaba ver cómo se comían la boca y se metían mano.

Gracias a Dios, Raven finalmente cedió y lo soltó. Ambos respiraban con dificultad cuando se separaron. Cam echó un vistazo alrededor y se percató de que todo el mundo estaba observándolos.

—Oh. —Fue todo lo que dijo, y yo me crucé de brazos.

—Sí, oh.

Parecía genuinamente avergonzado, mientras que Raven lucía mucho más tranquilo. Deslizó la mano en la de Cam y lo atrajo contra su costado.

—Gracias, Dani. Por curarlo. Es muy importante para mí.

Todo en mí se suavizó al escuchar el tono dulce de la confesión. Raven se merecía ser feliz, y me alegraba que pudiera serlo con Cam.

Alguien dio una palmada y el sonido retumbó por todo el vestíbulo.

—¿Qué estáis haciendo ahí plantados? ¡Id a clase! ¡Ya! —gritó Annabeth, y todos se pusieron en marcha de golpe.

Mientras se acercaba a nosotros, sus ojos se deslizaron hacia las manos unidas de Cam y Rav. Levantó la vista y esbozó una sonrisita pícara.

—No sé si quiero saber qué ha pasado para que mis alumnos estén tan distraídos.

—No quieres —dije yo, y por suerte para Cam, que aún seguía un poco sonrojado, ella no preguntó.

—Ha llegado un mensaje de Winthrop. Tu candidatura ha sido aceptada, aunque ha creado mucho revuelo. La votación será en los próximos dos días.

Me había olvidado por completo de todo el lío con el consejo. Sinceramente, ahora mismo era lo último en mi lista de prioridades. Necesitaba comprobar cómo estaba Dith y luego descubrir el modo de sacar a Alexander de Ravenswood.

—No creo que sea el momento... —comencé a decir, porque no quería ser brusca con Annabeth.

Sabía que formar parte del consejo era algo importante y podía cambiar nuestro futuro, pero de todas formas no habría nada que cambiar si Elijah se salía con la suya. Y ahora que tenía a Alex estaba mucho más cerca de conseguirlo.

—Tranquila, lo sé. Solo quería informarte.

Annabeth se retiró en dirección a las aulas de entrenamiento de esa planta y nos quedamos solos.

—¿Vais a ver a Dith? —preguntó Rav, y yo asentí. Sin soltar la mano de Cam, me rodeó los hombros con el brazo y me dio un suave beso en la sien—. Voy con vosotros.

Como era obvio, los cuerpos ya habían sido retirados del muro, pero cuando atravesé el portón exterior no pude evitar echar un vistazo por encima de mi hombro y estremecerme. El recuerdo de los tres brujos balanceándose en el aire me acompañaría durante mucho tiempo.

Me detuve antes de entrar en la cabaña y giré para quedar cara a cara con los dos, de forma que Raven pudiera leerme los labios.

—Voy a ir a por Alexander.

—Iré contigo —dijo Raven. Desvió la vista hacia la puerta un momento antes de añadir—: Wood...

—Puede quedarse cuidando de Dith.

Suponiendo que Meredith no se despertase antes de nuestra partida. Puede que ya no fuese una bruja, pero la conocía y no permitiría que la dejásemos al margen, lo cual iba a ser un problema, porque sin ningún tipo de poder no podría defenderse. Además, no la quería cerca de

Elijah y que este decidiera deshacer lo que fuera que hubiese hecho para resucitarla.

Rav se mordisqueó el labio inferior.

—Wood tendrá que ir. Es su familiar y no puede pasar demasiado tiempo lejos de él.

Debería haber pensado en eso. Familiares y protegidos estaban destinados a estar juntos, físicamente hablando, y dada la distancia que había entre Ravenswood y ese sitio, Wood pronto empezaría a sentir el impulso irremediable de ir a buscarlo. Demasiados días lejos y terminaría debilitándose.

Tampoco yo quería dejar a Dith si permanecía inconsciente, pero la sola idea de Elijah forzando a Alexander a cumplir su voluntad me hacía hervir la sangre y me aterrorizaba al mismo tiempo. Y si encontraba la manera de que Alex cediera a sus exigencias, los demonios arrasarían este mundo.

—¿Y si intentamos lo del viaje astral? —propuso Cam—. Si conseguimos llegar hasta Alexander y hablar con él, sabríamos qué esperar.

Era una buena idea, aunque no exenta de peligro, pero al menos podría saber si Alex estaba bien y él nos daría algo de información.

—Veamos cómo está Dith primero y luego decidiremos qué hacer.

Entramos en la casa. En la planta baja todo estaba tranquilo, pero el eco apagado de varias voces llegaba desde arriba por el hueco de las escaleras. Imaginé que Sebastian o alguno de los otros se habría pasado a hacerles una visita. No fue hasta que llegamos arriba y abrí la puerta de la habitación cuando me di cuenta de que me equivocaba.

Dith estaba consciente.

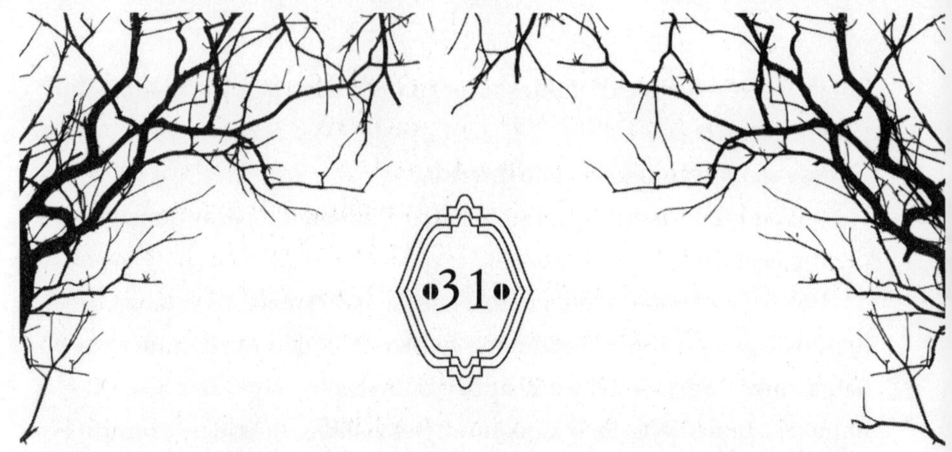

31

Me quedé plantada en la entrada como una imbécil, con la mano en torno al pomo y la sensación de que aquello era producto de mi imaginación. Dith estaba sentada en la cama, con la melena castaña hecha un lío y una camiseta enorme que dejaba uno de sus hombros al descubierto; para mí, bien podría haber sido una reina en su trono.

—Meredith. —Su nombre brotó de mis labios y se llevó consigo todo el aire de mis pulmones.

Su mirada me buscó y, cuando nuestros ojos se encontraron, la emoción desbordó los míos por completo. Era ella, era Dith. Mi Dith. Madre, hermana, amiga… No podía creer que de verdad estuviese allí.

—Hola, Danielle.

Inspiré de golpe al escuchar su voz, luchando por contener las lágrimas. A esas alturas, no estaba segura de si lo conseguiría; la ausencia de Alex, el susto que me había llevado con Cam y ahora esto. Era demasiado.

Mi cuerpo tomó la iniciativa antes de que yo pudiera hacerlo de forma consciente y mis pies se movieron hacia ella. Me detuve junto a la cama. Temblaba. De alivio, de angustia, de frustración, de miedo. Sentía tantas emociones al mismo tiempo que no hubiera sabido por dónde empezar a ponerles nombre. Pero Dith me conocía mejor que yo misma. Me tendió la mano y yo me aferré a sus dedos con tanta fuerza que temí estar haciéndole daño.

No se quejó.

—¿Estás aquí de verdad? ¿Estás bien? —pregunté, cuando por fin encontré mi voz.

Dith tiró de mí y me hizo caer a su lado, y luego sus brazos me rodearon. Apreté la cara contra su hombro mientras las lágrimas corrían libres por mis mejillas. La había perdido, la había visto morir frente a mis ojos y ahora estaba allí. Estaba viva y conmigo. Por un momento me convertí de nuevo en una niña de diez años cuya madre y hermana habían sido asesinadas y a la que su padre había abandonado luego en una escuela. Solo Dith se había quedado conmigo entonces. Ella había sido durante años lo único que había tenido.

—He estado aquí todo el tiempo —me susurró, como si supiera exactamente lo que sentía.

Dejé que el llanto se apropiase de mí. Todas las lágrimas no vertidas en los últimos meses —incluso en los últimos años— encontraron el camino hasta mis ojos. No traté de reprimirlas ni de guardármelas por más tiempo. Necesitaba sacarlas, así que durante largo rato eso fue todo lo que hice: llorar. Y resultó liberador.

Dith me mantuvo contra su cuerpo, sin hablar ni protestar a pesar de que le estaba empapando la camiseta. Y cuando por fin me separé de ella y la miré a la cara, encontré en su rostro surcos húmedos a juego con los míos.

—No debiste sacrificarte por mí. —Fue lo primero que se me ocurrió decirle.

Ella esbozó una pequeña sonrisa, dulce y resignada a la vez.

—De eso se trata todo lo de ser un familiar. Es lo que somos. —Fui a protestar, porque ella tenía que saber que era mucho más que eso, pero no me lo permitió—. Aun así, no lo hice por obligación. He vivido más de siglo y medio y tenido varios protegidos, Danielle, y tú eres la única de ellos que siempre me trató de igual a igual. Nunca intentaste prohibirme nada, no te enfadabas si desaparecía y nunca preguntabas dónde había estado. Me diste toda la libertad que alguien como yo podía tener, y sé que me la hubieras dado por completo de poder hacerlo. Así que, si ha habido alguien por quien mereciese la pena sacrificarse, eres tú. No me arrepiento de lo que hice y volvería a hacerlo mil veces más.

Me fue imposible replicar. Nos fundimos en un nuevo abrazo que duró otra eternidad y, a la vez, no lo suficiente. Ahora mismo, tocarla era lo único que me convencía de que no estaba soñando. Fue Dith la que me empujó con suavidad para hacerme retroceder, y solo entonces me di cuenta de que estábamos solas en la habitación. Los demás debían de haber salido sin que me percatase de ello para darnos intimidad.

—Te quedaste. Deberías haber cruzado al otro lado, aunque ahora me alegro de que no lo hicieras.

Ella se encogió de hombros.

—Tuve que hacerlo, sois un completo desastre sin mí —rio, restándole importancia al hecho de que había corrido el riesgo de convertirse en un espectro solo para permanecer con nosotros.

—¿Qué pasó? No es que no me alegre de que Elijah haya hecho por fin algo bueno, pero ¿se puede saber cómo consiguió traerte de vuelta? ¿Y cómo acabaste en sus manos?

Dith suspiró. Se recostó contra la cabecera de la cama y yo me acomodé a su lado. Mi poder para percibir a otros brujos no se había desarrollado por completo hasta después de la muerte de Dith, por lo que nunca había llegado a saber cómo se percibía su magia; sin embargo, lo que sí podía asegurar ahora era que no la tenía. Era humana, totalmente humana. Pero estaba viva, así que el resto ya no importaba.

—Estaba preocupada por ti, por todos vosotros, sobre todo porque estabais planeando hacer un viaje astral hasta Ravenswood. Y eso es mucho camino desde aquí —explicó, con un leve tono reprobatorio—. Así que decidí intentar ser yo la que fuese. Llevo visitando la academia de la oscuridad mucho tiempo, ha sido como un segundo hogar para mí, por lo que no me costó demasiado trasladarme hasta allí. Elijah ha reforzado la barrera, pero no contra fantasmas; supongo que no le preocupan las almas desdichadas que haya en ese lugar o en los alrededores. O quizá sea una extraña deferencia a su estado anterior.

Me recorrió un escalofrío al pensar en la transmutación del nigromante. Había necesitado de la sangre de tres poderosos linajes de brujos, ese había sido el pago, así que tal vez la magia de Dith era el que había tenido que realizar para traerla de vuelta.

—Pero te descubrió —señalé, impaciente por saber más.

Dith asintió.

—El campus está... muy cambiado. Desde dentro de la barrera, el cielo permanece día y noche de un tono gris plomizo y el aire es pesado y caliente a pesar de la época del año en la que estamos. ¿Y recuerdas el árbol que se te apareció en el bosque?

—¿El árbol de Elijah, el que empleaba para sus sacrificios?

—Ahora se encuentra en mitad de la explanada trasera de la finca y es enorme y bastante tétrico. —Dith se estremeció de manera visible—. Pone los pelos de punta estar en ese lugar. Todo está tan... muerto. Pero a la vez parece como si hubiera algo vivo y acechando; incluso siendo un fantasma pude sentirlo.

—Creemos que Alex pudo despertar algo allí la Noche de Difuntos.

Mencionar a Alex dolía cada maldita vez, y me recordó que necesitábamos ponernos en marcha cuanto antes. Pero toda la información que Meredith pudiera darnos sobre Ravenswood era vital.

—Lo sé. Os escuchaba hablar todo el tiempo —señaló con una sonrisa triste—. Es muy probable que así fuera, porque hay algo terrible en ese lugar y no se trata solo de la presencia de Elijah. No vi a demonios ni a ningún otro brujo, y no sé dónde se está escondiendo Elijah. Fue él quien me encontró a mí mientras recorría el campus. Me descubrió en la casa de los chicos —confesó, con un mueca de disculpa.

—Tienes buenos recuerdos de esa casa, ¿no?

—Sí, muchos. Wood... —Hizo una pausa para tomar aire, y pensé que diría algo más, pero se quedó callada.

No la atosigué con más preguntas. Ambos habían sufrido mucho durante los años anteriores, y las últimas semanas debían de haberles resultado un verdadero infierno; viéndose pero sin poder tocarse y sabiendo que, o ella cruzaba al otro lado, o acabaría por perderse a sí misma.

Dith tardó un rato en recuperar la compostura, aunque cuando habló de nuevo empleó un tono de claro pesar.

—Los brujos de Dickinson, los que Elijah ahorcó... Usó su sangre para traerme de vuelta. —Cerró los ojos y apretó los párpados durante un instante—. Se aseguró de que lo supiera, y bueno... supongo que sabes que ya no soy una bruja, ni tu familiar.

Había dolor en sus palabras y un matiz de incertidumbre que me empujó a abrazarla de nuevo. Ser o no mi familiar no cambiaba nada para mí, y desde luego que la ausencia de su poder tampoco.

—Sigues siendo mi mejor amiga, Dith. Nada cambiará eso jamás.

Me miró.

—Lo sé. Y parece que ahora tienes a alguien más para cuidarte. Varios más —señaló, y había verdadera satisfacción en su rostro—. Debería haber sabido que Raven era para ti desde el primer momento en que os vi juntos. Y... Alexander.

El nudo en mi garganta se apretó. Acababa de recuperar a Dith y quería quedarme allí, metida en la cama y hablando con ella, pero no podía, no con Alexander en manos de Elijah. No hasta que desterrásemos al nigromante, y con él, la oscuridad.

—Tenemos que ir a buscarlo —dijo Dith, y enseguida añadió—: Y no pienses siquiera en decirme que no puedo ir contigo, porque no he regresado de la muerte para quedarme sentada y de brazos cruzados mientras la gente a la que quiero se enfrenta al puñetero fin del mundo.

—Dith...

—No. No me quedaré atrás.

Resoplé a pesar de que la entendía a la perfección. Yo misma le había pedido a Alexander que no se fuera a Ravenswood sin mí, algo que de todas formas había hecho. Pero no podía enfadarme con él, no cuando se había marchado para que Dith estuviese allí con nosotros. Sin embargo, Meredith ahora carecía de magia y ya no era invulnerable al daño físico, podían herirla de mil maneras diferentes, y la posibilidad de perderla de nuevo...

—Bueno, me encantará ver cómo se lo explicas a Wood.

—Cederá. Además, él tiene que ir, así que no va a poder quedarse y retenerme.

No, no podría, pero conociendo al lobo blanco lo creía capaz de encerrarla para mantenerla a salvo, lo cual casi podría encontrar justificado después de todo por lo que habían pasado. Sin embargo, ¿quién era yo para prohibirle tomar sus propias decisiones? Era la primera vez en su larga existencia que Meredith tenía libertad para elegir dónde estar y qué hacer; nada la obligaba a seguirme y mantenerse a mi lado, así que no pensaba arrebatarle esa opción.

—Preferiría que te quedases, Dith, pero eres libre y es tu decisión. Tú eliges.

La perplejidad que transmitió su expresión me hizo comprender que ni siquiera ella se había dado cuenta de lo que suponía su nuevo estatus. Y a pesar de que advertí una sombra fugaz empañándole la mirada, la enorme sonrisa posterior dejó claro que esa decisión ya estaba tomada.

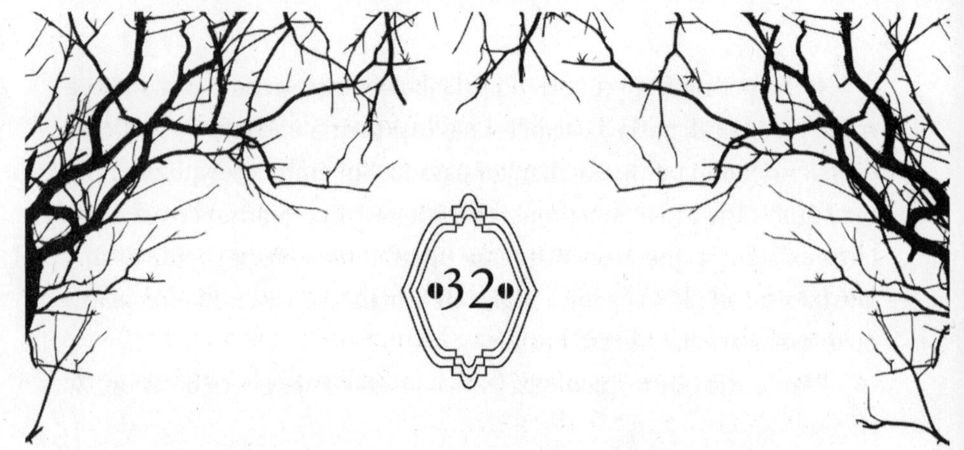

32

Pasé un rato más a solas con Dith antes de que los demás se unieran de nuevo a nosotros. Wood se instaló en una esquina de la habitación y no dijo ni una palabra. Permaneció atento a la conversación mientras Cam contaba lo bien que se sentía y yo explicaba cómo lo había curado a pesar de que aún no estaba del todo segura de lo que había hecho. Achaqué la actitud hosca del lobo blanco a su preocupación por Alexander y al hecho de que estar lejos de él podría haber empezado a pasarle factura, pero me extrañó que ni siquiera interviniera cuando Meredith aseguró que pensaba acompañarnos de regreso a Ravenswood. Había esperado una agria discusión y que tratase de imponer su opinión sobre la de ella. Su silencio, desde luego, no era normal.

La cuestión fue que no me enteré de que Amy Hubbard y sus padres habían llegado a la academia hasta que ya se había hecho de noche y Cam, Rav y yo estábamos regresando al edificio principal. A pesar de haberse recuperado, y de que en apariencia Dith no representaba ningún peligro, Wood y ella habían decidido permanecer en la cabaña y contar con cierta privacidad durante su última noche allí.

—¿Crees que podemos ir a hablar con Amy ahora?

No quería esperar más, no si eso significaba retrasar nuestra partida al día siguiente. Acudir de inmediato tras Alexander, y por tanto, directos a Elijah, seguramente no fuese la decisión más inteligente, pero esperar tampoco era una opción.

—Sé en qué habitación los ha alojado Laila, así que podemos intentar ver si Amy aún sigue despierta —dijo Cam—. Pero ¿estamos seguros de que queremos escuchar lo que pueda decirnos?

Por inercia, miré a Raven. Estaba convencida de que él había atisbado algún detalle de nuestro futuro la mañana anterior y, por su expresión, no parecía que hubiera sido algo demasiado alentador. La pregunta de Cam era lícita. ¿Estábamos preparados para lo que fuera que nos dijera Amy Hubbard? ¿Y si aquello se convertía en un desastre similar al de la profecía que habíamos acabado cumpliendo?

Rav no dio muestras de querer evitar el encuentro con la bruja.

—Necesitamos toda la ayuda posible para hacer frente a Elijah, cualquier dato que pueda darnos...

—Tal vez Dith y Wood deberían haber venido con nosotros —intervino entonces Raven, y había un toque reflexivo en su voz.

¿Era a ellos a quienes había visto? ¿Algo que les afectaba directamente?

—Rav, si sabes algo, tal vez deberías decírnoslo —dije, cautelosa. No quería presionarlo.

—Es solo que... —Frunció el ceño y sus ojos se volvieron turbios durante un momento antes de que añadiera—: Veamos lo que nos dice Amy.

Suspiré.

—Está bien, vamos a buscarla.

Los Hubbard se hallaban alojados en nuestra misma planta, aunque les habían asignado la última habitación de uno de los pasillos del ala. Fue Cam quien llamó a la puerta, mientras Rav y yo nos mantuvimos un poco por detrás de él. El hombre que abrió debía rondar los cuarenta años y tenía cierto parecido con el padre de Cam, mismo color de pelo y rasgos severos, así que supuse que era él quien pertenecía al linaje Hubbard y no su mujer.

—Buenas noches, John. Perdona que os molestemos tan tarde, pero nos gustaría hablar con Amy si es posible.

El hombre ni siquiera tuvo oportunidad de contestar. Una mujer apareció tras él y ocupó el espacio a su lado.

—Esto no es buena idea.

—Martha, ya lo hemos discutido —intervino su marido.

Me adelanté, temerosa de que, incluso habiendo viajado con ella hasta la academia, finalmente no nos permitieran ver a Amy.

—Necesitamos ayuda, por favor.

—No está preparada —insistió ella—. Y sigue teniendo pesadillas cada vez que emplea su poder.

No podía culparla por tratar de proteger a su hija, y odiaba la idea de que una niña sufriera por nuestra culpa, pero estábamos desesperados. Realmente desesperados. Y si Amy podía arrojar algo de luz sobre nuestro incierto futuro, tal vez fuésemos capaces de acabar con Elijah y la amenaza que representaba sin tener que sufrir nuevas bajas.

Fui a decir precisamente eso, pero Cam se me adelantó.

—Nunca estará preparada si permitimos que Elijah Ravenswood haga caer la oscuridad sobre todos nosotros. Y ahora que ha secuestrado a Alexander, más tarde o más temprano lo conseguirá.

Martha Hubbard se cruzó de brazos con evidente disgusto.

—Él también es un Ravenswood.

—No para lo que importa —intervine, porque no encontré una mejor forma de explicarle a aquella mujer que Alex nunca ayudaría a Elijah por propia voluntad.

A pesar de que la propia existencia de la academia Bradbury era una muestra palpable de que las cosas estaban cambiando y no todos los brujos secundaban la idea de que tuviésemos que aceptar la división entre ambas comunidades, la pertenencia a un determinado linaje continuaba teniendo mucho peso para algunos de ellos. Y el de los Ravenswood en concreto nunca sería considerado un linaje más.

—No habrá futuro para ninguno de nosotros si no nos unimos contra Elijah, ni siquiera para los humanos —insistió Cam, y luego se dirigió directamente al hombre—. Mi padre confió en Alexander; lo dejó entrar en Abbot. Él sabía que ya no había cabida para viejos rencores y que cada persona debía responder por sus actos, no por los de sus antecesores, y menos aún ser juzgado por nacer en una determinada familia.

John pasó el brazo en torno a la cintura de su mujer e intercambiaron una larga mirada.

—Deja que Amy decida —dijo finalmente el hombre.

Martha tardó aún momento en contestar, pero terminó asintiendo y se hizo a un lado. Su marido nos hizo un gesto para que entrásemos.

Amy Hubbard estaba sentada en la cama, con las piernas cruzadas y las manos sobre el regazo; manos enfundadas en unos guantes de aspecto suave que se perdían bajo las mangas de un pijama salpicado de estrellas. Tenía el pelo tan negro y brillante como el de Cam, y lo llevaba recogido en dos coletas bajas. El peinado y su rostro redondo, así como su aspecto en general, era el de un niña, pero sus ojos trasmitían algo muy diferente: lucían antiguos y atormentados, como si hubiesen visto demasiadas cosas y la mayoría de ellas hubiesen sido desagradables.

Un escalofrío reptó por mi espalda y no pude evitar estremecerme. El suyo era un don poco frecuente entre los brujos, más raro incluso que el de Raven. Y pensar que no podía tocar a nadie sin controlarlo... El celo de su madre cobraba ahora aún más sentido.

—Hola, Amy —la saludó Cam, acercándose a la cama sin rodeos—. Quiero presentarte a mis amigos: este es Raven y ella es Danielle.

La mirada de la niña osciló entre nosotros, deteniéndose unos pocos segundos en cada rostro. ¿Estaría intentando adivinar qué le mostraría su poder si nos tocaba? ¿Sufriría cuando lo hiciese? A lo mejor aquello no era tan buena idea.

Pero Amy sonrió un momento después y estiró la mano hacia Raven.

—La tía Letty me habló de ti —dijo. Rav le devolvió la sonrisa y avanzó en su dirección—. Siempre hablaba de la visita que esperaba y de que, en algún momento, yo también recibiría una. Dijo que tendría que decidir qué hacer y cuánto deciros.

Apartó la vista de nosotros y miró a sus padres. En ese momento no parecía tener diez años, sino muchos más. Amy les brindó un ligero asentimiento y, durante un instante, creí que la mujer volvería a mostrar su oposición, pero apretó los labios y permaneció en silencio.

Con la mano aún cubierta por el guante, Amy tiró de la de Raven y este se acomodó a su lado en la cama. Debía saber que era sordo, porque se movió un poco hasta quedar frente a él y levantó la barbilla para mirarlo directamente.

—La tía Letty me contó que no eras lo que parecías, pero dijo que podía fiarme de ti. ¿Es verdad que puedes convertirte en un lobo? —preguntó, y así, de nuevo, pasó a comportarse tan solo como una cría curiosa. Raven asintió—. ¿Y también tu hermano?

—Así es. Somos gemelos, pero él es un lobo blanco, y yo, negro.

Una profunda arruga apareció en la frente de la niña. Tardó un momento en replicar:

—Pero eres suyo. —Me señaló.

—¡Amy! Eso es de mala educación —la reprendió su madre.

Rav se echó a reír y le hizo un gesto con la mano, restándole importancia al comentario.

—Sí, soy su familiar, y mi gemelo cuida de Alexander. Pero esa es una historia para otro día. Ahora necesitamos... saber.

Amy se quitó el guante con la destreza de alguien que ha hecho ese gesto muchísimas veces y deslizó su pequeña mano de vuelta en la de Raven. Los hombros de Rav se hundieron de forma tan leve que no estaba segura de no haber imaginado dicho movimiento.

La arruga en el ceño de la niña se profundizó.

—Pero tú ya sabes.

Contuve el aliento. ¿Hablaba de lo que había visto Rav?

—Apenas —dijo él. Ambos se mantuvieron enfocados por completo en el otro—. No estoy seguro...

Amy parecía totalmente desconcertada.

—Lo estás —lo cortó. Y eso fue todo. Enseguida, retiró la mano y se volvió hacia donde Cam y yo esperábamos—. Ven, Danielle, y deja que vea.

Mis ojos se posaron sobre Rav. Su expresión estoica no revelaba nada, pero ladeó la cabeza hacia mí y luego movió la barbilla, invitándome a acercarme a Amy. Me invadió la sensación de que, lo que fuese que deparara el futuro, Raven acababa de asumir que era inevitable.

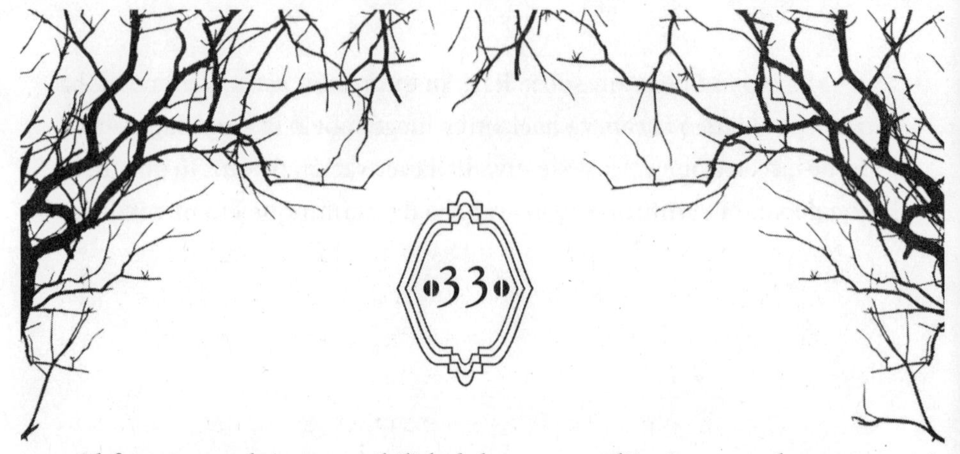

33

—El futuro es solo una posibilidad de tantas —dijo Amy, con la mano aún tendida hacia mí—, pero hay cosas que serán de cualquier forma.

Ese pensamiento no ayudó en nada a aplacar mi malestar ni sofocar el temor que me había invadido momentos antes. Rav se había quedado callado e inmóvil, lo cual tampoco me tranquilizaba demasiado. Cuando saliésemos de esta habitación, hablaría con él y tendría que contarnos de una vez por todas lo que había visto. Pero ahora era mi turno, y no creía estar preparada para nada de lo que Amy pudiera descubrir al tocarme.

Dudé un instante, y cada paso que avancé se sintió demasiado definitivo. Rav se apartó hacia un lado de la cama, pero permaneció cerca. Cuando me senté, él colocó una mano en mi hombro y me dio un apretón de ánimo.

—No tengas miedo —dijo Amy.

No sabía si era miedo lo que sentía, pero todo aquello me provocaba una profunda inquietud y también cierto recelo. Resultaba irónico que fuera una niña, que era probable que luego tuviera pesadillas a causa de su don, la que estuviera brindándome palabras de aliento.

—No nos ha ido demasiado bien hasta ahora con todo esto de las predicciones y profecías.

Amy se limitó a sonreír y me tendió la mano con la palma hacia arriba. No me lo pensé más, extendí el brazo y dejé caer mi mano en la suya. El contacto me provocó un estremecimiento.

—Relájate, Danielle Good.

Era más fácil decirlo que hacerlo, pero me forcé a aligerar la tensión de mis músculos. Al contrario que en el caso de Rav, Amy se tomó su tiempo conmigo. Sus ojos se movían de un lado a otro tras los párpados cerrados, como si estuviesen observando. O buscando. Todos se mantuvieron en silencio y la atmósfera de la habitación se cargó de electricidad. Más allá de su toque cálido, no notaba mucho más, aunque sí podía percibir la magia en su interior; para su edad, esa niña tenía muchísimo poder.

—Hay cosas que tienen que ser —repitió. A pesar del tono infantil, su voz me puso los pelos de punta—. Luz y oscuridad siempre han sido y serán, nunca la una sin la otra. Juntas... tienen que estar juntas, incluso si son las sombras las que lo amenazan todo. Es... sencillo, y a la vez doloroso. Toda magia requiere un precio y... todo hechizo tiene una laguna. —Abrió los ojos de repente—. Pero estás destinada a perder.

«No».

Tiré de mi mano y la saqué de entre las suyas de forma brusca. Mi respiración se descontroló y el corazón me comenzó a latir demasiado deprisa teniendo en cuenta que estaba aún sentada en la cama. Sin embargo, mi reacción no alteró en nada el semblante de Amy. Tampoco me reprochó que me hubiera apartado.

—No voy a perder a nadie más.

—Pero no es tu decisión. Los demás tienen que elegir por sí mismos y ya lo han hecho, sean conscientes de ello o no.

No tenía ni idea de lo que estaba hablando, pero no pude evitar pensar en Dith y su firmeza al asegurar que nos acompañaría a Ravenswood. ¿Hablaba de ella? ¿Era una mala idea permitirle que fuera con nosotros? ¿O había algo más en lo que no había pensado?

—¿Qué hay de Elijah? —inquirí, tratando de no volcar mi amargura en ella—. Creí que podrías decirnos cómo vencerlo. O tal vez algo sobre la marca de los malditos.

—La solución es una. Una posibilidad entre muchas, pero única a la vez.

—Amy, de verdad que necesitamos un poco más de ayuda —intervino Cam, adelantándose también desde la puerta.

Los ojos de la niña se cargaron de una tristeza que no parecía adecuada para alguien tan joven.

—No es mi papel, y ya conocéis la manera. Lo sabéis.

Me obligué a no decirle que eso era una mierda. ¿Por qué las videntes siempre se empeñaban en confundir tanto las cosas? ¿Tanto les costaba hablar claro y ayudar?

Me incorporé mientras Martha Hubbard rodeaba a Cam y acudía junto a su hija. Raven también se puso en pie. Amy y él intercambiaron un mirada de mutua comprensión que hizo que me doliera el pecho.

«Estás destinada a perder». Eso había dicho Elijah, y ahora Amy lo había repetido. Pero ¿no había perdido ya suficiente? ¿No lo habíamos hecho todos?

—Lamento si no habéis encontrado lo que estabais buscando —dijo John, y parecía genuinamente contrariado.

—Muchas gracias por permitirnos hablar con ella. —Giré hacia la niña; el guante ya le cubría la mano de nuevo y estaba tan serena que daba un poco grima—. Gracias, Amy.

Casi había llegado a la puerta cuando me llamó.

—Alexander y tú no estáis malditos. Good y Ravenswood siempre han tenido elección. Sarah, Meredith... no lo consiguieron. Todo salió mal, pero tú aún puedes elegir.

El aire escapó de mis pulmones al comprender que estaba hablando de la maldición que Elijah había lanzado por despecho sobre ambas familias. Me escabullí hacia el pasillo sin contestar. ¿Elección? Parecía obvio que cualquier decisión que tomásemos afectaría a cómo se desarrollarían las cosas, ¿a qué elección en concreto se refería entonces? Sinceramente, nada de lo que nos había dicho resultaba útil.

Los demás no tardaron en alcanzarme.

—Danielle, espera, ¿de qué maldición estaba hablando? —preguntó Cam.

Mierda, ni siquiera me acordaba de que Alex y yo no les habíamos contado nada de aquello.

—Es solo algo que dijo Elijah sobre las relaciones entre nuestros linajes cuando poseyó a la madre de Alexander. Parece ser que Elijah estaba enamorado de Sarah, pero esta lo rechazó en favor de Benjamin. Así que todo esto, además de satisfacer sus ansias de poder, es también algún tipo de retorcida venganza. Aseguró haber maldecido a cualquier Good que se acercara a un Ravenswood o viceversa.

Raven, en esta ocasión, no dio muestras de saber nada de aquello.

—Quieres decir que Dith y Wood... ¿Estaban condenados desde el principio?

—Eso creemos, pero Amy debe pensar que no —contesté—. Supongo que hay algo que se puede hacer para que Alex y yo... Da igual, tenemos que sacarlo de Ravenswood, eso es lo único que importa.

Primero necesitaba que él estuviera a salvo; eso, además, frustraría cualquier plan de Elijah para emplear su poder.

Encaré a Raven. Sabía que tenía que escoger muy bien las palabras, porque presionar nunca salía bien cuando se trataba del lobo negro, así que tardé un momento en decidir cómo abordarlo para que nos contase lo que sabía. Y ese breve instante fue todo lo que él necesitó para decir: «Tengo que hablar con Wood». Luego, sin más, se transformó y se marchó a la carrera por el pasillo.

Maldije, frustrada, y Cam hizo una mueca.

—Crees que sabe cómo acaba todo esto, ¿no?

—Tal vez no cómo acaba, pero sabe algo. Creo que el otro día tuvo una de sus visiones, y también creo que lo que vio lo asustó tanto que no quiere pararse a pensar en que esa sea la única posibilidad de la que hablaba Amy.

Raven

Mis visiones eran inexactas, si es que podía llegar a llamarlas así. Obtener pequeños destellos de algo que aún no había ocurrido era como tratar de armar un puzle al que le faltaban muchas muchas piezas; más una maldición que otra cosa, al contrario que mi otro poder. Me había llevado varias décadas llegar a entender lo que significaba el entramado de cordones que a veces veía, y otras tantas aprender a extraer información de él. Mis progenitores no habían ayudado mucho en eso, ni en ninguna otra cosa en realidad.

Reprimí la rabia helada y salvaje que brotaba en mi pecho cuando algún recuerdo del pasado conseguía alcanzarme. Procuraba no evocar nunca su imagen ni los años que había pasado bajo su tutela a pesar de que eran los únicos en los que no había sido un brujo maldito. Convertirme en familiar no había cambiado mucho las cosas, pero al menos esos miserables ya no habían podido hacernos más daño a Wood y a mí.

Pensar en mi gemelo me hizo retomar el motivo de mi visita al invernadero.

—Entonces, ¿crees que podría salir bien?

A pesar de las horas, había encontrado a Laila Abbot, la heredera de los fundadores de la academia de la luz, justo donde esperaba: rodeada de vegetación y con los tobillos llenos de tierra. El lugar era fascinante de día, pero de noche se convertía en algo mágico; las luces que flotaban cerca del techo competían con la visión de cualquier noche estrellada, y el aroma de la gran variedad de plantas florecidas que se entremezclaba con el de la tierra resultaba delicioso. Ni siquiera la alta humedad estropeaba el ambiente.

Había llevado a Cam allí varias veces, pero él había estado tan cansado que apenas si había disfrutado del entorno. Aunque quizás solo era una estupidez por mi parte esperar que le gustase tanto como a mí. En el fondo, creo que me recordaba al bosque de Elijah y todas las horas que había pasado vagabundeando por él; incluso si aquel era un lugar mucho más tétrico, me hubiera encantado poder compartir también eso con Cam. Quería compartirlo todo con él, pero no estaba allí por eso.

Laila desprendía serenidad incluso ahora, después del reciente asalto a la academia, y el entramado de sus conexiones con otras personas reflejaba esa calma uniforme. Si bien contaba con una tupida red de uniones, incontables, pocas destacaban sobre otras. Solo las que se extendían entre ella y los miembros de su aquelarre resultaban ligeramente más gruesas y algo más brillantes. Aunque eso no era necesariamente malo, no se parecían en nada a las de Dani.

Danielle Good, apasionada, tan impulsiva y temeraria, pero también leal. Danielle era luz, como un arcoíris radiante atravesando el cielo. Era buena, y era mi amiga. Y yo nunca había tenido muchos. La quería.

—Sí, teóricamente hablando. Pero ese ritual se prohibió hace años, Raven. Es peligroso y no estoy segura siquiera de que quede alguien que sepa cómo llevarlo a cabo. Aunque así fuera, Alexander y Danielle tendrían que ser compatibles de una forma que...

—Lo son —la corté. No tenía ninguna duda sobre eso.

La conexión entre ellos era lo más bonito que hubiera visto jamás: plata sobre negro, entrelazados de una manera íntima y deslumbrante a la vez. Un cordón que había ido engrosándose día a día, mirada a mirada, caricia a caricia. Danielle y Alexander se pertenecían el uno al otro, y yo lo había sabido mucho antes de que ellos se hubiesen dado cuenta.

El tejido propio de cada persona iba más allá de lo que era en ese momento, también mostraba lo que llegaría a ser, las conexiones que prosperarían y las que acabarían rotas, aunque suponía que eso se debía a que yo también poseía ese otro don que tanto me disgustaba.

Dani y Alex estaban destinados a ser.

—Su magia es opuesta.

—Complementaria —la corregí, repitiendo lo que solía decir Alexander.

Laila asintió, pero no parecía convencida con mi propuesta. No importaba; no dudaba de que pudieran lograrlo, lo que me preocupaba eran las consecuencias que traería consigo el ritual.

—Dani es la Ira de Dios, y su poder, mucho mayor, así que su linaje supera ahora al mío. Alex dejaría de ser un Ravenswood y se convertiría en un Good.

—Sí, lo haría. De nuevo, en teoría.

—Su magia pasaría a ser una sola —dije. No era una pregunta, pero Laila asintió de todas formas—. Bien.

Nada estaba bien. Según Amy, aquella era nuestra única oportunidad. Una elección —de eso se trataba todo— para que el mundo no acabara sumido en una oscuridad perpetua, pero dicha elección tendría consecuencias; unas necesarias y otras terribles. Perderíamos, siempre perdíamos.

Tenía que hablar con mi hermano. Ya.

Me detuve antes de abandonar el invernadero para lidiar con mis emociones. Hubiera preferido volver a transformarme. El mundo a través de los ojos del lobo era mucho más sencillo, y mis dones rara vez se manifestaban cuando estaba en esa forma. Pero aunque Wood y yo nos entendíamos bastante bien fuera cual fuese nuestro estado, aquella conversación ya iba a ser bastante complicada con palabras y frases completas. Necesitaba hablar y él necesitaba escucharme, porque si Amy estaba en lo cierto... entonces la elección ya estaba tomada.

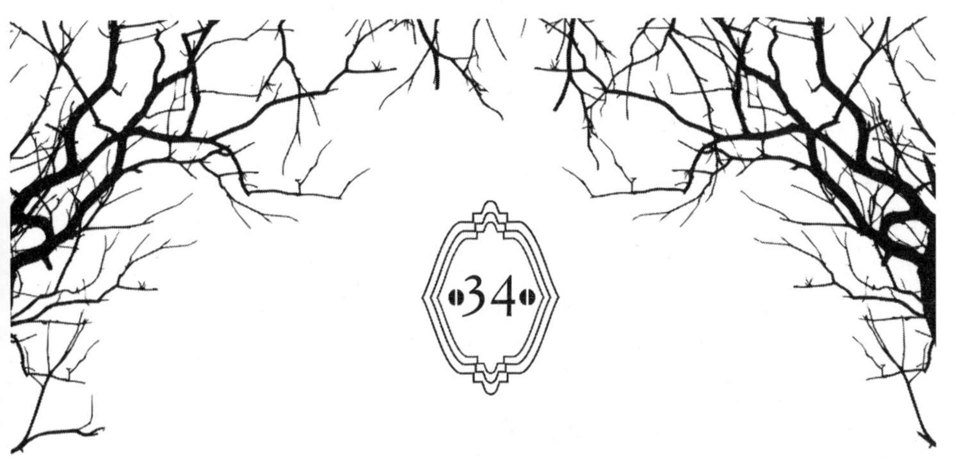

Cam y yo nos separamos. Lo alenté a descansar todo lo que pudiera y le dije que yo haría lo mismo. En realidad, no estaba cansada, al menos físicamente, y mi magia tampoco se había visto socavada a pesar del esfuerzo que había requerido curar a mi amigo. Debería haber tratado de dormir un poco. Al día siguiente, tendríamos que recorrer varios cientos de kilómetros de vuelta a Ravenswood y enfrentarnos a lo que fuera que nos esperase allí. Sin embargo, no me creía capaz de conciliar el sueño después de nuestro encuentro con Amy y la repentina marcha de Raven. La inquietud me devoraba por dentro de la misma forma en que lo había hecho una vez mi propia ira.

Me paseé de un lado a otro de la habitación. Las palabras de Amy daban vueltas en mi mente y acabaron enredándose con las de Elijah, la profecía de Loretta y todo lo que habíamos ido descubriendo a los largo de los últimos meses; no tardó en empezar a dolerme la cabeza. Muy pronto, me di cuenta de que dedicarme a desgastar la alfombra no iba a ayudar en nada a calmarme, así que decidí acudir de nuevo a la cabaña y comprobar si era allí a donde Raven había ido. Había mencionado que necesitaba hablar con Wood y, desde luego, no había estado en la habitación que compartía con Cam cuando había dejado a este en la puerta un rato antes.

Recuperé el abrigo y me dirigí a la planta baja. El cielo estaba despejado por completo y me detuve un momento en el exterior a admirar la gran cantidad de estrellas que eran visibles esa noche. En Abbot, había contemplado muchas veces el cielo desde la ventana de mi habitación, pero en este lugar resultaba espectacular.

Apenas quedaba nieve, aunque estaba prevista una gran nevada en los próximos días. Otra de las razones por las que no debíamos retrasar más nuestra partida. A pesar de que existían ciertos hechizos que nos permitirían conducir un coche por carreteras heladas con cierta seguridad, no podíamos arriesgarnos a quedarnos aislados en aquel lugar de Canadá. Comprendía que Laila, Robert y los demás hubieran elegido este sitio para alejarse de ambas comunidades, pero estaba claro que tenía ciertos inconvenientes.

Me deslicé al otro lado de la barrera a través del portón de entrada y me encaminé hacia la cabaña. Los focos que iluminaban el exterior estaban funcionando de nuevo y, aunque no vi a ninguno de los brujos que estaban de guardia, sabía que andarían por ahí recorriendo el perímetro.

Encontré a Wood despierto. Estaba en la planta superior, apoyado en el marco de la puerta que daba paso a la habitación que ocupaba Dith. Dudo mucho que no me oyese llegar, pero no apartó la vista de la cama en la que ella dormía; la miraba como si creyera que desaparecería si se permitía parpadear. Yo también me quedé mirándola un momento, hasta que me di cuenta de que sus hombros asomaban desnudos bajo la sábana y de que el propio Wood solo vestía un pantalón que ni siquiera estaba abrochado del todo.

Bueno, alguien había decidido aprovechar el tiempo que les restaba allí de la mejor forma posible.

—¿Qué haces aquí? —preguntó él en un susurro.

—¿Has visto a Rav?

Wood giró por fin para mirarme.

—Se fue contigo. Creía que estaríais ya todos descansando.

—Fuimos a ver a Amy Hubbard.

No había querido sonar tan solemne, pero Wood captó enseguida que algo no iba bien. Me hizo un gesto con la cabeza hacia la escalera para que trasladásemos la conversación a la planta baja y lo seguí en silencio hasta la cocina. Enseguida empezó a rebuscar en los armarios.

—¿Té o chocolate? —ofreció aún dándome la espalda.

Había estado especialmente retraído desde la reaparición de Dith y no sabía muy bien cómo tomármelo. Empezaba a pensar que también él sabía mucho más de lo que nos estaba contando.

—Chocolate, por favor.

Se puso manos a la obra. Cuando había conocido a los Ravenswood, nunca hubiera imaginado que llegaría el día en el que el lobo blanco me preparara un chocolate caliente en mitad de un paraje helado de Canadá, pero... ahí estábamos.

Wood esperó hasta que ambos tuvimos una taza entre las manos para interrogarme. Le conté lo que la bruja Hubbard había dicho, aunque no ahondé en la parte final, la que se refería a la supuesta maldición entre Ravenswood y Good.

—Está claro que Raven sabe algo.

No contestó de inmediato, sino que optó por darle varios sorbos a su taza.

—Rav siempre ha sabido más de lo que cuenta. —Fue lo único que dijo.

Lo miré con los ojos entrecerrados. No parecía sorprendido para nada. Es decir, todos sabíamos que Raven podía captar detalles del futuro; era su don, uno de ellos. Pero en ese momento no estaba segura de qué pensar sobre el aura de sombría resignación que rodeaba a Wood.

—Tú también sabes algo, ¿verdad?

El silencio posterior a mi pregunta fue de lo más esclarecedor. Bajé la vista y me pareció entrever que la taza temblaba entre sus manos, pero Wood se movió hacia el fregadero y empezó a enjuagarla, dándome la espalda una vez más.

Me situé a su lado, con la cadera contra la encimera y escudriñando su perfil.

—Wood, si sabes algo, es el momento de compartirlo conmigo. Sea lo que sea —apostillé, por si estaba pensando en protegerme de lo que fuera que hubiera descubierto.

Tuve que esperar hasta que terminó de lavar la taza, la secó con un trapo y la devolvió al armario correspondiente. Solo entonces, cedió y me encaró.

—Sé cómo Alexander puede deshacerse de la marca.

—Espera... ¡¿qué?! —exclamé, pero no lo dejé contestar. Lo había entendido perfectamente—. ¿Y por qué diablos no has dicho nada hasta ahora?

—Hablé con Alex. Él lo sabe, se lo conté todo la noche en la que se lo llevaron.

—¿Y bien? ¿De qué se trata?

—Supongo que conoces el motivo por el que condenaron a Dith. Ella y yo íbamos a casarnos —explicó, y yo asentí con pesar. Maldito fuera el consejo por ello—. En teoría, eso haría que se convirtiera en una Ravenswood y pasaría a formar parte de la comunidad oscura. No eliminaba el problema de que yo estaba maldito y continuaría atado a cada uno de mis protegidos, pero al menos Dith podría haberse mudado a la academia para que estuviésemos más cerca. —Hizo una breve pausa—. Bien, pues... Alex y tú tenéis que casaros.

Ahora sí que tenía que haberlo entendido mal.

—¿Perdona?

—Tenéis que casaros, Danielle.

No, no lo había escuchado mal, pero era incapaz de seguir su razonamiento.

—¿En qué ayudaría eso a que Alex se deshiciera de la marca? —inquirí; sin embargo, mientras formulaba la pregunta, comprendí que Wood no estaba hablando de una boda normal entre brujos, sino a la que Dith y él habían estado a punto de llevar a cabo.

Él no tardó en confirmarlo.

—Alex pasaría a ser un Good de pleno derecho, y la marca es exclusiva de nuestro linaje. Si os unís mediante el antiguo ritual, vuestras magias se mezclan y él pasa a ser un brujo blanco. O al menos algo a mitad de camino entre ambos.

—¿Cómo puedes estar seguro de eso?

—Lo estoy. Créeme, investigué mucho cuando Dith lo sugirió. Si Alex pierde la marca, Elijah ya no podrá acceder a su poder. Y después de lo que os ha dicho Amy, creo que la unión de vuestro poder es justo lo que necesitamos para enviarlo de vuelta al infierno. Luz y oscuridad, siempre juntas; nunca se trató de una contra la otra. Os necesitáis para esto, Danielle. Ninguno de los dos podrá vencerlo por su cuenta.

—Tenemos que casarnos —repetí, y tuve que dejar mi propia taza en la encimera porque ahora era a mí a quien le temblaban las manos.

—¿Eso es lo que te preocupa de todo lo que he dicho?

—No —respondí, y me sorprendió lo rápido que lo hice y lo tajante que soné.

Tenía dieciocho años y nunca había pensado en el matrimonio, tampoco me había interesado por ningún chico como para llegar a creer que esa fuera una posibilidad. Por Dios, solo había tenido un amago de rollete con Cameron. Sin embargo, si existía alguien en este mundo con el que hubiera creído que podría llegar a unirme, ese era sin duda Alexander Ravenswood. No me costaba nada imaginarme una vida con él si conseguíamos salir de esta. Pero Wood no hablaba solo de matrimonio, cuyo fracaso se podría resolver con un divorcio, por muy mal visto que estuviera este entre los brujos.

Amaba a Alexander con toda mi alma, y creo que mi propia magia estaba también un poco enamorada de la melodía de la suya, pero era mucho para asumir de golpe.

—No tiene marcha atrás, ¿verdad?

—No, una vez que realicéis el ritual, quedaréis unidos para siempre. Y no estoy seguro de esto, pero es posible que cuando uno muera también lo haga el otro.

—Vaya, así que nada de «hasta que la muerte los separe» —bromeé a pesar de que los brujos no empleaban exactamente los mismos votos que los humanos en sus bodas—. Creo que necesito sentarme.

Me di media vuelta y me marché en dirección al salón sin esperar para ver si me seguía. Me desplomé en el sofá y luego tomé aire varias veces mientras asimilaba... Bueno, todo. Wood me dio un momento a solas antes de aparecer por allí, lo cual agradecí. Lo necesitaba.

—¿Qué dijo Alex cuando se lo contaste?

Ay, madre, ¿había un toque ansioso en mi voz? La forma leve en la que se le curvaron los labios a Wood al escucharme parecía indicar que así era. Pasaron unos segundos eternos hasta que contestó:

—Él lo haría. Ni siquiera dudó. —Mi corazón se puso de acuerdo con mi estómago y ambos hicieron un doble mortal hacia atrás a la vez—. Su única preocupación es cómo te afectaría su poder.

Puse los ojos en blanco.

—Así que no tiene miedo de que mi ira lo fulmine, se trague su oscuridad o cualquier mierda por el estilo, solo teme el daño que pueda provocarme él a mí.

Wood se encogió de hombros y me lanzó una mirada que decía «Ya sabes cómo es». Y sí, lo sabía; Alexander tenía un instinto de autopreservación que dejaba mucho que desear, sobre todo cuando se trataba de proteger a las personas a las que quería. Por supuesto que se preocuparía más por mí que por sí mismo.

—¿De verdad crees que funcionaría?

Por toda respuesta obtuve un firme asentimiento de Wood. No había duda de que estaba convencido del resultado del ritual, pero entonces ¿por qué lucía tan serio? ¿Y por qué no nos había contado aquello mucho antes? Podíamos haber evitado que Elijah se llevara a Alex.

—¿Cuánto hace que descubriste cómo hacerlo?

—Cuando Alex recordó lo que Loretta le había dicho sobre deshacerse de la marca, empecé a darle vueltas al tema, dado que esa marca es parte del legado Ravenswood, pero tardé un poco en atar cabos y llegar a la conclusión de que el ritual de unión es el único modo de que deje de formar parte de nuestro linaje.

Lo que decía tenía sentido, pero...

—¿Por qué me da la sensación de que no me lo estás contando todo, Wood?

Había algo más, lo sabía. No solo captaba cierta reticencia al hablar del tema, sino que lo sentía en los huesos, como una certeza que tu corazón conoce, pero que te evade cuando tu mente trata de alcanzarla.

—El ritual no está exento de riesgo. Dejó de practicarse porque la compatibilidad entre ambos brujos debe ser muy muy alta; cuando no es así, uno o los dos pueden morir en el proceso. Y no es tanto una compatibilidad entre sus poderes como algo más... No sé cómo definirlo, pero tienen que encajar.

—O ser complementarios —dije de forma distraída, recordando el modo en el que Alexander siempre me corregía cuando hablaba de opuestos.

—O complementarios, sí. Vuestra magia se fusionaría.

«Luz y oscuridad juntas», esas habían sido las palabras de Amy; nuestra oportunidad para vencer a Elijah, tal vez la única. Pero también había dicho que toda magia tenía un precio. Y no solo eso...

«Estás destinada a perder».

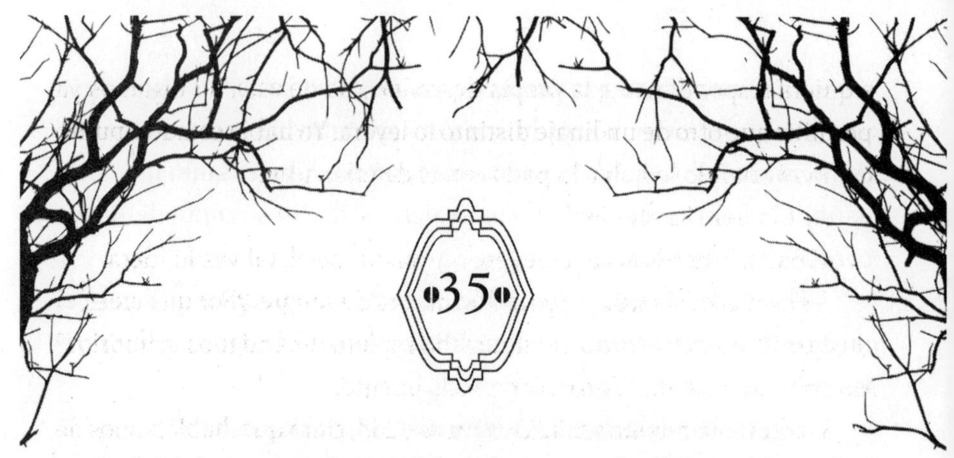

35

—¿Qué más? —pregunté. Wood fingió estar confundido—. Sé que hay más.

—¿No te parece suficiente el hecho de que podríais morir?

Sí, eso debería haberme inquietado tanto como para no prestar atención a otros detalles, pero, en realidad, no me preocupaba en absoluto. Quizás mi temeridad estaba de vuelta. O tal vez, de algún modo extraño, sabía que Alex y yo siempre habíamos sido las dos partes de un todo y aquello era lo que debía ser.

—Wood… —Apartó la mirada, y supe que tenía razón. Pero entonces se puso en pie y echó a andar hacia las escaleras—. ¿A dónde se supone que vas? No hemos terminado de hablar.

—Espera aquí.

Estuve a punto de ir tras él, pero decidí obedecer. No tardó en regresar y, cuando lo hizo, apenas si pude creer lo que traía consigo: el grimorio de mi madre.

—¿Lo has tenido todo este tiempo?

—Dith me dijo que lo querrías contigo, así que la noche del incidente en el auditorio pasé a por él mientras trasladaban a los heridos hasta los vehículos.

—¿Y por qué no me lo habías dado?

Esta vez tardó más en contestar.

—Quería echarle un vistazo.

Tiró de la cubierta de cuero y el grimorio se abrió sin más. Se me escapó un jadeo de sorpresa. El grimorio personal de un brujo a veces ni siquiera respondía ante la propia descendencia de este, no digamos ya permitir que otro de un linaje distinto lo leyera. Yo había estado a punto de llorar cuando lo había logrado con el de mi madre.

—¿Cómo lo has hecho?

Wood me miró como si creyese que era imbécil, tal vez lo fuera.

—Hay hechizos oscuros para ello, magia de sangre. ¿Por qué crees, si no, que Wardwell tendría su despacho repleto de antiguos grimorios? No eran un elemento decorativo precisamente.

Eso era una invasión total de la intimidad; claro que, hablábamos de magia oscura, así que no estaba segura de por qué me sorprendía tanto. Pero lo estaba.

Al extender los brazos para tomar el grimorio, Wood retrocedió y empezó a pasar páginas hasta que llegó casi al final. Luego, lo giró para que quedara de modo que yo pudiera leerlo. La página en cuestión estaba dedicada a un hechizo de... unión entre brujos.

Levanté la vista de golpe.

—¿Qué demonios hacía mi madre con esto? ¿Y por qué has mentido? Dijiste que la idea se te ocurrió sin más.

—Sigue leyendo.

Mi madre había consignado todos los ingredientes necesarios, las palabras que debían decirse e incluso, como era habitual en ella, había dibujado detalles en los márgenes. A pesar de lo terrible que era saber que había asesinado a mi hermana, se me hizo un nudo en la garganta al contemplar de nuevo su fina y elegante caligrafía.

Pasé a la página siguiente, donde había tan solo dos nombres que yo ya conocía muy bien: Sarah Good y Benjamin Ravenswood.

—No lo entiendo. —Wood pasó otra hoja, así que seguí adelante, hasta que leí algo que tenía aún menos sentido. Retrocedí de golpe—. Esto no... no es posible.

Wood me llevó entonces hasta la primera página, aquella en la que constaba el nombre de mi madre, su fecha de nacimiento y también la de su graduación en Abbot, dado que era entonces cuando todos los brujos recibían su grimorio. Señaló la primera.

—¿No te suena de nada?

—¿Debería?

—El día y el mes de nacimiento de tu madre se corresponden con la fecha en la que Sarah Good fue ahorcada, Danielle.

—¿Estás insinuando que Elijah trajo de vuelta a Sarah de la misma forma en que lo hizo con Mercy? —pregunté, porque eso era lo que trataba de demostrar, ¿no?

Pero él negó.

—No lo creo. Esto es distinto. Lo que pienso es que tu madre era Sarah Good. O, más bien, su reencarnación.

Se me escapó una risita ridícula, no sé si porque no me creía nada de aquella locura o porque sí lo hacía.

—Estás delirando.

—Parece probable que, cuando encontró esas cartas de Benjamin en casa de tu abuela, de algún modo sus recuerdos empezaron a reaparecer.

—Mi padre mencionó que actuaba raro —dije, a pesar de que no estaba convencida en absoluto de nada y tampoco creía a pies juntillas en la palabra de Nathaniel Good—. Aun así, es pura especulación, Wood. No hay ninguna prueba.

—Tu collar.

—¿Qué pasa con él?

—Cuando Mercy fue a Abbot, afirmó que tenías varias cosas suyas. No se refería solo a Alexander, sino también al collar de Sarah.

Me llevé la mano al colgante.

—Sí, bueno, es de mis antepasados...

—No, no de ellos, de Sarah. Tu madre lo dibujó —dijo, y empezó a pasar de nuevo páginas hasta llegar a una en la que, en efecto, había un boceto de la joya.

El nombre de Sarah estaba escrito decenas de veces bajo él.

—Oh, Dios, ¿por eso se lo quitó? Nunca se separaba de él; sin embargo, no lo llevaba puesto cuando murió.

Wood suspiró y la mirada que me brindó estaba cargada de compasión.

—He revisado todo el grimorio, y hacia el final casi todo es magia oscura.

Un pensamiento me golpeó entonces.

—¿Y si mi padre mintió? ¿Y si no la mató porque ella atacase a Chloe, sino porque de algún modo lo descubrió todo?

—¿Importa eso? Yo solo... no quería que tuvieses que revivir lo sucedido.

¿Importaba el motivo cuando el destino era el mismo? No estaba segura. Quizás no fuesen excluyentes. Descubrir que había sido otra persona en otro tiempo y que había acabado colgada podría haberle arrebatado del todo la cordura a mi madre y había arremetido contra mi hermana. Jamás estaría segura de lo que había ocurrido ese día en mi casa. Y respecto a la parte que mi padre sí conocía... Bueno, tenía pocas esperanzas de que fuera a sincerarse conmigo nunca.

Wood continuaba observándome, supuse que esperando algún tipo de crisis, pero no era algo que pudiese permitirme en ese momento. Mi madre estaba muerta, mi hermana estaba muerta y a mi padre había dejado de considerarlo como tal. En cambio, Alexander era quien realmente me preocupaba. Él era mi familia.

Aun así, tomé aire y le dije:

—Gracias por contármelo.

Más tarde, cuando estaba ya atravesando la puerta principal de la academia, caería en la cuenta de que Raven no había llegado a aparecer por la cabaña y de que, además, nada de lo que me había contado Wood justificaba el comportamiento errático de mi familiar.

Wood

No esperaba encontrarme a Dith despierta, y mucho menos descubrir que había escuchado gran parte de mi conversación con Danielle. Aunque al menos esperó hasta que ella se hubo marchado de la casa para empezar a increparme.

—Has manipulado a Danielle.

—Nada de lo que he dicho es mentira.

—No, es cierto que no le has mentido, pero no le has contado toda la verdad.

No contesté, no había nada que decir. Debería haber sabido que eso no contribuiría a mi causa en absoluto, no cuando se trataba de Dith. La comunicación había sido siempre la base de nuestra relación; nada de mentiras y tampoco medias verdades, ambos éramos directos y francos con el otro.

—No puedes hacerlo, Wood.

—Es mi decisión, y ya está tomada.

—¡Al diablo tu decisión! ¡¿Le contaste la verdad a Alex?! ¡¿Le hablaste de las consecuencias?!

No, no lo había hecho, y Alex estaba lo suficientemente desesperado para no pararse a pensar en que, si dejaba de ser un Ravenswood, yo no podía seguir siendo su familiar. Esperaba que no le diera más vueltas y que Danielle tampoco llegara a esa conclusión.

—Podría pasar a pertenecer a otro miembro de mi linaje —dije, y eso cabreó aún más a Dith, así que me apresuré a continuar hablando—. Y mira a Raven, es un Ravenswood y ahora es el familiar de Danielle.

—¡No perteneces a nadie! ¡Tienes tanto derecho como cualquiera a vivir tu vida! —gritó, fuera de sí—. Raven puede que lleve la misma sangre que tú, pero él nunca ha sido un Ravenswood de corazón, Wood, y lo sabes. Él es la excepción, siempre ha sido la excepción para todo, y el destino, equilibrio, mi propia muerte o lo que sea que le ha permitido que se uniese a Danielle... No creo que se repita contigo. —Tomó aire y prosiguió—: El de los Ravenswood siempre ha sido un linaje muy poco numeroso. Alexander es su único heredero ahora mismo, y ambos sabemos lo que ocurre con los familiares cuando el heredero de un linaje muere sin descendencia.

—No siempre es así.

Dith me fulminó con la mirada. Era una suerte que estuviésemos uno a cada lado de la habitación, con la cama por medio, porque apostaba a que la frustración la hubiera llevado a golpearme de haber estado más cerca. Ni siquiera se lo hubiera reprochado.

—¡Desaparecerás! ¡Eso es lo que va a pasar! Sin un protegido, tu existencia dejará de tener sentido y... morirás.

Aparté la mirada para que no viera en mis ojos que eso era justo lo que yo creía que ocurriría. Y si mi silencio la había irritado antes, ahora erosionó su paciencia por completo.

—¡Tienes que decirle que esto va a matarte! ¡Deja de hacerte el héroe y diles la verdad! —gritó, aún más alto.

Aquello tocó una fibra sensible en mí y, muy a mi pesar, exploté. La verdadera razón de que estuviera dispuesto a sacrificarme encontró su camino hasta mi boca.

—¡No soy ningún héroe, Meredith! ¿Es que no lo entiendes? Soy egoísta. Esto no se trata de salvar el puto mundo. ¡Lo único que me importa eres tú! —acabé gritando también—. Es temporal... Tu regreso no es definitivo. En el mejor de los casos durará unas semanas, en el peor... unos pocos días. —Me atragantaba con las palabras, pero guardarme algo así para mí me estaba matando—. Llevo más de tres siglos en este mundo y la mitad de ese tiempo la he pasado enamorado de ti. No quiero... no quiero pasar ni un solo segundo aquí si tú no estás conmigo.

Me arrepentí apenas terminé de hablar. No debería habérselo contado, no así. La ira se había drenado por completo de su rostro y cuando quise darme cuenta estaba frente a mí.

—Oh, Wood. —Fue lo único que dijo.

Me abrazó y yo me hundí en su cuerpo. Había creído que jamás volvería a tenerla entre mis brazos, así que este era un tiempo que le habíamos ganado a la muerte. Un regalo. Pero cada palabra de lo que había dicho era cierta; mi existencia había sido lo suficientemente larga, no lamentaría marcharme al otro lado con ella. Y si mi muerte podía contribuir a que nuestros seres queridos estuviesen bien, les daría todas las oportunidades que pudiese.

Me separé para mirarla a la cara. Yo había tomado mi decisión y no quería que se sintiese culpable por ello, pero eso era lo de menos ahora.

Dith acababa de descubrir que iba a morir otra vez. Solo que su expresión no albergaba tristeza o miedo, sino una ternura infinita.

—Ya lo sabías, ¿no es así? Lo has sabido todo el tiempo.

Me brindó una sonrisa suave y cálida, y un poco culpable también.

—Supongo que en nuestra familia a todos nos encanta jugar a ser el héroe. Mira a Danielle —rio, aunque el brillo en sus ojos delató que estaba luchando con las lágrimas—. Ella estaba tan feliz anoche, y tú... De haber estado consciente, no hubiera permitido que Alexander se intercambiara por mí. No tenía sentido, aunque nunca podré pagarle de forma adecuada por haberme permitido estar contigo de nuevo.

La apreté contra mí y escondí la cara en el hueco de su cuello.

—Te amo, Meredith, y te juro que voy a encontrarte en el otro lado —murmuré contra su piel.

—Sé que lo harás, porque si no seré yo quien te encuentre a ti.

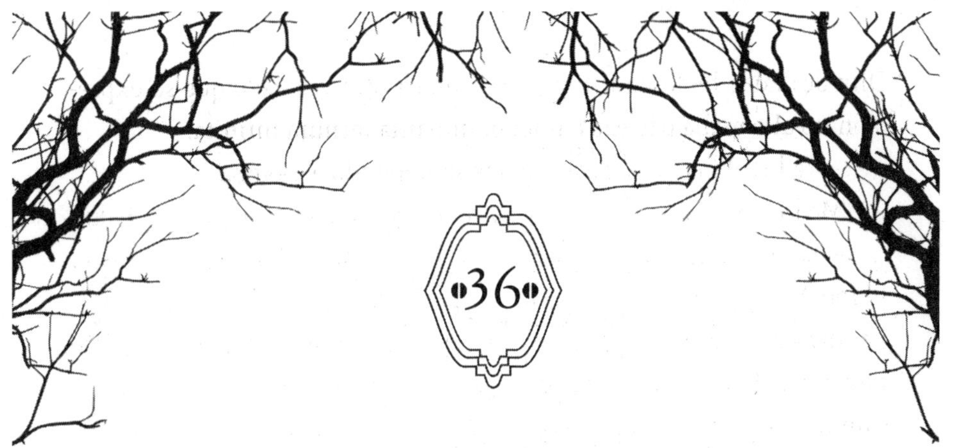

36

La mañana llegó y me encontró aún despierta. El frío fue lo único que me obligó a no permanecer el resto de la noche sentada en uno de los bancos del patio trasero. En cambio, me había resguardado bajo la arcada y me quedé allí contemplando cómo, poco a poco, la noche se transformaba en día y la luz iba espantando la oscuridad del cielo.

Aún no había terminado de amanecer, y mucho menos había ningún alumno en el pasillo, cuando Annabeth apareció silbando por el pasillo y se sentó a mi lado en el escalón. Dobló las rodillas y apoyó a su vez los antebrazos sobre ellas.

—No te creía madrugadora —dije.

Se echó a reír y tironeó de las mangas de su sudadera. Hoy se había dejado el pelo suelto, y admito que sentí algo de envidia de su larguísima melena turquesa; era preciosa.

—No lo soy, pero suelo venir de vez en cuando a ver cómo amanece, sobre todo después de una mala noche. —Emití un ruidito de comprensión; en realidad, yo estaba allí por lo mismo—. ¿Y tú? ¿Te has acostado siquiera?

—No estaba cansada, y tampoco hubiera podido dormir.

Beth ladeó la cabeza para mirarme.

—Lo echas de menos.

—¿Tanto se nota? —reí, para no confesar lo mucho que extrañaba a Alexander, pero al final acabé diciendo—: Me preocupa lo que Elijah pueda estar haciéndole.

—Es un tipo bastante duro. Aguantará, ya verás.

—¿Sabes? Sé que es algo estúpido, pero quería visitar con él ese lago que se ve a lo lejos desde mi ventana, y tal vez ir con él a alguna ciudad cercana a dar un paseo. O al cine. —Dios, dicho en alto sonaba aún más absurdo. No sabíamos si mañana o la semana que viene el mundo estaría plagado de demonios y yo estaba aquí lamentándome por no haber podido tener una cita—. Lo siento, es una tontería.

Annabeth sonrió, y no hubo asomo de reproche en el gesto.

—No es ninguna tontería. Está bien desear cosas normales, Danielle; no habéis tenido mucho de eso.

—Creo que ya no recuerdo qué es lo normal —dije, y ella me dio un empujoncito con el hombro.

—No te preocupes, lo normal está sobrevalorado. Además, estoy segura de que vas a tener suficiente de eso en el futuro y acabarás aburrida de ello.

Agradecí que soportara mis divagaciones. Después de lo intenso que había sido el día anterior y de pasar la noche en vela, no estaba en mi mejor momento. Mi mente era un hervidero de ideas y pensamientos, y la mayoría no eran agradables.

Después de esa breve charla, pasamos un rato en silencio. A pesar de que no habíamos tenido la oportunidad de conocernos demasiado, no resultó incómodo. El cielo ya estaba casi iluminado en su totalidad cuando estiré los brazos para desentumecerlos y me puse en pie.

—Tengo que ir a prepararme.

—Y yo —replicó Annabeth, incorporándose también.

—Más te valdría darle la hora libre a tus alumnos y aprovechar para echarte una siesta.

Habíamos comenzado a andar en dirección a las escaleras, pero ella se detuvo.

—¿No lo sabes?

—¿Saber qué?

—Las clases se han suspendido de manera temporal —replicó, y una enorme sonrisa se apoderó de su expresión, una que había aprendido a reconocer en ella—. Vamos a Ravenswood con vosotros.

Me llevó una ducha, un cambio de ropa y dos litros de café llegar a comprender a quién abarcaba el plural empleado por Annabeth. Al principio di por supuesto que se refería a su aquelarre, ya que habían sido los únicos en acudir cuando habíamos solicitado ayuda para rescatar a Raven y enfrentarnos a Mercy Good, pero me equivocaba.

El vestíbulo de la academia estaba repleto de gente cuando bajé por las escaleras una hora después. No sé si me sorprendió más que hubiera alumnos de último curso presentes o encontrar el rostro grave de la consejera Winthrop entre ellos. Me dije que debían estar allí para despedirnos o algo por el estilo; de nuevo, estaba equivocada.

Carla acudió a mi encuentro al pie de la escalera, aunque fui yo quien habló primero.

—Sé que tiene puestas sus esperanzas en mí para ocupar un sillón en el consejo, pero, si está aquí para detenerme, puede ahorrarse cualquier razonamiento que haya escogido para convencerme de ello. Voy a ir de todas formas.

La consejera me dedicó una media sonrisa y sus cejas se arquearon ante lo apresurado de mi declaración.

—Algunas de las familias ya han votado y tienes muchas posibilidades, Danielle, pero no estoy aquí para detenerte. En realidad, quería que supieras que estoy orgullosa de ti. Sé que la opinión de una anciana te importa poco, sobre todo teniendo en cuenta tu escaso respeto al propio consejo —señaló, aunque su tono estaba muy lejos de ser el de una reprimenda—, pero creo que no hemos sido dignos de dicho respeto en mucho mucho tiempo. Nos equivocamos en Salem, y luego seguimos agravando ese error para no admitir que lo habíamos cometido. Los juicios nunca debieron producirse y la comunidad nunca debió escindirse en dos. No estamos hechos para ser los unos sin los otros, aunque siempre habrá manzanas podridas sin importar el tipo de brujo del que se trate.

Tal y como había dicho, a esas alturas mi respeto por el consejo era inexistente. No necesitaba su aprobación y no podía olvidar lo que habían hecho o las mentiras que nos habían contado, pero que admitiera que estaban equivocados suponía un logro enorme.

—Agradezco su sinceridad, y espero que esto pueda ser el inicio de un cambio para todos.

Ella hizo un gesto con la mano.

—No me lo agradezcas a mí. Tú iniciaste ese cambio, Danielle.

Miré a mi alrededor, estábamos rodeadas de brujos blancos y oscuros. O más bien de brujos simplemente.

—No, yo no. Robert Bradbury y su aquelarre son los que han hecho todo esto solos.

—Lo sé, y es muy loable lo que han conseguido. Llevan años trabajando en secreto, pero fuiste tú, una muchacha que se fugó de Abbot en busca de libertad, la que dio pie a que ellos se atrevieran a abandonar la clandestinidad. Necesitábamos que alguien señalara que lo estábamos haciendo mal y, aunque derribar la verja de Abbot para huir resultó un poco dramático, surtió efecto.

No estaba segura de cuál debía ser mi respuesta a eso. Seguía pensando que crear una academia para cualquier tipo de brujo era muchísimo más relevante que robar un coche y destrozar la propiedad privada, pero ese tema quedó relegado cuando Winthrop añadió:

—Iré a Ravenswood con vosotros.

El desconcierto hizo que se me descolgara la mandíbula, lo cual no era de extrañar, porque ¿qué edad podía tener aquella mujer? Algunos brujos perdían parte de su poder, si no todo, con los años. No tenía por qué ser su caso, pero no había duda de que hacía tiempo que había pasado su plenitud física.

—¿Está segura? —Preguntarle por el estado de su magia me parecía ofensivo.

—Necesitáis toda la ayuda que podáis conseguir y creo que ha llegado la hora de que el consejo se ensucie las manos por los motivos adecuados. Muchacha, quita esa cara de susto. Soy la bruja Winthrop viva más poderosa, no vas a tener que cargar conmigo.

Se me calentó la cara por la vergüenza; sin embargo, más allá de lo mucho o poco que pudiera contribuir Winthrop en una pelea, estaba el hecho de que quería hacerlo y además pensaba que eso era lo adecuado.

—Gracias —atiné a decir.

—No hay nada que agradecer. Laila Abbot me ha dicho que se necesitará mucho poder para deshacer la barrera que protege ahora los terrenos de la academia oscura. Mis dos guardias Ibis viajarán conmigo, pero no van a ir para protegerme, sino para ayudar y luchar a vuestro lado. Y he reclutado a cuatro más que se unirán a nosotros en Ravenswood. El resto... aún no estoy segura.

Por fin buenas noticias, incluso si no todos estaban aún dispuestos a aceptar que ya no éramos brujos blancos enfrentándonos a oscuros, sino peleando juntos para evitar que Elijah arrasara nuestro mundo.

La existencia de una nueva y reforzada barrera protectora en Ravenswood era un inconveniente al que había estado dándole vueltas y para el que aún no había encontrado solución, aunque esperaba hacerlo al llegar allí. Las patrullas enviadas no habían podido acceder al campus, pero un montón de brujos de ambos bandos trabajando juntos tendría muchas más oportunidades de conseguirlo, más aún si algunos ya estaban acostumbrados al uso de ambos tipos de magia entremezclada.

—Eso es realmente fantástico, consejera Winthrop.

Me despedí de la mujer y oteé la sala en busca de Raven o, en su defecto, alguien a quien preguntarle si lo había visto. Pero todo el mundo llevaba el tipo de ropa que habíamos vestido en los últimos días, así que el vestíbulo estaba inundado de negro y no era fácil distinguir a unos de otros. Ser tan bajita no estaba ayudando tampoco, así que empecé a avanzar entre la gente.

Apenas había dado dos pasos cuando Laila me asaltó. No diría que parecía feliz, pero lucía tranquila dadas las circunstancias. Ojalá contara con su capacidad de mantener la sangre fría en momentos como aquel.

—Ey, no sé qué decir sobre esto, salvo gracias. Significa mucho para mí que hayáis decidido acompañarnos.

—Esta batalla es cosa de todos, pese a que algunos crean que es problema de la comunidad oscura solo porque se trata de uno de los suyos. Pero venía a decirte que no podré ir con vosotros, ya que voy a quedarme al cuidado del resto de los alumnos. Y la verdad es que, de todas formas, no soy lo que se dice una luchadora aventajada —se disculpó con una mueca.

Echaríamos de menos sus dotes curativas en algún momento, porque no era tan ilusa como para creer que no saldríamos heridos de un nuevo enfrentamiento que implicase demonios y a Elijah Ravenswood. Sin embargo, alguien tenía que permanecer allí para asegurarse de que los estudiantes de menor edad estuviesen bien y protegerlos si fallábamos. Muchos no eran más que niños o, en el mejor de los casos, adolescentes que apenas habían empezado a controlar sus poderes.

—No tienes por qué dar explicaciones. Lo entiendo.

—Hemos dispuesto vehículos suficientes para todos y también algunas provisiones por si acaso. Muchos de los alumnos llevan consigo pociones, tanto defensivas como curativas, y Aaron tiene muy buena mano para sanar heridas.

—Es mucho más de lo que hubiera imaginado que tendríamos, Laila. De verdad, muchas gracias.

Su sonrisa albergaba tanta esperanza como tristeza, pero respondió a mi agradecimiento con una leve inclinación de barbilla. Teníamos que creer que podíamos hacer aquello. Yo tenía que creerlo o me volvería loca.

—Oye, ¿no habrás visto a Rav por casualidad? No lo encuentro.

—No, lo siento, la última vez que lo vi fue anoche cuando vino a verme al invernadero bastante tarde. Tenía… preguntas.

—¿Qué clase de preguntas?

—Sobre un antiguo ritual de unión entre brujos.

Así que Raven lo había sabido, pero, entonces, ¿qué era lo que tanto le preocupaba?

—¿Algo más? ¿O solo te preguntó por eso?

—Solo eso. Insistió en confirmar que de verdad Alexander se transformaría en un Good, y he de decir que parecía bastante convencido de que sois perfectos el uno para el otro y el ritual tendría éxito.

—¿Tú no lo crees?

—Bueno, sois muy diferentes en cuanto a magia, pero quizá sea esa la cuestión. Y ambos sois únicos. En realidad, seguramente es una unión perfecta. Corre el rumor de que ahora puedes manejar dos elementos como Alexander, justo los que él no es capaz de emplear.

El leve bochorno que me provocaba analizar mi inminente unión con Alex se vio alimentado por el matiz de admiración con el que expuso mi nueva habilidad. Ni siquiera había tenido tiempo de probarme con el elemento aire, pero confiaba en que, al final, su uso sería instintivo.

—Sí, eso parece.

—Bien por ti —replicó—. Wood y Meredith estaban hace un momento junto a la entrada. Tal vez encuentres a Raven con ellos.

Nos miramos y hubo un momento de indecisión por parte de ambas, pero finalmente me moví hacia delante y la abracé. Ella me devolvió el abrazo.

—Volved a visitarme cuando todo esto acabe —murmuró al retirarse.

—Prometido. Y gracias por todo.

Cambié el rumbo que había tomado y fui hacia la puerta de entrada. Si Raven creía que podíamos llevar a cabo el ritual sin incidentes, necesitaba saber qué era entonces lo que tanto le preocupaba.

Wood y Dith estaban exactamente donde había dicho Laila, a un lado de la entrada. Wood tenía la espalda apoyada contra la pared y Dith se hallaba recostada contra su pecho y rodeada por sus brazos. La imagen me resultó chocante en un primer momento. Supongo que nunca los había visto así, mostrando su amor en público como una pareja cualquiera.

—Los coches están fuera —dijo Wood en cuanto los alcancé.

Yo ni siquiera había llegado a contestar cuando Dith se deshizo de su agarre y me abrazó. Fue un poco repentino, y la fuerza con la que me estrechó contra su cuerpo me arrebató momentáneamente el aliento, pero le devolví el gesto en cuanto fui capaz de reaccionar. Parecía que hoy era el día para los abrazos.

—Sé que no te lo he dicho a menudo, pero te quiero. Te conocí cuando eras solo una cría y te he visto crecer. Estoy muy orgullosa de la persona en la que te has convertido a pesar de haber sido una influencia terrible para ti. —Se echó a reír al murmurar la última parte, pero no logró ocultar del todo la emoción en su voz. Y puede que yo también me estuviera emocionando; todo sonaba esta mañana a despedida.

—Has sido, eres y serás siempre una magnífica influencia, Meredith Good, y la mejor amiga que pudiera tener. Una hermana —añadí por último. Después de haber perdido a Chloe, ella sabía lo que significaba eso para mí—. Yo también te quiero.

Nos llevó un instante largo separarnos, pero en cuanto lo hicimos descubrí algo que se me había pasado por alto: el lobo negro sentado junto a los pies de Wood. La inquietud en mi pecho se aflojó ligeramente mientras me acuclillaba para quedar a su altura.

—¿Dónde te habías metido? Estaba preocupada —dije, mientras le rascaba la zona tras la oreja que tanto le gustaba—. Tenemos que hablar.

Rav ladeó la cabeza. Su única respuesta fue darme un lametón en la mejilla bastante asqueroso. Solté un quejido de protesta y me sequé la cara con la manga de la camiseta. Pero él trasladó su atención hacia Wood y, al alzar la vista, encontré a su gemelo mirándolo también. Tuvieron uno de esos momentos de comunicación sin palabras.

Wood fue el primero en apartar la mirada, y hubiera preguntado qué demonios estaba pasando entre ellos si no hubiese sido porque se formó un pequeño revuelo a nuestro alrededor y Sebastian y Jameson entraron en escena.

Ambos vestían el uniforme de los Ibis, aunque sin el emblema correspondiente. Las prendas elásticas y prietas estaban hechas para favorecer el movimiento en una pelea, así como para servir de protección, pero dudaba mucho que los estudiantes los estuvieran mirando por ese detalle. Jameson, en concreto, parecía bastante contento con toda la atención, y juro que estaba contrayendo de más los músculos solo para dar el espectáculo. Además, llevaba a su familiar acomodado en torno al cuello y la presencia del visón blanco no estaba pasando para nada desapercibida.

—Por el amor de Dios, deja de intentar lucirte —le gruñó Sebastian.

Quise decirle que, a pesar de que el tipo era su hermano pequeño, tal vez había llegado la hora de empezar a tratarlo como a un adulto. Me daba la sensación de que, tal y como actuaba Sebastian, solo alentaba más el comportamiento voluble y fanfarrón de Jameson; quizás necesitaba más un amigo y menos un padre. Y a este paso a Sebastian le saldría una úlcera.

—Supongo que también venís con nosotros.

Jameson irrumpió sonriente en mi espacio personal, derrochando seguridad en sí mismo, aunque eso cambió en cuanto Rav se incorporó sobre las cuatros patas y emitió un gruñido de advertencia para hacerlo retroceder. Sebastian, a su vez, le propinó una colleja.

—¿De verdad tienes que intentar ligarte a todo lo que se mueve? ¡Tiene novio, Jamie! ¿Necesitas que te recuerde quién es?

—No me llames Jamie —exigió, e hizo una pausa dramática antes de agregar—: Bass.

—¿Bass? ¿En serio?

—Tú empezaste.

No había duda, aquellos dos eran hermanos y se comportaban como tal a pesar del tiempo que habían estado separados. Reprimí la risa. Sentaba bien un poco de normalidad en toda aquella locura, aunque dicha normalidad se redujese a un pelea estúpida entre hermanos.

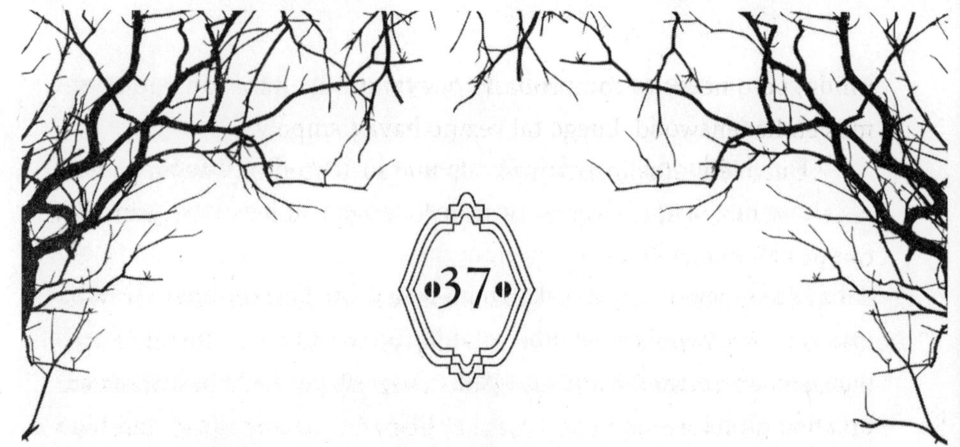

37

Wood se ofreció a conducir y Dith se sentó junto a él. Dado que Rav se resistía a cambiar, tuvimos que hacerlo encajar en la segunda fila de asientos, conmigo a un lado; mientras que Cam, Sebastian, Jameson y su familiar ocuparon la tercera. Wood no había hecho ningún comentario sobre el comportamiento de su gemelo y, cuando lo llevé aparte y le pregunté directamente, se había limitado a recordarme que era el modo en que este afrontaba las situaciones estresantes.

No era mentira, pero tampoco toda la verdad, y ambos lo sabíamos. Me dije que antes de poner un pie en Ravenswood tendría que descubrir qué estaba sucediendo. No podía obligar a Raven a transformarse, pero estaba convencida de que había pocas cosas que Wood le ocultara a Meredith, así que, si no me quedaba otra opción, haría lo que fuera necesario para sonsacárselo a ella.

La primera etapa del trayecto hasta Ravenswood transcurría por carreteras comarcales en un estado cuestionable, así que resultó evidente lo necesarios que eran los vehículos todoterreno que empleamos para ello. Ese hecho, sumado al empeoramiento del clima previo a la tormenta, convirtió ese tramo del camino en largo, pesado y muy aburrido.

—Tenemos que detenernos antes de entrar en Dickinson.

Wood me echó un vistazo rápido a través del retrovisor.

—¿Y eso por qué?

—Quiero intentar hablar con Alexander mediante un viaje astral —solté, esperando que Wood no se lo tomara como una muestra de desconfianza hacia él—. Sé que dijiste que está de acuerdo con lo de la unión, pero necesito comprobarlo por mí misma antes de que entremos en Ravenswood. Luego tal vez no haya tiempo y...

—Está bien —me interrumpió él, pero su actitud fue mucho menos tosca—. Ayudará si consigues localizarlo, así sabremos en qué zona del campus lo retiene Elijah.

Cuánto más cerca estuviese, menos me costaría trasladar mi consciencia hasta Ravenswood y más tiempo podría pasar allí sin arriesgarme a perderme como había sucedido la vez anterior. Además, ahora era mucho más fuerte, mi poder se había liberado por completo y también sabía qué esperar de un viaje astral. El campus era bastante extenso, pero había pensado en elegir la casa de los Ravenswood como punto de partida, ya que era el lugar que mejor había llegado a conocer. Esperaba ser capaz de encontrar a Alexander antes de tener que regresar y poder asegurarme de que estaba de acuerdo con el plan. La unión era irreversible; por mi parte, estaba bien con eso.

Jameson apoyó ambos brazos en el respaldo de mi asiento y se inclinó hacia delante.

—¿Qué es eso de la unión?

—Algo mucho menos excitante de lo que con toda seguridad te estás imaginando —replicó Sebastian, pero esta vez había un toque de diversión en su voz.

Me volví hacia el asiento de atrás. Sí, definitivamente Sebastian, y también Cam, estaban tratando de no reírse. Por la cara de desilusión de Jameson, estaba claro que eso era justo en lo que había estado pensando.

—Es una pena —dijo, y luego movió las cejas en lo que pretendía ser un gesto insinuante—, porque me uniría contigo todas las veces que quisieras si se tratase de eso.

Miré a Sebastian y este alzó ambas manos.

—Me rindo. Alguien le partirá la cara un día y le estará bien empleado.

Jameson no dio muestras de que eso le preocupara demasiado. Ignoré sus bravuconadas y me centré en su familiar. Se había aovillado en su regazo y parecía estar durmiendo.

—¿Aún no ha cambiado?

El buen humor de Jameson se esfumó en el acto y negó al tiempo que extendía el brazo y acariciaba la pequeña cabeza del visón con la punta de los dedos.

—No te preocupes. Estoy segura de que lo hará cuando esté preparada.

No hubo una réplica ingeniosa por su parte, solo un brillo de gratitud en sus ojos, y me dije que quizá sí había algo que le importaba. Eso me hizo sonreír. Este chico con aire rebelde y descarado me recordaba a Cam años atrás, y tenía la intuición de que, como ocurría en el caso de mi amigo, su comportamiento era pura fachada.

Volví a acomodarme en el asiento. Rav se arrastró un poco hacia mí, frotó el hocico contra mi cadera y luego dejó caer la cabeza sobre mi regazo, reclamando atención. Mientras lo acariciaba, cerré los ojos solo un momento; o eso era lo que pretendía hacer, pero entre el traqueteo del coche y el cansancio que acumulaba después de pasar toda la noche despierta acabé quedándome dormida.

Para cuando regresé del mundo de los sueños, habían pasado cuatro horas y yo me sentía más muerta que viva; tardé un rato en desperezarme y volver a ser yo misma. Jameson se había quedado frito con su familiar en el regazo, y también Cam. Sebastian miraba muy serio el exterior a través de la ventanilla y tanto Dith como Wood estaban callados.

Era inútil trazar una estrategia, dado que no teníamos mucha idea de lo que íbamos a encontrar una vez que estuviésemos en Ravenswood. El único punto claro era que necesitábamos conseguir llegar hasta Alexander y contar con tiempo suficiente para realizar el ritual. Wood había memorizado el hechizo y se había hecho con los ingredientes necesarios gracias a Laila; también se había anticipado y preparado la mezcla a la que solo tendríamos que añadir nuestra sangre en el momento de realizarlo.

Sí, era magia de sangre, pero a esas alturas me parecía bien cualquier cosa que nos ayudara contra Elijah, y tampoco era que hubiese mala intención en el hechizo. Al parecer, no era un ritual muy largo ni tan elaborado como se podría creer; la verdadera dificultad residía en que la naturaleza, fuerza y compatibilidad de los propios implicados fuesen las adecuadas.

Era de suponer que habría demonios custodiando a Alexander, o incluso el propio Elijah, así que, de algún modo, el resto del grupo iba a tener que arreglárselas para concedernos esos preciosos minutos. Todo ello, siempre que yo consiguiera localizarlo durante mi viaje astral, porque si no estaríamos dando palos de ciego y al final era probable que Elijah nos encontrara a nosotros primero. Si eso ocurría, igualmente lo afrontaríamos; esta vez no habría segundas oportunidades.

La sensación de que cualquier mínimo detalle haría que todo saliese mal me mantuvo tan ensimismada como a los demás. Cuando nuestra pequeña comitiva realizó una breve parada para repostar por turnos, y evitar así colapsar el área de servicio, nadie se mostró muy dispuesto a empezar una conversación. Solo unos meses atrás, la idea de interactuar con humanos y disfrutar de un acto tan mundano como llenar el depósito de gasolina o comprar chucherías me hubiera hecho saltar de inmediato fuera del coche, pero todo lo que hice fue quedarme anclada al asiento y contemplar el trasiego de coches de la zona.

De lo que sí me percaté fue del modo en el que Dith y Wood orbitaban uno en torno al otro en todo momento. Aprovechaban cualquier excusa para tocarse y se miraban cada pocos minutos; ella más que él, aunque solo porque Wood tenía que concentrarse en la carretera. Era bonito ver lo mucho que se buscaban incluso de forma inconsciente, algo que me parecía de lo más lógico teniendo en cuenta su historia.

Eso me hizo pensar en si, en algún futuro cercano, llegarían a plantearse también completar la unión que una vez había sido motivo de condena para Dith. Pero esa no era la clase de pregunta que se hacía en el interior de un coche camino a una más que probable batalla con demonios y un sanguinario nigromante, y en realidad tampoco era de mi incumbencia, así que no se me ocurrió decir nada al respecto.

Horas más tarde, cuando Wood salió de la carretera para detenerse en un apartadero, solo otro de los coches se detuvo junto al nuestro, el que conducía Gabriel y que llevaba también a Aaron, Robert y Beth, además de otros dos alumnos que había visto en la clase de esta última. Aaron bajó la ventanilla y Wood les explicó nuestra intención de detenernos antes de llegar al pueblo y lo que yo planeaba hacer.

—Si me hubieras avisado, habría preparado algo de la poción para las náuseas —comentó Robert—. Pero puedo quedarme y ayudar.

—Sebastian conoce el hechizo, no hay problema. Seguid adelante y esperadnos en el pueblo. No os acerquéis a Ravenswood hasta que lleguemos.

Con esa última advertencia de Wood, el otro coche continuó el camino.

—Busquemos un lugar más discreto —dijo, poniendo el coche en marcha de nuevo.

Me picaba la piel, y no tenía nada que ver con mi alergia. Puede que fueran los nervios o la posibilidad de encontrar a Alexander y poder comprobar que estaba bien. Gracias a la conexión con Wood sabíamos que estaba vivo, él lo habría percibido de otro modo. Pero eso era todo, y la incertidumbre me estaba matando. Confiaba en la fortaleza de Alex; sin embargo, también era consciente de lo mucho que le aterraba perder el control de su oscuridad. Y si de algún modo Elijah conseguía debilitar su voluntad y llegar hasta esa parte de él...

—Podemos hacerlo ahí.

Abandoné mis tortuosos pensamientos y miré a través del parabrisas delantero para encontrarme con una especie de granero destartalado. El campo que lo rodeaba estaba infestado de malas hierbas y no había más construcciones en los alrededores, por lo que podíamos suponer que estaría abandonado. Era justo lo que necesitábamos.

—Bien, vamos allá.

Todas las puertas se abrieron a la vez, aunque Raven fue el primero en salir. Saltó al exterior y se alejó corriendo, imaginé que tanto para estirar los músculos tras el largo viaje como para inspeccionar el sitio y asegurarse de que de verdad estaba vacío.

Los demás fuimos tras él. Wood arrancó el candado que mantenía la puerta cerrada y con él se llevó parte de la madera podrida de alrededor. Luego, empujó ambas puertas para permitir que la luz natural se colase en el interior.

Dith me detuvo antes de que atravesase el umbral.

—Cualquier cosa rara que notes, regresa. Elijah no debería tener ningún poder sobre ti en ese estado, pero mejor ser precavidos. —Asentí, aunque esperaba no tropezarme con el brujo—. Y si no das con Alexander, no alargues el viaje. Sé que quieres hablar con él, pero si no es posible, podemos emplear un hechizo localizador con la sangre de Wood. Y si las protecciones interfieren y falla, probaremos otra cosa.

—Está bien, Dith. No voy a hacer ninguna locura, lo prometo. —Esa afirmación era poco creíble viniendo de mí, pero esta vez lo decía en serio. No asumiría riesgos innecesarios con todo lo que había en juego.

Sebastian ya estaba preparándolo todo y Rav se había situado muy cerca de él, observando sus movimientos como si quisiera asegurarse de que no cometía ningún error. Me acerqué y me arrodillé frente al lobo.

—Rav, te necesito para que estés junto a Dith y funcionéis como ancla para mí, por si acaso. Estaría bien que hicieras esto de la otra forma.

Durante un instante pensé que tampoco entonces cedería, pero luego el aire chisporroteó y se inundó con el aroma del algodón de azúcar. El Raven humano apareció acuclillado justo delante de mí.

—Bienvenido de nuevo —dije, y sus comisuras se arquearon con suavidad.

Se inclinó un poco y rozó su mejilla contra la mía, como si aún continuara en la piel del lobo y se valiera de ese contacto para replicar a mi saludo. Al notar que temblaba, lo abracé. Casi podía sentir su miedo en mi propio pecho a pesar de no saber qué lo provocaba; no creía que fuera el viaje astral.

Lo mantuve un rato contra mi cuerpo, hasta que el temblor se redujo casi por completo, y luego me separé para mirarlo a la cara.

—¿Estás bien? —pregunté, y él se limitó a asentir—. Rav si hay algo que necesitas decirme...

Titubeó un momento, pero luego dijo:

—No es mi decisión.

Se cerró en banda después de eso, y yo tuve el horrible presentimiento de que aquello tenía mucho que ver con lo que había dicho Amy. Fuera cual fuese, uno de nosotros había tomado ya su propia decisión, y no había nada que se pudiese hacer al respecto.

38

Alexander

Una oscuridad que no formaba parte de mí me rodeaba. No estaba seguro de cuánto tiempo llevaba inconsciente. ¿Horas? ¿Días? ¿O solo minutos? Sentía el cuerpo pesado y dolorido, y mi poder se hallaba aletargado, aunque tal vez fuese porque el lugar en el que me encontraba estaba cubierto de hechizos. Hechizos supresores, me di cuenta, del tipo que podían eliminar la capacidad para realizar magia de cualquier brujo.

Pero yo no era un brujo cualquiera. Había conseguido deshacer las protecciones del auditorio Wardwell una vez, años y años de hechizos que los sucesivos directores de la academia habían creado con tal fin. Solo necesitaba un momento para reorganizar mis pensamientos y conseguir que mi cuerpo y mi magia respondieran.

Ceder a las pretensiones de mi antepasado nunca había sido mi intención, y seguramente no debería haberlo hecho, pero no había habido nada que hubiese podido hacer más que entregarme después de ver la expresión de Wood cuando aquel ser demoníaco había llegado hasta nosotros cargando con Dith. Incluso si todo salía mal y acababa claudicando, jamás habría podido negarme a brindarle a mi familiar la oportunidad de tener al amor de toda su existencia una vez más entre los brazos. Lo único que de verdad lamentaba era no haber tenido yo la oportunidad de hacer lo mismo con Danielle.

En cuestión de unos pocos meses, aquella bruja temeraria y cabezota se había convertido en todo para mí, y no encontraba la voluntad para pensar que había algo malo en eso. Le había dado un nuevo sentido a todo, con su actitud desafiante y la ausencia total de cautela pese a mi oscuridad, mientras que mi propia madre me tenía miedo y había optado por abandonarme.

Tanteé a mi alrededor con las manos en un intento de adivinar dónde me encontraba, pero el tacto frío y rugoso de la piedra no me aportó ningún dato, salvo que estaba tirado en el suelo. Suponía que Elijah me quería de regreso en Ravenswood y, aunque me estaba costando acceder a mi poder, el instinto me decía que era ahí justo donde me habían traído, de vuelta al principio, como si los meses anteriores no hubiesen sido más que un sueño, y mi libertad, demasiado efímera.

Sabía que no había nadie más en la habitación conmigo, pero eso podría cambiar en cualquier momento y no estaba dispuesto a que me encontrase allí tirado y sin manera de defenderme.

Necesitaba empezar a moverme.

Giré una de las manos y, con la palma hacia arriba, traté de invocar el elemento fuego. Sentí el flujo turbulento de mi magia deslizándose por mi carne en su camino hacia los dedos. Hubo un chispazo muy breve seguido de un potente latigazo de dolor que me sacudió de pies a cabeza. Apreté los dientes y acepté dicho dolor como ya lo había hecho muchas veces antes, cuando Wood o Raven se habían visto obligados a provocármelo para hacerme regresar; solo que esta vez no me había transformado y mi sufrimiento debía ser cortesía de mi antepasado. Aguanté hasta que la sensación de que me estaban abriendo en canal se desvaneció casi del todo, decidido a volver a intentarlo. Haría falta mucho más que algo de sufrimiento gratuito para doblegarme.

Ladeé la cabeza y abrí bien los ojos. Necesitaba aprovechar esas escasas décimas de segundo de luz para ver algo a mi alrededor. Tomé aire y lo solté, y luego volví a tirar de mi poder. El destello fue igual de breve y, sumido en una completa oscuridad como estaba, solo consiguió deslumbrarme; el dolor, en cambio, resultó mucho peor.

Me tragué un grito de frustración, sabiendo que no serviría más que para desgastar mi ánimo. Cerré los ojos, invoqué el rostro de Danielle y el sonido de su risa, su olor, el tacto suave de su piel, y aguanté. Mis músculos se fueron aflojando muy poco a poco a pesar de que el corazón me latía tan rápido que parecía que me estuviese dando un infarto.

Me centré en seguir respirando. Aunque el aire era húmedo y la temperatura baja, conseguí evocar la calidez que la simple presencia de Danielle despertaba en mi pecho. Repetí su nombre en mi mente como quien recita un hechizo, y seguí haciéndolo hasta que se convirtió en una letanía sin principio ni fin. El dolor comenzó a ceder poco a poco.

Cuando creí que podría probar otra vez, abrí los ojos y descubrí entre las sombras un destello de luz que no provenía de mí. Pensé que me lo estaba imaginando o que simplemente se trataba de una consecuencia de las descargas que estaba recibiendo, pero tras varios parpadeos no solo seguía ahí, sino que empezó a ganar intensidad.

Entrecerré los ojos sin apartar la mirada, temiendo que desapareciera, mientras una figura fue tomando forma a escasos metros de mí. Y cuando por fin se reveló del todo, juro que creí que mi propio sufrimiento había alterado tanto mi mente que me estaba provocando alucinaciones.

La figura se precipitó sobre mí. Danielle... Era Danielle. Se arrodilló a mi lado y pronunció mi nombre en un susurro que, aunque sonó horrorizado, calmó cualquier rastro de dolor o malestar.

Exhalé un suspiro de alivio.

—Voy a fingir que estás aquí —dije, aunque me costó encontrar mi voz—, incluso si te estoy imaginando.

Sus manos revolotearon sobre mi pecho, y me di cuenta de que no eran del todo sólidas. Bien, una alucinación entonces. Era maravilloso lo que una mente al límite de sus fuerzas podía llegar a convocar.

—Alex, estoy aquí. O una parte de mí lo está. —No tenía ni idea de lo que quería decir, pensar resultaba agotador. Miró alrededor—. Aunque no era aquí donde pensaba aparecer, cualquiera que sea este lugar. ¿Hay mazmorras en Ravenswood?

Me eché a reír al escuchar el término, aunque eso me provocó una lluvia de punzadas en el estómago y el pecho. La cuestión fue que su comentario despertó un recuerdo en mi mente, algo que una vez había dicho Raven sobre la mansión y sus padres encerrándolo durante uno de sus crueles y frecuentes castigos. Decidí seguirle el juego a mi visión, tal vez así no se desvaneciera; lo hacía todo más tolerable y ahora mismo necesitaba un aliciente con desesperación.

—Hay celdas en el sótano del edificio principal. Martha y Robert las usaban con los gemelos —farfullé, seguido de una florida maldición—. ¿Puedes quedarte conmigo? No soy capaz de acceder a mi magia y, joder, duele.

El rostro translúcido de Danielle se cubrió de una ira helada, aunque se suavizó un momento después. Trazó la curva de mi mandíbula y casi pude sentir la caricia de sus dedos.

—Tengo que volver, Alex, pero estamos cerca de Dickinson y hemos venido con muchos brujos. Necesito que aguantes un poco más, por favor —rogó, y esa súplica... Esa súplica despertó algo en mi interior—. Escucha, Wood me contó lo de la unión, pero tengo que saber si estás seguro de que es lo que quieres. No habrá manera de deshacerla luego, y yo... yo quiero hacerlo, eso no me importa. Te quiero, y pasar el resto de mi vida unida a ti... —Se atropellaba con las palabras y ¿estaba sollozando?—. Está bien, estoy bien con eso, de verdad. Pero siempre que tú también lo desees. No estás obligado...

—Ojalá pudiera verte una vez más para poder convencerte del regalo que sería unirme a ti, Danielle Good.

Definitivamente, había lágrimas brillantes cubriendo sus mejillas, pero también se reía ahora. Se inclinó un poco más sobre mí.

—Lo estás haciendo, idiota —murmuró, pero el insulto estaba cargado de cariño, si algo así era posible; con Danielle, lo era—. No me estás imaginando, esta es mi proyección astral.

La comprensión se abrió paso por fin a través del caos que era mi mente. El viaje astral. Lo habíamos hablado antes de la aparición de los demonios en la academia Bradbury. Espera, ¿acababa de decir que estaban cerca de Dickinson?

—El pueblo estaba desierto cuando me trajeron aquí. —Me dolía todo, pero intenté mover los brazos con escaso éxito. Por Dios, ni siquiera iba a ser capaz de sentarme—. Elijah tiene a los humanos. Creo que va a utilizarlos para forzarme a abrir la puerta.

Su figura parpadeó. Si aquello era un viaje astral y estaba tan cerca de Ravenswood, no debería verse obligada a volver tan pronto. Sin embargo, era probable que el impacto de haberme encontrado en un estado tan lamentable estuviese trabajando en su contra.

—Está bien, se lo diré a los demás. Solo tienes que aguantar un poco más, ¿de acuerdo? Vamos a sacarte de aquí y, de una forma u otra, esto se acaba hoy. Ahora tengo que volver —dijo, su luz atenuándose cada vez más—. Te veo, Alexander, siempre veré más allá de cualquier oscuridad cuando se trata de ti. Te amo.

Sonreí, y mi cuerpo se calentó con sus palabras. Su magia no cantaba para mí en el estado en el que se encontraba, pero jamás se había tratado de eso. No era su poder ni su ira, no era su linaje, no era su sangre, ni siquiera era porque se tratase de una bruja como yo. Era ella, solo ella. Y a la mierda el destino, el equilibrio, las profecías y todo lo demás.

—Te amo, Danielle. Siempre.

Danielle

Volví a mi cuerpo con mayor suavidad que la vez anterior, pero el pánico hizo que me sentara de golpe. Tomé una brusca bocanada de aire. Mi estómago dio una sacudida atroz y apenas si tuve tiempo de girar la cabeza antes de vomitar todo su contenido sobre el suelo.

—Voy al coche a por una botella de agua.

—¿Está bien?

—Trae un abrigo o algo para taparla.

—Vaya viajecito.

No supe quién dijo qué, estaba demasiado concentrada en contener las arcadas, aunque apostaba que lo último había sido cosa de Jameson;

al parecer, su familiar era lo único con lo que no bromeaba. Me quedé inmóvil mientras sobrellevaba otra oleada de náuseas, y alguien se presionó contra mi espalda.

Había pocas cosas que odiase tanto como vomitar, era realmente asqueroso. Cuando por fin sentí que era medianamente seguro moverme, abrí los ojos y levanté la vista del suelo. Dith me tendió una botella de agua y me di cuenta de que era Raven quien me estaba sosteniendo. Los demás estaban repartidos a mi alrededor. Me enjuagué la boca y di un par de sorbos antes de mirar directamente a Wood.

—Alexander está en alguna especie de celda en el sótano de la mansión. Dijo que las conocíais.

Rav dio un leve respingo al escucharme, y maldije una vez más a los padres de los gemelos por todo el sufrimiento que les habían causado.

—Sí, sé dónde se encuentran y cómo llegar hasta ellas. ¿Cómo estaba él?

Si mi estómago no hubiera estado ya revuelto después del viaje astral, pensar en Alex tumbado sobre el suelo frío lo hubiese conseguido. No había visto ninguna herida, pero su expresión había sido suficiente para saber que estaba sufriendo lo indecible.

—Elijah lo ha hechizado. No estoy segura de cómo, pero creo que no podía moverse ni emplear su poder. Ni siquiera sé cómo llegué hasta él.

Cuando Sebastian había empezado a recitar el hechizo, yo me había concentrado en la casa de los chicos. Había visualizado todos los detalles que recordaba, tal y como había hecho la vez anterior al viajar en busca de Cam. Sin embargo, algo había tirado de mí y me había arrastrado sin que pudiera hacer nada para evitarlo; había creído que se trataba de la barrera, impidiéndome el paso, pero luego había aparecido en aquella habitación oscura, con Alex a tan solo unos pocos pasos de mí.

—Tenemos que ir ya a por él.

Intenté incorporarme, pero me fallaron las piernas y Raven tuvo que agarrarme. Al final, optó por sostenerme en brazos para que dejara de intentar salir corriendo hacia el coche. Ojalá pudiera correr, la verdad; parecía un cervatillo recién nacido.

—Dale un poco de tiempo a tu cuerpo para que se recupere —dijo, y tuve que aceptar a regañadientes.

Pero mi indisposición no le restaba urgencia a la situación; ya no solo se trataba de Alex.

—Elijah se ha llevado a toda la gente de Dickinson y los tiene como rehenes. Alex cree que para obligarlo a abrir una puerta.

—Son solo humanos —señaló Jameson, y en esa ocasión fui yo quien deseé darle una colleja—. ¿Qué? ¡No me miréis así! No lo decía porque no me importen, pero es raro que ese tipejo crea que a Alex sí.

Sebastian estuvo de acuerdo.

—Jamie tiene razón. Alexander ha crecido aislado y Elijah no lo conoce, no tendría por qué pensar que va a ceder a sus deseos por mucho que amenace a todo un pueblo.

—Sé que suena mal, pero… se le habrán acabado los brujos que colgar —intervino Dith con una mueca de disculpa.

No iba muy desencaminada. Abbot estaba vacío y Ravenswood había sido evacuado después del incidente en el auditorio. Elijah ya había colgado a todos los brujos de Dickinson como advertencia, y también a parte del consejo oscuro. Que supiésemos, solo quedaban vivos Tobbias Ravenswood y Roger Eastey, ya que los cuerpos que habían aparecido en el muro de la academia Bradbury correspondían a Johanna Carrier, William Redd y Lydia Nurse. Sin embargo, tampoco Jameson se equivocaba. Era mucho suponer por parte de Elijah que Alex se quebraría si empleaba humanos como moneda de cambio, dado que abrir la puerta del infierno al final terminaría igualmente con ellos. Dickinson era la única población cercana, y no creía que los demonios fueran a pasarlos por alto. Arrasarían el pueblo en cuanto se les diera la oportunidad.

—Sacrificios —dijo entonces Dith—. Sangre con la que alimentar su poder. Puede que no contenga magia, pero sigue siendo sangre al fin y al cabo. Y una masacre de ese calibre siempre deja mucha energía disponible en el lugar en el que se produce.

Si esa era la intención de Elijah, no tendría que mantenerlos con vida para chantajear a Alex. Rav debió de pensar lo mismo, porque estrechó mi cuerpo contra su pecho y echó a andar hacia el coche.

Todos lo siguieron.

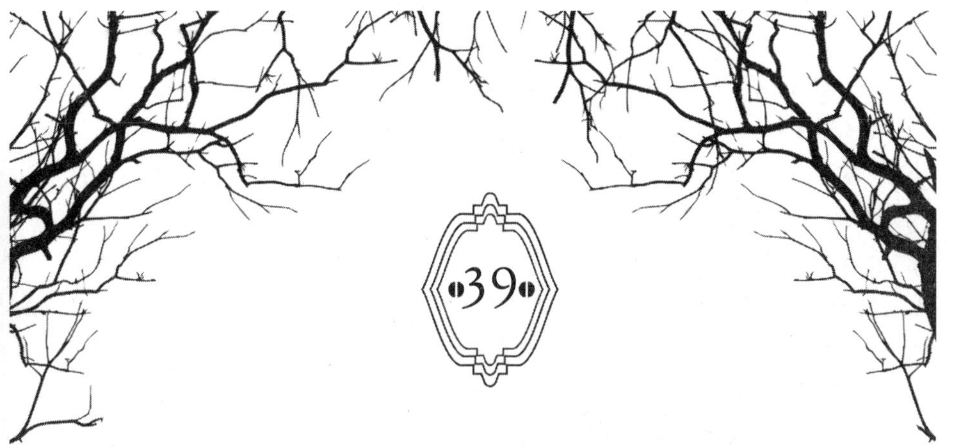

Wood detuvo el coche a la entrada del pueblo, junto a los demás. La mayor parte de mis náuseas habían desaparecido durante el breve trayecto y mis músculos también parecían funcionar con normalidad. Todo lo que me quedaba del viaje astral era un leve sabor a ácido sobre la lengua y una cada vez más angustiosa presión en el pecho. Me obligué a ignorar dicha sensación cuando me di cuenta de que Dickinson no estaba desierto, y no se debía solo a que el resto de los coches de nuestra comitiva ya se encontrase allí.

—¿De dónde ha salido tanta gente? —La cuestión fue formulada por Sebastian, pero creo que todos nos estábamos preguntando lo mismo.

Aunque reconocí algunas de las caras de los que habían venido con nosotros, había otras que no recordaba haber visto nunca en Bradbury. Al principio creí que Alexander había estado equivocado y Elijah no había tomado rehenes, hasta que me di cuenta de algo más.

—Son brujos —murmuré, mientras contemplaba la escena a través de la ventanilla.

Podía sentir la acumulación de poder. Todos los presentes eran brujos y brujas. Distinguí a lo lejos al grupo de Robert. Estaban hablando con Winthrop, los Ibis que habían viajado con ella y otros cuatro más; los seis vestían el uniforme habitual, aunque habían prescindido de las aparatosas capas.

—¿Los conoces? —le pregunté a Sebastian, señalando al grupo.

—Sí, dos de ellos solían estar asignados a la custodia de Putnam. Los otros dos son más soldados que guardias, pero coincidí con uno durante mi formación. A los escoltas de Winthrop los conocí brevemente cuando ella estuvo en la academia.

Robert miró en dirección a nuestro coche. Al percatarse de que habíamos llegado, dijo algo al resto y echó a correr hacia nosotros. Jameson y Sebastian fueron los primeros en bajar del vehículo, mientras que Wood seguía observando todo alrededor y Raven se mantuvo inmóvil a mi lado.

Dith se dio la vuelta en el asiento.

—¿Estás mejor?

—Sí, perfecta. ¿Crees que han venido para enfrentarse a Elijah?

Fue Raven quien contestó:

—Han venido porque esto es más importante que lo que ocurrió en Salem. Por fin.

Recé para que fuera cierto, y también para que cerrar de una vez la herida que se había abierto durante los juicios no requiriera de un nuevo derramamiento de sangre.

—¿Podéis darnos un minuto a solas? —dije, dirigiéndome a los gemelos. Estaba ansiosa por ir en busca de Alexander, pero necesitaba hablar con Dith.

La pregunta me valió una mirada larga y suspicaz por parte de Wood, mientras que Raven reaccionó con cierta resignación. Aun así, ninguno de los dos se opuso, lo cual fue una suerte porque estaba dispuesta a lanzarlos del coche si se les ocurría protestar.

Dith apoyó los antebrazos en el respaldo de su asiento y la barbilla sobre ellos. Su aire inocente me hubiese engañado si no fuera porque la conocía demasiado bien y también porque, pese a su expresión despreocupada, sus ojos contaban una historia muy diferente.

—Tienes que decirme lo que sabes —solté, en cuanto los hermanos se alejaron un poco del vehículo.

Hubo una chispa de amargura en su mirada que me confirmó lo que ya sospechaba: ella lo sabía. Fuera lo que fuese, tanto los gemelos como Meredith estaban al tanto.

—No me mientas —insistí—, y no se te ocurra decirme que no sabes de lo que hablo. Wood me dijo lo de Sarah y mi madre, pero sé que no se trata de eso.

El silencio cayó sobre nosotras, ya no cálido, reconfortante ni cómodo, y durante un momento me pregunté a mí misma si de verdad quería saber lo que me ocultaban. Una parte cobarde de mí quiso decirle que olvidara mi pregunta, cerrar los ojos y fingir que todo saldría bien. Sin embargo, ya había aprendido que eso nunca funcionaba y que las cosas podían torcerse en cualquier momento. Quería pensar que ya no era la ilusa muchacha que había abandonado Abbot en un arranque de locura, incluso si en algunos momentos anhelaba seguir siendo esa chica.

—Una vez, cuando aún era la familiar de tu abuela, ella me preguntó a qué Good elegiría proteger si pudiera hacerlo. Le contesté que, sin dudar, te elegiría a ti. Florence se rio, dijo que eras impetuosa y un poco salvaje y que me iría mucho mejor con Chloe, mucho más tranquila y sumisa. —No tenía ni idea de por qué Dith mencionaba ahora a la abuela, pero, como siempre ocurría, me encogí al escuchar el nombre de mi hermana. Era verdad que yo había sido la oveja negra de las dos. Chloe había sido de carácter fácil incluso cuando era un bebé; dormía y comía bien, y apenas lloraba—. El caso es que yo sentí afinidad por ti desde esa primera vez que acompañé a Florence a conocerte, pocos días después de tu nacimiento. Sé que los familiares nunca eligen a sus protegidos, pero sigo creyendo que respondí de forma acertada. Incluso ahora, después de todo lo que ha pasado, te elegiría de nuevo. Volvería a morir por ti y volveríamos a estar aquí, en este coche.

—Dith...

—No, espera. Lo que quiero decir es que no importa lo que pase hoy, cualquiera que sea la magia que asigna un familiar a un determinado miembro de su linaje, tú eres mi elección. —Hizo una pausa, y supongo que se dio cuenta de que continuaría haciéndole preguntas, porque juro que pude ver cómo la última línea de sus defensas caía—: Raven no puede ver ninguna de mis conexiones con otra persona porque mi resurrección es... temporal.

—¿De qué estás hablando? ¿Qué quieres decir con temporal? —Sabía lo que significaba esa palabra, pero mi mente se negaba a aceptar lo que estaba insinuando—. No, otra vez no. Por favor, Dith. No puede ser.

Se me cerró la garganta, pero seguí negando con la cabeza mientras Meredith se movía entre las dos filas de asientos para llegar hasta mí. Me abrazó como lo había hecho tras su vuelta, demasiado fuerte, con desesperación, a pesar de que a mí me llevó un buen rato conseguir que mi cuerpo respondiese y poder devolverle el abrazo.

—Shh... No pasa nada —susurró, acunándome—. Tienes a Rav y tendrás también a Alexander. Vamos a rescatarlo. Y todavía estoy aquí.

Oh, Dios, dolía. Cómo dolía. La última vez me había llevado varios días lograr funcionar siquiera como una persona. Haber pasado ya por ello no lo haría menos doloroso.

—No puedo perderte otra vez —dije, luchando para contener los sollozos—. No, no es justo...

—He vivido muchos años, Danielle. Encontré el amor al principio de ellos y ha sido un amor hermoso e increíble, del tipo que pocas personas logran hallar. Luego te encontré a ti, y también te amé. He sido afortunada a pesar de haber pasado casi toda mi existencia estando maldita. Y he disfrutado de esta nueva oportunidad para estar con vosotros a pesar de que lo único que pretendía Elijah era hacernos más daño. Mi tiempo pasó...

—No digas eso. No tiene que ser así.

—Voy a ayudarte a rescatar a Alexander y vamos a terminar con Elijah, y cuando llegue el momento esta vez me iré del todo. Y tú seguirás adelante y tendrás tu oportunidad para vivir una vida larga y tan plena como ha sido la mía, Danielle.

Sentí el pecho abierto en canal, el corazón expuesto y roto. Oía lo que me decía, pero no estaba segura de estar escuchándola. O de desear hacerlo. Me aferré a ella y aspiré su aroma a pesar de que el característico olor a libro antiguo que era la seña de identidad de su magia estaba ausente.

—Prométeme que lo harás, que seguirás adelante y serás feliz, y prométeme también que dejarás de meterte en tantos líos —trató de bromear, pero su voz sonaba ronca y cansada.

—No podré...

—Podrás, y ¿sabes por qué lo sé? Porque yo te elegí, Danielle, y yo nunca me equivoco.

Cuando por fin logré recuperar parte de la compostura y nos unimos a los demás, todos se percataron de que algo había sucedido entre nosotras. Hubo un intercambio significativo de miradas entre Dith y Wood. Y hasta ese momento ni siquiera me había parado a pensar en lo que podía estar sintiendo él después de haberla recuperado y saber que volvería a perderla. ¿Cómo podía ser el destino tan cruel como para torturarlos de esa forma? ¿No habían pasado ya por suficiente?

Odiaba a Elijah por lo que había hecho y al mismo tiempo me sentía agradecida por tener algo más de tiempo con Dith, pese a que era una agonía saber que en cualquier momento se desvanecería y ya no volvería a verla jamás. Ese pensamiento amenazó con hacer que me derrumbase de nuevo, así que me obligué a apartarlo de mi mente, no solo porque estábamos a punto de asaltar Ravenswood y no podía permitírmelo, sino porque no quería que Dith tuviera que preocuparse por mí.

A pesar de la presencia de la consejera Winthrop, fue Sebastian quien tomó la palabra y comenzó a desgranar la estrategia a seguir. Dado que nuestro grupo se había vuelto de repente mucho más numeroso, era inútil plantearnos acercarnos a Ravenswood de forma sigilosa. Podíamos intentar enmascarar nuestra presencia con algunos hechizos; pero, teniendo en cuenta lo cerca que estaba Dickinson, quizás Elijah ya sabía que estábamos allí.

Tal y como había dicho Alexander, las casas y negocios del pueblo estaban vacíos, así que nuestra prioridad, una vez que consiguiésemos deshacer la barrera de protección del campus, era sacar a Alexander del sótano y buscar a los humanos. Y aunque creo que todos éramos conscientes de que había muchas posibilidades de que Elijah ya los hubiese sacrificado, ninguno dijo nada al respecto.

La idea era dividirnos. Nuestro grupo, más pequeño, iría directo a por Alexander, y luego nos reuniríamos con los demás. El grueso de los brujos tendría que contener a Elijah, y posiblemente a los demonios que este convocase, hasta que llegásemos a ellos. Me di cuenta de que Sebastian no mencionó el ritual de unión. O bien no confiaba del todo en sus antiguos compañeros, o bien solo estaba extremando la precaución para evitar que, de algún modo, llegara a oídos de Elijah y este tratara de frustrar nuestros planes. Me maravilló que los que desconocían ese detalle, y por tanto no sabían que Alexander y yo uniríamos nuestros poderes, no cuestionaran si seríamos capaces de derrotar al nigromante. Su confianza resultaba abrumadora, la verdad, teniendo en cuenta lo que había sucedido la última vez.

«No, no es igual que la última vez», me recordé, y pensé también en lo que me había dicho Cam: no teníamos que hacer aquello solos. Ya no. No había duda de que, si Elijah lograba abrir las puertas del infierno, poco importarían los bandos, las academias o los linajes, pero lo que realmente marcaba una diferencia allí era que todos aquellos brujos hubieran decidido trabajar hombro con hombro para vencerlo.

Después de que todos fueran informados de dónde debían situarse una vez que llegásemos a nuestro destino y cómo proceder, no perdimos más tiempo en el pueblo. El cielo se fue tornando de un tono cada vez más grisáceo conforme nos acercábamos a Ravenswood. Gruesas nubes oscuras se arremolinaban sobre los terrenos de la academia y el aire se volvía más pesado y caliente con cada kilómetro que recorríamos. Parecía que fuera a desatarse una tormenta en cualquier momento, pero no era humedad lo que saturaba el ambiente. El agua era mi elemento y lo habría percibido. Se trataba de algo muy diferente; algo malicioso y retorcido.

No estaba segura de si los demás también lo notaban, aunque supuse que, en un nivel profundo, todos sentían que algo malo pasaba allí.

Los brujos ahorcados que colgaban de la fachada, desde luego, eran una prueba fehaciente de ello, pero creo que yo lo habría sabido de todas formas a pesar de que no hubiesen estado allí. La magia rugía de tal modo en mis venas que tuve que hacer un esfuerzo para contenerla bajo la piel y no ponerme a brillar como un maldito árbol de Navidad.

Nuestro improvisado ejército se fue posicionando a lo largo del camino que separaba las academias de la luz y de la oscuridad. Ese camino parecía ahora una torpe metáfora de lo que habían sido tres siglos de división, y los edificios, oscuros y vacíos de alumnos, el recuerdo de algo que nunca tendría que haber sido.

Una fila de brujos se extendía a lo largo de todo el frente de la mansión y más allá de este; cada uno con distinto nivel de habilidad y elemento propio, pero todos dispuestos a arriesgar su vida para pelear contra la oscuridad más aterradora, una que poco tenía que ver con la de los brujos oscuros. Mi grupo de amigos —mi familia— y yo nos colocamos frente a la hermosa puerta labrada que daba acceso al edificio, listos para acceder a él en cuanto la barrera cayese.

—Ahora —gritó Wood, y su voz retumbó a través del silencio sombrío.

Nos movimos como una sola entidad. Las manos se alzaron, el murmullo de la magia brotó de cada garganta convertido en hechizo y el aire crepitó, cargado del poder de tantos y tantos brujos.

«Ya casi estoy contigo, Alex. Resiste un poco más».

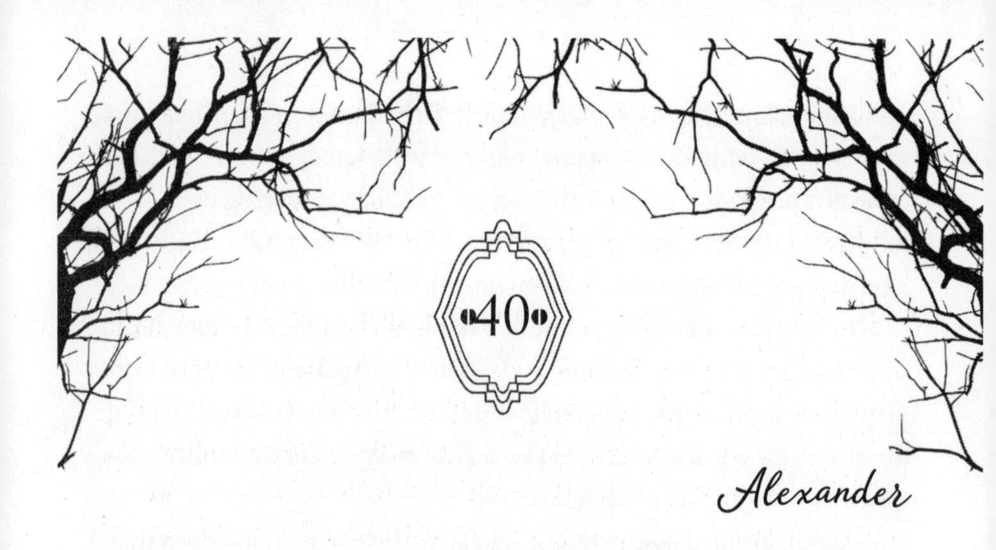

40

Alexander

Venía alguien. Podía escuchar el eco de sus pasos conforme se acercaba. Yo seguía tumbado en el suelo y no tenía ni idea de cuánto tiempo había pasado desde que Danielle se había desvanecido en el aire; bien podía ser un minuto como una hora, estaba demasiado aturdido por el dolor y por la total oscuridad que me rodeaba para saberlo. No había vuelto a invocar mi poder. No quería desgastarme en una pelea que tal vez no podía ganar, así que preferí esperar a que ella o alguno de los otros consiguiera encontrarme. ¿Serían ellos o finalmente Elijah había decidido venir a por mí?

La puerta se abrió y tuve que entrecerrar los ojos ante el resplandor repentino, por lo que tardé aún unos pocos segundos más en descubrir que la silueta bajo el umbral no pertenecía a ninguno de mis amigos y tampoco a Elijah, sino a Tobbias Ravenswood. Mi padre avanzó unos pocos pasos y la punta de sus zapatos me rozó el brazo. Cuando sus ojos cayeron hasta mí, ni siquiera se molestó en ocultar su desprecio.

—Mírate, Luke. Lo has estropeado todo.

Chasqueó la lengua, irritado, y yo deseé ser capaz de levantarme y arrancársela de entre los dientes. Nunca había creído que se pudiera odiar tanto a una persona. Nunca hasta ese preciso momento.

—Vete a la mierda.

No me sorprendía que se hubiese alineado con los deseos de nuestro antepasado. O no del todo. Lo cierto era que Tobbias Ravenswood no solía tomar nunca una decisión que no se basara en sus propios intereses; sin embargo, era un verdadero imbécil si creía que esta vez iba a sacar tajada.

—Eres un necio. Podrías haberlo tenido todo; en cambio, has elegido asociarte con el linaje miserable de esa niñita tonta y...

—Yo que tú, escogería con mucho cuidado las palabras que empleas al hablar de Danielle, porque te aseguro que en algún momento voy a poder moverme, y no va a gustarte lo que te haga.

En contra de mi sentido común, permití que mi poder despertara y lo empujé hacia mis manos. La oscuridad respondió extendiéndose por mis venas, aunque eso trajo consigo de vuelta la sensación de estar siendo apuñalado una y otra vez por todas partes. Pero ver a mi padre palidecer al contemplar el avance de mi poder valió cada gramo de dolor. Mi promesa no era vana. Estaba seguro de que Wood me perdonaría si le arrebataba el placer de castigar a Tobbias por lo que le había hecho a Dith; además, tenía mis propias cuentas pendientes con él.

Se rehízo muy rápido, aunque solo porque se dio cuenta de que no podía moverme.

—Puedes odiarme todo lo que quieras, pero sigo siendo tu padre y tú sigues siendo un Ravenswood.

«No por mucho tiempo», pensé, pero me guardé ese detalle para mí mismo.

—Aborrezco tu apellido, y las únicas personas que se han comportado como un padre para mí son Raven y Wood. Ellos son lo único bueno que Ravenswood me ha dado.

—Sigues teniendo un legado. Acepta las condiciones de Elijah y...

Solté una carcajada.

—¿De verdad crees que va a compartir su reinado de terror contigo? Ni siquiera estoy seguro de que, si consigue abrir una puerta al infierno, sea capaz de controlar todo lo que salga por ella. Va a arrasar este mundo, *padre*. Lo reducirá a cenizas y oscuridad. ¿Qué piensas hacer entonces? ¿A quién manipularás? ¿Qué valor tendrá tu poder y las riquezas que tanto te gusta acumular?

Mantuvo el gesto despectivo mientras se inclinaba sobre mí.

—Él no puede abrir la puerta sin ti, Luke. A pesar de tener la marca, sigue necesitando tu poder —dijo entonces, y fue un alivio saber que habíamos estado en lo cierto—. Pero te dará lo que desees. Cualquier cosa.

—Ya tengo todo lo que quiero. —Una familia, un hogar y la libertad de vivir mi vida con ellos, eso era lo único que de verdad deseaba—. No voy a hacer una mierda por él.

Mi padre no solía sonreír. Cuando lo hacía, todo lo que conseguía era añadirle crueldad a su rostro, aunque estaba seguro de que eso le encantaba. Y así fue su sonrisa: cruel y mezquina.

—¿Sabes? Cuando naciste y descubrimos que tenías la marca, sentí envidia de ti. Podría haber sido yo quien obtuviera todo ese poder.

—Estás enfermo.

La sonrisa se mantuvo a pesar de mi insulto, y tuve un mal presentimiento.

—No importa cuánto te resistas, es solo cuestión de tiempo.

Sabía que estaba jugado conmigo, tentándome para que preguntase, pero no me quedó más remedio que caer en la trampa.

—¿Qué quieres decir?

—Que vas a caer, Luke. Yo quería esperar a la noche de tu vigésimo primer cumpleaños. ¿Sabes que es esa noche cuando la marca desata toda su influencia sobre su portador? ¿Qué crees que te hará? Apenas si consigues manejarte ahora —se burló, e incluso se atrevió a arrodillarse junto a mi cabeza para poder hacerlo en mi propia cara. La rabia que sentí fue tal que la sangre se me calentó en las venas junto con mi propia magia—. Pero Elijah no parece dispuesto a esperar, así que haremos esto a su manera.

Se metió la mano en el bolsillo y, cuando la sacó, había un cordel rojo entre sus dedos. No, no había sido rojo originalmente, me di cuenta al ver un rastro del mismo color manchándole la piel. Más bien parecía impregnado en sangre. Los brujos hechizados en el auditorio habían llevado uno igual.

—No servirá conmigo —dije, aunque no estaba tan convencido como quise dar a entender.

¿Era mi voluntad lo suficientemente fuerte para resistirse a un hechizo imbuido con el poder de la sangre de Elijah? La sangre de tres linajes, incluido el mío.

—Yo creo que sí lo hará, y creo que toda tu oscuridad va a apoderarse por fin de ti. Tomará el control, Luke. Una oscuridad como nunca se ha visto...

—¿Qué has dicho?

—Te convertirás en una oscuridad como nunca se ha visto antes en este mundo.

¿Qué demonios? Esas mismas palabras habían formado parte de la profecía, pero esta ya se había cumplido. Elijah era la oscuridad que arrasaría este mundo. Lo era. Tenía que serlo.

—Pero la profecía...

—¿Qué pasa? —dijo, aunque yo sabía que no esperaba una respuesta por mi parte, tan solo estaba recreándose con mi sufrimiento—. ¿Esa bruja loca no te lo dijo? Elijah nunca ha estado destinado a reinar sobre las cenizas que has mencionado. Eres tú, Luke. La profecía siempre ha hablado de ti. Tú eres el mal.

Satisfecho con el pánico que había despertado su afirmación, me agarró las manos y las rodeó con el cordón. Y finalmente... finalmente llegó la oscuridad.

Danielle

La barrera cayó. Aunque nos había llevado tiempo y un esfuerzo considerable abrir el primer hueco en ella, una vez que lo conseguimos el hechizo comenzó a desmoronarse con mucha mayor rapidez. Para entonces, Raven ya se había transformado otra vez y se encontraba a mi lado en su forma animal.

Estaba a punto de lanzarme a través de la puerta cuando Wood me agarró del brazo.

—Déjame ir delante.

No me dio opción a replicar. Empezó a avanzar y nuestro grupo se movió para ir tras él; los demás rodearían la mansión por el exterior y se desplegarían por todo el campus a la búsqueda de los vecinos de Dickinson.

La piel de la nuca se me erizó en cuanto puse un pie en el vestíbulo. Apenas había iluminados un par de los apliques dispuestos a lo largo de las paredes, por lo que las sombras se acumulaban en todos y cada uno de los rincones. El retrato de los gemelos y sus padres, que presidía la estancia, no mejoraba en nada la atmósfera decadente y asfixiante.

«Alguien debería prenderle fuego a ese puto cuadro».

Por un momento, creí que había sido dicho pensamiento el que había invocado las llamas que surgieron del centro del retrato y comenzaron a devorarlo, pero enseguida descubrí que Raven se había quedado mirándolo fijamente; poco después, el fuego se extinguió y lo único que quedaba del cuadro de la familia fundadora era el marco.

Enseguida siguió adelante y los demás no hicimos ningún comentario. Por lo que a mí respecta, esperaba que los padres de los gemelos estuvieran ardiendo en las llamas del mismísimo infierno por toda la eternidad.

Según las explicaciones previas de Raven, en el pasado había habido dos formas de bajar al sótano de la mansión: la primera, a través de un panel oculto tras una de las estanterías de la biblioteca, y la segunda, por un sistema de pasadizos que descendía directamente desde las plantas superiores. Esta última, al parecer, era la que usaban de forma habitual Martha y Robert cuando llevaban allí a Raven —y en menos ocasiones también a Wood—, pero implicaba tener que subir al menos hasta el primer piso para luego bajar dos. Emplearíamos la de la biblioteca, así evitaríamos en gran medida tener que vagar por media academia.

Dith se situó a mi lado mientras nos dirigíamos hacia allí, y el simple roce de su brazo contra el mío calmó un poco la angustia que burbujeaba en mi pecho. Le ofrecí una sonrisa y, aunque fue algo débil, ella me la devolvió. Su mano buscó la mía.

—Este sitio da muy mal rollo —susurró Jameson, sin dejar de mirar en todas direcciones y con su familiar encaramado sobre los hombros.

No pude más que darle la razón, aunque la primera vez que había caminado por aquellos pasillos Ravenswood me había parecido mucho más acogedora que Abbot. Lo había hecho acompañada de quien yo creía que era Maggie Bradbury, y aún no sabía si de verdad había estado conmigo o ya se había tratado de Mercy fingiendo para ganarse mi confianza, pero quise pensar que había llegado a conocer a la prima de Robert aunque fuese brevemente.

Ahora, después de todo lo que había vivido en aquel lugar, no me importaría en absoluto si Rav o cualquiera de los otros también le prendían fuego a las dos escuelas cuando consiguiésemos acabar con Elijah. Terminar de derribar tanto esa academia como la de la luz sería el mejor comienzo de una nueva era para todo el mundo mágico.

—¿Puedes sentir si hay otros brujos aquí dentro? —me preguntó Dith.

En realidad, percibía un montón de magia por todos lados. La huella de la barrera continuaba flotando en el ambiente junto con todo el poder que habíamos empleado para derribarla, sumado al propio poder de los brujos que habíamos traído con nosotros y... lo que fuera que Alexander había dejado tras de sí al derrumbar el auditorio. El resultado era un conglomerado de energía que bullía a diferentes niveles de intensidad y de distintas formas y que anulaba casi por completo mi capacidad para detectar otros brujos en los alrededores.

—Todo el maldito lugar está impregnado de magia. Ni siquiera estoy segura de que pudiera sentir a Alex aunque no estuviera hechizado.

—No te preocupes, vamos a encontrarlo.

La entrada a la biblioteca se hallaba ya al fondo del pasillo por el que caminábamos cuando Wood se detuvo de golpe. Se dobló por la mitad y exhaló de forma brusca todo el aire de los pulmones. Dith fue la primera en reaccionar y acudir junto a él, y tuvo que agarrarlo de uno de los brazos para evitar que cayera de rodillas al suelo.

—¿Wood? ¿Qué pasa? —lo interrogó, cada vez más alarmada—. ¿Qué es?

La ayudé a mantenerlo en pie mientras él luchaba por recuperar el aliento para poder contestar. Estaba muy pálido, pero no advertí ninguna herida ni nada extraño a primera vista.

—No... no soy yo. Algo... algo malo le pasa... a Alexander.

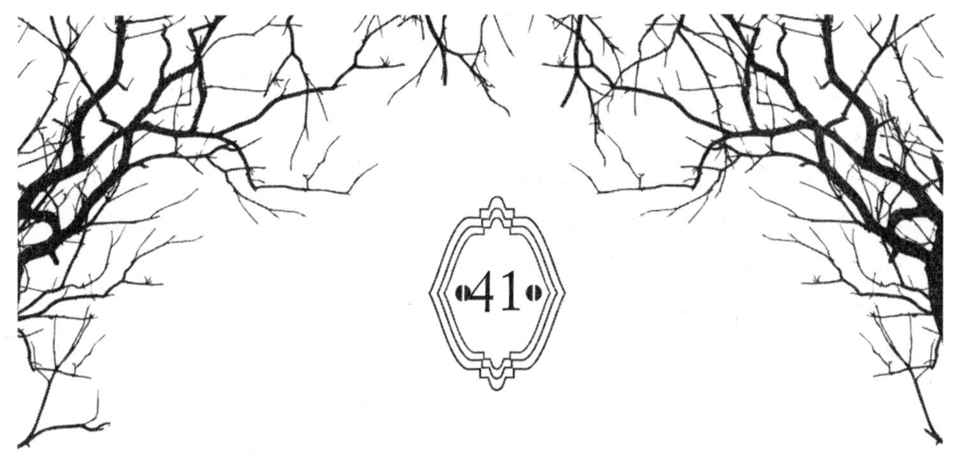

41

—Cuidad de él —grité al aire, mientras echaba a correr hacia la biblioteca.

Raven me alcanzó cuando ya estaba abriendo la puerta y se coló conmigo dentro. El ambiente era incluso más sombrío allí que en el exterior, pero mi poder reaccionó por sí solo y me iluminó la piel; con ello, también lo hizo la hilera de estanterías que se alzaban frente a nosotros.

Enseguida me di cuenta de que no tenía ni idea de adónde dirigirme.

—Tienes que guiarme, Rav. Llévame al sótano.

No tuve que pedírselo dos veces. Se lanzó a la carrera por uno de los estrechos pasillos y yo fui tras él. Cuando salimos del otro lado y alcanzamos una zona repleta de mesas de estudio, el sonido de otro grupo de pisadas llegó a mi oídos. Recé para que se tratase de uno de nuestros amigos, porque no tenía tiempo de pararme a investigar si era así. Necesitaba llegar hasta Alexander cuanto antes. Si algo malo le pasaba, sería yo la que terminaría de demoler aquella condenada academia.

Rav rodeó las mesas hasta alcanzar la pared del fondo, también cubierta de estanterías del suelo al techo. Un segundo después, era de nuevo el Raven en forma humana el que estaba conmigo; el cambio fue tan repentino que no duró más allá de un parpadeo. Empezó a sacar los libros de los estantes con una furia que poco tenía que ver con su actitud habitual.

—Está aquí detrás —dijo, pero yo ya me había puesto manos a la obra también.

Cam llegó resoplando un instante después.

—¿Wood está bien?

—Necesita un minuto. —Fue todo lo que dijo.

No pude evitar pensar en el dolor que había sentido cuando se había roto mi conexión con Dith. El dolor había sido real y desgarrador; no solo algo emocional, sino también físico. Pero eso no podía ser lo que le había pasado a Wood, para ello Alexander tendría que haber... Dios, ni siquiera me atrevía a pensar en ello.

No, Wood lo habría sabido; no podía tratarse de eso.

—Apartaos —dijo Cam en cuanto se percató de lo que estábamos haciendo.

Le di un golpecito a Raven en el hombro para llamar su atención y pedirle que retrocediera. Cam dirigió las palmas de las manos hacia la estantería y lanzó un golpe de aire. Los libros salieron volando en todas direcciones. Ni siquiera se me había ocurrido hacerlo yo misma. Solo había empleado el elemento aire una vez y había sido sin querer, pero no podía ser muy diferente a usar el agua.

Raven se precipitó de nuevo sobre la estantería y tanteó de forma frenética el fondo. Se escucharon una serie de chasquidos y el mueble se deslizó ligeramente hacia delante. Cam y yo nos estábamos acercando para ayudar a Raven a apartarlo del todo cuando un golpe de poder lo empujó desde el otro lado con tanta violencia que nos lanzó a los tres por los aires.

Mi cadera fue a dar contra la pata de una mesa y sentí que algo me arañaba la mejilla. El golpe me dejó tan desorientada que durante un momento no fui capaz de moverme ni comprender qué demonios había sucedido. Mascullé «maldición» mientras intentaba sentarme. Los libros se mezclaban ahora en el suelo con un montón de trozos y astillas de madera. La falsa estantería había desaparecido y por el hueco que había dejado se colaba ahora una cascada de oscuridad.

—¿Qué mierd...? —La protesta de Cam murió en sus labios cuando miró hacia el agujero en la pared.

Al menos él parecía estar bien, salvo por algunos rasguños en la cara y los brazos. Busqué a Raven con la mirada. El pánico me arañó el estómago cuando lo descubrí tirado boca abajo. Ignoré mi dolorida cadera y me obligué a arrastrarme hasta él. Gracias a Dios, empezó a moverse enseguida. Abrió los ojos cuando ya casi había llegado a su lado.

—¿Estás bien?

—No estoy seguro.

Hizo una mueca de dolor al rodar para ponerse boca arriba. Joder, tenía un trozo de madera incrustado en el hombro.

—Sácalo —me dijo, pero luego debió pensárselo mejor, porque él mismo le dio un tirón y se lo arrancó de la carne.

Presioné con la mano de inmediato para evitar que perdiera más sangre y empecé a recitar un hechizo de curación. Imbuí también una pequeña dosis de mi luz en la zona; Rav, como familiar que era, no podía morir por una causa física, pero eso no implicaba que no sufriera y que yo no sintiera verdadero terror al verlo herido.

Cam llegó hasta nosotros y aferró su barbilla para que lo mirase.

—Por Dios, Rav. ¿Es que no podías esperar un momento? —le recriminó Cam. Luego, se inclinó sobre él y le dio un beso en la sien como si quisiera compensar la brusquedad con la que le había hablado—. Al menos quédate quieto mientras Danielle te cura.

—Esa es la niebla de Alex —dijo Rav, aunque obedeció y permaneció inmóvil.

Miré por encima de mi hombro. Eso era exactamente lo que había pensado al verla brotando del pasadizo. Era muy similar a la que había emanado de Alexander en el auditorio y la que había reventado el portón de la academia Bradbury, solo que esta parecía incluso más espesa. Avanzaba por el suelo como una marea lenta y sinuosa, y el hueco en la pared no era más que un agujero negro que se tragaba la escasa luz de la estancia.

Cam siguió el rumbo de mi mirada.

—Deberíamos retroceder.

Retiré mis manos del hombro de Raven y suspiré aliviada al descubrir que no quedaba más que un borde rosado donde la carne se había unido de nuevo. Cam lo ayudó a sentarse.

—No creo que la niebla nos haga daño. —Me llevé los dedos a la mejilla y solté un siseo de dolor. Cam me apartó la mano y colocó la suya contra mi piel. El cosquilleo posterior me indicó que me estaba curando—. Gracias.

—Nos lo hará si sigue volando cosas a su paso.

En eso llevaba razón, pero la cuestión era que si aquella niebla estaba ascendiendo desde el sótano tenía que deberse a que Alex estaba ahí abajo y algo muy malo estaba ocurriendo.

—Quedaos aquí. Bajaré yo.

—Ni de broma vas a ir tú sola —dijo Cam—. Vamos los tres o ninguno. Oh, mierda, ¿eso es normal?

La niebla estaba enroscándose y ascendiendo por el aire en distintos puntos, para luego escindirse en jirones y empezar a tomar forma. Al principio solo eran pequeñas nubes oscuras, pero luego se estiraron, les brotaron patas y alas y les salió un pico. Cuervos; se trataba de un montón de cuervos. Los animales aletearon y algunos fueron a encaramarse en la parte alta de las estanterías, mientras que otros se posaron en las mesas o en los respaldos de las sillas.

—Si vamos a bajar, deberíamos hacerlo ya, antes de que les dé por atacarnos —murmuró Cam.

Asentí para mostrar mi acuerdo, y él le tendió la mano a Raven y lo ayudó a ponerse en pie. Nos movimos los tres muy despacio a pesar de que en realidad no teníamos ni idea de si aquellas criaturas se asustarían o podían siquiera llegar a hacernos daño. Nunca había visto nada igual.

—¿Qué crees que está pasando ahí abajo? —le pregunté a Rav.

—No lo sé. No sé nada de esto.

Hasta donde mi vista podía alcanzar, todo el suelo de la biblioteca estaba ahora cubierto de niebla y al menos dos docenas de cuervos nos observaban —si es que contaban con esa capacidad— desde sus puestos de vigía improvisados.

Encaramos el hueco de la pared sin que los animales atacasen. Tiré un poco más de mi magia para iluminar el camino, aunque al final tuve que optar por lanzar una esfera brillante sobre nuestras cabezas. No quería malgastar mi poder, pero las sombras eran tan densas allí dentro que, o bien conseguíamos algo más de luz, o nos partiríamos la crisma bajando por la escalera. Si toda aquella oscuridad procedía de Alexander, tenía que haberse transformado por completo, y eso quería decir que, o bien había perdido el control, o estaba enfrentándose a alguien muy poderoso, Elijah tal vez.

No pude decidir cuál de las dos opciones resultaba más aterradora.

Descendimos uno detrás de otro, girando y girando. Rav situó una de sus manos sobre mi hombro y Cam hizo lo mismo con él. Los muros de piedra y la acentuada estrechez de la escalera resultaban claustrofóbicos, y tener que ir tanteando casi a ciegas en la oscuridad no mejoraba la sensación. Cuando parecía que nunca acabaríamos de bajar, alcanzamos un descansillo que se abría a un corredor. Por suerte, la niebla estaba empezando a retroceder y apenas se alzaba un palmo del suelo.

—Sigue por el pasillo —murmuró Rav.

El eco de su voz hizo eco a lo largo de las paredes y, un instante después, un gruñido bajo reverberó en respuesta. Los tres nos quedamos paralizados. Había alguien o algo más allí abajo con nosotros. Cam se llevó las manos a la espalda y sacó un par de dagas gemelas de la cinturilla del pantalón, mientras que yo empujé más de mi poder hasta mis manos. Sin embargo, las sombras del pasillo no se movieron ni nos salieron al paso.

Decidí continuar avanzando. La luz se fue extendiendo conforme me movía, iluminando algunas puertas a los lados, todas cerradas. Durante un momento pensé que nos habíamos imaginado el sonido. Estaba a punto de acelerar el paso cuando mi poder se derramó sobre un muro de sombra al fondo del pasillo. Uno de mis dos acompañantes tomó aire de forma brusca y supe que también acababa de verlo.

Había un demonio frente a nosotros, y no uno de los bajitos y rechonchos que habían atacado Abbot en primer lugar, ni tampoco uno de los larguiruchos que brotaban del suelo. Era una mole de dos metros, de piel cenicienta y un tajo enorme en la cara por boca; sin pelo, pero con unos cuernos cortos muy parecidos a los de Alexander. Sus ojos eran dos pozos de pura oscuridad, y los brazos le colgaban a los lados rematados en garras cortas pero muy afiladas.

—Jo... der —dijo Cam, entonando cada sílaba como una palabra en sí misma.

El demonio torció la cabeza a un lado y a otro, como si estuviera planteándose qué hacer con nosotros. No iba a esperar a que tomara una decisión al respecto. Invoqué la última imagen que tenía de Alex, tirado en el suelo, sufriendo, y dejé fluir la ira hacia mis manos hasta que se materializó en forma de cuchillos arrojadizos. Había estado practicando con ellos durante algunos de los entrenamientos. Aunque mi puntería no estaba tan afinada como hubiera deseado, resultaría complicado no atinar a aquel ser monstruoso.

Se los lancé antes de que pudiera reaccionar a la amenaza y ambos encontraron su objetivo, uno en el pecho y otro en el hombro. El ser se tambaleó hacia atrás, gruñendo, aunque tal y como esperaba eso no consiguió hacerlo desaparecer. Se rehízo casi de inmediato y soltó un rugido que bien podría haber sido una carcajada.

Bien, nada de cuchillitos entonces.

Un chasquido en el aire me hizo saber que Raven acababa de transformarse. No tenía ninguna intención de permitirle que se lanzara sobre aquella cosa, menos aún cuando el pasillo era tan estrecho que apenas si le permitiría escabullirse para evitar que arremetiera contra él.

Fui yo la que eché a correr por el pasillo a pesar de los ladridos de advertencia de Raven. Juro que aquella cosa sonrió mientras me precipitaba sobre él. Pero antes de llegar hasta donde se encontraba, yo ya había invocado una gruesa espada de luz. Doblé las rodillas y me deslicé sobre la piedra, empuñando el arma con ambas manos, y se la clavé en el estómago con todas mis fuerzas.

Un segundo después estaba bañada en sangre de demonio.

—Nunca me acostumbraré a esta mierda.

—Jo... der —repitió Cam.

Cuando lo miré, lo encontré paralizado, sosteniendo las dagas frente a sí mismo. Raven, a su lado, estaba completamente erizado. Vino corriendo hasta mí y soltó dos ladridos que sonaron a reproche, pero enseguida giró hacia la puerta que el demonio había estado custodiando. Estaba abierta. Contuve el aliento mientras me incorporaba y corrí para asomarme al interior. Aquella parecía ser la celda en la que había visto a Alex durante mi viaje astral, solo que él ya no estaba allí.

Todas las celdas estaban vacías. Mientras las revisamos, la niebla se fue disolviendo poco a poco, lo cual fue una prueba más de que Alex había ocupado una de ellas hasta no hacía mucho. Fue allí donde nos encontraron los demás. Wood continuaba pálido y su expresión era grave, pero por lo demás parecía estar bien.

—Creo que Alex ha perdido el control por completo —dijo, con la mano aún contra el pecho, como si todavía le doliese.

No repliqué. Cam fue el encargado de explicar a los demás por qué en la biblioteca parecía haber estallado una bomba. Sabiendo que no podían haberse llevado a Alex por donde habíamos venido, Raven nos guio a través de otra escalera aún más interminable que la anterior. Subimos a la primera planta y salimos a una estancia repleta de muebles cubiertos con sábanas; por el polvo que acumulaban, debían llevar un siglo o dos así.

Eché un vistazo alrededor mientras, uno a uno, mis amigos atravesaban el panel móvil de la pared. Raven, de nuevo en su forma humana, se acercó hasta la ventana. Maldijo con tanta brusquedad que no dudé en acudir junto a él. Durante unos pocos segundos no comprendí lo que estaba viendo y, cuando por fin lo hice, deseé de todo corazón no haber contemplado algo como aquello jamás.

—Mierda —murmuró Jameson, horrorizado.

Alguien contuvo una arcada y sonaron otras cuantas maldiciones.

—Los ha masacrado a todos —dijo Wood.

Tal y como Dith me había contado, allí abajo, en mitad de la explanada en la que una vez se habían realizado los rituales de despedida de las alumnas asesinadas, había ahora un árbol solitario, uno que yo ya había visto antes en el bosque, solo que su tamaño era al menos el doble de grande y sus ramas lucían cargadas de hojas de color escarlata. A su alrededor, repartidos sobre la tierra empapada de sangre, yacían varias decenas de cadáveres. La imagen era demencial.

—No, no todos —repuse, aunque me costó pronunciar las palabras—. Dickinson cuenta con varios cientos de habitantes. O bien huyeron antes de que Elijah los capturase, o tiene que haber gente viva aún aquí. —Esa certeza me arrancó del horrible trance en el que me había sumido y aparté la vista de la ventana—. Tenemos que bajar y encontrarlos, y descubrir dónde se han metido los demás. Ya deberían estar ahí detrás.

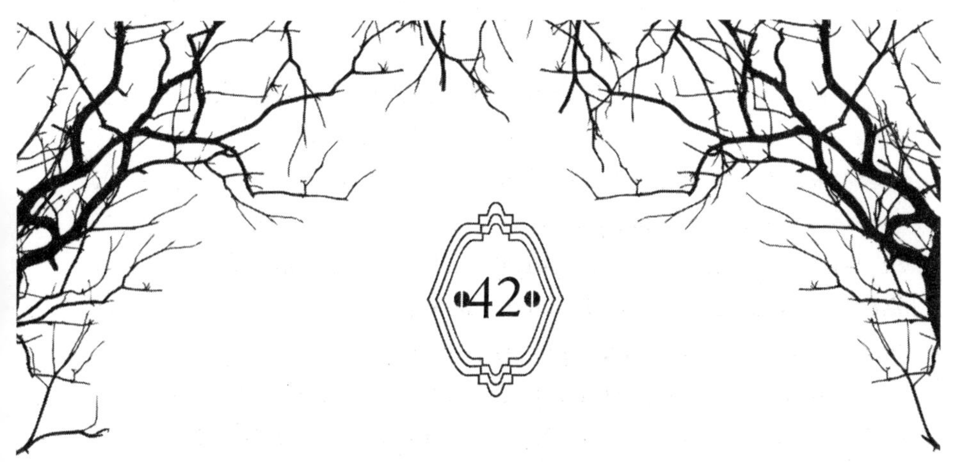

42

La oscuridad ya había llegado. Estaba en Ravenswood; se respiraba en cada rincón de la mansión y los alrededores, y el mundo había empezado a inclinarse bajo ella. Si Alexander aún no había abierto una puerta del infierno en ese lugar, no quería ni pensar en lo que sucedería si eso llegaba a ocurrir.

«Tenemos que encontrar a Alex cuanto antes y realizar el ritual», me dije, mientras volábamos escaleras abajo.

Al principio ni siquiera me percaté de que había alguien más en el vestíbulo. Fue Raven quien comenzó a gruñir una vez que alcanzamos la parte baja de la escalera. Cuatro figuras se hallaban a varios metros de nosotros, más allá del débil halo de luz de los apliques, pero supe que uno de ellos era Alexander en cuanto los descubrí allí, a pesar de que no podía distinguir su rostro con claridad. Estando tan cerca no había forma alguna de que confundiera la huella de su magia con ninguna otra, no cuando arrasó el espacio entre nosotros en cuanto puse mis ojos sobre él.

Sonaba y se sentía como Alex. Se derramaba en oleadas que brotaban desde su mismo pecho más oscuras, terribles y hermosas que nunca. O al menos así fue para mí. Todo parecía encajar en él ahora; la fuerza de su poder, el latido de su melodía, incluso el cálido reflejo púrpura de las llamas que envolvía sus hombros. Aquel era Luke Alexander Ravenswood, pero a la vez no lo era.

—Alex —lo llamé, y la voz me salió baja y titubeante. La inquietud agitó mi estómago y me provocó náuseas.

—Apártate de él —exigió Wood casi al mismo tiempo.

Al principio creí que me hablaba a mí. Solo cuando desvié la vista y vi que otra de las figuras se había adelantado, me di cuenta de que era a Tobbias Ravenswood a quien se estaba dirigiendo. Sus ojos eran del mismo tono azul que el de los gemelos, algo propio de los Ravenswood, supuse. De no ser por la heterocromía de Alexander, tal vez hubiera visto algo de él en su mirada. Pero el color hubiera sido lo único en común, porque los de Tobbias desprendían crueldad y desprecio. Además, su boca formaba una línea arrogante, a juego con el resto de su expresión. Jamás, ni siquiera cuando nos habíamos conocido, Alexander me había mirado con tanta soberbia y desprecio.

Aquel era el hombre que durante años había menospreciado a su propio hijo, que lo había descartado de su vida porque lo creía un monstruo; el mismo hombre que había asesinado a Dith, aunque hubiese intentado matarme a mí en realidad.

—Voy a acabar contigo —escuché decir a Wood. A pesar de estar en su forma humana, la amenaza fue un gruñido más propio del lobo que había en él—. Te mataré y disfrutaré cada segundo de ello.

Tobbias ignoró por completo a Wood y al resto de mis amigos. Estaba centrado en mí. Las otras dos personas avanzaron, colocándose a su espalda. Había llegado a pensar que serían Ibis, pero se trataba de demonios.

—¿De verdad creías que podías engatusarlo y se quedaría contigo? —espetó, con el odio goteando de sus labios de una forma palpable.

Esperé alguna clase de intervención por parte de Alex, pero este se mantuvo inmóvil y en silencio. Nunca lo había temido cuando se transformaba, quizás porque en el fondo siempre había sido consciente de que él seguía ahí, no importaba su cambio físico o cómo sonase su voz. Tampoco me dio miedo en ese momento; sin embargo, había un vacío en su expresión que me hizo temer por él. Había visto a Alex incapacitado durante mi «visita», pero ya no era así; tampoco parecía estar sufriendo. Pero aunque su poder fuese correcto y su magia hubiese recuperado la armonía, había algo terriblemente equivocado en él. Algo que no *era* él.

El sonido de una espada abandonando su funda resonó a lo largo de toda la estancia, y comprendí que al menos Sebastian no estaba tomándose a la ligera la situación. Si era tan obvio para el Ibis como para mí que Alex no era exactamente él mismo, eso no lo sabía.

—¿Qué le has hecho? —pregunté, y tuve que luchar contra el impulso de ir hasta donde se encontraba Alexander para tratar de sacarlo de ese extraño estupor.

Dolía verlo así.

—No he hecho nada. Las Good siempre habéis codiciado mi linaje, no sois más que arpías ansiando un poder que no os pertenece, y ahora Luke también lo sabe.

Claro. No me lo creía en absoluto.

—Tengo más poder del que nunca he deseado, no tengo por qué codiciar nada. Y solo para que lo sepas, Alex está muy por encima de tu linaje. Es más de lo que tú conseguirás ser jamás, pero no tiene nada que ver con ninguna marca o magia que pueda poseer, y menos aún con su apellido.

Mis palabras tan solo consiguieron reforzar la mueca despectiva en sus labios.

—No deberías haberte acercado siquiera a él. Pero eso ya no importa, no hay forma de pararlo, y contribuiréis a la causa con vuestra sangre.

Echó un vistazo por encima de su hombro hacia donde se encontraba Alexander y con un golpe de barbilla dijo:

—Vamos, ve.

No hubo respuesta por su parte, pero de inmediato giró sobre sí mismo y se marchó por el pasillo que llevaba a la parte trasera de la mansión, aquel que yo había recorrido una vez con Maggie después de mi llegada a la academia. Su lugar lo ocuparon las otras figuras, lo cual reveló su naturaleza: demonios. Llamé a Alex a gritos, pero no sirvió de nada. Apostaba a que se disponía a encontrarse con Elijah ahí fuera.

Otros dos demonios salieron de entre las sombras y se unieron a los ya presentes mientras Tobbias nos dedicaba una más de sus sonrisas crueles y retrocedía, dejándolos al frente. Estaba claro que la charla se había terminado.

Durante un instante nadie se movió o dijo una palabra. El sonido de nuestras respiraciones agitadas se apoderó de la estancia. El pulso me palpitaba en las sienes y mi magia, afectada por la presencia de aquellas criaturas y el rastro de oscuridad que había dejado Alex tras su marcha, luchaba por atravesar huesos, carne y piel para salir a la superficie.

No supe bien quién hizo el primer movimiento, quién se abalanzó sobre quién, solo que en un segundo formábamos dos grupos enfrentados y al siguiente nos hallábamos sumidos en una nueva batalla. Acero y magia y dientes y garras. Mal y bien. Luz y oscuridad.

Los demonios se desplegaron a nuestro alrededor y ya no hubo necesidad de retener por más tiempo mi poder, aunque tomé la precaución de focalizarlo solo en uno de ellos cada vez para evitar dañar a mis amigos. Invoqué dagas, pinchos o látigos de luz, a veces tan solo esferas de pura energía que lanzaba a través del aire y que destellaban en la atmósfera sombría de la sala antes de encontrar su objetivo.

Raven gruñó mientras asaltaba a un demonio y le clavaba los enormes colmillos en el estómago; Dith empuñaba cuchillos que lanzó con mucha mejor puntería de lo que lo habría hecho yo nunca; Cam empleaba su elemento para desestabilizar a los demonios y darles a los demás la oportunidad de herirlos. Wood luchó en su forma humana, también armado, al igual que Sebastian, aunque los labios de este último se movían incansables conforme empleaba cualquiera que fuesen los hechizos ofensivos que su formación le había proporcionado. A pocos metros de él, Jameson había lanzado a su familiar atrás, lejos de la pelea.

Una oleada de calor se abatió sobre todos, amigos y enemigos por igual, y me di cuenta de que el fuego provenía de Tobbias. Al parecer, no le importaba demasiado que alcanzase a los demonios y tampoco acabar prendiéndole fuego a su maldito legado. Tiré a Cam de un empujón al suelo y yo misma me agaché para evitar las llamas. Wood en cambio, pasó de pelear sobre dos piernas a correr a cuatro patas en un movimiento tan fluido como nunca antes lo había visto. Se lanzó en dirección a Tobbias aún con mayor rapidez. Cuando el hombre quiso darse cuenta, el lobo blanco estaba ya saltando sobre él con los temibles caninos expuestos.

El brutal crujido de su cuello al romperse llegó un momento después a mis oídos. Tobbias Ravenswood estaba muerto, y no pude encontrar ni un ápice de compasión en mí sin importar en qué clase de persona me convirtiese eso. Si acaso, había merecido una muerte más lenta y dolorosa que la que Wood le había dispensado.

Pero la caída de Tobbias no detuvo a los demonios. A pesar de nuestra superioridad numérica, aquellos bastardos se resistían a desaparecer, y me pareció que tardábamos una eternidad en deshacernos de ellos. Demasiado tiempo. Alexander ya podría estar en las garras de Elijah, y solo Dios sabía lo que lo obligaría a hacer.

Enrosqué mi poder en torno al cuello del último demonio en pie y Sebastian se valió de su espada para cortarle la cabeza de un golpe limpio y brutal. Un suspiro tembloroso escapó de mis labios. Aquello no había terminado, ni mucho menos, solo acababa de empezar. Y había una probabilidad muy alta de que el control que ahora tenía Elijah sobre Alexander empujara a este a terminar lo que había empezado sin querer la Noche de Difuntos.

El suelo tembló bajo nuestros pies, sumergidos ahora en charcos de sangre oscura y pegajosa. Raven dejó escapar un aullido lastimero que me erizó la piel de todo el cuerpo. Ni siquiera tuvimos que ponernos de acuerdo. Enfilamos el pasillo por el que se había marchado Alexander y corrimos hacia la parte trasera de la mansión. La idea de tener que enfrentarme a aquel espacio repleto de cadáveres me provocaba arcadas, pero también sabía que habría que lamentar muchas más perdidas si no deteníamos a Elijah.

Las puertas estaban abiertas de par en par, y la escena que se entreveía más allá de ella era... dantesca: había decenas de cuerpos desperdigados en torno al árbol retorcido y siniestro de Elijah, y la tierra rezumaba sangre. Varios de mis amigos murmuraron maldiciones y

Raven aún lloriqueaba; a mí no me salían las palabras. Sin embargo, eso no era todo. Todos los brujos que habían acudido con nosotros a Ravenswood estaban ahora allí también, haciendo frente a otros tantos demonios de todo tipo. Algunos eran poco más que carne y sombras en movimiento, como los que habían atacado Abbot la primera vez, pero en otros muchos casos se trataba sin duda de demonios superiores.

Destellos de magia iluminaban el claro cada vez que un brujo invocaba el fuego y el suelo temblaba a intervalos irregulares. Había enredaderas espinosas que serpenteaban en busca de una víctima. Y sangre, mucha mucha sangre. Hubiera jurado que el árbol de Elijah era incluso de mayor tamaño que cuando lo habíamos visto desde la primera planta; tal vez lo fuera, parecía obvio que toda esa sangre nutría sus raíces y, al mismo tiempo, el poder del nigromante que se hallaba inmóvil bajo él.

Cuando mis ojos tropezaron con Elijah, la ira me hirvió en mitad del pecho. Tenía un aspecto de lo más normal, sin oscuridad que manchara su piel ni ninguna otra señal de lo que era. Sin embargo, incluso en el batiburrillo que conformaba la magia de todos los brujos presentes, podía sentir el mal que alojaba su cuerpo. Furia, malicia y locura le daban forma a su corazón podrido. Aun así, descubrirlo allí quieto e indiferente fue, con diferencia, lo que amenazó mi propia cordura. ¿Cómo podía alguien contemplar el horror que lo rodeaba y permanecer impasible? ¿Cómo lucir tan sereno rodeado de tanta muerte?

Estuve a punto de salir disparada en su dirección, pero Wood, de nuevo sobre las dos piernas, me agarró del brazo y me detuvo. Los demás ya descendían por la corta escalinata que llevaba más allá del edificio. A la batalla.

—Allí. —Señaló un punto algo por delante del árbol, una zona que ningún fuego o magia iluminaba del todo. Obtuve el atisbo de una cabeza con cuernos; tenía que ser Alexander. Wood me entregó una bolsita de terciopelo y un cuchillo. Luego comenzó a murmurar instrucciones—. Ve por él y tráelo de vuelta, Danielle. Si alguien puede hacerlo, eres tú. Cuando lo consigas, tendréis que haceros un corte en la palma de la mano. Espolvorea un poco del preparado de la bolsa sobre las heridas y el resto en la tierra a vuestro pies. Eso bastará.

Raven volvió sobre sus pasos y trotó a nuestro alrededor, pero no le presté atención.

—Te necesito para que completes el ritual.

—Llegaré a ti, no te preocupes. Tenéis que mantener las manos unidas mientras yo recito el hechizo. —Hizo una pausa y, por algún motivo, yo contuve el aliento—. Es posible que duela, pero no podéis soltaros. Pase lo que pase, ¿lo entiendes, Danielle? Es muy importante que no os soltéis hasta que haya acabado.

Asentí, y él mantuvo su mirada sobre mí; la angustia se reflejaba en las líneas de su rostro. Quise decirle que iba a salir todo bien, porque yo también quería creerlo, pero una llamarada se elevó a pocos metros de nosotros y ambos nos encogimos para apartarnos del aire abrasador. Las palabras murieron en mi garganta y, aunque me pareció que Wood también quería decir algo más, se limitó a brindarme un asentimiento.

Raven se revolvió a nuestros pies, intranquilo. Había llegado la hora de ponerme en marcha. Sin embargo, cuando hice amago de apartarme de Wood, este volvió a agarrarme.

—Espera. Yo solo... Se cauta. Y cuida de Raven, ¿vale? —dijo, en un tono ronco y bajo que me provocó un nudo en la boca del estómago—. Si me pasase algo...

—No va a pasarte nada —lo corté, pero él negó, tiró de mí y me encontré entre sus brazos. Su boca buscó mi oído.

—Dile a Alex... Dile que ha sido... todo. Dile que lo quiero. Cuídalo y ámalo, se lo merece. Por favor —agregó, por último, en un susurro quebrado que me partió el corazón.

Luego, me soltó de golpe. Mientras yo luchaba por recuperar el equilibrio, clavó una rodilla en el suelo y atrajo la cabeza peluda de Rav hacia su rostro, uniendo sus frentes.

—Te quiero, hermano —susurró, asegurándose de que él pudiera leerle los labios.

Antes de que pudiera preguntar qué diablos sucedía, Wood lo liberó y salió disparado. No miró atrás, solo corrió para alcanzar a Meredith, que, junto con los demás, estaban a punto de llegar hasta la primera línea de demonios.

—Rav, ¿qué... —empecé a decir, aunque supiese que no podía contestarme.

Tampoco él me dejó terminar. Arqueó la espalda, elevó el hocico hacia el cielo y, a continuación, emitió un sonido mezcla de aullido y lamento que fue completamente desgarrador.

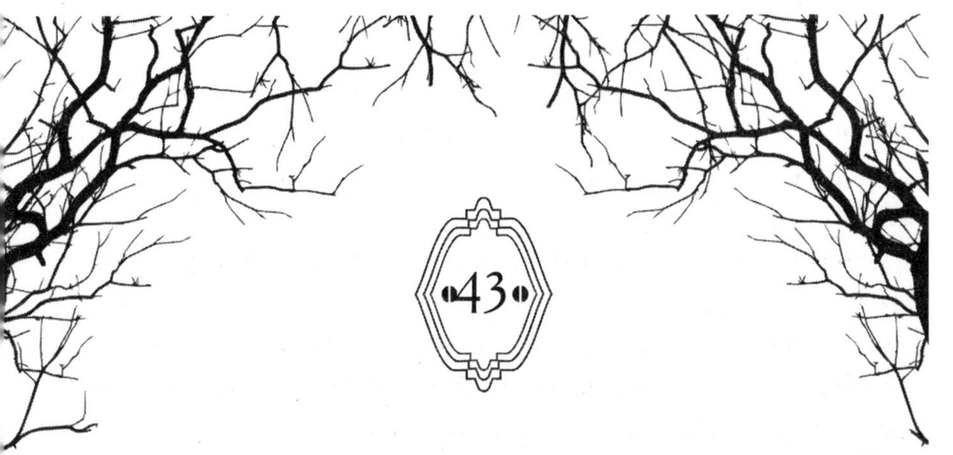

43

La zona que una vez había estado repleta de caminos que iban de la mansión a la residencia Wardwell y a las casas unifamiliares —entre la que se encontraba la de Alex y los gemelos— se hallaba ya inundadas de brujos y demonios luchando cuando me puse en marcha. Las cosas no hicieron más que empeorar desde ese momento. Si Elijah me detectó o no intentando atravesar el terreno para alcanzar la posición de Alex, no estaba segura, pero los demonios parecieron multiplicarse en cada sombra y sus ataques se recrudecieron.

La cantidad de poder que flotaba en el ambiente era tal que no tuve que hacer nada para reclamar el mío. Me hubiera gustado permanecer cerca de mis amigos y poder asegurarme de que ninguno salía herido; sin embargo, tenía que confiar en que se mantendrían a salvo los unos a los otros mientras yo me concentraba en llegar hasta Alexander.

Al menos sabía perfectamente dónde estaba. La niebla que emanaba de él era perfectamente visible a pesar de la distancia que nos separaba y hubiera jurado que muchos de los temblores que azotaban el suelo provenían de él. Tomé una bocanada de aire tratando de infundirme valor, y luego comencé a avanzar con Raven a mi lado.

Los demonios no tardaron en captar mi presencia y fue bastante obvio que mi poder ejercía sobre ellos la misma atracción que había tenido sobre Alexander. Incluso los que estaban de espaldas se giraban hacia mí conforme me acercaba. Me hundí en la batalla como ya habían hecho el resto de mis amigos. La magia brotó de mis manos casi sin pausa, enroscándose en torno a brazos, piernas, cuellos o cintura. Clavándose en la carne. Hiriendo y desgarrando.

Rav, por su parte, tampoco titubeó. El feroz lobo negro que apenas si había salido a relucir en un par de ocasiones desde que lo conocía se apoderó de él, y no quedó dulzura ni bondad en sus ojos, ahora fríos y salvajes. Nos sincronizamos en una danza mortal de dientes y magia que nos permitió abrirnos camino entre la brutal pelea que nos rodeaba. Destrozamos a cualquier demonio que se nos acercó; cuchillada tras cuchillada, mordisco tras mordisco. Bailamos con la muerte y con el mal. Con la oscuridad. Sobre una tierra impregnada con la sangre de brujos, humanos y demonios por igual. Y me pregunté si, como en Salem, lo sucedido esa noche trascendería nuestro propio mundo y acabaría en los libros de historia. ¿Qué se diría de esa matanza? ¿Cómo justificaríamos ante los humanos tantas y tantas muertes? No había manera alguna de que pudiésemos esconderlo.

Pateé a una criatura que se deslizaba sobre la tierra como una serpiente, buscando una presa desprevenida en torno a la cual enroscarse. A continuación, cercené su cabeza con mi espada. La luz chisporroteó al hundirse en su carne, pero la cortó con suavidad, como si no fuese más que mantequilla. Agradecí el respiro. Por desgracia, este tipo de demonios inferiores eran los menos numerosos, y mi magia no duraría eternamente.

Levanté la vista y busqué de nuevo a Alexander, ya mucho más cerca. Las sombras se arremolinaban a su alrededor, densas y oleosas, en una marea extraña pero rítmica, mientras él invocaba más y más de esa oscuridad. Sin embargo, no estaba peleando, lo cual me hizo pensar que Elijah no lo había llevado hasta ese punto para luchar contra nosotros. No, su labor era otra: abrir una de las puertas del infierno.

Alexander

No había luz, ni olores, ni música. Algo en mí echaba de menos esto último. Una melodía. Una canción. Pero en ese momento todo lo que podía ver, oír y sentir era oscuridad. Sombras que se desprendían de mi piel y mi interior, como si no pudiera ya contenerlas y se desbordaran de mi alma.

Un parpadeo.

Las sombras se abrieron. Y por fin vi... ese lugar. Ya había estado allí. Conocía esa tierra reseca, el cielo sombrío y las criaturas que lo poblaban. Me estaban esperando desde hacía mucho tiempo.

«Abre la puerta, Luke. Haz lo que estás destinado a hacer». Las palabras retumbaron en un eco doloroso. Empujando y empujando. Exigiendo. Obligando.

«La puerta. La puerta. La puerta».

No había nada allí. Solo yo y esa oscuridad repleta de cosas ansiosas y espeluznantes. Mi cuerpo vibró mientras la oscuridad seguía brotando de él.

«Abre la puerta».

Titubeé un segundo, aunque no comprendí ese asomo de duda. Qué lo provocaba. Quién lo provocaba.

El dolor se aferró a mi conciencia, las sombras susurraron y todo mi poder rugió, fluyendo directo hacia ese punto vacío de mi pecho. Hacia la marca. Hacia el destino. Haciéndome comprender por fin que no había una puerta para abrir.

Yo era la propia puerta.

Mis labios se curvaron. Expuse las palmas de mis manos y llamé de vuelta a mi oscuridad.

Danielle

Cuando conseguí llegar hasta donde se encontraba Alexander me faltaba el aliento, estaba bañada en sangre de demonio y tenía cortes y arañazos en prácticamente todo el cuerpo. Si Raven también estaba herido, su pelaje ocultaba cualquier rastro de sangre y él aguantaba sin dar muestras de ello. Le dedicó una mirada fugaz al que durante años había sido su protegido y, acto seguido, me miró a mí. «Tu turno», parecía querer decirme. Luego comenzó a moverse en círculos por la zona, gruñendo y lanzándose contra cualquier criatura que se atreviera a acercarse.

Me concentré en Alex y me di cuenta de que tenía los ojos cerrados y estaba completamente inmóvil. Mi mirada tropezó entonces con una especie de pulsera roja envuelta en su muñeca derecha. Él no llevaba pulseras de ningún tipo, así que tenía que ser algo que... Mierda, los brujos del auditorio, era el mismo tipo de cordel. Elijah, o Tobbias a instancias de este, había hechizado a Alex para suprimir su voluntad.

Mientras lo observaba y trataba de decidir cómo abordarlo, se movió por fin. Elevó los brazos y reveló las palmas, y me dio la sensación de que las comisuras de su boca se arquearon ligeramente. Abrió los ojos un instante después, y fue entonces cuando se desató el infierno. Las sombras estallaron por todas partes y el aire se tornó abrasador, tanto que me costaba respirar. Mi poder reaccionó a su oscuridad alzándose para contrarrestarlo.

«Se acabó. Lo está haciendo. Está abriendo la puerta».

Apagué mi pánico antes de que me paralizara y salí a su encuentro. Derramé mi poder como ya lo había hecho una vez en Nueva York para tejer con él una burbuja alrededor de nosotros. Solo nosotros dos. Resultó más fácil que entonces y mucho más rápido; ni siquiera Raven, que continuaba vigilante y muy cerca, pudo hacer nada para detenerme.

Necesitaba traer de vuelta a Alexander, pero, aunque conocía el método que habían empleado los gemelos durante años para ello, yo no iba a provocarle dolor. Cuando se trataba de Alexander, yo ya hacía mucho tiempo que había tomado mi decisión. Estuviera el destino o el equilibrio de por medio, no me enfrentaría a él. No lo atacaría, y sabía que él, en realidad, tampoco quería atacarme a mí. No me importaba para qué hubiese sido concebida ni mi ira ni su marca.

El mundo entero brillaba ahora en torno a nosotros, envueltos como estábamos en el apretado entramado de haces de luz que formaba mi magia, mientras sus sombras se elevaban y la tanteaban; cada vez que se rozaban, una lluvia de chispas saltaba en todas direcciones.

Alex se hallaba a tan solo un par de metros de mí, erguido y temible, con los ojos llenos de oscuridad y huecos a la vez. Entreabrió los labios y me mostró los dientes puntiagudos. Parte de las sombras fueron a reunirse sobre su piel, como si tratasen de envolverlo en un capullo protector que lo aislase de mi poder. Solo que yo no pretendía hacerle daño.

Elevé las manos resplandecientes entre nosotros; no apuntándolo, sino en un gesto tranquilizador.

—Alex, soy yo, Danielle. —Un látigo oscuro salió disparado de su mano derecha. Me agaché de golpe y lo evité por muy poco—. Eso ha estado muy feo, ¿sabes? Y cuando vuelvas a ser tú mismo vas a arrepentirte mucho de haberlo hecho.

No contestó, pero ladeó la cabeza y se quedó mirándome. Ese gesto sí era suyo, lo reconocía. Incluso si sus ojos estaban vacíos y sus rasgos lucían afilados y terribles, como los de un dios oscuro implacable que admirase a los mortales desde algún lugar en los cielos. Ya no peleaba contra dicho poder, no lo estaba conteniendo, y supe que aquel era el instante en el que Alexander debía tomar su propia decisión. Era ahora cuando tenía que dar respuesta a la pregunta que le había hecho Laila sobre quién quería ser. Abrazar su oscuridad y dominarla o perderse en ella por completo.

—Alex, sigues siendo tú. Siempre serás tú —dije, con voz firme y clara.

Más oscuridad cayó de sus manos, de su mismo pecho, hasta formar una nube alrededor de sus piernas. La niebla oscura serpenteaba hacia mí, cada vez más cerca, deslizándose en forma de zarcillos cargados de espinas. En esta ocasión estaba segura de que no resultaría inocua, pero no retrocedí. Todo mi cuerpo temblaba, rebosante también de poder; las alas se agitaban a mi espalda y brillaban en respuesta a la provocación de su oscuridad.

Otro estallido de sombras me obligó a apartarme a un lado. Alex siseó cuando conseguí esquivarlo, furioso, y también se movió. Comenzamos a dar vueltas uno en torno al otro, observándonos. Sabía que tenía que llegar a él de algún modo. Hasta el brujo gruñón y serio, hasta el chico de la terraza de Nueva York, hasta el hombre que me había acunado entre sus brazos y me había hecho el amor y hasta el demonio en el que se había convertido. Todos eran él; Alexander solo tenía que comprenderlo y entender a su vez que ninguno de ellos me haría daño. Que no le haría daño a nadie.

Giramos y giramos y giramos. Esquivé sus sombras, cada vez más osadas y certeras, hasta que uno de sus latigazos me rozó en un descuido. El breve contacto me arrancó un grito de dolor y succionó una fracción de mi poder. Me tambaleé hacia atrás al contemplar la mancha negra que dejó sobre mi piel. A pesar del temor que Alexander había albergado desde un primer momento, jamás su oscuridad me había herido de esa forma.

—Alex, no quieres hacer esto. Nunca has querido hacer esto. Tienes el control, y no eres un monstruo.

Si era capaz de escucharme o no, no reaccionó en absoluto. Solo me miraba y me miraba, con los dientes expuestos y una ausencia total de emociones que ponía los pelos de punta. Como si ninguna de las versiones de él que hubiese conocido hasta entonces estuviese allí siquiera. Pero estaban, yo sabía que estaban.

Mi poder no solo explotaba cosas. Yo podía sanar, ya lo había demostrado; de la misma forma que Alex podía elegir quién era, yo también podía. Todos podíamos decidir qué hacer con los dones que se nos habían otorgado, y eso era lo que de verdad marcaba la diferencia, no tu linaje o el bando en el que hubieras nacido. Así que, cuando me vi obligada a lanzar mi poder sobre él, no convoqué ninguna clase de ira o miedo para atacar, sino hilos luminosos repletos de cariño, lealtad y amor. De comprensión. De aceptación. Los envié hacia sus brazos cargados de oscuridad en un movimiento rápido y tan preciso que no consiguió evadirlo.

—Te quiero —murmuré, mientras se le enrollaban en torno a las muñecas y ascendían por sus antebrazos.

No se dobló de dolor ni trató de quitárselos de encima, pero su rostro se transformó en una máscara de furia helada. La Danielle que había huido de Abbot meses atrás se hubiera cagado encima al contemplar la violencia que prometía su expresión, pero había pasado por mucho desde entonces y pelear por Alex, por mi propia y verdadera familia... Eso no me daba ningún miedo.

Había esperado el tirón que me acercaría a él. Aun así, cuando forcejeó con los hilos que lo ataban a mí y me arrastró hacia delante, no pude evitar avanzar a trompicones. Sus labios de curvaron con crueldad, satisfecho por el giro de los acontecimientos, y yo traté de no sucumbir al pánico. Eso era lo que quería.

Tiró y tiró, y yo caminé hacia él. Su niebla oscura me rodeó, la piel me ardía, los ojos me picaban; cuando las sombras se me colaron garganta abajo, empecé a toser también. Manchas oscuras brotaron allí donde ninguna tela me protegía, y mi poder fluía hacia la superficie atraído por la llamada ineludible del suyo.

Dolía, pero no pensaba rendirme; jamás me rendiría con Alex. Simplemente, aguanté. Dejé que me llevara hacia él mientras la burbuja que nos rodeaba parpadeaba y perdía intensidad. Escuché gritos más allá de ella, los aullidos desesperados de Raven, pero los bloqueé junto con el dolor. Mi magia menguaba de forma constante, absorbida poco a poco a través de cada toque de sus sombras; sin embargo, aún estaba lejos de agotarse. Quizás porque yo no la estaba empleando para dañar, quizás porque él, pese a todo, no parecía tener prisa alguna por acabar conmigo.

No aparté en ningún momento la vista de Alexander. No importaba lo temible que luciese, seguía siendo él. Y cuando por fin quedamos uno frente al otro, me dije que había llegado el momento de recordárselo.

—Alexander. Alex —susurré, ahogada en su oscuridad. Un último tirón aplastó mi pecho contra el suyo y cientos de chispas saltaron a nuestro alrededor. Elevé las manos y aferré su rostro con fuerza, obligándolo a mirarme—. Eres tú, te veo y sigues siendo tú. Puedes controlarlo, sé que puedes. Confío en ti y... —tosí con la garganta en carne viva, pero no me detuve— no te tengo miedo.

La luz de mis manos le iluminó las mejillas, aunque él no retrocedió ni dio muestras de notarlo siquiera. Sus sombras se agitaron, formaron ondas sobre mi piel. Hundí los dedos en su rostro a pesar de que mi poder fluía cada vez más rápido hacia él. No me apartaría, no huiría de Alexander. No le temería. Nunca.

—Te veo —repetí, una y otra y otra vez—. Te veo, te veo, te veo... Ahora y siempre. Te amo, Alexander. Vuelve conmigo, por favor.

El aire quemaba y juro que escuché siseos, cosas que murmuraban; sentí también los ojos de miles de seres sobre mí, acechando, esperando. Listos para saltar y atacarnos a todos. De algún modo, la puerta se estaba abriendo. La barrera de luz que nos rodeaba parpadeó una última vez y cayó. Mis rodillas flaquearon al mismo tiempo, mi voz se rompió y apenas podía sostener ya los brazos en alto. Mis dedos resbalaron por su piel, dura y gris, helada. Otra lluvia de chispas iluminó nuestros rostros; sus ojos oscuros se contagiaron de ella y decenas de puntitos luminosos destellaron en su mirada.

Tomé aire y forcé a mi cuerpo a mantenerse erguido. Más decidida que nunca, afiancé las manos sobre sus hombros a pesar de las llamas que brotaban de ellos, me puse de puntillas y... alcancé su boca a duras penas. El beso fue apenas un roce débil, casi inexistente.

—Te veo —susurré una vez más—. Te veo y nunca me has dado miedo, ni siquiera ahora.

Los dedos de Alexander se hundieron en mi pelo y tiró de él, exponiendo mi garganta. Su boca a escasos centímetros de la mía, abierta en una mueca feroz y repleta de dientes. Me ahogaba en su oscuridad, me estaba tragando y, a la vez, se hundía en mí. Devorándome. Y entonces el espacio entre nosotros desapareció. Sus labios atacaron mientras sus dedos aferraban aún con más fuerza varios mechones de mi melena. Jadeé ante la brusquedad de su embestida, pero el sonido acabó perdido en el fondo de su garganta. Mi magia se alzó en una nueva oleada, no con una intención violenta, me di cuenta, sino como dijese: «Estoy aquí, siempre estuve aquí, no necesitas obligarme, yo me entrego. Me entrego a ti».

—Siempre —alcancé a murmurar con un hilo de voz.

Eso no lo detuvo. El beso se alargó, y fue crudo. Hambriento. Más salvaje que ningún otro que nos hubiésemos dado. Su lengua no tanteó, sino que exigió paso y se hundió en mi boca. Conquistó a placer. Aquel... aquel había sido un juego entre nosotros al principio; esa batalla de voluntades de nuestros primeros toques, y supuse que, aunque nunca me rendiría con él, podía rendirme a él. Así que no opuse resistencia frente a la avidez de su asalto ni traté de apartarlo. Le clavé las uñas en los hombros y lo mantuve cerca. Más cerca, tanto que los hilos deslumbrantes de mi poder atravesaron sus sombras y se enredaron en ellas.

Sus dientes me arañaron el labio inferior y el sabor metálico de la sangre inundó mi boca. Juraría que Alexander se estremeció, aunque su agarre se mantuvo férreo e inquebrantable. Pero entonces... un titubeo. Leve, muy leve. Los golpes de su lengua se suavizaron, un instante más tarde se detuvieron por completo. Los dedos enredados en mi pelo se estiraron y pasaron a acunar mi nuca. Un gemido suave abandonó sus labios, y esta vez fui yo quien lo recibió en el interior de la boca. Y luego su cabeza se inclinó y sus labios volvieron a rozar los míos ya sin ningún frenesí. Su cuerpo presionó y por fin... la corriente de magia que se había establecido entre nosotros cesó.

—Danielle —balbuceó, y supe que estaba allí. De verdad estaba allí conmigo. Alexander. Alex. Todo él.

Volví a rozar nuestras bocas, aunque eso provocase una nueva lluvia de destellos. La burbuja a nuestro alrededor ya había desaparecido, pero mis alas se hallaban curvadas en torno a nuestros cuerpos y su brillo apenas si había disminuido. Nos acunaban como un manto de luz dorada y radiante a pesar de las sombras que todavía brotaban de él.

Deslicé la mano por su brazo hasta alcanzar su muñeca. Los ojos de Alexander siguieron el movimiento, oscuros aún, pero inundados de mi propia luz en forma de diminutas estrellas titilantes. Una galaxia en un mar de oscuridad insondable. El cordón rojo me quemó los dedos cuando lo toqué. No retiré la mano. Apreté los labios para tragar el siseo de dolor y envié más y más hilos de luz cargados de ternura para deshacerlo. Cuando resbaló lejos de su piel, Alexander dejó ir un suspiro tan cargado de agonía que resonaría en mis oídos durante mucho tiempo después.

Alcé la vista hacia su rostro y encontré lágrimas resbalando por sus mejillas. La niebla que nos rodeaba no desapareció, pero ya no dolía ni picaba ni hería, sino que se sentía helada contra mi piel. Y mi poder seguía ahí, fluyendo aún en un turbulento caudal que no parecía haberse visto tan afectado como debería.

—Quédate conmigo —susurré muy bajito, solo para él, y juro que yo también quería llorar cuando él finalmente contestó:

—Siempre.

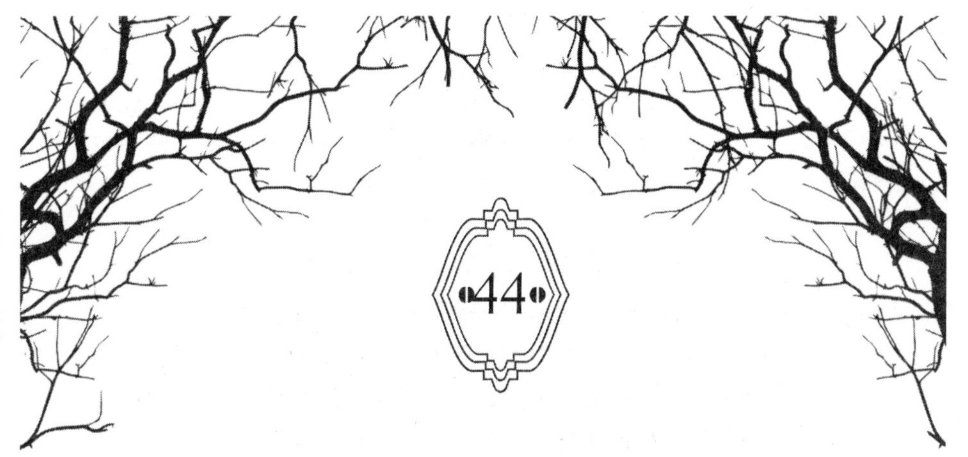

44

Alexander me mantuvo entre sus brazos y durante un momento no hubo ningún sonido a nuestro alrededor, solo mi luz y su oscuridad envolviéndonos. Escuché el susurro apagado de un hechizo mientras exhalaba cada palabra contra mi sien, y la sensación refrescante que había sentido se convirtió en un agradable cosquilleo cuando el dolor se esfumó paulatinamente y dio paso a un profundo alivio. Alex me estaba curando. En otras circunstancias, me hubiera detenido a reflexionar sobre lo mucho que habían cambiado las cosas desde que nos habíamos conocido y lo sorprendente que resultaba que un brujo como él ahora fuera tan capaz como yo de manejar la magia de curación. Pero no había tiempo para ello.

El hormigueo desapareció y solo entonces me dejó ir. El mundo a nuestro alrededor comenzó a girar de nuevo y fui consciente de los cuerpos amontonados, los gritos, el olor a podredumbre y sangre que flotaba en el ambiente... Algunos demonios yacían desmembrados por el suelo, y supuse que habían sido cortados en pedazos para evitar cualquier intento de regeneración. Los que no habían sido abatidos, continuaban peleando con brujos que trataban de rechazar sus ataques empleando hasta la última gota de magia en sus venas. No solo había demonios entre los caídos.

Un alarido horrendo llegó a mis oídos: Elijah. Debía de haberse dado cuenta de que Alexander ya no estaba bajo su control. Miré hacia el árbol y descubrí al nigromante aún inmóvil entre las sombras que arrojaban sus ramas. Una línea de demonios impedía que ninguno de los nuestros pudiera llegar hasta él, y tuve que suponer que su atención estaba puesta en manejar a voluntad a aquellas terribles criaturas. Había tantas de ellas...

Teníamos que detener aquella masacre cuanto antes, no solo para evitar que se perdieran aún más vidas, sino porque además tenía el presentimiento de que la sangre que empapaba los terrenos de Ravenswood no hacía más que alimentar el poder del brujo. Si seguía así, llegaría un momento en el cual ni siquiera uniendo nuestros poderes seríamos capaces de acabar con él.

Raven regresó con nosotros. Nos rodeó y se restregó contra las piernas de Alexander esta vez; una caricia silenciosa de alivio y reconocimiento.

—La puerta soy yo —dijo Alexander—. Soy yo.

No entendí del todo lo que quería decir, pero estaba de vuelta conmigo y eso era lo único que me importaba ahora. Me agaché para sacarme de la bota el cuchillo que Wood me había entregado, mientras le decía a Rav:

—Busca a tu hermano. Rápido.

Raven obedeció y se marchó a la carrera. Enseguida, me abrí un corte en la palma de la mano. La sangre comenzó a manar de inmediato.

—Tenemos que completar el ritual.

Alex no necesitó ninguna otra explicación y me tendió la mano con la palma expuesta. Echó un vistazo a su alrededor y, cuando estaba a punto de realizarle el corte, me detuvo.

—Espera. —Contuve el aliento. Tal vez se lo había pensado mejor. En realidad, no habíamos tenido tiempo para asumir lo que representaba aquello; no lo culparía si se echaba atrás, aunque significase buscar otro modo de combatir a Elijah. Pero no se trataba de eso—. Una vez que la marca desaparezca, no poseeré ninguna capacidad para influir sobre los demonios. Tal vez podría...

No completó la frase, dado que una de esas criaturas esquivó a varios brujos y se lanzó directo hacia nosotros. Aun así, entendí lo que quería decirme. Con la marca, podía tratar de imponer su voluntad sobre la de

Elijah, y eso le daba poder sobre los demonios. Sin ella, no nos quedaría más remedio que enfrentarnos a ellos y desterrarlos uno a uno.

Alex apartó la mano de mí y la alzó en dirección a nuestro atacante.

—¡Detente! —exclamó, pero luego su tono cambió para dejar paso a esa otra voz mucho más grave y antigua—. Detente.

La criatura, un ser de brazos anormalmente largos, ojos negros y oblongos y la piel cubierta de escamas, se quedó inmóvil en el acto.

—Vete. Regresa al infierno —le ordenó a continuación.

El demonio permaneció frente a nosotros durante un momento, pero no tardó en disolverse en la niebla que manaba del propio Alexander. En cuanto este procesó lo que acababa de suceder, su mirada recorrió la extensión de terreno frente a nosotros.

—¡Regresad al infierno! ¡Ahora! —gritó con todas sus fuerzas, empleando su otra voz.

Seguía transformado y su aspecto continuaba siendo imponente y aterrador: cuernos, piel gris, dientes afilados y mechones blancos y negros entremezclados. Las llamas lamían su figura. Sin embargo, sus ojos habían recuperado su color dispar habitual. Había dolor y culpa en su mirada, había aprendido a reconocerlos cuando se trataba de él, pero también una lucidez con la que jamás había contado durante cualquiera de sus anteriores transformaciones. Era la primera vez que lo veía así.

Repitió la orden varias veces. La buena noticia fue que un buen número de demonios siguieron el camino del primero y desaparecieron sin más; la mala, que no todos se marcharon. En las zonas más alejadas de nuestra posición, continuaron enfrentándose a los brujos y se mantuvieron también alrededor de Elijah como un anillo de protección. Aun así, fue una pequeña victoria, y eso no gustó lo más mínimo al antepasado de Alex.

—¡¡Luke!! —bramó, desde su puesto bajo el árbol maldito.

Nos volvimos hacia él. Había elevado los brazos, ahora cargados de oscuridad, y su poder irradiaba podredumbre; lo notaba resbalando por mi piel con la misma claridad que la sangre que la manchaba. Todo estaba mal en su magia, en su misma existencia, lo cual resultaba lógico dado que la había alimentado con las vidas de un montón de inocentes. Me recorrió un escalofrío al pensar en cómo se sentiría Dith sabiendo que su resurrección había sido posible también gracias a eso.

—Asume tu destino —le reclamó a Alex una vez más—. Esto es lo que eres, no puedes renegar de ello.

Estaba claro que no podía llevar a término todos sus planes sin él, pero eso no le impediría seguir convocando demonios y masacrando a brujos de ambos bandos y a humanos por igual. Qué ironía que lo que lo había llevado hasta aquel momento fuese el ansia de venganza por un amor no correspondido. Pensé en mi madre, en... Sarah. ¿Lo habría sabido Elijah? ¿Habría influido él de algún modo en la locura que la llevó a matar a mi hermana?

Raven regresó en ese momento con nosotros, acompañado de Wood y Dith. Ambos lucían un aspecto terrible, con heridas, arañazos e incluso algún mordisco; sus ropas negras impregnadas del icor de demonio tanto como las mías.

—Tenemos que realizar el ritual ya —dijo Wood, en cuanto estuvo junto a nosotros.

Alex se movió hacia él y le agarró el brazo izquierdo, donde tenía una herida particularmente fea, diría que le faltaba incluso un trozo de carne.

—Estás herido.

—No es nada. Se... curará —replicó el lobo blanco; sin embargo, se le quebró la voz. Desvió la vista de Alex y se centró en mí—. Tenemos que apresurarnos, antes de que Elijah invoque más demonios.

Le tendí la bolsita que me había entregado, indecisa. No por el ritual en sí, sino por la pérdida de la ventaja que supondría. Aunque, si lográbamos acabar con Elijah, tal vez los demonios se esfumaran con él.

—Sin la marca los demonios no me obedecerán, pero... La puerta sigue estando ahí. Es decir, soy yo. Yo soy la puerta. Yo soy la oscuridad —insistió, y juro que Wood se estremeció al escuchar esas últimas palabras.

—Deja que los demás se ocupen de los demonios —dijo Wood, mientras espolvoreaba el contenido de la bolsa a nuestros pies—. Vosotros concentraos en matar a Elijah.

Sonaba fácil, aunque estaba segura de que no iba a serlo. Pero aquello era lo que había dicho Amy, luz y oscuridad juntos. Alex dejaría de ser un Ravenswood y, con su padre muerto, el linaje se extinguiría; no habría más herederos para recibir la marca en el futuro. Esa idea me produjo una sensación extraña que me hizo sentir como si estuviera olvidando algo importante. Sin embargo, Wood me llamó la atención. Me había hecho una pregunta.

—¿Qué?

—¿Necesitas que yo haga el corte? —Hizo un gesto hacia el cuchillo que aún mantenía en la mano.

Negué. Alexander ya me estaba tendiendo la mano. La rodeé con la mía y, con una mueca, dejé que el filo le abriera la carne. Él no se inmutó, y volví a pensar en lo que había padecido en el pasado cada vez que uno de los gemelos tenía que herirlo para traerlo de vuelta. Debía de haber sido una tortura para los tres. Sin embargo, incluso embrujado, él había regresado conmigo sin que tuviera que dañarlo y ahora mantenía un control absoluto de su poder. Su canción era una bonita melodía que resonaba en mis oídos sin ninguna interferencia o disonancia.

Wood empleó el resto del polvillo de la bolsa para salpicar los cortes y luego se quedó un momento absorto, contemplando la sangre que se acumulaba en nuestras palmas. Algunos de nuestros amigos habían acudido también y formaban un anillo de protección a nuestro alrededor muy parecido al de los demonios que protegían a Elijah. Incluso Cam estaba allí, con sus dagas chorreando sangre oscura y una expresión seria que hablaba de los horrores que había contemplado.

Wood salió de su trance y dio un paso atrás para contemplar su obra.

—¿Preparados? —preguntó, aunque no esperó una respuesta—. Será rápido, pero... dolerá. Incluso si está funcionando, así que no... no os asustéis.

Ya me lo había dicho, así que no dije nada. Alexander, en cambio, esbozó una sonrisa cansada, y me di cuenta de lo triste que resultaba que estuviese tan acostumbrado al dolor que esa fuese toda su reacción.

—¿Estás segura de esto? —me preguntó a continuación.

—Lo estoy, ¿y tú?

Asintió, solemne.

Wood intervino de nuevo.

—Recitaré el hechizo. No separéis vuestras manos en ninguna circunstancia, no importa cuánto duela. ¿Lo habéis entendido? —insistió. Hablaba para los dos, pero miraba en todo momento a Alex y, pese a su tono exigente, había un matiz extraño en su voz.

Ese detalle desenterró un pensamiento en el fondo de mi mente, pero Wood parecía decidido a no perder ni un segundo más.

—Empecemos...

Wood

No tenía miedo a la muerte, sino a una vida sin Dith, algo que ya había experimentado y por lo que no pensaba volver a pasar. Y estaba en paz con eso. Sin embargo, sabía que Alexander jamás me perdonaría lo que estaba a punto de hacer, y todavía temía que Raven interviniera en cualquier momento para contarle que, con toda probabilidad, el mismo ritual que iba a unirlo a Danielle y convertirlo en un Good sería lo que pondría fin a mi existencia maldita.

Mi gemelo había pasado toda la noche anterior tratando de disuadirme, incluso si sabía que no había manera de hacerme cambiar de opinión; incluso si sabía que era lo que había que hacer. Llevábamos más de trescientos años juntos; éramos gemelos y habíamos compartido el vientre de nuestra madre y el mismo destino al ser maldecidos. Creo que ambos habíamos pensado que, cuando llegase el momento de abandonar este mundo, también nos marcharíamos de él a la vez. Sin embargo, a Raven le quedaba mucho aún por vivir. Tendría a Alex y a

Danielle, y también a Cameron; algo me decía que el brujo se convertiría en ese *él* que mi hermano había mencionado una vez. Y maldita sea si no se merecía que alguien lo amase de la manera en que yo amaba a Dith.

Mis ojos se deslizaron de uno a otro; una última mirada a los rostros de las personas que más amaba. De haber confesado las consecuencias del ritual podría haberme despedido de otra forma de todos ellos, pero era mejor así. Nunca me había gustado el drama que acompañaba las despedidas. Solo esperaba que, con el tiempo, Alex encontrara el modo de comprender y aceptar mi decisión.

Sentí la caricia amable de una mano contra la parte baja de mi espalda y no necesité girarme para saber que se trataba de Dith. Hubiera reconocido su toque en cualquier momento y lugar. Dios, no podía amar más a aquella mujer impulsiva y apasionada, y estaba seguro de que nos reuniríamos más allá del velo. Nadie nos iba a robar nuestra eternidad juntos.

—Sé fuerte —le dije a Alex. «Te quiero, Alexander Ravenswood», traté de transmitirle a continuación con mi mirada.

Luego, bajé la vista. Raven se había situado junto a mí, con el cuello en contacto con mi muslo, y su calor resultó un bálsamo. Le brindé una media sonrisa. Como lobos, no nos era posible llorar, pero juro que sus ojos estaban inundados de humedad. Ojalá no estuviese viendo cómo los cordones que me unían a los demás —a él mismo— se deshilachaban y empezaban a romperse.

«Adiós, hermano. Sé feliz. Te quiero».

Alex y Danielle juntaron las palmas de sus manos y supe que se me había acabado el tiempo. Puse mi propia mano alrededor de las suyas para asegurarme de que ninguno la retirase y, sin más, comencé a recitar el hechizo.

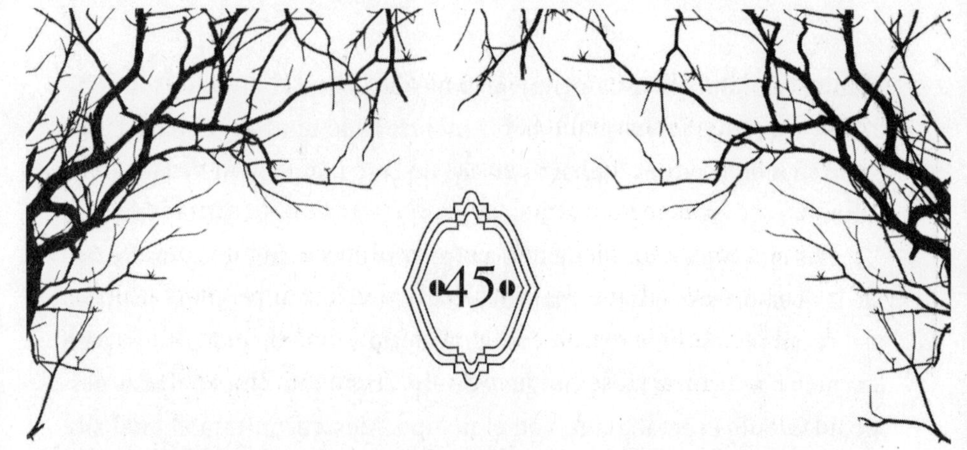

45

Para cuando Wood empezó a entonar el cántico bajo y rítmico del hechizo de unión, nuestros amigos ya habían formado un muro a nuestro alrededor empleando su magia, sus propios cuerpos y las armas que portaban. Tendrían que contener a los demonios y al propio Elijah si este decidía abandonar su refugio seguro, lo cual era una posibilidad si llegaba a percatarse de lo que pretendíamos.

Lo primero que sentí fue la propia magia de Alex encontrándose con la mía. Esta vez no hubo lluvia de chispas ni ninguna otra señal externa de ello. No fue un choque, sino una caricia. Un toque cálido que se propagó poco a poco por mi carne y mis huesos y que inundó mi interior de calma, cariño y amor. Como dos partes de un todo que se hubieran buscado durante una eternidad y se reconocieran. Hogar, así se sentía ahora el poder de Alexander, así se sentía todo él para mí.

Busqué sus ojos, aunque no me atreví a preguntarle en voz alta si era así también para él; no quería distraer a Wood aunque hubiese dicho que el ritual era sencillo y más o menos rápido. Alexander tampoco dijo nada. Su mirada estaba fija en mi rostro y sus dedos apretaban los míos con firmeza. Había permanecido transformado todo el tiempo, aunque yo no veía ya esa otra parte de él. Solo veía a Alex, por lo que al principio no me di cuenta de cuándo el cambio comenzó a revertirse. Los cuernos que asomaban entre mechones blancos y negros desaparecieron y el pelo viró hacia el tono rubio, mientras que su piel perdía la apariencia dura y la oscuridad retrocedía por su piel. Miré a Wood, buscando una confirmación de que eso era normal, pero este prosiguió recitando el hechizo de forma ininterrumpida y solo nos brindó un leve encogimiento de hombros.

—Está bien —susurró Alex entonces, y quise creer que así era.

Aún con su aspecto normal, su poder continuaba cantando para mí. Vibraba contra mi piel y bajo esta, en mi pecho y mi cabeza, y adquirió tal intensidad que dejé incluso de percibir al resto de brujos a mi alrededor. Solo lo sentía a él, y mi propio poder respondió a esa llamada sincronizándose con la melodía. Hasta que empezó a fundirse con ella...

Jadeé al sentir la sangre corriendo por mis venas cada vez más rápido, la magia fluyendo con ella. Y luego el mundo entero se iluminó de golpe. Luz y llamas me lamieron las venas. Un torrente de agua fresca. Enredaderas que serpenteaban y se enroscaban a lo largo de mi columna, empujadas por una brisa suave cargada de sombras. Fuego, agua, tierra y aire. Todos los elementos estaban allí, empapando nuestra magia. Nutriéndola y avivando el núcleo de poder de mi pecho que crecía y crecía, alimentado por la propia magia de Alexander, mientras que al mismo tiempo yo alimentaba la suya en un ciclo infinito. Nunca había experimentado nada parecido, ni siquiera cuando mi poder había despertado y me había liberado del hechizo que mi madre había lanzado sobre Ravenswood una vez.

Pero no todo se trataba de poder. Alex deslizó la mano libre por mi cintura, me envolvió con el brazo y apretó su cuerpo contra mí. Quedamos pecho con pecho y cadera con cadera. Su mejilla se apoyó en mi sien; sus labios me rozaron la piel. Una parte lejana de mi mente seguía escuchando el cántico difuso de Wood y otra se concentraba solo en la melodía de Alex, pero un nuevo sonido se impuso por encima de ambos, una voz que conocía muy muy bien.

«Te veo, Danielle Good. Veo tu poder y te veo a ti, y eres lo más hermoso que haya contemplado jamás».

La conmoción de escuchar a Alexander en el interior de mi cabeza estuvo a punto de hacerme soltar su mano. Sin embargo, él mantuvo firme el agarre de sus dedos.

«¿Cómo es posible?», probé a preguntar. Tal vez solo estuviera teniendo alucinaciones auditivas. Quizás algo había salido mal y aquello no era más que un sueño demasiado vívido.

«No estoy seguro, pero espero que no te moleste tenerme en el interior de esa cabecita tuya».

Me reí, aunque no supe si el sonido llegó a escapar de mi garganta o solo pudimos escucharlo nosotros. Fuera como fuese, sentí la satisfacción que mis carcajadas provocaron en Alexander.

«Te amo, Danielle. Me entrego a ti y prometo amarte hasta el fin de mis días e incluso después de que haya abandonado este mundo».

El ritual de unión no era una boda al uso, pero aquello se parecía demasiado a unos votos matrimoniales. Agradecí no tener que emplear mi boca para contestarle; no estaba segura de que me hubiesen salido las palabras.

«Te veo, Alexander, y amo todo de ti, cada pequeña parte, cada una de tus sombras. Soy tuya. Ahora y siempre».

«Siempre», repitió él a continuación.

¿Podía la oscuridad brillar? Porque eso fue lo que ocurrió entonces. Un manto de niebla inundó mi cuerpo y el aire a nuestro alrededor. El mundo entero. Pero ya no era oscuro y denso, sino que estaba salpicado de millones de estrellas. Una oscuridad deslumbrante que se volvió aún más intensa cuando mi propia luz la alcanzó y se enredó en ella. Fue como contemplar el nacimiento de una galaxia que fuera expandiéndose más y más hasta conformar todo un maldito universo. Sentí mi poder cambiar y supe que a Alex le estaba sucediendo lo mismo. De verdad se estaban uniendo. Encajando. Hasta conformar un todo nuevo y terrible y hermoso y devastador, envuelto en cariño, lealtad y un amor tan profundo y vasto como lo era el núcleo de nuestra magia ahora.

Muy lentamente, comencé a percibir otra vez los sonidos del entorno; gritos, susurros, gemidos, pasos agitados que iban y venían e incluso algunas explosiones. Luego, el aire seco y caliente. Todos los puntos en los que el cuerpo de Alex presionaba contra el mío; la mano de Wood que rodeaba las nuestras. El aroma a sangre y el hedor que desprendían los demonios y aquella tierra maldita. No podía quedar mucho para que el ritual llegase a su fin. Aunque todos lo habíamos creído posible, me maravillé de que estuviese funcionando. Lo conseguiríamos. La cantidad de magia de la que ahora disponíamos parecía infinita, y pensaba emplearla para ponerle fin a la existencia de Elijah Ravenswood.

El primer indicio de que algo iba mal llegó justo cuando el runrún del hechizo en boca de Wood terminó. Alexander sufrió un espasmo y retrocedió tambaleándose. Exhaló un brusco jadeo y, aunque no soltó mi mano, sí que se llevó la otra al pecho. Se inclinó un poco hacia delante y siseó, al tiempo que esbozaba una mueca de dolor. ¿Era la marca? ¿Estaba desapareciendo? Casi había olvidado que, en realidad, ese era el motivo por el que habíamos llevado a cabo el ritual. Él se transformaría en un Good y, por tanto, podría deshacerse de la maldición que había sido un legado de su linaje.

«Paga el precio y deshazte de la marca», había dicho Loretta Hubbard poco antes de morir.

—Wood... No... —balbuceó Alex, con la mano aún en el pecho y un tono que era pura desesperación, la misma que podía sentir también yo ahora que estábamos unidos.

«Paga el precio», repetí mentalmente.

«Toda magia tiene su precio», recordé también a continuación. Y entonces el pensamiento que me había estado esquivando se reveló por fin y comprendí cuál había sido exactamente el precio a pagar por aquel hechizo.

Alexander

Dolía. Joder, dolía como el mismísimo infierno. Wood nos había avisado, pero hasta ese momento todo lo que yo había sentido al bañarme en la luz de Danielle era ternura y amor. Nuestro poder se había fusionado hasta conformar una magia única y preciosa; los cuatro elementos combinados. No conseguía comprender quién de los dos había aportado el aire. Tuve que suponer que había sido Danielle, ya que yo había contado con el fuego y la tierra, tal vez ella hubiera sumado también un segundo elemento al que ya poseía. Lo más sorprendente de todo era haber podido escuchar su voz —¡su risa!— en mi mente. Sin embargo, además de una quemazón intensa en la zona donde tenía la marca, ahora sentía como si alguien hubiera hundido la mano en mi pecho y estuviera tratando de arrancarme el puto corazón.

El pico del dolor pasó y comenzó a atenuarse, pero solo para ser sustituido por... vacío. Fue como perder una extremidad o, peor aún, una parte de mi alma. Pérdida, eso era lo que estaba sintiendo. Una pérdida devastadora. Un lazo inquebrantable que se rompía poco a poco...

—Wood... No... —Tomé aire y lo intenté de nuevo. Traté de apartar la mano de la de Danielle solo para poder aferrarme a algo, lo que fuera, pero tanto ella como Wood la mantuvieron en su sitio.

—No te... sueltes —gimió mi familiar.

Mis ojos volaron hasta su rostro y vi el reflejo de mi propio dolor en ellos. El mismo vacío. La misma certeza. ¿Qué demonios había hecho?

Aunque no supe si Danielle me había escuchado en su mente o también se había dado cuenta de lo que sucedía, fue ella quien se hizo eco de mis pensamientos en voz alta.

—¿Qué has hecho, Wood? —preguntó, mientras me pasaba un brazo por la espalda para ayudarme a sostenerme en pie.

Dith también estaba ya allí, pero junto a Wood, aferrándose a él como si esperase que en cualquier momento fuera a desaparecer. Y el enorme cuerpo del lobo negro los custodiaba a ambos.

—¿Qué has hecho? —insistí yo a pesar de que ya lo sabía.

Lo percibía en los huesos, en el corazón. Nuestro vínculo se estaba disolviendo; se marchitaba segundo a segundo. Wood estaba dejando de ser mi familiar. Pero no estaba herido, no de gravedad. Ninguna magia lo había dañado. No era posible.

La unión. La marca ya no estaba, eso lo sabía. La parte de lo que yo era que había cargado desde mi nacimiento con aquella maldición se percibía ahora más ligera. Libre de su influencia. Me había unido en cuerpo y alma a Danielle. Nuestras magias conformaban ahora algo distinto. Un todo. Ya no sería más un Ravenswood, y si no pertenecía a dicho linaje...

—¡No! —Esa única palabra abandonó mis labios como un alarido agonizante que fue secundado por un aullido lastimero de Rav.

Caí de rodillas sobre la tierra y, dado que ninguno de los dos me soltó la mano, arrastré conmigo tanto a Danielle como al propio Wood. Este último estaba pálido y sudoroso. Tenía los labios apretados y el rostro tenso. Y aunque se esforzaba por ocultarlo, el dolor que padecía resultaba evidente para mis ojos. Él también lo sentía.

—¿Por qué? —jadeé a duras penas.

El dolor era ahora tanto físico como mental, incluso cuando sentía en mi cabeza la presencia cálida y reconfortante de Danielle y su cuerpo pegado al mío.

—¿Por qué no me lo dijiste? —exigí saber, pero, a cambio, él solo susurró mi nombre.

Yo debería haberlo sabido. ¿Cómo era posible que no me hubiera parado a pensar en Wood y Raven? Ellos estaban ligados a mí por medio de mi linaje. Habían sido maldecidos para acompañar a los brujos de mi familia generación tras generación, pero yo era —o había sido hasta hacía un instante— el único heredero de los Ravenswood. Si moría sin descendencia, ellos morirían conmigo. Y aunque no hubiera muerto, a todos los efectos el linaje de los Ravenswood estaba condenado.

Pero entonces Rav... Todos habíamos asumido que había pasado a ser el familiar de Danielle. ¿El dolor que parecía sentir, los lamentos y quejidos... eran por su hermano? ¿O también él se estaba desvaneciendo? De ser así, lo sentiría a través de Danielle, ¿no?

—Lo siento —dijo Wood, mientras se veía obligado a recostarse contra Dith—. Lo siento.

Miré a la bruja y encontré en sus ojos las lágrimas que los míos se negaban a dejar caer, no si eso significaba aceptar que aquello estaba ocurriendo de verdad. Ella lo mantenía muy cerca, apretado contra su cuerpo.

—Rav estará... bien —dijo a continuación, cada vez más débil.

Eso me alivió y a la vez no lo hizo. Negué con la cabeza, roto y dolido, mientras nuestra unión se debilitaba más y más. El aire chisporroteó y se impregnó del aroma dulce de Raven, y este adquirió su forma humana. De inmediato se inclinó sollozando sobre su hermano y yo sentí que me rompía del todo.

—No puedes dejarnos. No puedes.

—Es mi elección. —Fue todo lo que le dijo.

Luego soltó una carcajada, el muy imbécil. Incluso mientras se estaba... muriendo, el lobo blanco tenía que seguir siendo todo arrogancia y descaro. Sin embargo, al mirar a su gemelo su expresión se dulcificó. Con no poco esfuerzo, lo acomodó a un lado de su cuerpo, y Rav apretó el rostro contra su pecho.

—Quieres marcharte con Dith —escuché murmurar a Danielle, y su voz sonó también cargada de pesar.

Wood continuaba sonriendo, pero su mirada se volvió suplicante cuando me miró de nuevo. Le dio un último apretón a las manos que Danielle y yo aún manteníamos unidas y, acto seguido, dejó que la suya resbalara lejos de ellas. También su otro brazo presionó durante un breve instante con más fuerza el cuerpo de su hermano.

Alzó la vista hacia Dith y su sonrisa se profundizó.

—Te quiero —dijo ella.

—Te encontraré más allá del velo, mi amor —replicó él.

Un instante después, lo único que quedaba de Wood Ravenswood era un puñado de cenizas.

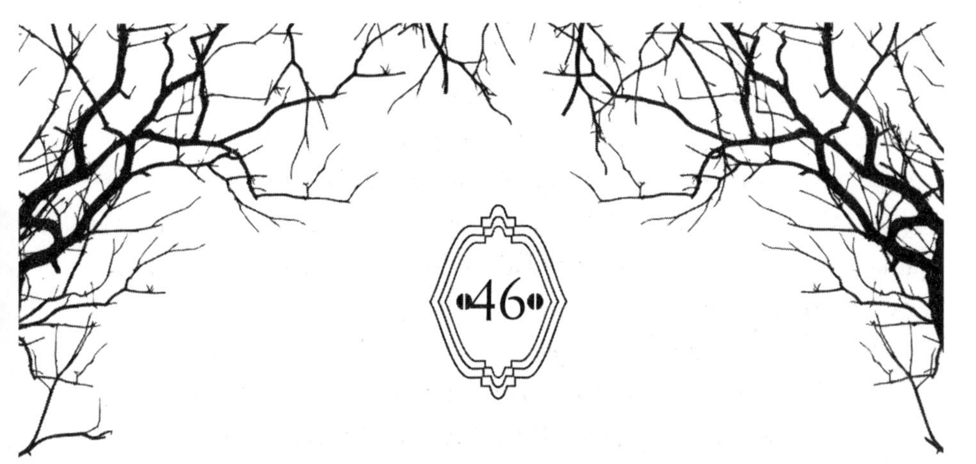

46

Una ira espesa me invadió de golpe. No estaba segura de si era mía o provenía de Alexander. O si en realidad se trataba de mi poder —nuestro poder— despertando una vez más. Mi corazón latía a un ritmo aterrador y la magia había empezado a retorcerse bajo mi piel en busca de una salida.

El mundo acababa de ponerse del revés.

Wood ya no estaba. Se había esfumado frente a nuestros propios ojos como consecuencia del ritual de unión; un pago demasiado elevado que no sabía muy bien cómo íbamos a afrontar. O si podríamos hacerlo siquiera.

—Era lo que él quería —dijo Dith con tan solo un hilo de voz. Aún estaba arrodillada sobre el suelo, pero ahora acunaba el cuerpo de Raven—. Su decisión.

No lo dudaba. Wood tenía que saber que la resurrección de Meredith solo era temporal, ella no le habría ocultado algo así. Esta solo había sido la forma de poder reencontrarse cuanto antes con su amada. ¿Era también la razón por la cual Raven inicialmente se había negado a aceptar su visión? Dios, ¿lo había sabido él todo este tiempo?

—Debería habérmelo dicho —replicó Alex, triste y furioso a la vez. Destrozado.

Meredith no contestó. Su expresión estaba cargada de pesar, dolor, compasión y... aceptación. Si la conocía, habría tenido su propia discusión con Wood, y resultaba obvio que la había perdido. Tampoco podía culparlos por querer estar juntos, no después de lo mucho que había sufrido Wood tras su muerte. Pero aquello iba a destrozar a Alex, y encontraría la forma de culparse por ello.

Una nueva oleada de aire caliente nos empujó a todos contra el suelo. Agazapada junto a los demás, eché un vistazo rápido alrededor. Había perdido la noción del tiempo mientras realizábamos el ritual, pero, por desgracia, me daba la sensación de que había más cuerpos amontonándose a lo largo y ancho del claro. Casi todos los demonios estaban retrocediendo hacia el árbol, quizás para proteger a su amo, pero esa retirada no significaba que estuviésemos más cerca de la victoria.

—Alex —lo llamé con suavidad.

Él continuaba observando a Raven, aunque no creí que lo estuviese viendo; más bien parecía incapaz de apartar la vista del lugar en el que antes había estado Wood. Dith intercambió una mirada de preocupación conmigo. Incluso ella sabía que no podíamos permitirnos el lujo de llorar al lobo blanco en ese momento. Por mucho que sufriésemos. Por mucho que doliera.

—Alex, te necesito aquí. Por favor —rogué, tratando de llamar su atención.

El retumbar de un trueno se tragó la última parte de la súplica. No, no un trueno. Era Elijah reuniendo hasta la última gota de su magia corrupta y oscura. El suelo también se estremeció bajo mis pies. Temí que hubiésemos estado de nuevo equivocados y el nigromante hubiera encontrado la manera de abrir una puerta al infierno sin la participación de Alex.

«Alex, dime algo, por favor».

Su cabeza giró hacia mí, y esa fracción de segundo que tardó en llevar los ojos hasta mi rostro fue todo lo que necesitó para convocar su poder. Se transformó de golpe. La oscuridad brotó de sus hombros y sus brazos. De todo su cuerpo. Cayó en cascada y fluyó sobre el suelo, para luego irse alzando también a nuestro alrededor. Solo que esta vez su magia era… diferente. Tan oscura como siempre, pero cargada de cientos de puntos luminosos que flotaban junto a ella y se movían de un lado a otro en su interior, como luciérnagas brillantes que danzaran arropadas por sus sombras. En cierto modo se parecía a lo que había visto mientras nos uníamos: una oscuridad resplandeciente y preciosa.

Enseguida, su poder cantó para mí. Apenas tuve que pensarlo y yo también estaba cambiando. Las alas se desplegaron, ahora mezcla de plata y negro, y mi piel comenzó a relucir; entre mis dedos, la magia saltaba en forma de chispas diminutas. Alex extendió el brazo y capturó un mechón de mi pelo. No dijo nada, pero no tardé en darme cuenta de lo que había atraído su atención: aunque mi melena seguía siendo castaña, dicho mechón se había vuelto tan blanco como había sido el pelaje de Wood. El nudo de mi garganta se apretó al pensar en él.

«Voy a matarlo». El pensamiento proveniente de Alex llegó junto con otra oleada de la ira más pura y profunda que hubiera sentido jamás.

«Juntos. Lo haremos juntos», repliqué, y recé para que, tan perdido como estaba en su dolor, no tratase de enfrentarse solo a Elijah.

No obtuve ninguna respuesta, pero sentí con claridad toda su furia, su tristeza y la pena que se había instalado en su corazón. Cuando se irguió por completo, las sombras se elevaron con él y juro que podía escucharlas susurrar. Eran sus ojos lo único que continuaba manteniéndose inalterables, era la única parte de él que no rebosaba oscuridad.

—Cuida de Rav. Llévatelo de aquí si puedes —dijo, dirigiéndose a Dith. Cam llegó entonces hasta nosotros, herido pero aún entero, algo por lo que no podía estar suficientemente agradecida. Alex lo miró también a él—: Protegedlo.

No iba a protestar por eso. No cuando el eco de las palabras de Elijah era más fuerte que nunca. Acabábamos de perder a Wood y no perdería también a Raven. Lo quería lo más lejos posible del nigromante, y de todas formas no estaba en condiciones para luchar. Aovillado sobre el suelo, se aferraba a la cintura de Meredith con ambas manos y sus hombros no paraban de sacudirse a causa de los sollozos. En más de tres siglos de existencia, los gemelos nunca se habían separado hasta ahora; la magnitud del dolor que debía estar sintiendo Rav tenía que ser insondable.

Cam asintió mientras lo envolvía con sus brazos e intentaba que lo mirase para poder comunicarse con él. Yo también quería consolarlo, aunque resultaba estúpido pensar que había una manera de suavizar el golpe sufrido. Sin embargo, ni Alex ni yo podríamos hacerlo. No hasta que todo acabase.

Como si él hubiera escuchado el pensamiento, me tendió la mano, y las sombras que jugueteaban en torno a sus dedos también se extendieron en mi dirección. No dudé. Me agarré a él y Alex tiró de mí para ponerme en pie.

—Juntos.

—Juntos —coincidió, con un tono bajo y suave que prometía cosas terribles.

Y eso fue todo cuanto necesitamos decirnos.

Alexander

Sin soltar nuestras manos, Danielle y yo nos volvimos hacia los demonios que se interponían entre Elijah y nuestra posición. Tal vez fuese porque se habían agrupado, pero parecía haber más de los que habían quedado después de que les diera la orden de regresar al infierno. En cambio, los brujos eran mucho menos numerosos. Atisbé la llamativa melena de Beth y a Sebastian junto a ella, así como a Jameson. Ellos seguían vivos, pero ¿cuántos habrían caído ya junto con Wood? ¿Cuántos más caerían antes de que todo acabara?

—¡Deja de esconderte de mí! —grité. Ahora, además de justicia quería venganza. Mi familiar había entregado su vida para darnos el poder para derrotarlo, y Elijah pagaría por ello y por todo el mal que había causado—. ¡Ven aquí y pelea con nosotros! ¡Ya no soy un Ravenswood! ¿Me oyes? ¡No pertenezco a tu linaje! ¡Nunca más!

Ese hecho me hizo sentir más yo mismo que nunca, aunque la muerte de Wood pesaba y dolía y me estaba destrozando por dentro. Aparté el pensamiento. Si me detenía en él, sabía que volvería a derrumbarme y no me levantaría jamás.

Elijah nos observó desde el otro lado del muro de demonios, sus ojos anegados de oscuridad. Estaba furioso, lo sentía, igual que podía percibir la forma en que su poder horrendo saturaba el aire y trataba de llegar hasta nosotros. Lucía el mismo aspecto que yo había tenido una vez; la piel gris y pétrea, y lenguas oscuras lamiéndole los hombros. Sin cuernos, eso sí. Y, sin embargo, ahora no nos parecíamos en nada. Mi magia se había unido con la de Danielle de tal forma que... brillaba.

—¿Qué diablos has hecho, Luke? ¡¿Cómo te has atrevido a contaminar de esta forma nuestro linaje?!

Una pequeña sonrisa se asomó a mis labios.

—Tu linaje. Tu familia —remarqué—. Eres tú quien ha contaminado este lugar.

«Tenemos que acercarnos a él», susurró Danielle en mi mente.

«Vamos a ello entonces».

No le conté mis planes. Me limité a tirar del núcleo de poder que ahora compartíamos y que resultaba tan inmenso que apenas si podía empezar a abarcarlo. Había sido consciente de que Danielle era más poderosa que yo, pero no de que lo fuese tanto ni de lo conveniente que resultaba que dicho poder pudiera alimentarse con ira; por suerte para nosotros, de eso tenía de sobra.

Mis sombras ascendieron mientras les daba forma. Decenas —cientos más bien— de cuervos con picos y ojos dorados revolotearon un momento por encima de nuestras cabezas. Eché un vistazo por encima del hombro para asegurarme de que Dith y Cam habían conseguido retirarse y llevarse consigo a Raven. Cuando comprobé que así era, lancé a los cuervos hacia el frente como flechas, imprimiéndoles tanta fuerza que la mayoría encontró su objetivo y lo atravesó de parte a parte. Los demonios heridos no se esfumaron, pero retrocedieron tambaleándose y algunos de ellos incluso cayeron al suelo.

—¡Atacad! —gruñó Elijah, aún firme en su posición.

No era más que un cobarde que primero había corrompido a una niña para enviarla a hacer su trabajo y ahora se escondía tras aquellas criaturas salidas del infierno.

Busqué a Sebastian entre los brujos que aún estaban en pie y este me dedicó un leve asentimiento; nos respaldarían, cada brujo que aún contara con magia o un arma haría lo que fuese para facilitarnos que llegásemos hasta Elijah.

Mi mirada se posó a continuación sobre Danielle. Sentía su presencia a mi lado y en mi mente, y su magia fundida con la mía me corría por las venas. Ni siquiera necesitó que le preguntara si estaba preparada, tampoco tuve tiempo para ello. Los demonios se movieron hacia nosotros como un bloque unificado, y me resultó irónico que, siendo lo que eran, tuvieran esa clase de disciplina. Claro que era mi antepasado quien movía los hilos.

Danielle y yo liberamos por fin nuestras manos. Ella alzó las suyas y envió una onda de luz tan potente que volatilizó a la primera fila de nuestros enemigos. Solo entonces los demás comenzaron a dispersarse en todas direcciones. Los brujos fueron a por ellos, mientras que yo cargué contra los que parecían haber fijado su atención en nosotros dos. Todos eran criaturas enormes, de garras y dientes afilados; algunos con protuberancias en los hombros y púas brotando de la carne, otros con lenguas bífidas y escamas en vez de piel.

Invoqué una espada bañada en sombras y estrellas, y Danielle me imitó, aunque ella optó por un par de dagas. Mi ira la contagió, la suya se hizo también mía. Si una vez había pensado que sería capaz de derrumbar aquella academia maldita por la mujer que tenía a mi lado, en ese momento me juré que no pararía hasta despedazar a mi antepasado y poder ofrecerle un mundo en el que ya no hubiese nada que ella tuviera que temer.

«Mantente cerca de mí», le pedí mentalmente.

«Siempre».

Eso era lo que más deseaba; por lo que lucharía. Por un futuro para nosotros, uno que abarcase a la que consideraba mi familia sin importar cuál fuera mi apellido ahora o cuál el que tuvieran ellos. En ese momento, venganza y esperanza parecían la misma cosa para mí.

Decapité al primer demonio que se me acercó. No era uno de los más grandes, pero sí rápido. Eso no lo salvó. Pero tras él vinieron más. Le mostré los dientes al que ocupó su lugar mientras Danielle se enfrentaba a otro de aquellos seres. Había compartido tantas horas de práctica con Wood que me sentía cómodo con una espada en la mano. La certeza de que esos momentos ya no volverían a repetirse incrementó aún más la rabia que sentía. Cada demonio que vino a por mí se encontró de un modo u otro con la magia de aquel filo. La noche del asalto al auditorio mi poder no había servido de mucho contra los demonios, pero, tras el ritual, eso había cambiado por completo; mis sombras cortaban la carne y la luz de Danielle se hundía en ella para devorarlos desde dentro hacia fuera.

Nos movimos hacia delante de una forma feroz e implacable, uno junto al otro, mientras Elijah lanzaba más y más demonios contra nosotros. No hizo ademán de alejarse del árbol en ningún momento, y empecé a plantearme que quizás la mejor manera de atacar al nigromante fuera reducirlo a cenizas. Ravenswood era en sí mismo un núcleo de poder, y la sangre que encharcaba cada centímetro de aquella tierra solo contribuía a aumentarlo, pero tal vez eliminando el árbol la conexión entre aquel lugar y él se debilitaría. Quizás incluso llegara a romperse del todo.

«Está protegiendo el árbol».

«Dijiste que había uno igual en la tumba de Sarah. Sería lógico pensar que ambos sean la representación física del pacto que hicieron, y ha sido el recipiente donde ha recolectado todos sus sacrificios», respondió Danielle.

Invoqué una bola de fuego, luz y sombra y la lancé directamente hacia las ramas, pero Elijah la desvió con un golpe de su propia oscuridad. Danielle también intentó alcanzar el árbol con otros proyectiles; sin embargo, él frustró cada uno de nuestros intentos. Necesitábamos acercarnos más y comprobar si de verdad dañarlo tenía un efecto en él, así que me concentré en continuar avanzando. Me enfrenté a otra criatura de pesadilla. Y luego a otra. Y a otra más. Mientras que Danielle hacía lo mismo. A nuestro alrededor, el resto también luchaba. Brujos blancos y brujos oscuros. Brujos, sin más. Y cualquiera que fuera el resultado de todo aquello, me dije que ese sería el día en el que el mundo mágico volvía a convertirse en lo que nunca debería haber dejado de ser.

Pensar en el coste que iba a tener me provocó una descarga de amargura. La aproveché para formar un muro de oscuridad y barrer con él a varios demonios de una sola vez. Y con ese golpe, por fin, se abrió frente a nosotros un camino directo hacia Elijah Ravenswood.

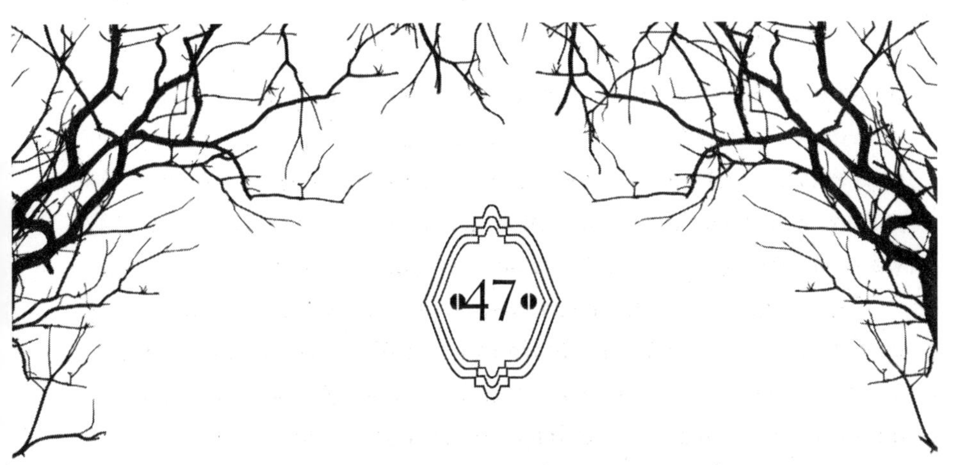

47

Alexander echó a correr hacia Elijah. Tardé varios segundos en reaccionar y seguir sus pasos, pero eso me permitió percatarme de los demonios que trataron de abalanzarse sobre él, así que me quedé un par de metros atrás y me dediqué a cubrirle las espaldas.

El primer golpe que lanzó Alex fue un rayo de oscuridad resplandeciente del que Elijah se resguardó tras un escudo de sus sombras. Aun así, dicho escudo se iluminó durante un instante y vi cómo el nigromante apretaba los labios, frustrado, al darse cuenta del cambio en el poder de Alexander. No creí que hubiera previsto nada acerca del ritual de unión, y su falta de previsión nos concedió una breve ventaja. Alex la aprovechó para hacer caer sobre él más y más golpes. Aunque el escudo no cedió, cada vez se iluminaba durante más tiempo, y juro que podía escucharlo resquebrajarse.

—Eres un traidor a tu sangre —dijo Elijah—, pero ¿crees que esto me detendrá? Veré el mundo arder de todas formas.

Alex soltó una carcajada cargada de cinismo.

—Tú eres el único que va a arder aquí.

Mientras yo, dagas en mano, hacía frente a las criaturas que trataban de llegar hasta él, Alex detuvo su ataque solo para cambiar de estrategia. Acumuló poder en su mano derecha, pero esta vez no lo lanzó, sino que se abalanzó hacia delante y hundió el puño en el escudo protector. El choque provocó una lluvia de chispas y la protección saltó en pedazos. Pero Elijah reaccionó convocando un látigo de oscuridad que se enredó en torno al cuello de Alexander.

Escupí una maldición y liberé una nueva oleada de luz que lanzó por los aires a los demonios más cercanos. Cuando volví a mirar, Alex ya estaba contraatacando. Con un tajo limpio de su espada, cortó el cordón de sombras y se liberó. Acto seguido, se agachó y rodó hacia atrás para evitar más de sus azotes. Se mantuvo acuclillado y empezó a murmurar un hechizo. Su objetivo fue diferente esta vez: el árbol. Una llamarada brotó de su base; sin embargo, Elijah debía estarlo protegiendo, porque el fuego lamió el tronco sin provocar daño alguno.

Annabeth, Sebastian y Jameson, que llevaba a su familiar aferrado al cuello, llegaron hasta donde yo estaba.

—Ve a ayudarlo. Te cubrimos —dijo Sebastian, y yo asentí, aliviada por la ayuda.

Tan solo había apartado la vista de la pelea un instante, pero cuando giré de nuevo me encontré con que Alex había retrocedido tanto que lo tenía justo delante de mí.

—¿Qué es lo...? —El resto de la pregunta se atascó en algún punto de mi garganta al llevar mi mirada más allá de él y descubrir el motivo de su retirada.

El estómago me dio un vuelco y se me aflojaron las rodillas a pesar de que no podía creer lo que estaba viendo. No, de ninguna manera. Alex me llamó, no en voz alta, sino que mi nombre fue susurrado en mi mente en forma de pregunta cautelosa.

«¿Danielle?», insistió, cuando no encontré el modo de contestar.

No era capaz de concentrarme para formular ningún pensamiento coherente. Todo lo que podía hacer era mirar y mirar al nigromante, su sonrisa cruel y satisfecha, y la figura que había aparecido a su lado.

—Danielle, ¿ella es...?

—Chloe —conseguí articular a duras penas.

Mi poder se apagó y caí de rodillas sobre el suelo. No me atrevía a apartar la vista del rostro de mi hermanita. De sus ojos redondos y azules, su pequeña nariz y las mejillas regordetas pero demasiado pálidas. El *shock* que me produjo volver a Chloe fue tal que en un primer momento no me di cuenta de que llevaba la misma ropa que el día de su muerte. También me costó apreciar el hecho de que podía ver a través de su cuerpo.

Alex se arrodilló junto a mí mientras reclamaba para sí parte de nuestra magia. No tenía ni idea de lo que se proponía, y no podría haberlo detenido aunque quisiera. La tierra se estremeció y sendos muros se elevaron a un lado y otro de nuestra posición; los construyó a base de oscuridad, como había hecho aquella vez en los límites de este mismo lugar la noche en la que habíamos perdido a Dith, y se las arregló para que formasen una especie de triángulo cuyo centro eran el árbol, Elijah y... Chloe. Tan solo unos pocos demonios quedaron en su interior. No tuvieron un final agradable. De entre las sombras brotaron enredaderas y fueron succionados por los muros. Y mientras todo eso sucedía, yo seguía mirando a mi hermana. Al fantasma de Chloe.

Quería llorar. Quería gritar. Quería reír e ir hasta ella y abrazarla. Pero no me moví, ni siquiera parpadeé.

—Hijo de puta cruel —masculló Alex.

—Es mi hermana —repetí yo, con el corazón destrozado.

Ella contemplaba todo a su alrededor con una expresión confusa y asustada. Parecía totalmente perdida. Hasta que sus ojos me encontraron. Solo entonces parte de la angustia desapareció de su rostro y fue sustituida por la sorpresa. Me dedicó una sonrisa radiante, y ya no fui capaz de retener las lágrimas por más tiempo.

—¡Dani! —gritó, y... oh, Dios, escuchar el timbre de su voz fue demasiado.

La vi tratar de avanzar hacia mí, pero algún tipo de fuerza invisible la mantuvo en su sitio, junto a ese maldito y retorcido brujo.

—Elijah, ¿qué crees que estás haciendo? —gruñó Alex.

Aunque yo sabía que aquello tenía que ser un truco del nigromante, seguía demasiado conmocionada como para decir nada. La muerte de Chloe era una herida que jamás acabaría de sanar, no cuando además había sido asesinada por nuestra propia madre. Había visto su menudo cuerpo tirado en el suelo de nuestro salón y esa imagen nunca abandonaría mi mente. Contemplarla exactamente con el mismo aspecto...

Alex tiró de mí y me ayudó a levantarme. Tuvo que sostenerme contra su costado para mantenerme en pie. Chloe observó horrorizada la interacción. No la culpaba; la apariencia de Alex nunca me había dado miedo, pero era muy consciente de lo que ella estaría viendo. Quise decirle que no tenía nada que temer, explicarle que Alex no me haría daño ni tampoco se lo haría a ella, pero Elijah se adelantó un paso y reclamó nuestra atención. O mi atención más bien; a Alex solo le brindó una mirada de repugnancia.

—Puedes recuperar a tu hermana si quieres —ofreció, con tono hastiado—. Solo tenéis que marcharos de aquí.

—No hagas esto —dijo Alex, y pude escuchar el profundo horror con el que pronunció cada palabra.

Era el mismo que yo sentía. Lo que Elijah estaba proponiéndonos...

—Dani, ¿por qué estoy aquí? Quiero... quiero irme —dijo Chloe entonces. Continuó balbuceando, hasta que un gesto de Elijah la hizo enmudecer.

Me sentí morir. El aire apenas si llegaba a mis pulmones y las lágrimas continuaban cayendo de mis ojos sin que tuviera el ánimo suficiente para luchar contra ellas. Lo peor era saber que Elijah podía de verdad traerla de vuelta. Lo había hecho con Dith; ¿por qué no con Chloe? Pero la resurrección de mi familiar había sido solo un regalo envenenado y Meredith nos dejaría de nuevo. ¿Era capaz el nigromante de devolverle la vida a alguien que llevaba casi diez años más allá del velo y que no muriera al poco tiempo? La había traído hasta aquí, solo Dios sabía de qué modo, pero...

—Esto es demasiado cruel incluso para alguien como tú. No puedes jugar con los muertos de esta forma —añadió Alex. Erguido a mi lado, su presencia era lo único que conseguía que no me derrumbara.

Sí, sí que podía, y tratar de razonar con Elijah seguramente era una pérdida de tiempo. Ya había demostrado que no tenía conciencia ni ningún tipo de brújula moral. No había un «demasiado» para aquel brujo. Ya no era un loco, como había pensado una vez, perturbado por los siglos pasados entre el mundo de los vivos y el de los muertos, sino algo peor. Alguien hueco y sin corazón, alguien malvado sin más. El peor demonio de todos los que había allí.

«Ángel, no... no deberíamos. Pero si es lo que quieres...». Quise llorar al escuchar el apodo y la suavidad y ternura que Alex empleó para hablarme. También por el hecho de que se plantease siquiera dar media vuelta y largarse solo para que yo tuviera una oportunidad de recuperar a mi hermana. Yo había sentido su deseo de vengar a Wood, pero, más allá de eso, sabía que Alex no era la clase de persona que miraría hacia otro lado mientras más inocentes morían ni permitiría que el mundo entero sucumbiera. Aun así, eso era lo que me ofrecía.

Miré a mi alrededor, a mi espalda. Los demás continuaban luchando. Sangrando. Pese a las heridas y la escasa magia que les quedaba ya. Pese a que debían estar agotados y era posible que hubieran sufrido sus propias pérdidas. Todos habían venido para enfrentar el verdadero mal; sin bandos, sin distinciones. Pensé en Maggie, Johan, el consejero Putman, Thomas Hubbard... En Wood y su sacrificio. En los que habíamos perdido antes de llegar hasta allí y en los que habían muerto o podrían morir aún esa misma noche. En los humanos que se habían visto en medio de todo sin más motivo que el de tener sangre corriendo por las venas. Incluso en mi madre, que tal vez solo hubiera sido otra víctima más de algo que se había iniciado siglos atrás. Pensé en Sarah Good. En Benjamin Ravenswood. En el modo en que Salem había provocado un cisma en nuestra comunidad y en cómo ahora habíamos vuelto a reunirnos. Pensé en Dith, a la que tendría que decir adiós, aunque fuese a reencontrarse con el amor de su vida. Pensé en el sufrimiento padecido por Raven a manos de sus padres y en que nunca había tenido la oportunidad de amar o hacer ninguna otra cosa con libertad. En Cam, que había perdido a su padre y, al mismo tiempo, se había enamorado por primera vez. En Sebastian y su hermano, reunidos al fin. En la valentía de Beth. La amabilidad de Robert. Laila y Aaron siempre dispuestos a ayudar. En Alexander aceptando finalmente quién era. En mí misma, que solo había sido una chica escapando de la monotonía y la rigidez de una escuela demasiado formal. Y finalmente pensé en Amy Hubbard, que no podía tocar a nadie sin tener luego pesadillas.

«Todos tenemos que elegir».

Cada una de las elecciones que nos habían llevado hasta ese instante desfilaron ante mis ojos y maldije al destino. Maldije Salem, los bandos y a todos los que una vez habían participado de la locura que supuso. Ya había muerto demasiada gente, ya habíamos sufrido demasiado.

Alex me llamó mente a mente y supe que estaba sintiendo toda mi desesperación, el dolor y la agonía. Sabía que, de haber podido evitarme todo aquello, lo hubiera hecho sin dudar. Pero, igual que Wood Ravenswood había tomado su decisión, yo tendría que tomar la mía, incluso si solo se trataba de una trampa o alguna clase de espejismo. Incluso si, de aceptar, aquello no terminara conmigo abrazando de nuevo a mi hermana pequeña.

—Chloe, te quiero. Te quiero tanto, hermanita —murmuré, esperando que pudiera oírme. Que lo entendiera. Elijah se atrevió a esbozar una pequeña sonrisa, así que clavé mis ojos en él antes de decir—: Vamos a enviarte directo al infierno.

—¿Estás segura? Porque volveré de él, ya lo he hecho antes. Y es tu hermana; tu pequeña hermanita a la que Sarah mató —tarareó, con evidente regocijo—. Nunca esperé volver a encontrarla, ¿sabes? Pero supe que era ella en cuanto a tu madre se le ocurrió venir aquí. Disfruté mucho susurrándole al oído y manipulando su mente. Las Good siempre fuisteis de sangre débil.

—Cállate de una maldita vez —espeté a pesar de que acababa de confesar haber influido en el comportamiento de mi madre.

Alex alzó la mano y la espada cargada de estrellas apareció en ella con un estallido de poder.

—Soy un Good ahora —dijo— y una parte de tu sangre también lo es, así que tal vez debas replantearte el odio que sientes hacia ese linaje.

Mi mirada regresó al rostro de Chloe. No podía dejar de mirarla. Lucía tan pequeña y asustada. Dolía no poder envolverla entre mis brazos y no dejarla ir jamás, pero sabía que no podía ceder ante Elijah. Ningún brujo debería haber tenido jamás el poder de despertar a los muertos; ninguna magia debería haber sido empleada nunca para ello, menos aún cuando el precio a pagar era la sangre de tantos y tantos inocentes. Y aunque descartar la posibilidad de darle una segunda oportunidad a una niña —a mi propia hermana— me estaba matando por dentro, no nos condenaría.

—Llevas sangre Bradbury también —prosiguió increpándolo Alex—. Pero, de todas, es la parte Ravenswood la que debería avergonzarte.

El nigromante no dio muestras de que lo que le decía le importase, no creí que nada lo hiciera, pero las palabras de Alexander trajeron a mi mente algo que el propio Elijah había mencionado en nuestros anteriores encuentros.

Eché un vistazo al árbol, a las hojas de un rojo oscuro, alimentadas con la sangre de brujos y humanos. Era la representación de su pacto con Sarah. Todo aquello siempre se había tratado de los Good y los Ravenswood, con maldición o sin ella. Dos linajes de sangre, a eso se reducía todo. A la sangre.

«Creo que sé cómo destruir el árbol y a Elijah. Para siempre», le hice llegar a Alex.

«¿Es eso lo que de verdad quieres?». No había juicio ni acusación en su voz, solo la necesidad de obtener una respuesta. Sabía lo que preguntaba en realidad, y lo amaba por plantearse la posibilidad de convertirse en un monstruo por mí. Pero aunque él pudiera albergar aún alguna duda, tenía muy claro que nunca lo había sido y yo tampoco haría que se transformara en uno.

«Te amo, Alex; y sí, estoy segura».

Un sentimiento cálido inundó mi corazón, y casi pude sentir a Alex abrazándome. A cambio, le mostré una imagen mental de lo que me proponía. Solo esperaba no estar cometiendo un error.

—Te quiero, Chloe, y te juro que volveremos a encontrarnos.

Ella parpadeó al escucharme, pero su boca continuó sellada; ni siquiera tendría la oportunidad de oír su voz por última vez. Odiaba el hecho de que mi hermana fuera a presenciar la violencia de aquella muerte, pero no había nada que pudiera hacer para evitarlo. Nuestra única ventaja era el elemento sorpresa.

Alex y yo nos movimos a la vez. Yo reclamé mi magia de golpe e inundé todo a nuestro alrededor con la luz de mi ira, y él se abalanzó sobre Elijah con la mano que empuñaba la espada por delante. El nigromante no se quedó esperando sin más a que lo atravesara con ella, pero, sin tiempo para convocar un escudo que lo protegiera, optó por moverse para evitarlo. Yo lo hice con él. Me coloqué a su espalda y le barrí las piernas de debajo del cuerpo, y Alex lo agarró en cuanto empezó a caer. Sus sombras rugieron al desplegarse sobre Elijah; se le colaron por la garganta para silenciar cualquier hechizo, presionaron su cuerpo contra el suelo y envolvieron sus manos hasta formar una barrera de contención. Entonces, fui yo quien se inclinó sobre él.

«La sangre Ravenswood no debería derramarse en este bosque», eso era lo que había dicho la noche en la que una Ibis había atacado a Raven. Yo me había percatado entonces de que, en realidad, no parecía preocupado por el estado de Rav, pero había apartado ese detalle de mi mente. Luego, Elijah lo había repetido en el auditorio, lo cual daba a entender que era algo más que un comentario sin valor. Todo hechizo tenía una laguna y esa laguna podía convertirse en debilidad, una forma de deshacerlo. Y no creía equivocarme al pensar que la sangre de su propio linaje era precisamente lo que necesitábamos para debilitar y poder destruir aquel árbol maldito.

Ya había una daga reluciente en mi mano, así que todo lo que tuve que hacer fue hincar una rodilla en el suelo. Me hubiera gustado decir que me tembló el pulso, porque eso significaría que sentí algo al cortarle el cuello a una persona, aunque fuese alguien despreciable y malvado. Pero el tajo fue firme y la sangre comenzó a manar de inmediato, cubriéndome los dedos y el filo del arma.

No me detuve a contemplar mi obra ni presté atención al gorgoteo que soltó Elijah cuando trató de reír, convencido de que este no era su final. Ni siquiera miré a Chloe, cuya figura proseguía inmóvil a pocos pasos. Me aparté y fui directamente hacia el árbol. Con las alas totalmente extendidas a ambos lados de mi cuerpo, alcé la daga y dejé que toda la magia de la que aún disponía fluyera hacia ella. Fuego, aire, tierra y agua envueltos en luz y oscuridad e impregnados de sangre Ravenswood.

«Hazlo. Acaba con esto, Danielle».

Solté un grito y hundí la hoja con todas mis fuerzas en el tronco. Y juraría que mientras siglos de odio y malicia ardían bajo la ira de mi poder, mientras el mundo se inclinaba para recuperar el equilibrio un momento después, mientras todo lo que estaba hecho se deshacía y nos reencontrábamos con el destino una última vez... juraría que Elijah Ravenswood gritó también conmigo.

Epílogo

La habitación aún estaba en penumbra cuando me desperté. Los meses habían pasado volando desde «La masacre de Ravenswood»; así era como habían bautizado los medios de comunicación lo sucedido. Y lo había sido, una auténtica masacre. La mayoría de nosotros aún estábamos asumiendo las pérdidas; tantas y tantas pérdidas. Brujos. Humanos. Continuar adelante y tratar de reconstruir nuestras vidas había resultado complicado, caótico y doloroso. Muy doloroso.

Derramar sangre Ravenswood a los pies del árbol de Elijah había debilitado al nigromante y, con la garganta abierta, no hubo manera de que se recuperase. El árbol y él mismo se habían convertido en cenizas tan solo unos segundos después de que yo apuñalase el tronco haciendo uso del poder que ahora compartíamos Alexander y yo. De la ira. Del rencor y el dolor. Del odio. Los demonios habían desaparecido acto seguido. Salvar el mundo de la oscuridad perpetua y a saber de qué otra clase de males nos ofreció consuelo; era nuestro objetivo, lo que nos había llevado hasta allí. Pero el coste... El coste había demasiado alto para nuestra pequeña familia, y también para muchas otras.

El sacrificio de Wood no había sido vano, pero a Alex aún se le ensombrecía la mirada en algunos momentos y Raven se convertía en lobo a menudo, cuando sus propias emociones lo sobrepasaban y no era capaz de gestionarlas. Incluso si contaba con el apoyo y el amor incondicional de Cam y con el nuestro, aún estaba aprendiendo a vivir sin su gemelo. Todos estábamos aprendiendo a vivir de nuevo.

Y Meredith... mi amada Dith. No había tenido oportunidad de despedirme de ella. Cuando todo había terminado y pude ir en su busca, tan solo había hallado a Raven y a Cam refugiados en el interior de la mansión, deshechos y rotos. Tan pronto como había muerto Elijah, todo lo que su magia había convocado se había esfumado con él. Y así yo había vuelto a perder a mi mejor amiga. Mi único consuelo era pensar que había cruzado el velo y estaría con Wood.

Tampoco había podido tener unas últimas palabras con Chloe, y eso dolía tanto que apenas si me había atrevido a hablar con nadie de ello, ni siquiera con Alexander. Él lo sabía, claro está; lo sentía. Pero yo no estaba segura de cómo afrontar el hecho de haber tenido una segunda oportunidad con ella y no haber podido decirle lo mucho que la echaba de menos. Resultaba desgarrador.

Los rituales de despedida se habían sucedido en los siguientes días tras la masacre: Dith, Wood, la consejera Winthrop, Aaron Proctor, dos de los Ibis y muchos otros brujos que habían ofrecido sus vidas para que hoy nosotros estuviésemos aquí. Y gran parte de los humanos de Dickinson... Sí, desde luego que había sido una masacre. No podía culpar a Alex por decidir que quería derruir el lugar, algo que, a pesar de no ser ya un Ravenswood, se le había permitido llevar a cabo unos meses después, cuando las cosas se hubieron calmado y las investigaciones policiales atribuyeron lo acontecido allí a alguna secta de la que nunca habían tenido conocimiento.

La academia de la oscuridad fue demolida, y también la de la luz, dada su cercanía y la posibilidad de que la energía residual del lugar afectara a Abbot. Parecía lo correcto. Un nuevo comienzo, nuevas academias para los brujos jóvenes; sin bandos, aunque esa parte tardaría aún un tiempo en calar tras siglos de rencillas. Poco a poco, me dije. A pesar de tanta muerte, cambiar la mentalidad y las normas que nos habían regido desde Salem requeriría paciencia y cierta constancia. Pero estábamos en el buen camino.

El lío de mantas bajo el que estaba acurrucada se sentía cálido y reconfortante, tal vez porque Alex dormía a mi lado y la melodía de su magia resonaba muy bajita, como una canción de cuna que gritaba hogar, familia. Amor. Él había sido el ancla que me había mantenido cuerda todo ese tiempo y a veces me bastaba mirarlo para recordar cómo sonreír. Cómo reír. Porque a pesar de todo seguíamos vivos, juntos y unidos de una manera en la que ninguna otra pareja lo estaba. Si sentía que me derrumbaba, acudía junto a mí; si él flaqueaba, era yo la que trataba de brindarle mi fortaleza. Y a veces, cuando ninguno de los dos podía tirar del otro, ahí estaban Rav, Cam, Sebastian y los demás para no permitirnos caer.

Una mano se deslizó por mi cadera y fue a parar a mi estómago. Enseguida, Alex se apretó contra mi espalda y su calor me rodeó. También estaba despierto.

«Es demasiado temprano para esa clase de pensamientos», susurró en mi mente, pero no había reproche alguno en su comentario. Todo lo que sentía era cariño, ternura y... alivio, como cada mañana en la que despertábamos y nos dábamos cuenta de que el otro seguía ahí. Tal vez con el tiempo, con mucho más tiempo, dejaríamos de esperar que el destino jugase con nosotros de nuevo e intentase separarnos. Que la maldición mencionada por Elijah encontrara la forma de cumplirse y esto fuese tan solo la calma que precede a la tempestad.

«Lo siento, no puedo evitarlo».

Me hizo girar hasta que quedé boca arriba y él se incorporó sobre un codo. Me miró con esos preciosos ojos tan diferentes entre sí, tan llenos de anhelo y comprensión. Luego, sus dedos se enredaron en el mechón blanco de mi pelo. Sonrió antes de apartarlo a un lado y despejar mi rostro. Al contrario de lo que le sucedía a él, el cambio en el color de ese único mechón se había mantenido de forma permanente. A menudo me hacía una pequeña trencita con él para que no resultase tan llamativo, pero la gente que me había conocido antes solía quedarse mirándolo de cualquier forma. A Alex le encantaba, del mismo modo que me pasaba a mí con sus ojos, pero yo aún no estaba segura de si lo amaba o lo odiaba, aunque parecía algo irrelevante después de todo lo ocurrido.

«Deberías intentar dormir un poco más. Hoy será un día... movidito».

No quería pensar en ello. Tenía muchas expectativas sobre esa noche y estaba aterrada por que no se cumplieran.

—No puedo dormir —dije esta vez en voz alta.

Alex, como siempre, conocía mis temores y todas las preguntas que no me atrevía a hacer en voz alta. Envió una voluta de sus sombras hacia mi mejilla y sentí el roce delicado y familiar de su oscuridad resbalando por mi piel. Eso me hizo sonreír. Amaba que ya no tuviera miedo de su poder. De nuestro poder. Luz y oscuridad reunidas de un modo hermoso y brillante.

Se inclinó sobre mí. Había estrellas en sus ojos. Había ternura. Y deseo. Y amor. Había tantas y tantas emociones allí... Alexander Good —a veces todavía me costaba recordar que ya no era un Ravenswood— no podía estar ahora más lejos del brujo gruñón y arrogante que había conocido más de un año atrás. Lo sucedido lo había cambiado. Nos había cambiado a todos.

—Está bien, podemos encontrar algo que hacer para distraerte.

Una chispa de diversión destelló en su mirada y su expresión se volvió juguetona. Aun cuando ambos sabíamos la clase de distracción a la que se refería, enarcó las cejas, a la espera de una respuesta a su pregunta silenciosa. En lo que respectaba a nuestra relación, y a pesar de que estábamos casados mediante un antiguo ritual mágico, Alexander nunca daba nada por sentado. Y lo amaba por eso.

Rodeé su nuca con la mano y lo atraje hasta que nuestras bocas se rozaron. Sus labios se curvaron sobre los míos y yo deseé poder beberme esa sonrisa. O tal vez quedarme a vivir en ella.

«¿Bien?», preguntó él, para asegurarse.

«Muy bien».

Profundizó en el beso, y lo que había empezado como una caricia de consuelo se convirtió en mucho más. Sin separar nuestros labios, Alex se movió hasta situarse entre mis piernas. Un momento después, su boca resbaló por mi cuello. Sentir su peso sobre mí, su aroma alrededor, su sabor sobre la lengua, sus caricias… siempre me abrumaba, pero de la mejor de las maneras. Y cuando alcanzó el hueco detrás de mi oreja y se me erizó la piel de todo el cuerpo, juro que lo escuché reír en mi mente.

«Nunca me cansaré de ese sonido», admití, porque necesitaba que lo supiera.

«Yo nunca me cansaré de ti, ángel».

La ropa desapareció más rápido de lo que debería haber sido posible. Sus manos estaban por todas partes. Su boca. Su lengua. Sus sombras y su oscuridad. Me acarició con ellas. Nuestros corazones latiendo con esa sincronía que hacía que si uno se aceleraba el otro lo hiciera también. Sus dedos recorrieron mi clavícula y la curva de mi pecho, mis costillas y mi estómago, mientras con la mirada perseguía el movimiento de sus manos y el fuego le ardía en los ojos dispares. Jadeé cuando esos mismos dedos se colaron entre mis muslos para hundirse en mí, y el sonido hizo que él alzara la vista hacia mi rostro.

Alexander

Envuelta en un halo deslumbrante de luz y salpicada de oscuridad, Danielle Good era lo más hermoso que hubiera visto jamás. Cada vez que la miraba, cada vez que la besaba, aquella bruja terca y ya no tan irresponsable se apropiaba de un nuevo trozo de corazón a pesar de que creía habérselo entregado todo. A pesar de los huecos que las pérdidas sufridas habían dejado en mi alma, a pesar del dolor. Yo sabía que ella también estaba sufriendo, que se obligaba a aparentar la fuerza que se esperaba de la bruja que había conseguido acabar con el mal encarnado. Pero allí, refugiados entre las sábanas, donde nadie podía vernos, quería que entendiera que nunca tendría que fingir. No conmigo. Podía caer todas las veces que necesitase; se lo había ganado, joder. Yo estaría a su lado para ayudarla a levantarse, y era consciente de que ella haría lo mismo por mí.

—Dime lo que quieres.

—Sentirte —dijo, sin titubear.

Estaba húmeda y más que preparada, y yo apenas podía resistir el impulso de hundirme en su interior, pero la provoqué un poco más con los dedos. Me gustaba demasiado poder tocarla, tal vez porque recordaba demasiado bien que hubo un tiempo en el que no había podido hacerlo. Sus gemidos se entremezclaron con la deliciosa canción de su magia hasta conformar la más perfecta de las melodías. Ella era perfecta de un modo que jamás conseguiría hacerle comprender y por más motivos de los que era capaz de enumerar. Eso no me impediría seguir intentando mostrárselo.

—Alex, por favor —gimió, y escuchar la manera en la que pronunció mi nombre estuvo a punto de hacerme perder la cabeza.

«No supliques, nunca supliques. Me tienes. Siempre», respondí en su mente, porque hablar me resultaba demasiado complicado. Me apropié de su boca al tiempo que me deslizaba en su interior. Despacio, muy despacio, dejando que me sintiera y permitiéndome sentirla. No solo su cuerpo, sino su corazón, su magia y su alma.

«Me tienes. Siempre, esposa mía», repetí cuando estuvimos unidos por completo.

Sus carcajadas reverberaron en mi cabeza. Me encantaba llamarla así solo para ver las expresiones de los que nos rodeaban; al final, se había convertido en otra de nuestras bromas privadas. Varias veces le había preguntado si se arrepentía de haber tenido que sellar su destino de esa forma, y todas obtuve la misma respuesta: «Te veo, Alex, y nunca me arrepentiré de tener la oportunidad de compartir mi vida contigo».

Después de eso, ya no hubo más palabras. Me retiré y empujé, y luego otra vez, y otra vez, y ella salió a mi encuentro con cada embestida. Perfecta, joder, de verdad que era la puta perfección. Casa y hogar, amor y cariño. Familia. Algo que nunca había tenido y que jamás había esperado encontrar. Y a pesar de lo mucho que habíamos entregado para llegar a ese momento y lugar, tampoco yo me arrepentiría nunca del día en que había accedido a que se alojase en mi casa. Destino o no, equilibrio o no, amaba a Danielle Good. Así que la besé hasta que me dolieron los labios y le hice el amor hasta que todo se volvió demasiado intenso. Jadeó y yo gemí. Se aferró a mí y yo me perdí en ella. Pronunció mi nombre, y yo susurré en su oído todo lo que me hacía sentir. Una vez más, el mundo desapareció para nosotros y solo quedó luz y oscuridad, ahora unidas.

Unidas para siempre.

Danielle

—Pensaba que no habría consejo, ni blanco ni oscuro.

Robert Bradbury me lanzó una mirada de disculpa desde detrás de la mesa en la que se hallaba sentado. Luego, miró a Alexander. Instalarnos en la sede de Nueva York había sido una decisión conjunta que nuestra familia había tomado de forma precipitada una vez que nos dimos cuenta de que no teníamos a dónde ir. Sin embargo, me alegraba de estar allí. El mundo mágico continuaba conmocionado, pero el aquelarre de Robert había dado un paso adelante y se había ofrecido a organizar el caos en el que se habían sumido las cosas tras la caída de Ravenswood y la decisión de inhabilitar también la academia de la luz. Contar con un miembro del linaje Abbot y dos Putnam había ayudado bastante; eran familias respetadas y su voz seguía teniendo mucho peso, aunque la muerte de Aaron Proctor los había dejado desolados y sin su único miembro de la comunidad oscura, lo cual provocó cierto recelo por parte de esta. Aun así, el buen funcionamiento de la academia Bradbury en Canadá había resultado decisivo. Y aunque la consejera Winthrop tampoco estaba ya entre nosotros, la campaña que había realizado antes de su muerte también había sumado puntos a su favor.

Ese, tal vez, era el problema ahora. Por mucho que se desconfiara de los antiguos consejos, necesitábamos algún tipo de órgano de gobierno.

Robert y su aquelarre parecían pensar que mi candidatura anterior tenía aún validez y querían que Alex y yo estuviésemos en él.

—Tengo solo diecinueve años, y sigo sin haberme graduado —señalé, repitiendo lo que una vez le había dicho a Carla Winthrop solo que con un año menos.

Tanto el cumpleaños de Alex como el mío habían llegado y pasado. Por motivos obvios, no habíamos celebrado el suyo, ya que había sido tan solo unos días después de la masacre. En el mío, en cambio, Alex y yo habíamos pasado todo el día ejerciendo de turistas por Nueva York, tal y como había deseado la última vez que habíamos estado allí. Fue un día de lo más sencillo, sin nada de magia, y ambos disfrutamos muchísimo de esa normalidad que nunca habíamos tenido.

—Creo que vuestra experiencia ha sido más que demostrada —dijo Robert— y, lo creáis o no, la mayor parte de la comunidad mágica respeta vuestra opinión.

Alex se inclinó hacia delante en la silla, muy serio.

—Si Danielle acepta, podéis contar conmigo, pero tengo una condición: se eliminará por completo la creación de familiares y se les dará a los que ya existen la posibilidad de tomar sus propias decisiones. Sé que por ahora no hay manera de revertir la maldición y tendrán que permanecer cerca de sus protegidos, pero deberían tener toda la libertad que deseen.

No me sorprendía para nada aquella petición. Lo habíamos hablado durante semanas. A pesar de que Raven no se alejaría de nosotros aunque pudiera, queríamos que tuviera una vida lo más normal y completa posible. Y lo mismo para el resto de los familiares existentes.

—Y serán considerados como un brujo más de la comunidad —apostillé, porque quería que quedase claro que nunca más se les trataría como a personas de segunda—. Mientras, pienso seguir buscando una manera de eliminar la maldición.

Robert asintió.

—Quiero lo mismo que vosotros, ya lo sabéis. —Echó un vistazo a uno de los papeles que descansaba frente a él antes de añadir—: Un miembro de cada familia acudirá a la reunión que se ha convocado para dentro de dos semanas, allí se tratarán este y otros temas prioritarios. Y todas las familias van a tener voto. ¿Tu padre...?

—Sigue desaparecido.

A Nathaniel Good parecía habérselo tragado la tierra. Por mí podía seguir manteniéndose así por el resto de sus días. No tenía ningún interés en nada de lo que pudiera decirme, y agradecía que, al parecer, tampoco él quisiera retomar nuestra relación. Quizás le avergonzaba mi unión con Alexander o que Raven fuese ahora mi familiar, pero no podía importarme menos su opinión sobre mi vida.

Otro asentimiento por parte de Robert sentenció dicho tema. Luego, su expresión se volvió mucho más suave.

—¿Estáis nerviosos por lo de esta noche?

Alex y yo no necesitamos mirarnos. Era la víspera del Día de Difuntos; se cumpliría un año desde el secuestro de Raven por parte de Mercy, la muerte de esta a manos de Elijah y todo lo ocurrido entonces en el auditorio Wardwell. Pero eso no era lo importante. Si había un día en el que existiera la posibilidad de que Dith y Wood encontraran la manera de cruzar el velo para visitarnos, era precisamente este. Yo había tratado de no hacerme demasiadas ilusiones al respecto, pero teniendo en cuenta lo cabezota que era Meredith y lo mucho que sabía que desearía Wood poder ver de nuevo a Alex y a Rav, me había resultado imposible no emocionarme con la idea. Además, habíamos estado investigando hasta dar con el hechizo de invocación más potente conocido y esperábamos que eso los ayudara a cruzar.

Cuando ninguno de los dos dijo nada, Robert esbozó una mueca.

—Lo siento, es una pregunta estúpida.

—Van a venir. —Fue todo lo que dijo Alex.

«Vendrán, no pueden no hacerlo», añadió solo para mí, y yo deseé de todo corazón que así fuera.

Estaba vergonzosamente enamorado de Cameron Hubbard. Lo había sabido muchos meses atrás; lo había visto en forma de un precioso cordón de color naranja y verde esmeralda. Lo había sentido cada vez que recordaba que mi gemelo ya no estaba en este mundo y Cam me abrazaba para consolarme; cada vez que me miraba; cada vez que me sacaba de una habitación si había demasiada gente y yo empezaba a ponerme nervioso. Otras veces, era él quien necesitaba de mi cercanía; la pérdida de su padre aún le resultaba dolorosa. Esperaba que mi apoyo también le hiciera comprender lo mucho que lo quería.

Tomó mi rostro entre las manos y sonrió.

—Ey, ¿estás listo?

Se inclinó y me dio un beso, uno de muchos, aunque nunca terminaría de acostumbrarme a la sensación deliciosa y excitante de su boca contra la mía. En realidad, habíamos hecho mucho más que besarnos desde aquella primera vez, aunque habíamos ido muy muy despacio en ese aspecto, desesperantemente despacio en mi opinión. Pero sabía que si Cam estaba siendo tan cuidadoso conmigo era porque se preocupaba por mis cambiantes estados de ánimo y por mi inexperiencia. Dani me había dicho que eso solo demostraba lo mucho que le importaba a mi novio, y yo siempre sonreía cuando escuchaba a alguien llamar a Cam de esa forma. Ojalá Wood también hubiera estado allí conmigo para compartir esos pequeños momentos de dicha con él.

Cuando retrocedió, perseguí su boca y le di un último beso, y él, a cambio, me regaló una de sus sonrisitas provocadoras.

—Sí. Tengo muchas ganas de ver a Wood y también a Dith.

—¿Le has contado a Danielle algo de lo que viste?

Negué de forma apresurada. Mi don me había concedido una imagen de la noche de hoy, pero solo la había compartido con Cam y prefería que continuase siendo así. Él nunca me decía qué hacer con mis visiones o si debía actuar de alguna forma al respecto, sino que se limitaba a permitir que me desahogase y me escuchaba pacientemente. Tener alguien con quien compartir lo que llevaba toda la vida considerando una maldición resultaba liberador.

Cam mantuvo las manos en torno a mi rostro. Solía hacerlo para asegurarse de que lo entendía al hablarme, y a mí me encantaba que me tocase por el motivo que fuese, así que estaba contento con ello.

—Bien. ¿Deberíamos esperar por los demás?

Me quedé mirándolo sin prestar atención a la pregunta, todavía pensando en lo mucho que significaba para mí, y las siguientes palabras abandonaron mis labios sin que tuviera siquiera que conjurarlas:

—Te amo.

Cam se quedó muy muy quieto. Demasiado quieto. No apartó los ojos de los míos, pero sus dedos me presionaron las mejillas con algo más de fuerza. ¿Se lo había dicho ya antes? ¿O era aquella la primera vez que ponía voz a mis sentimientos por él? ¿Por qué no se movía o decía algo? ¿No sentía él lo mismo? A lo mejor estaba haciendo algo malo...

—¿Cam?

—Repítelo. Dilo otra vez —pidió en un hilo de voz.

—Te amo. Es... —Me llevé una mano al pecho, allí dónde sentía esa extraña calidez cuando pensaba en él o estábamos juntos—. No sé cómo explicarlo...

Sus dedos se aflojaron, pero continuó acunándome el rostro y la sombra de una bonita sonrisa, esa que parecía tener reservada solo para mí, se asomó a sus labios.

—No necesitas explicar nada. Ni siquiera necesitas decir las palabras, pero yo también te amo, Rav.

Colocó una de sus manos sobre la mía, y luego volvió a besarme de esa forma tan maravillosa que siempre conseguía que me olvidase de todo. Me apreté contra él y lo rodeé con los brazos solo para poder sentirlo aún más cerca. Y aunque me hubiera encantado quedarme allí y reclamarle más besos, a poder ser con mucha menos ropa entre nosotros, teníamos una cita que no pensaba perderme.

Danielle

El sitio elegido para la invocación fue la sala de estar en la que una vez Alexander había amenazado a Gabriel con arrancarle los brazos y lanzárselos a los lobos. Todos estaban allí: Raven, Cam, Alex, Sebastian, Jameson, Laila, Robert, Annabeth, el propio Gabriel y Annie, la chica menuda y con el pelo blanco que había resultado ser la familiar de Jameson. No había sido testigo de ello, pero me habían contado que se había transformado por primera vez en Ravenswood la noche de la masacre para interponerse entre su protegido y un demonio. Jameson había alucinado un poco al verla pelear, y estaba segura de que habría hecho algún comentario inapropiado frente al que Sebastian habría puesto los ojos en blanco. En ese aspecto, la dinámica entre hermanos se mantenía intacta.

Rav se colocó a mi lado y me brindó una sonrisa luminosa. Parecía realmente ilusionado y también ansioso, claro que yo también lo estaba. Incluso si todo salía bien, solo dispondríamos de unas pocas horas para estar con Wood y Dith. Pero eso era mejor que nada, y yo necesitaba asegurarme de que se habían encontrado y que eran… felices, si es que eso era posible allá donde iban las almas una vez que dejaban atrás este mundo.

Alex mantenía su mano enlazada con la mía, pero deslicé la que tenía libre entre los dedos de Raven. Este a su vez aferraba la de Cam, y él se la tendió a Sebastian, que ya mantenía la suya unida a la de Beth; de hecho, el Ibis y ella habían aparecido de la mano un momento antes.

Y así todos se fueron uniendo hasta formar un círculo. Había velas repartidas por toda la estancia, un cuenco con sangre —la mía y la de Alex— en el centro y una representación de los cuatro elementos para que todos pudiésemos tomar más energía de ellos en caso de que lo necesitásemos, si bien Alexander creía que con nuestro poder sería suficiente.

Participar en un ritual de sangre que implicaba convocar a los muertos durante la Noche de Difuntos no era lo más sensato, pero nadie se había opuesto.

—Ya casi es la hora —murmuró Laila, tan serena como era habitual.

Ella también estaba convencida de que aquello funcionaría. La verdad era que todos queríamos que funcionase. El sacrificio de Wood había calado hondo en la mayor parte de la comunidad mágica a pesar de que apostaba que al lobo blanco le daba igual lo que pensasen de él.

Un escalofrío me recorrió cuando dieron las doce y Laila susurró «Adelante». Los presentes, yo incluida, comenzamos a recitar el hechizo. La temperatura de la sala parecía ahora más baja, y la atmósfera, mucho más cargada. No creí ser la única a la que se le erizó la piel, pero me concentré en cada palabra al tiempo que soltaba las riendas que sujetaban mi poder.

Alex hizo lo mismo, el aire se inundó de sombras y estrellas, de luz y oscuridad. Las llamas de las velas ardieron durante un momento con mayor intensidad, y hubiera jurado que capté algo de la mezcla de dos aromas familiares: libros antiguos y canela y salvia. Nuestro cántico subió de volumen sin que tuviésemos que ponernos de acuerdo. ¿También lo sentían los demás? ¿Una presencia? ¿Los olores?

Alex me apretó la mano. Sus labios continuaban moviéndose conforme repetía el hechizo, pero las palabras que se formaron en mi mente fueron otras: «Están aquí».

Durante un momento, creí que no era más que el deseo de su corazón formulado solo para mí. Hasta que me di cuenta de que estaban allí mismo. Los ojos se me llenaron de lágrimas y tuve que luchar para que no me entorpecieran la visión. Quería soltarme y correr hacia ellos; sin embargo, me mantuve en mi sitio. Una vez más, solo teníamos que recitar el hechizo una vez más y entonces podríamos romper el círculo.

—Dith. Wood —susurré, una vez que todo terminó.

Acto seguido, liberé mis manos y avancé a trompicones. Una sonriente Meredith abrió los brazos y yo caí en ellos sollozando. Apenas sentí su toque, era solo una caricia ligera, como un roce con la punta de los dedos, pero fue suficiente para que me desmoronase y rompiera a llorar. A mi lado, Rav y Alex ya se habían fundido también en un abrazo con Wood.

—Te quiero, pero eres un completo imbécil —lo reprendió Alex.

Se me escapó una carcajada envuelta en más lágrimas al escucharlo. Quería decirle tantas cosas a Dith, a los dos. Tenía tantas preguntas. Oh, Dios, aún no podía creer que de verdad estuvieran allí con nosotros, y teníamos tan poco tiempo…

—Te echo de menos —balbuceé a duras penas—. Te echo tanto tanto de menos.

—Shhh. Todo está bien, no quiero verte llorar. Wood y yo estamos bien —dijo ella, mientras me acunaba contra su cuerpo.

—Me aterrorizaba pensar que no os hubierais encontrado…

—Lo hicimos. Él lo hizo. Wood me encontró en cuanto puse un pie en el otro lado.

Sonreí. Él se lo había prometido y había cumplido su palabra; no hubiera esperado menos del lobo blanco, pero no había podido evitar preocuparme. Después de lo que Elijah le había hecho, había temido que el alma de Meredith no encontrase el camino y se hubiese quedado atrapada en este mundo. Sin Wood y su don para ver fantasmas, no habíamos podido asegurarnos de que no fuera así. Ese pensamiento me llevó a otro.

—Tú… ¿Tú has visto a Chloe?

Dith retrocedió para interponer un poco de espacio entre nosotros. Rav seguía colgado del cuello de su gemelo, aunque ahora los demás se habían acercado para saludarlo también. Alex, en cambio, se apartó, se colocó detrás de mí y me rodeó con ambos brazos. Dith y él intercambiaron una mirada.

—¿La has visto? —insistí a pesar de la extraña expresión que lucía Alexander. Dith no respondió y, tras un momento, dio un paso a un lado. Tras ella… —. ¡Chloe!

Alex me sostuvo cuando me tambaleé por la impresión, y supe que se había percatado de la presencia de mi hermana antes de que yo lo hiciera. Por eso había acudido a mi lado. Las lágrimas regresaron, aunque me di cuenta de que no podía dejar de sonreír.

—Hola, Dani —dijo Chloe, con la misma emoción impregnando su voz—. Tengo mucho que contarte.

Su aspecto seguía siendo el mismo que la noche en la que habíamos vencido a Elijah Ravenswood, pero ya no había miedo en su rostro, sino felicidad, y ese era el mejor regalo que nadie hubiera podido hacerme.

Alex comenzó a apartarse de mí, pero sus manos se demoraron en mi cintura hasta que comprobó que me sostendría por mis propios medios.

«Gracias».

«¿Por qué?», preguntó.

«Por quedarte y resistir».

Sentí una oleada de ternura proveniente de él.

«Gracias a ti por verme y, aun así, amarme. Ahora ve con tu hermana. Ve y dile lo mucho que la quieres. Yo estaré aquí».

«Siempre».

Una sonrisa apareció en mi mente, una cargada de sombras brillantes y más amor del que nunca había esperado recibir de nadie.

«Siempre, Danielle Good».

Agradecimientos

Aunque *Un linaje oscuro*, la primera entrega de *Las crónicas de Ravenswood*, se publicó en 2022, en realidad escribí las primeras palabras el uno de octubre de 2019. Nació con esa escena en la que una díscola bruja escapa junto a su familiar de una academia de magia, llevándose la verja de esta por delante y acabando en los terrenos de la academia de magia rival. Han sido cuatro años conviviendo con Alexander y Danielle, con Raven (mi querido Rav), Wood, Dith, Cam y todos los demás. En esos cuatro años han pasado muchas cosas, incluida una pandemia mundial y todo lo que eso trajo consigo. Cuatro años en los que yo también sufrí mi propia pérdida: la muerte de mi padre. Quizás por eso he querido darles a mis personajes la oportunidad de volver a ver a sus seres queridos. Sería bonito que todos tuviésemos dicha oportunidad. La mía es esta, supongo, así que: Papá, te quiero y te echo mucho de menos. Gracias por hacer de mí la persona que soy. Ojalá estuvieses aquí para verme terminar esta historia y muchas más.

Gracias a todos los que de una manera u otra me han ayudado a llegar hasta aquí, porque no ha sido nada fácil y, sinceramente, a veces he dudado de si lo conseguiría. ¡Pero lo hice! ¡Gracias!

A mi familia por apoyarme. A mi hermana Laly. A mi hija, que cada día me hace sentir más orgullosa. A Cristina Martín, por escuchar mis desvaríos, y a Nazareth Vargas, que también me aguanta cuando necesito llorarle a alguien porque las cosas no salen como esperaba. A Cristina Prieto y Nira Strauss, por las risas y por sacar mi lado más mamarracho. Y a María Herrera, por los cafés y el apoyo.

A mi editora, Esther Sanz, por tener tanta paciencia y por escuchar siempre lo que tengo que decir. Y a Berta, por ayudarme tanto para que la historia quedara redonda.

A una infinidad de *bookstagrammers* y *booktokers* por apoyarme con sus reseñas, fotos y comentarios. Y aún más a todos esos lectores que alguna vez se han sumergido en una de mis historias. Sé que me repito y lo digo mucho, pero sin vosotros esta locura no sería posible. ¡Gracias por amar esta historia tanto como yo! ¡Por visitar Ravenswood y por querer volver a él!